I0748528

СТРАННЫЕ ШАГИ. РАССКАЗЫ

Гилберт Честертон

Странные шаги. Рассказы

Гилберт Честертон

Честертон Гилберт Кит — британский писатель, христианский философ, публицист. Родился в 1874 году в Лондоне. Наиболее популярными его произведениями являются циклы классических детективных рассказов, главными героями которых являются священник Браун и ироничный скептик Хорн Фишер.

Сайт издательства: www.miller-books.com

ISBN: 978-1-7638476-8

СТРАННЫЕ ШАГИ. РАССКАЗЫ

Пятерка шпаг

По какому-то странному совпадению именно в то утро два друга — француз и англичанин — поспорили на эту тему. Возможно, впрочем, что философски мыслящему читателю такое совпадение покажется не столь уж странным, если я прибавлю, что они спорили на эту тему каждое утро в течение всего месяца, который проводили, путешествуя пешком по дорогам к югу от Фонтенбло. Они много раз возвращались к одному и тому же предмету, хотя и с самых различных точек зрения, и наконец француз, обладавший умом более логическим и упорным, сказал так;

— Друг мой, вы много раз говорили, что не видите смысла во французской дуэли. Позвольте же заметить вам, что я не вижу смысла в английской нетерпимости к французской дуэли. Вчера, например, вы попрекали меня историей, что была у старого Ле-Мутона с журналистом, который называет себя Валлон. Ее объявили фарсом только потому, что почтенный сенатор отделался легкой царапиной на запястье.

— Да, и вы не можете отрицать, что это фарс, — бесстрастно заметил его собеседник.

— А сейчас, — продолжал француз, — из-за того что нам пришлось идти мимо Шато д'Ораж, вы извлекаете на свет божий труп старого графа, убитого здесь в незапамятные времена каким-то австрийским воякой, и с чисто британским сознанием собственной правоты заявляете, что это трагедия.

— Да, и вы не можете отрицать, что это трагедия, — повторил англичанин. — Говорят, молодая графиня не могла после этого жить здесь. Она продала замок и уехала в Париж.

— Ну, в Париже есть свои религиозные утешения, — саркастически улыбнулся француз. — Но, на мой взгляд, вы рассуждаете нелогично. Нельзя осуждать дуэль за то, что она слишком опасна и одновременно слишком безопасна. Если она обходится без крови, вы называете бедного француза-фехтовальщика дураком. Ну, а если она кончается кровопролитием, как тогда вы его назовете?

— Идиотом, — ответил англичанин.

Эти два человека могли бы служить убедительным доказательством того, насколько реальны национальные различия и как мало они связаны с расовой принадлежностью или, во всяком случае, с физическим типом, обычно приписываемым той или иной расе. Поль Форэн был высок, худощав и белокур, и тем не менее он был француз до мозга костей, до кончиков пальцев, до острия бородки, до узких носков ботинок и чисто французской неутолимой любознательности, которая внешне проявлялась в том, что он постоянно поднимал брови и морщил лоб, — можно было видеть, как он думает. А Гарри Монк был плотный, приземистый брюнет и в то же время — типичный англичанин, с подстриженными усиками и в сером шерстяном костюме, отличающийся, как и положено, полным отсутствием любопытства — разумеется, в пределах учтивости. Весь его облик дышал здоровым английским социальным компромиссом, подобно тому как его грубошерстный костюм, казалось, дышал серой английской непогодой даже среди этих солнечных долин и холмов. Оба друга были молоды, оба преподавали в известном французском коллеже; один — юриспруденцию, другой — английский язык. Но юрист Форэн специализировался еще и в криминалистике, и к нему часто обращались за советами. Бесконечный спор возник из-за взглядов Форэна на умышленное и неумышленное убийство.

Друзья, обычно проводившие свой отпуск вместе, только что вышли из деревенской гостиницы «Под семью звездами», где они плотно позавтракали. Солнце взошло над долиной и заливало лучами дорогу, по которой они шли. Долина большими отлогими уступами спускалась к реке, и впереди, на одном из уступов, виднелся запущенный парк и мрачный фасад старинного замка, справа и слева от которого столь же мрачным нескончаемым строем развернулись ели и сосны, точно пики армии, которую поглотила земля. Первые, еще красноватые лучи солнца играли в застекленных рамах парников, самое существование которых указывало на то, что в доме кто-то жил — во всяком случае, до самого недавнего времени, — и отражались в темных старинных окнах, зажигая их то тут, то там ярким рубиновым светом. Но парк, беспорядочно заросший ветвистыми деревьями, напоминавшими гигантские мхи, был угрюм и мрачен, и где-то там, в его сумрачном лабиринте, зловещий полковник Тарнов, австрийский вояка, заподозренный в том, что он — австрийский шпион, вонзил острие своей шпаги в горло Мориса д'Оража, последнего владельца этого замка.

Парк отлого спускался к реке, и вскоре высокая стена, вся увитая плющом и диким виноградом и потому походившая скорее на живую изгородь, скрыла дом от глаз путешественника.

— Я знаю, что вы сами дрались на дуэли, и знаю, что вы отнюдь не злодей, — снова заговорил Монк. — А вот я не представляю себе, как можно убить человека даже при самой лютой ненависти.

— Да я ведь и не хотел убивать, — отозвался Форэн. — Если быть точным, я хотел, чтобы он убил меня. Хотел дать ему возможность меня убить. Как бы это вам объяснить? Мне нужно было показать, как много я готов поставить... Ого! Это еще что такое?

На увитой плющом стене появился человек, поднявшийся черным силуэтом на фоне утреннего неба, так что лица его они разглядеть не могли, но тем отчетливее была его отчаянная поза. Мгновение спустя он соскочил со стены и, протягивая руки, преградил им дорогу.

— Нет ли доктора? — крикнул неизвестный. — Все равно помогите — человека убили!

Теперь они разглядели его. Это был худощавый молодой человек с черными волосами и в черном платье, надо полагать — всегда безупречно одетый, так как сейчас особенно был заметен некоторый беспорядок в его костюме. Длинная прядь прямых черных волос спадала ему на глаза, а одна из светло-желтых перчаток была разорвана.

— Человека убили? — переспросил Монк. — Как убили?

Рука в желтой перчатке горестно взметнулась.

— О, старая история! — воскликнул молодой человек. — Слишком много вина, слишком много слов, а наутро развязка. Но, бог свидетель, мы не думали, что дело зайдет так далеко.

Одним из тех молниеносных движений, которые прятались где-то за его суховатой сдержанностью, Форэн уже вскочил на невысокую стену и теперь стоял наверху; его друг англичанин последовал за ним с неменьшим проворством, хотя и с большей безучастностью. То, что они увидели, сразу все им объяснило: это был жестокий, но очень меткий комментарий к их давнему спору.

Внизу на лужайке стояли трое мужчин в черных фраках и цилиндрах. Четвертый был перепрыгнувший через стену вестник несчастья — его шелковый цилиндр откатился в сторону и валялся у стены. Впрочем, прыгнул он, видимо, в первом порыве ужаса или раскаяния, ибо чуть дальше в стене Форэн заметил калитку, правда заброшенную, запертую на ржавые засовы и покрытую лишайником, но все же это была калитка, и воспользоваться ею было бы гораздо естественнее для человека в нормальном состоянии. Однако прежде всего внимание друзей привлекли к себе две фигуры в белых сорочках, вокруг которых столпились остальные: эти двое, видимо, только что дрались на шпагах. Один из них стоял со шпагой в руке; издалека она казалась безобидной блестящей палочкой, на кончике которой лишь острый взгляд мог бы различить красное пятнышко. Второй лежал на земле, и его сорочка белым пятном выделялась на зеленой лужайке, а шпага какого-то старинного образца поблескивала в траве — там, где она упала, выбитая из его руки. Один из секундантов стоял, склонившись над ним, но при появлении путешественников поднял свое мертвенно-бледное лицо, обрамленное черной бородой.

— Поздно, — проговорил он. — Он мертв.

Человек, все еще державший шпагу, отшвырнул ее в сторону, и его короткий нечленораздельный возглас прозвучал страшнее проклятия. Он был высок и даже без фрака сохранял элегантность. Его тонкий орлиный профиль, оттененный ярко-рыжими волосами и бородой, казался особенно бледным. Тот, кто стоял рядом с ним, положил ему на плечо руку и как будто слегка подтолкнул его, словно побуждая спасаться бегством. Исполнявший, по правилам французской дуэли, роль «свидетеля», он был высок и дороден, с длинной черной бородой, которая своей квадратной формой повторяла угловатый покрой его длинного черного фрака. В глазу у него как-то весьма неуместно торчал монокль. Второй секундант рыжего господина стоял в стороне: он был крупнее и гораздо моложе других, а лицо его казалось классически правильным, как у статуи, и, как у статуи, безучастным. Как и все остальные, он, услышав скорбное известие, снял цилиндр и остался, точно на похоронах, с непокрытой головой, представившей для глаз англичанина необычайное зрелище: волосы у него были подстрижены так коротко, что он казался чуть ли не лысым. В те дни во Франции это было в моде, но в сочетании с молодостью и красотой такая стрижка производила странное впечатление: казалось, Аполлона выбрили наголо, как восточного отшельника.

— Господа, — произнес наконец Форэн, — поскольку вы вовлекли меня в это ужасное дело, я должен сразу поставить точки над «и». Не мне быть фарисеем. Я сам едва не убил человека и знаю, что ответный выпад не всегда удается соразмерить. И я не из тех гуманных людей, — добавил он с горечью, — которые могут троих подвести под нож гильотины из-за того, что один пал от удара шпагой. Я не представитель власти, но я пользуюсь некоторым влиянием в официальных кругах. И, осмелюсь сказать, у меня есть доброе имя, которое я рискую потерять. Вы должны доказать мне, что это дело было таким же чистым и неизбежным, как и мое собственное.

В противном случае я вынужден буду вернуться к моему приятелю, владельцу гостиницы «Под семью звездами», который свяжет меня с другим моим приятелем, начальником местной полиции.

И, не прибавив ни слова, он прошел через лужайку и склонился над распростертым телом. Убитого было особенно жалко, потому что он оказался значительно моложе всех остальных, моложе даже своего секунданта, который призвал их на помощь. На лице его не было и следов растительности, а по тому, как были зачесаны его светлые волосы. Монк с острым чувством жалости узнал в нем англичанина. В том, что юноша мертв, не было ни малейшего сомнения. Беглый осмотр сразу же обнаружил, что шпага пронзила сердце.

Высокий джентльмен с черной бородой первым нарушил молчание.

— Позвольте мне, сэр, выразить вам признательность за ту прямоту, с какой вы только что высказались, поскольку именно мне принадлежит честь принимать вас при столь печальных обстоятельствах. Я — барон Брюно, владелец этого замка, и у меня за столом было нанесено смертельное оскорбление. В оправдание моего злосчастного друга Ле-Карона, — и он жестом представил рыжебородого человека, отшвырнувшего шпагу, — я должен сказать, что оскорбление было действительно смертельным, и за ним последовал формальный вызов. Это было обвинение в нечестной игре, да к тому же еще и в трусости. Я не хотел бы говорить дурно о покойном, но надо и живым отдавать должное.

Монк обратился к секундантам погибшего:

— Вы подтверждаете это?

— Пожалуй, — ответил молодой человек в желтых перчатках. — Признаться, обе стороны виноваты. — И тут же с поспешностью добавил: — Мое имя — Вальдо Лоррен. Мне стыдно признаться, но я тот глупец, который привез его сюда играть в карты. Молодой Крейн был англичанином, я познакомился с ним в Париже и, бог свидетель, хотел, чтобы мой друг весело провел время. Но я немного сумел для него сделать — только был секундантом при кровавой развязке. Вторым секундантом любезно согласился стать доктор Вандам, — он тоже гость в этом доме. Дуэль велась по всем правилам, но должен сказать вам честно, что ссора... — Он сделал паузу, как бы устыдившись, и смуглое лицо его приобрело еще более печальное выражение. — Должен признаться, что не могу судить об этом, — я почти ничего не помню. Для меня это как смутный страшный сон. Говоря попросту, я слишком много выпил и не понимал, что происходит.

Доктор Вандам, бледный человек в очках, грустно покачал головой, не отводя взгляда от убитого.

Я тоже ничем не могу вам помочь, — проговорил он. — Я был в гостинице «Под семью звездами» и пришел, когда уже велись приготовления к дуэли.

— Наш второй секундант-свидетель, господин Валанс, — сказал барон, указывая на человека с коротко остриженными волосами, — подтвердит мои слова.

— Были при нем бумаги? — спросил Форэн. — С вашего разрешения я осмотрю тело.

Возражений не последовало, и, тщательно обыскав убитого, а затем вывернув карманы жилета и фрака, валявшихся на траве, Форэн наконец обнаружил письмо, короткое, но как будто бы вполне подтверждающее рассказанную историю. Письмо было подписано отцом убитого: «Абрахам Крейн. Гаддерсфилд». Монк вспомнил, что это имя крупного промышленника в Северной Англии. Содержание письма оказалось чисто деловым — речь шла о поручении, с которым молодой человек был послан в Париж. Ему предстояло, видимо, подписать какой-то контракт с парижским отделением фирмы «Миллер, Мосс и Гартман». Однако суровые отцовские предостережения против удовольствий французской столицы указывали на то, что отцу, вероятно, были известны наклонности сына, приведшие его к гибели. В этом весьма обычном письме все же было одно место, показавшееся криминалисту загадочным. Автор письма сообщал о своем намерении приехать во Францию лично, чтобы закончить дела с компанией «Миллер, Мосс и Гартман», и писал, что, если ему удастся осуществить это намерение, он остановится в гостинице «Под семью звездами» и встретится с сыном в Шато д'Ораж. Казалось странным, что сын сообщил отцу тот адрес, где сам предавался порокам, против которых отец столь решительно его предостерегал. Помимо письма, в карманах убитого был найден старинный медальон с выцветшим портретом темноволосой женщины.

С минуту Форэн стоял нахмурившись, в раздумье теребя письмо, а затем сказал, обращаясь к барону:

— Вы разрешите пройти к вашему дому, господин барон?

Барон молча поклонился. Секунданты убитого остались нести караул у тела, остальные направились к дому. Они медленно поднимались вверх по склону. Дорожка была крутая, тут и там пересеченная корнями старых сосен, напоминавшими хвосты издыхающих драконов, и скользкая от плесени, которую при некоторой доле воображения можно было принять за зеленую драконову кровь; к тому же Форэн то и дело останавливался и пристально рассматривал эту картину полного запустения. Либо барон только недавно стал хозяином замка, либо он придавал крайне мало значения внешнему виду своих владений.

Там, где раньше был сад, теперь все буйно заросло сорной травой, а когда они проходили мимо парников, Форэн заметил, что они пустые и в одной раме разбито стекло. Он остановился и долго разглядывал звездообразное отверстие.

В дом они вошли через высокую стеклянную дверь и очутились в круглой комнате с круглым карточным столом посредине. Судя по очертаниям комнаты, можно было бы предположить, что они находятся в башне, но все убранство в стиле XVIII века, выдержанное в бело-золотистых тонах, делало комнату похожей на залитую солнечным светом беседку. Впрочем, все здесь давно выцвело и потускнело — белое стало желтым, а позолота — коричневой. Однако теперь эта обветшалость служила лишь фоном для безмолвной, но красноречивой картины трагического беспорядка, произведенного совсем недавно. На полу и на столе были рассыпаны карты, словно брошенные в досаде или выбитые из рук игрока. Повсюду стояли или валялись бутылки из-под шампанского, частью разбитые и почти все пустые; лежало опрокинутое кресло. Легко можно было поверить тому, что рассказывал Лоррен об оргии, представлявшейся теперь ему самому каким-то страшным сном.

— Картина довольно поучительная, — вздохнув, промолвил барон. — Думается мне, в ней есть некоторая мораль.

— Как это ни странно с точки зрения нравственности, — отозвался Форэн, — но меня эта картина даже успокаивает. Если уж мы имеем дело с насильственной смертью, то я склонен приветствовать пьянство.

— Пятерка пик, — задумчиво произнес он по-английски, обращаясь к Монку. — «Пятерка шпаг» — как говорили раньше испанцы. Ведь espada по-испански — шпага, если я не ошибаюсь? Четверка шпаг… то есть пик, я хотел сказать. Тройка пик. Дво… У вас тут есть телефон?

— Есть. В соседней комнате. Только нужно войти через другие двери, — с некоторым недоумением ответил барон.

— Если позволите, я им воспользуюсь, — сказал Форэн, поспешно выходя из круглой комнаты. Он прошел через длинный, тускло освещенный зал, обставленный в более строгом, старомодном стиле. По стенам были развешаны оленьи рога. На темных дубовых панелях и старинном штофе обоев мрачно поблескивало оружие, и, направляясь к дальней двери, он успел обратить внимание на одну деталь. Слева у камина висели две скрещенные шпаги, а справа на стене виднелись лишь пустые крюки. Он понял, почему шпаги дуэлянтов показались ему такими старомодными. Под зловещими пустыми крюками стоял шкафчик из черного дерева, украшенный уродливыми резными херувимчиками, походившими скорее на дьяволят. Форэн посмотрел на черных херувимчиков, и ему почудилось, будто они уставились на него с любопытством далеко не ангельским. Он помедлил, скользнув глазами по ящикам, затем шагнул к дверям.

Форэн закрыл за собой дверь; потом где-то в дальнем конце дома, выходящем на дорогу, тоже хлопнула дверь. После этого наступила тишина — никто не слышал ни разговора, ни телефонных звонков.

Барон Брюно вынул из глаза монокль и стал нервно теребить свою длинную черную бороду.

— Надеюсь, сэр, — обратился он к Монку, — ваш друг — человек чести?

— Относительно его чести не может быть ни малейших сомнений, — ответил англичанин с едва заметным ударением на притяжательном местоимении.

Тогда, впервые за все это время, заговорил Ле-Карон — победитель в недавней дуэли.

— Пускай звонит, — грубо сказал он, — все равно ни один французский присяжный не назовет эту печальную историю убийством. Просто несчастный случай.

— Которых следует избегать, — холодно заметил Монк.

Вернулся Форэн. Морщины раздумья на его лбу разгладились.

— Барон, — обратился он к хозяину дома, — мне удалось решить одну задачу. Я готов считать происшедшую трагедию вашим частным делом, но при одном условии: на следующей неделе все мы встретимся в Париже, и вы дадите исчерпывающие объяснения. Скажем, в четверг вечером в кафе «Ронсеваль». Вы согласны? Итак, мы условились? Отлично, тогда вернемся в парк.

Когда они снова вышли из дома, солнце поднялось уже высоко, еще ярче, чем прежде, освещая крутой склон и лужайку внизу. Обогнув купу деревьев, они оказались над тем местом, где утром происходила дуэль, и тут Форэн вдруг остановился, схватил барона за руку повыше локтя и сжал точно клещами.

— Бог мой! — воскликнул он. — Это невозможно. Вам надо немедленно удалиться.

— Что? — изумился барон.

— Быстро сделано! — сказал юрист. — Его отец уже здесь.

Взгляды всех устремились в том направлении, куда смотрел Форэн, и прежде всего они заметили, что старая садовая калитка открыта и видна белая пыльная дорога; затем — что на лужайке находится высокий худой седобородый человек, одетый с ног до головы в черное и всем своим видом напоминающий пуританского священника. Он стоял неподвижно и смотрел на убитого.

Рядом с ним у тела опустилась на колени девушка в сером платье и черной шляпке, а оба секунданта, как бы повинуясь чувству благопристойности, отступили на несколько шагов в сторону и остановились, мрачно глядя себе под ноги. Вся группа напоминала живописную сцену на залитых светом зеленых театральных подмостках.

— Сейчас же возвращайтесь в дом, все трое, — с неожиданной яростью проговорил Форэн. — Выйдете на дорогу через другую дверь. С ним вы не должны встретиться.

Ле-Карон сразу же повернул обратно. Барон после минутного колебания тоже проявил готовность подчиниться и устремился за ним. Последним в дверях скрылся высокий молодой человек с бритой головой, который шагал с такой небрежной медлительностью, что даже движения его длинных ног казались циничными. Он один из всех держался так, будто события этого дня не произвели на него никакого впечатления.

— Мистер Крейн, я полагаю? — обратился Форэн к потрясенному утратой отцу. — Боюсь, вам уже известно все, что мы можем сообщить.

Седобородый человек наклонил голову. Черты его выражали подавленную страстность, и во взгляде было что-то исступленное, противоречившее сдержанной неподвижности лица. Однако, как выяснилось впоследствии, такое выражение глаз, вполне естественное в минуту горя, было присуще этому человеку и в обычном состоянии.

— Сэр, — проговорил он, — я вижу, к чему привели карты и вино, я вижу суд господень за все то, чего я страшился. — И добавил с такой наивностью, которая при всей ее неуместности произвела впечатление скорее трагическое, чем комическое: — И всё фехтование, сэр. Я всегда был против французского помешательства на призах за фехтование. Довольно с нас и футбола со всеми этими пари и разными грубостями. Футбол, по крайней мере, не ведет к такому концу. Вы англичанин? — неожиданно обратился он к Монку. — Что вы можете сказать об этом гнусном убийстве?

— Могу сказать, что это действительно гнусное убийство, — твердо ответил Монк. — Я говорил то же самое моему другу полчаса тому назад.

— Вот как, а вы? — воскликнул старик, подозрительно глядя на Форэна. — Вы, может быть, защищали дуэль?

— Сэр, — мягко заметил Форэн, — сейчас не время защищать что бы то ни было. Если бы ваш сын упал с лошади, я не стал бы защищать лошадей: ваше право было бы сказать о них все самое худшее. Если бы он утонул при кораблекрушении, я пожелал бы вместе с вами, чтобы все корабли оказались на дне морском.

Девушка смотрела на Форэна открытым пристальным взглядом, полным внимания и боли, но отец ее нетерпеливо повернулся к Монку и сказал:

— Вы хоть, по крайней мере, англичанин; я хотел бы посоветоваться с вами.

И он отошел с ним в сторону.

Но дочь его продолжала глядеть на Форэна, не двигаясь и не произнося ни слова, и он тоже смотрел на нее с каким-то необъяснимым интересом. Она была блондинка, как и ее брат, с золотистыми волосами и бледным лицом, черты которого, хоть и неправильные, поражали какой-то редкой таинственной прелестью, еще более неотразимой, чем сама красота. Ее глаза, прозрачные, как вода, сияли алмазами, и, заглянув в них, француз вдруг понял с возрастающим безотчетным волнением, что он встретился с чем-то гораздо более положительным, нежели бесхарактерность сына или ограниченность отца.

— Позвольте спросить вас, сэр, — ровным голосом сказала она, — кто эти трое, что сейчас были с вами? Убийцы моего брата?

— Мадемуазель, — ответил он, сразу почувствовав, что надобность скрывать и умалчивать отпала, — вы произнесли страшное слово, и, бог свидетель, это понятно. Но я не хочу притворяться перед вами. Я тоже держал однажды в руках такое же оружие и едва не совершил такое же убийство.

— Вы не похожи на убийцу, — спокойно возразила она. — А они похожи. Тот человек с рыжей бородой, он просто волк — хорошо одетый волк, а это еще отвратительнее. А другой — такой большой и важный, с большой черной бородой и стеклом в глазу, — разве он не ужасен?

— Согласитесь, — вежливо возразил Форэн, — что быть хорошо одетым — еще не преступление. И точно так же человек может ходить с бородой и моноклем и при этом даже мухи не обидеть.

— Только не с такой большущей бородой и не с таким маленьким моноклем, — уверенно возразила она. — Правда, я видела их издалека, но убеждена, что не ошибаюсь.

— Я знаю, вы считаете всякого дуэлянта преступником, который должен понести кару, — голос Форэна прозвучал довольно хрипло, — но я сам…

— Вовсе нет, — возразила она. — Я только считаю, что эти дуэлянты должны понести кару, а чтобы вы могли судить о том, что я думаю и чего не думаю, поручаю вам покарать их, — закончила она, и ее бледное лицо вдруг озарилось загадочной и ослепительной улыбкой.

Она помолчала, а потом спокойно добавила:

— Вы и сами что-то заметили. Вы, наверное, уже догадываетесь, как все произошло и что за всем этим кроется. Ведь вы знаете: тут случилось что-то скверное, куда более скверное, чем ссора за карточным столом.

Он поклонился ей, как человек, принявший упрек старого друга:

— Мадемуазель, ваше доверие я почитаю за честь. И ваше поручение тоже.

Затем быстро выпрямился и обратился к ее отцу, который приближался к ним, все еще беседуя с Монком.

— Мистер Крейн, — решительно произнес он. — Я прошу вас довериться мне. Этот джентльмен, а также и другие ваши соотечественники, на которых я могу сослаться, надеюсь, подтвердят, что я заслуживаю вашего доверия. С местными властями я уже связался, и вы можете считать меня их представителем. Я гарантирую вам, что за всеми людьми, принимавшими участие в этом ужасном деле, установлено наблюдение, и ничто не помешает свершиться правосудию. Если вы окажете мне честь и встретитесь со мной в Париже на следующей неделе, после вторника, я смогу, вероятно, дать вам более подробные сведения по интересующему вас вопросу. А покуда я готов заняться всеми необходимыми формальностями, связанными с… погибшим.

Глаза Крейна-старшего все еще враждебно горели, но он поклонился им, и друзья, ответив на поклон, снова направились к дому по крутой тропинке. Как и в предыдущий раз, француз остановился возле парника и указал на разбитое стекло.

— Пока что это — самая большая брешь во всей истории, — сказал он. — Она зияет, как врата ада.

— Это? — удивился Монк. — Да ведь стекло могли разбить когда угодно!

— Его разбили сегодня утром, — ответил Форэн. — Или же… во всяком случае, осколки недавние. И под рамой на земле — свежий след каблука. Один из этих господ, спускаясь к месту дуэли, наступил прямо на стекло. Почему?

— Ну, знаете ли, — заметил Монк, — ведь сказал же Лоррен, что вчера вечером был вдребезги пьян…

— Но не сегодня утром. Допускаю, что вдребезги пьяный человек мог и среди бела дня угодить ногой в стекло парниковой рамы у себя под носом, но сомневаюсь, чтобы он мог так ловко вытащить ногу.

Если б он был пьян, он попался бы, как в ловушку, — споткнулся бы и упал, и здесь было бы гораздо больше осколков. На мой взгляд, этот человек был не пьян, а слеп.

— Слеп! — повторил Монк, чувствуя холодок у себя на спине. — Но среди этих людей нет слепых! Нельзя ли найти иное объяснение?

— Можно, — ответил Форэн. — Все происходило в темноте. И это — самая темная сторона дела.

Всякий, кто вздумал бы проследить путь двух друзей в следующий четверг вечером, когда сумерки зажгли многоцветные огни Парижа, подумал бы, что у них нет иного намерения, как бесцельно бродить из кафе в кафе. Однако в действительности их путь, извилистый и запутанный, был точно намечен последовательной стратегией детектива-любителя. Прежде всего Форэн пожелал увидеть графиню — все еще здравствующую вдову вельможи, который пятнадцать лет назад был убит на дуэли на том же самом месте. Он хотел в буквальном смысле слова увидеть ее, а не увидеться с нею. Ибо ограничился тем, что уселся за столиком перед кафе, расположенным напротив ее дома, заказал аперитив и ждал, покуда графиня не вышла из дому, направляясь к своей карете. Она оказалась дамой с очень черными бровями и красивым лицом, напоминающим, однако, не живой цветок, а безжизненное произведение искусства — словно портрет с крышки саркофага. Когда она уехала, Форэн быстро заглянул в старинный медальон, который извлек из кармана убитого, одобрительно кивнул и ушел, направляясь на этот раз через Сену в менее аристократическую, более коммерческую часть города. Быстро пройдя улицу, вдоль которой высились солидные здания банков и прочих учреждений, друзья остановились возле большого отеля — сооружения столь же громоздкого, как и соседнее, с той только разницей, что перед ним на тротуаре были расставлены столики. Их огораживали декоративные кусты, а сверху был натянут большой тент в красную и белую полоску, под которым в дальнем углу, в зеленоватом свете угасавшего заката, они увидели массивную черную фигуру барона Брюно, сидевшего за столиком вместе с обоими своими друзьями. Полосатый тент закрывал от взгляда верх его высокого черного цилиндра, и Монку почудилось, что барон похож на черную ассирийскую кариатиду, поддерживающую все здание: вероятно, на мысль о Древнем Вавилоне наводила большая прямоугольная борода. В глубине души англичанин был готов разделить мнение своей соотечественницы; однако Форэн его, очевидно, не разделял, — он уселся за их столик и стал выказывать неожиданное благодушие, общительность и даже веселость. Он велел подать вина, настойчиво угощал их, потом завязал оживленную беседу: и прошло по меньшей мере полчаса, прежде чем наш вымышленный наблюдатель, идущий по его следу, мог бы видеть, как он поднялся из-за столика, и, как прежде, сдержанно раскланявшись с тремя сотрапезниками, вновь пустился в свое необычайное путешествие.

Его зигзагообразный маршрут по освещенному городу привел друзей вначале к телефонной будке, а затем к дверям какого-то учреждения, куда, как понял Монк, было доставлено на экспертизу тело убитого. Оттуда Форэн вышел очень мрачный, словно удостоверился в какой-то отвратительной истине, но не сказал ни слова и продолжал свой путь, пока не добрался до главного полицейского управления, где провел некоторое время, совещаясь с начальником при закрытых дверях. Затем быстро и молча он вернулся на противоположный берег Сены и, достигнув тихих парижских кварталов, вошел в старые белые ворота, ведущие к зданию, которое некогда было отелем — в старинном и аристократическом значении этого слова — и где теперь также помещался отель — заведение, гораздо более коммерческое, но на редкость спокойное, Пройдя вестибюль и коридоры, он вышел в сад, настолько отгороженный от внешнего мира, что вечернее небо в золотых и зеленых полосах казалось натянутым тентом, вроде того багряно-белого, под которым восседал угрюмый барон. Под деревьями за столиками кое-где сидели люди в вечерних костюмах, но Форэн, не задерживаясь, прошел мимо них к лестнице, возле которой за столиком увидел золотоволосую девушку в сером. Это была Маргарет Крейн. Она взглянула на него и едва слышно, будто у нее перехватило дыхание, вымолвила:

— Вы узнали что-нибудь новое об убийстве?

Но не успел он ответить, как на лестнице показался се отец, и Форэн невольно подумал, что серое платье девушки удивительно гармонирует с окружающей обстановкой, а черное и подчеркнуто строгое одеяние старого джентльмена как бы выражает протест пуританина, попавшего в сады «кавалеров».

— Да, об убийстве, — подхватил он громким и резким голосом, — вот о чем мы желаем знать. Об убийстве, сэр!

— Мистер Крейн, — ответил ему Форэн, — надеюсь, вам известно, с каким сочувствием я отношусь к вам; однако должен предупредить вас, что в подобных обстоятельствах следует выражаться с крайней осмотрительностью. Если дойдет дело до суда, наш иск отнюдь не станет основательнее оттого, что вы позволяли себе оскорблять этих господ, хотя бы и не публично. Кроме того, я обязан сообщить вам, что дуэль велась в соответствии с правилами и сами эти господа, видимо, вполне добропорядочные.

— Что это значит? — возмутился старый джентльмен.

— Откровенно признаюсь вам, что виделся с ними еще раз, — сказал Форэн. — Мало того, я весело провел в их обществе целый вечер, вернее, намеревался провести его весело. Вынужден заметить, однако, что они расположены веселиться не больше, чем вы бы им того пожелали. Я сказал бы даже, что у них манеры обыкновенных деловых людей, вроде вас например. Честно говоря, я попытался заставить их выпить и пробовал затеять с ними игру в карты, но барон и его друзья холодно отказались, сославшись на дела, и, ограничившись черным кофе, мы расстались после краткого и крайне любопытного разговора.

— О, значит, они еще хуже, чем я думала! — сказала девушка.

— Вы быстро делаете выводы, мадемуазель, — заметил Форэн, восхищаясь ею все больше. — Я тоже попытался подойти к делу с этой стороны, хотя бы ради опыта. И прямо сказал нашему другу барону: «До тех пор, пока я считал, что вы компания игроков и пьяниц, я рассматривал это происшествие как пьяный инцидент. Но, позвольте заметить вам, когда пожилые люди, сами трезвые и равнодушные к игре, заманивают к себе юношу, почти мальчика, и садятся играть с ним в карты, это выглядит не очень красиво. Вы знаете, что говорят в таких случаях: если старый человек берется за карты, значит, он уж очень набил на них руку. И уж вовсе скверно, если он берется за шпагу, чтобы заткнуть противнику рот, словно и на этом набил себе руку».

— И что они вам ответили? — спросила девушка.

— Мне тяжело повторять их слова, — сказал Форэн, — для меня они были крайне неприятной неожиданностью. Когда я как будто совсем припер их к стене, Ле-Карон — тот, рыжебородый, который нанес смертельный удар, — сам набросился на меня, словно оставил всякое притворство. «Я не говорю дурно о мертвых, — заявил он раздраженно и злобно, — но вы вынудили меня объясниться без всяких недомолвок. Могу только сказать, что не мы, пожилые люди, втянули в попойку этого юношу, а он втянул нас. Он явился в замок почти пьяный и настоял на том, чтобы барон послал в гостиницу за шампанским — у нас, людей умеренных и трезвых, в погребе не было ни бутылки. Это он настоял на игре в карты: это он издевался над нами за то, что мы якобы боимся играть, и под конец бросил ни на чем не основанное наглое и нестерпимое оскорбление: обвинил в мошенничестве».

— Я не верю этому, — сказал Крейн, а дочь его молчала, повернув бледное задумчивое лицо к детективу-любителю, продолжавшему свое повествование.

— «О, я не жду, что вы поверите мне на слово, — так говорил Ле-Карон. — Спросите Лоррена, спросите самого доктора Вандама, который ходил в гостиницу за вином и поэтому не присутствовал в доме, когда произошла ссора. Он задержался там и вряд ли сожалеет теперь, что не замешан в эту историю. Он, как и я, гордится своими «буржуазными» правилами. Наконец, спросите хозяина гостиницы: он вам скажет, что вино было куплено вечером, значительно позднее, чем приехал молодой человек. Справьтесь на вокзале: вам скажут, когда он приехал. Вы легко можете проверить мои слова».

— Вижу по вашему лицу, — тихо сказала девушка, — что вы все проверили. И все оказалось правдой.

— Вы видите главное — самое сердце событий, — ответил Форэн.

— Но не сердца этих господ, — сказала она. — Там, где у них должно быть сердце, я вижу пустое место.

— Вы по-прежнему считаете их злодеями, — проговорил Форэн, — и можно ли упрекать вас за это?

— «Злодеями»! — воскликнул старый джентльмен. — Разве не они убили моего сына?

— Я могу вам только сочувствовать, — заметил француз. — Я знаю, вы не верите, что дуэлянта можно уважать. Я только говорю, что этих дуэлянтов, по-видимому, все уважают. Я проверил то, что они мне рассказали, и поинтересовался их прошлым. Эти люди занимаются коммерцией, дело у них солидное и весьма крупное. Я имею доступ к полицейским досье, и любой скандал, в котором они могли быть замешаны, был бы мне известен. Простите меня, если я скажу, что, по моему мнению, дуэль иногда бывает оправдана. Эту дуэль я не собираюсь оправдывать. Я только предупреждаю вас, что, возможно, им удастся оправдать ее в глазах французского общества.

— Да, да, — проговорила девушка. — Чем больше вы о них говорите, тем ужаснее они становятся. О, нет страшнее человека, чем тот, кто всегда может оправдаться! Честный человек непременно что-нибудь да недосмотрит, как мой бедный брат, но негодяй всегда во всеоружии. Есть ли на свете что-нибудь более кощунственное, чем суд над заведомым негодяем, когда его дело «чистое», как выражаются адвокаты? Судья с торжественным видом подводит итог, присяжные соглашаются, полиция повинуется, и все идет как по маслу… Что может быть отвратительнее, чем запах этого масла! В такие минуты я чувствую, что не в силах ждать, покуда судный день взломает их повапленные гробы.

— Именно в такие минуты я дерусь на дуэли, — тихо проговорил Форэн.

— В такие минуты? — вздрогнув, повторила она.

— Да, — ответил француз, поднимая голову. — Мадемуазель, вы сейчас выступили в защиту настоящей дуэли. Вы доказали, что бывают случаи, когда честный человек вправе обнажить шпагу. Да, вот в такие минуты я и совершаю преступный, кровавый поступок, который вызывает у вас и вашего отца столь глубокое отвращение. В такие минуты я становлюсь убийцей. Когда нет ни единой трещинки в побелке их гробов, а у меня нет сил ждать божьего суда. Но позвольте напомнить, что вы еще не выслушали до конца рассказа о людях, повергших вас в траур.

Крейн еще смотрел на него с ледяной подозрительностью, однако его дочь, как заметил Форэн, обладала редким чутьем. Она пристально глядела ему в лицо, и глаза ее светлели.

— Неужели вы… — она замолчала, не окончив фразы.

— Да. — Форэн встал. — И как человек кровожадный, я не имею права оставаться долее в столь уважаемом обществе. Да, мадемуазель, я вызвал на дуэль того, кто убил вашего брата.

— На дуэль! — с возмущением воскликнул мистер Крейн. — Еще одна дуэль… еще одно кровопролитие!

Он задыхался от гнева. Но девушка поднялась из-за стола и остановила его царственным движением руки.

— Нет, отец, — сказала она. — Этот джентльмен — наш друг, и он доказал мне, что мы были неправы. Теперь я знаю, что во французском остроумии гораздо больше смысла, чем мы думали. Да, да, и во французской дуэли тоже.

Форэн покраснел и проговорил, понизив голос:

— Мадемуазель, источник моего вдохновения — английский.

И тотчас с коротким поклоном удалился в сопровождении Гарри Монка, поглядывавшего на него с веселым недоумением.

— Не могу надеяться, что это я — английский источник вашего вдохновения, — заметил Монк легкомысленным тоном.

— Вздор, — раздраженно прервал его француз. — Вернемся к делу. Зная, что вы относитесь к дуэли точно так же, как и Крейн-отец, и, стало быть, не сможете представлять мои интересы при поединке, я обратился к секундантам убитого. Мне кажется, молодой Лоррен будет очень полезен — он поможет нам разобраться в этом таинственном деле. Я с ним побеседовал и убедился в его необычайной одаренности.

— А со мной вы беседовали годами, — смеясь, сказал Монк, — и убедились в моей необычайной тупости.

— В вашей необычайной принципиальности, — возразил Форэн. — Вот почему я не обратился к вам за помощью.

Принципы Монка не помешали ему, однако, присутствовать при этом новом поединке, который был подготовлен поспешно и даже с нарушением некоторых правил. Так что прогулки Монка в обществе его странного друга, которые стали под конец казаться каким-то тяжким сном, запутанным и повторяющимся, опять привели его через несколько дней на лужайку перед Шато д'Ораж, на место прежних дуэлей. На этот раз при выборе места исходили, очевидно, из удобства для барона Брюно и его друзей, но в этой уступке было что-то зловещее, и они это чувствовали. Они были настолько не расположены задерживаться там, где уже раз пировали и сражались, что оставили автомобиль барона у ворот, чтобы немедленно вернуться в Париж. Форэн еще раньше заметил, что барон не питает любви к своему замку; теперь же казалось, что он и его друзья возвратились в эти места, подобно привидениям, не по своей воле. Человек предубежденный, вроде Маргарет Крейн, сказал бы, что они предчувствовали роковую развязку. Однако гораздо правдоподобнее и убедительнее было бы предположить, что их, людей тихих и добропорядочных, вполне естественно угнетало это место единственного, невольно совершенного ими кровопролития. Как бы то ни было, смуглое лицо барона казалось унылым и мрачным, а Ле-Карон, стоявший со шпагой в руке на той же лужайке, был так бледен, что его рыжая борода была похожа на фальшивую или, по крайней мере, крашеную. Монку почудилось, что блестящее острие его шпаги слегка колеблется, словно державшая его рука дрожала.

Старый парк, затененный высокими соснами, стоял заброшенный и почти бесцветный в своем запустении; пройдут столетия, думал Монк, а парк останется все тем же. Белый утренний свет усиливал серые тона, и Монк поймал себя на мысли, что его окружает пепельно-бледная растительность доисторических эпох. Всему виною, видимо, были его натянутые нервы. И неудивительно. Ведь предстояла третья дуэль на том месте, где две предыдущие кончились смертью, и он не мог избавиться от опасения: не суждено ли его другу стать третьей жертвой? Во всяком случае, подготовка дуэли, по его мнению, невыносимо затянулась. Ле-Карон затеял вполголоса продолжительное совещание с угрюмым бароном, и даже секунданты Форэна — молодой Лоррен и доктор — больше были склонны медлить и шептаться, чем переходить к делу. Все это было тем более странно, что сама схватка, когда она, наконец, произошла, завершилась в одно мгновение, словно ловкий цирковой номер.

Едва успели скреститься шпаги противников, как Ле-Карон оказался обезоруженным. Его сверкающая шпага, словно живая, выскользнула у него из пальцев, вращаясь, перелетела через стену — и слышно было, как стальной клинок со звоном ударился о каменистую дорогу. Форэн обезоружил его одним поворотом кисти.

Едва успели скреститься шпаги противников, как Ле-Карон оказался обезоруженным.

Форэн выпрямился и, отсалютовав шпагой, сказал:

— Господа, если вы удовлетворены, я со своей стороны вполне удовлетворен, тем более что причина ссоры была не столь велика. Можно считать, что честь обеих сторон восстановлена. К тому же, как мне кажется, господа торопятся обратно в Париж?

Монк уже давно понял, что его друг не склонен углублять ссору: он много раз отзывался о своих противниках как о спокойных, солидных торговцах. Вместе с тем у англичанина возникло странное ощущение — видимо, своего рода нервная реакция, — будто люди эти вдруг потеряли свою значительность, стали зауряднее и уродливее. Орлиный нос Ле-Карона напоминал теперь обычный крюк; прекрасный костюм сидел на нем как-то неловко, точно на кукле, наряженной наспех; и даже солидный и важный барон походил теперь скорее на большой манекен из портняжной мастерской. Но самое странное впечатление произвел на него второй секундант Ле-Карона, бритоголовый Валанс: он стоял позади всех, широко расставив ноги, и невесело ухмылялся. Когда барон в сопровождении побежденного дуэлянта с мрачным видом направился через калитку к ожидавшему их на дороге автомобилю, Форэн подошел к Валансу и (к вящему удивлению Монка) вступил с ним в быстрый, но негромкий разговор, продолжавшийся несколько минут. Только когда Брюно из-за ограды громко позвал Валанса, тот повернулся и вышел из парка.

— Бандиты уходят со сцены! — неожиданно весело воскликнул Форэн. — А теперь мы, четверо сыщиков, отправимся наверх и осмотрим бандитское логово.

И он стал подыматься вверх по крутому склону к замку, а за ним цепочкой потянулись остальные. На полпути Монк, следовавший сразу же за своим другом, внезапно проговорил:

— Итак, вы все-таки не убили его?

— Я не хотел его убивать, — ответил француз.

— Чего же вы хотели?

— Выяснить, умеет ли он фехтовать, — ответил Форэн. — Оказывается, нет.

Озадаченный Монк молча разглядывал его прямую высокую спину, затянутую в серый сюртук, пока Форэн не заговорил опять:

— Помните, старый Крейн рассказывал, что его несчастный сын получал призы за фехтование? А рыжебородый Ле-Карон едва умеет держать шпагу в руке. Это вполне естественно: ведь, как я уже говорил, он всего лишь солидный коммерсант и привык иметь дело с золотом, а не со сталью.

— Но постойте, любезнейший! — раздраженно воскликнул Монк, обращаясь к спине своего друга. — Что же, черт побери, все это значит? Убит же Крейн на дуэли?

— Никакой дуэли не было, — не оборачиваясь, проговорил Форэн.

Доктор Вандам, шедший позади Монка, издал короткий возглас изумления. Однако, несмотря на все расспросы, Форэн ничего больше не сказал, пока они не очутились в длинной комнате, где по стенам висело оружие и стоял шкафчик из черного дерева со зловещими херувимами, казавшимися еще чернее, чем прежде. Форэн смутно чувствовал какое-то противоречие между их окраской и формой, оно казалось ему кощунственным. Черные херувимы были как Черная Месса: они олицетворяли мысль о том, что преисподняя — перевернутая копия неба, вроде сада, отраженного в озере.

Стряхнув с себя минутное наваждение, он склонился над ящиками шкафчика, и когда он заговорил, тон у него был не очень серьезный.

— Мосье Лоррен, вы знаете этот дом, — сказал он, — полагаю, знаете и этот шкаф, и даже этот ящик. Его, как видно, недавно открывали.

Действительно, ящик был задвинут неплотно, и Форэн рывком вытащил его. Молча он отнес его в круглую комнату, поставил на карточный стол и предложил трем своим спутникам придвинуть стулья и сесть поближе к столу. Ящик был наполнен старинными вещами, какие встречаются в антикварных лавках, — их особенно любил описывать Бальзак: потемневшие монеты, потускневшие драгоценности и разные безделушки, о которых рассказывают столько историй, вымышленных и правдивых.

— Ну и что же дальше? — спросил Монк. — Вы намерены извлечь что-нибудь из ящика?

— Не совсем так, — ответил следователь. — Я, пожалуй, лучше положу в него кое-что.

Он вынул из кармана медальон с потемневшим портретом и в задумчивости подержал его на ладони.

— Теперь мы должны задать себе вопрос, — продолжал детектив, обращаясь к своим помощникам: — Почему молодой Крейн носил с собой медальон с портретом графини?

В Париже он вел весьма рассеянную жизнь, — мрачно заметил доктор Вандам.

— Но если графиня хорошо его знала, — возразил Форэн, — то странно, почему она осталась равнодушной к его печальной кончине.

— Быть может, она слишком хорошо его знала, — со смешком предположил Лоррен. — Или же, хоть это неприятно говорить, она могла обрадоваться, что избавилась от него. Про нее рассказывают вещи и похуже: когда ее муж, старый граф…

— Вы знаете этот дом, мосье Лоррен? — повторил Форэн, глядя ему прямо в глаза. — Я думаю, медальон был взят отсюда.

И он бросил его в ящик на груду разноцветных диковинок.

Глаза Лоррена, словно два черных алмаза, как зачарованные остановились на этой груде. Казалось, от волнения он не мог говорить.

Форэн продолжал:

— Я думаю, бедняга Крейн нашел медальон здесь. Пли кто-то другой нашел его и передал Крейну. Или же кто-то... Кстати, взгляните — итальянская цепочка пятнадцатого века, подлинный Ренессанс, если я не ошибаюсь. О, здесь есть настоящие ценности, мосье Лоррен, — ведь вы, кажется, знаток таких вещей?

— Да, я немного разбираюсь в Ренессансе, — ответил Лоррен, а бедный доктор Вандам метнул на него из-под очков какой-то странный взгляд.

— Мне думается, здесь еще было кольцо, — продолжал Форэн. — Я положил на место медальон. Не соблаговолите ли вы, мосье Лоррен, положить на место кольцо?

Лоррен, все еще улыбаясь, поднялся и двумя пальцами вытащил из жилетного кармана небольшое золотое кольцо с зеленым камнем.

В следующее мгновение Форэн выбросил вперед руку и поймал его запястье. Но это стремительное, как удар шпаги, движение все же запоздало. Еще секунд пять молодой Лоррен, с улыбкой на устах и со старинным кольцом на пальце, неподвижно стоял у стола. Потом ноги его скользнули по гладкому полу, и он повалился, уже мертвый, на стол, рассыпав черные кудри по груде драгоценного хлама. Почти одновременно с этим доктор Вандам отскочил к окну, выпрыгнул из него и, как кошка, бросился вниз по склону.

— Не двигайтесь, — невозмутимо проговорил Форэн. — Полиция сделает свое дело. Я организовал за ними слежку еще в Париже в тот день, когда осмотрел труп Крейна.

— Но ведь вы и раньше видели рану у него на теле! — воскликнул его обескураженный друг.

— Не на теле, а на пальце, — ответил Форэн. Минуту или две он молча стоял над мертвым Лорреном, глядя на него через стол с жалостью и еще с каким-то чувством, близким к восхищению.

— Странно, — проговорил наконец Форэн, — что он умер именно здесь, уткнувшись головой в этот мусорный ящик: он был рожден среди таких диковинок и очень ценил их. Вы, конечно, заметили, что он был почти гениален, не хуже вашего молодого Дизраэли. Он тоже мог бы добиться успеха и прославиться на весь мир. Какие-нибудь две-три ошибки, вроде разбитой в темноте парниковой рамы, — вот он лежит мертвый среди мертвого хлама, словно в лавке ростовщика, где он появился на свет…

В следующий раз Форэн встретился со своими друзьями в одной из комнат Sûreté[1]. Монк немного запоздал; все уже сидели вокруг стола, и он остановился на пороге, пораженный. Разумеется, он не удивился, увидев старого Крейна и его дочь, сидевших напротив Форэна; он также без труда догадался, что председательствующий за столом человек с белой бородой и красной ленточкой в петлице не кто иной, как начальник полиции. Но голова у него пошла кругом при виде широких плеч, коротко стриженных волос и зловеще красивого лица молодого Валанса, второго секунданта Ле-Карона.

Когда Монк вошел, старый Крейн произносил речь, как всегда преисполненную сдержанного негодования и сознания собственной правоты:

— Я посылаю своего сына с деловым поручением к почтенной фирме «Миллер, Мосс и Гартман», — это одна из солиднейших компаний в цивилизованном мире, сэр, с филиалами в Америке и в колониях, крупная, как Английский банк. И что же происходит? Едва он ступил на вашу землю, как его заманили в круг игроков, пьяниц и дуэлянтов и зарезали в варварской стычке.

— Мистер Крэйн, — вежливо обратился к нему Форэн. — Простите, но я должен возразить вам и одновременно принести свои поздравления. Я сообщу вам самые радостные вести, какие только может услышать отец в таком горе. Вы несправедливы к своему сыну. Он не пил, не играл и не дрался на дуэли. Он во всем был послушен вам. Свое время он целиком посвятил переговорам с господами

[1] Sûreté — французская охранная полиция.

Миллером, Моссом и Гартманом; он умер, отстаивая ваши интересы, умер, но не предал вас.

Девушка быстро подалась вперед; бледное лицо ее лучилось трепетным светом.

— Что это значит? — спросила она. — Кто же тогда эти люди со шпагами и такими гнусными лицами? Что они делали? Кто они?

— На это я отвечу вам так, — спокойно проговорил француз, — эти люди — господа Миллер, Мосс и Гартман, хозяева одной из солиднейших фирм в цивилизованном мире, крупной, как Английский банк.

Сидящие за столом молчали. Говорил только Форэн, но теперь его голос звучал по-иному — в нем слышался вызов:

— О, как мало вы, богатые властители современного мира, знаете о современном мире! Что знаете вы о Миллере, Моссе и Гартмане кроме того, что они имеют отделения во всех странах и что фирма их крупная, как Английский банк? Вы знаете, что они добрались до самых отдаленных уголков земли, но разве вы знаете, откуда они сами взялись? Разве кого-нибудь ставят в известность, если у фирмы меняются владельцы или у владельцев меняются имена? Миллер, скорее всего, умер лет двадцать тому назад — если он вообще когда-нибудь жил. В наше время для таких личностей открыт доступ через черный ход в любую фирму, а спрашиваем ли мы, откуда, из какой сточной канавы они вышли? А вы еще думаете, что ваш сын погиб оттого, что посещал мюзик-холлы, и хотите закрыть все таверны, чтобы уберечь его от дурного общества! Поверьте, уж лучше тогда закрыть банки.

Маргарет Крейн, все еще не отрываясь, глядела на него лучистыми глазами.

— Но, бога ради, что же произошло? — воскликнула она.

Следователь слегка повернулся на стуле и сдержанным жестом указал на сидящего за столом Валанса, чье лицо казалось высеченным из цветного камня.

— Среди нас находится человек, — сказал Форэн, — которому эта удивительная история известна во всех подробностях. Относительно его собственной истории нам тревожиться нечего. Из пяти принимавших участие в этом трагическом фарсе он безусловно самый честный, и потому только он сидел в тюрьме. Страсть толкнула на путь преступления того, кто был прежде веселым донжуаном. Это позволило более респектабельным негодяям накинуть ему петлю на шею, и потому он сегодня скорее беглец, чем предатель. В ту ужасную ночь он держал свечу, освещая дорогу дьяволу, но не поклонялся ему. Во всяком случае, тем дьяволам он не поклонялся.

Наступила продолжительная пауза. Наконец, каменные губы бритоголового Аполлона зашевелились, и он заговорил:

— Я не буду досаждать вам подробным рассказом о людях, которым мне пришлось служить. Их настоящие имена не Лоррен, Ле-Карон и так далее, и не Миллер, Мосс и так далее, хотя в обществе они известны под первыми, а в деловом мире — под вторыми. Сейчас нам нет нужды беспокоиться об их именах — сами они, я уверен, никогда о них не беспокоились. Это крупные международные ростовщики; я был в их власти, они держали меня при себе в качестве телохранителя, чтобы разоренные ими люди не могли расправиться с ними по заслугам. Драться на дуэли было им так же мало свойственно, как участвовать в крестовых походах. С графиней я тоже немного знаком. К этому делу она не имеет никакого отношения, я только снял у нее ненадолго Шато д'Ораж. Однажды вечером Лоррену — несмотря на молодость, он был у них главарем, и вообще он самый ловкий негодяй в Европе — вздумалось изучить содержимое ящика, который он вытащил из черного шкафчика и поставил на круглый карточный стол. Среди старинных вещей он нашел там итальянское кольцо и, сказав нам, что оно отравлено, стал объяснять его устройство: в таких игрушках он разбирался неплохо. И вдруг он молниеносным движением руки прикрыл ящик, словно скупщик краденого, услышавший шаги полицейского. Он тут же спохватился и вновь принял обычный спокойный вид — опасности не было. Но это движение говорило о его прошлом. Виной переполоху был человек, который незаметно появился и молча стоял в дверях. Это был стройный светловолосый элегантный юноша в шелковом цилиндре, который он снял, входя в комнату. «Мое имя Крейн», — проговорил он чуть смущенно и, сняв перчатку, протянул руку, которую Лоррен пожал с большой теплотой. Остальные присоединились к его радушному приветствию, и вскоре я понял, что это компаньон какой-то солидной фирмы, с которой им предстояло вести переговоры о слиянии.

В круглом зале все были приветливы и веселы, но когда молодой Крейн, оставив цилиндр и перчатки на столе возле ящика, последовал за старым Брюно во внутренние комнаты, переговоры, видимо, пошли не так-то гладко. Сам я не совсем понимал, в чем дело, но наблюдал за остальными тремя, а они понимали все. И я пришел к выводу, что Брюно от их имени делал новому младшему партнеру предложение, с точки зрения Брюно более чем приемлемое и совершенно неприемлемое с точки зрения юного Крейна. Вначале они не сомневались в успехе, но беседа во внутренних комнатах все продолжалась, и Вандам с Ле-Кароном стали мрачно переглядываться. Потом к нам донесся громкий негодующий голос: «Вы хотите сказать, сэр, что на этом должен пострадать мой отец?» И после неразборчивого ответа: «Ваше доверие, сэр? Я дорожу доверием своего отца. И немедленно доведу до его сведения это поразительное предложение… Нет, сэр, меня подкупить нельзя». Я следил за лицом Лоррена, оно вдруг стало старым, как пожелтевший пергамент, а глаза блестели, как старинные камни, разбросанные по столу. Он нагнулся вперед и, приблизив губы к уху Вандама, проговорил: «Его нельзя выпустить отсюда. Если он выйдет из этого дома, погибнет все наше дело». — «Но мы не можем задержать его», — прошептал доктор; у него зуб на зуб не попадал. «Не можем!..» — словно завороженный проговорил Лоррен. — О, все можно сделать. Правда, до сих пор мне не приходилось…»

Он достал из ящика отравленное кольцо. Затем поспешно вынул из цилиндра, оставленного юношей, перчатку. Из-за двери в это время снова послышался громкий возмущенный голос: «Я сообщу ему о том, что вы просто шайка воров!» — и Лоррен быстро сунул кольцо в палец перчатки, а уже в следующее мгновение ее владелец ворвался в комнату. Он с треском расправил свой цилиндр, яростно натянул перчатки и устремился к двери в сад. Широко распахнув стеклянные створки, он шагнул навстречу закату и упал мертвый на траву. Помню, как катился вниз по склону его высокий цилиндр и как ужасно было это зрелище — цилиндр еще катился между кустов, а юноша лежал неподвижный.

— Он умер, как солдат, защищая знамя, — сказал Форэн.

— Вы, наверное, уже сами догадались, что произошло потом, — продолжал Валанс. — В ту ночь сам дьявол вдохновлял Лоррена — ему принадлежит идея всей этой инсценировки, продуманной до мельчайших деталей. В каждом убийстве самое трудное — спрятать труп. И он решил не прятать, а показать его всем. Он решил, так сказать, сделать его центром внимания. Лоррен расхаживал взад и вперед по залу, его подвижное лицо все время менялось, отражая работу мысли, и вдруг он заметил скрещенные шпаги над камином. «Этот человек убит на дуэли, — сказал он. — В Англии он бы погиб на охоте, в России — при взрыве бомбы, а во Франции он убит на дуэли. Если мы все возьмем на себя малую вину, никто не будет доискиваться до большой. Неплохое правило для признаний», — и у него на лице снова заиграла зловещая усмешка. И он инсценировал не только дуэль, но и пьяную ссору, которая должна была ее объяснить. Они не солгали, утверждая, что за шампанским послали уже после появления юноши. За ним действительно послали после приезда Крейна. За ним послали после его смерти. Они старательно разбросали карты, перевернули и кресло, не упустили ничего. Только вот колоду не перетасовали, и мосье Форэн это заметил. Потом с Ле-Карона — у него наружность самая приметная — сняли фрак, то же самое сделали с мертвым юношей, а затем Лоррен спокойно пронзил шпагой сердце, которое уже не билось. Так он совершил второе убийство, еще ужаснее первого. Потом в темноте, незадолго до зари, они перенесли тело вниз, чтобы день застал его уже на месте дуэли. Лоррен предусмотрел множество мелочей: он вынул из шкафчика миниатюрный портрет графини и положил его в карман убитого, чтобы навести на ложный след, — и это отчасти ему удалось. Он не тронул письма мистера Крейна, потому что в нем содержится предостережение против беспутства, лишь подчеркивавшее правдоподобие всей инсценировки. Все было рассчитано и предусмотрено, и если бы Ле-Карон не угодил в темноте ногой в парниковую раму, то, вероятно, даже мосье Форэн не отыскал бы в этой истории неувязки.

Маргарет Крейн твердыми шагами вышла из полиции, но на верхней ступеньке пошатнулась и чуть не упала. Форэн поддержал ее за локоть, и некоторое время они глядели друг на друга, потом спустились вниз и вместе пошли по улице. В этом трагическом деле она потеряла брата, а что приобрела — это уже выходит за пределы нашего рассказа о пятерке авантюристов или, как она называла его впоследствии, «рассказа о пятерке шпаг». Маргарет задала еще один вопрос по этому делу, а затем беседа их перешла совсем в другую область. Она только спросила: «Что убедило вас окончательно — царапина на пальце?»

— Отчасти меня убедил палец, — согласился Форэн. — Отчасти лицо. Что-то в его лице, таком чистом, подсказало мне, что он не кутила и что он умер с честью. Что-то юное — нет, еще благородней юности и красивей красоты... Потом я увидел все это снова. Собственно, то, что со мной произошло, противоположно тому, что описано у Ростана: «Monsieur de Bergerac, je suis ta cousine»[1].

— Я не поняла, — сказала Маргарет.

— Меня убедило фамильное сходство, — пояснил ее спутник.

---

[1] Мосье де Бержерак, я твоя кузина (франц.).

Сапфировый крест

Между серебряной лентой утреннего неба и зеленой блестящей лентой моря пароход причалил к берегу Англии и выпустил на сушу темный рой людей. Тот, за кем мы последуем, не выделялся из них — он и не хотел выделяться. Ничто в нем не привлекало внимания; разве что праздничное щегольство костюма не совсем вязалось с деловой озабоченностью взгляда. Легкий серый сюртук, белый жилет и серебристая соломенная шляпа с серо-голубой лентой оттеняли смуглоту его лица и черный клинышек эспаньолки, которой больше бы пристали брыжжи елизаветинских времен. Приезжий курил сигару с серьезностью бездельника. Никто бы не подумал, что под серым сюртуком кроется заряженный револьвер, под белым жилетом — удостоверение сыщика, а под соломенной шляпой — одна из лучших голов Европы. Это был сам Валантэн, глава парижского сыска, величайший детектив мира. А приехал он из Брюсселя, чтобы изловить величайшего преступника эпохи.

Фламбо был в Англии. Полиция трех стран наконец выследила его, от Гента до Брюсселя, от Брюсселя до Хук ван Холланда[1], решила, что он поедет в Лондон — туда съехались в те дни католические священники и легче было затеряться в сутолоке приезжих. Валантэн не знал еще, кем он прикинется — мелкой церковной сошкой или секретарем епископа; никто ничего не знал, когда дело касалось Фламбо.

Прошло много лет с тех пор как этот гений воровства перестал будоражить мир и, как говорили после смерти Роланда, на земле

[1] Хук ван Холланд — порт в Голландии.

воцарилась тишина. Но в лучшие (то есть в худшие) дни Фламбо был известен не меньше, чем кайзер. Чуть ли не каждое утро газеты сообщали, что он избежал расплаты за преступление, совершив новое, еще похлеще. Он был гасконец, очень высокий, сильный и смелый. О его великаньих шутках рассказывали легенды: однажды он поставил на голову следователя, чтобы «прочистить ему мозги»; другой раз пробежал по Рю де Риволи с двумя полицейскими под мышкой. К его чести, он пользовался своей силой только для таких бескровных, хотя и унижающих жертву дел. Он никогда не убивал — он только крал, изобретательно и с размахом. Каждую из его краж можно было счесть новым грехом и сделать темой рассказа. Это он основал в Лондоне знаменитую фирму «Тирольское молоко», у которой не было ни коров, ни доярок, ни бидонов, ни молока, зато были тысячи клиентов; обслуживал он их очень просто: переставлял к их дверям чужие бидоны. Однако большей частью аферы его были обезоруживающе просты. Говорят, он перекрасил ночью номера домов на целой улице, чтобы заманить кого-то в ловушку. Именно он изобрел портативный почтовый ящик, который вешал в тихих предместьях, надеясь, что кто-нибудь забредет туда и бросит в ящик посылку или деньги. Он был великолепным акробатом; несмотря на свой рост, он прыгал как кузнечик и лазал по деревьям не хуже обезьяны. Вот почему, выйдя в погоню за ним, Валантэн прекрасно понимал, что в данном случае найти преступника — еще далеко не все.

Но как его хотя бы найти? Об этом и думал теперь прославленный сыщик.

Как ни ловко маскировался Фламбо, одного он скрыть не мог — своего огромного роста. Если бы меткий взгляд Валантэна остановился на высокой зеленщице, бравом гренадере или даже статной герцогине, он задержал бы их немедля. Но все, кто попадался ему на пути, походили на переодетого Фламбо не больше, чем кошка — на переодетую жирафу. На пароходе он всех изучил; в поезде же с ним ехали только шестеро: коренастый путеец, направлявшийся в Лондон; три невысоких огородника, севших на третьей станции; миниатюрная вдова из эссекского местечка и совсем низенький священник из эссекской деревушки. Дойдя до него, сыщик махнул рукой и чуть не рассмеялся. Маленький священник воплощал самую суть этих скучных мест: глаза его были бесцветны, как Северное море, а при взгляде на его лицо вспоминалось, что жителей Норфолка зовут клецками. Он никак не мог управиться с какими-то пакетами. Конечно, церковный съезд пробудил от сельской спячки немало священников, слепых и беспомощных, как выманенный из земли крот. Валантэн, истый француз, был суровый скептик и не любил попов. Однако он их жалел, а этого пожалел бы всякий. Его большой старый зонт то и дело падал; он явно не знал, что делать с билетом, и простодушно до глупости объяснял всем и каждому, что должен держать ухо востро, потому что везет «настоящую серебряную вещь с синими камушками». Забавная смесь деревенской бесцветности со святой простотой потешала сыщика всю дорогу; когда же священник с грехом пополам собрал пакеты, вышел и тут же вернулся за зонтиком, Валантэн от души посоветовал ему помолчать о серебре, если он хочет его уберечь. Но с кем бы Валантэн ни говорил, он искал взглядом другого человека — в бедном ли платье, в богатом ли, в женском или мужском, только не ниже шести футов. В знаменитом преступнике было шесть футов четыре дюйма[1].

Как бы то ни было, вступая на Ливерпул-стрит, он был уверен, что не упустил вора. Он зашел в Скотленд-Ярд, назвал свое имя и договорился о помощи, если она ему понадобится, потом закурил новую сигару и отправился бродить по Лондону. Плутая по улочкам и площадям к северу от станции Виктория, он вдруг остановился. Площадь — небольшая и чистая — поражала внезапной тишиной; есть в Лондоне такие укромные уголки. Строгие дома, окружавшие ее, дышали достатком, но казалось, что в них никто не живет; а в центре — одиноко, словно остров в Тихом океане, — зеленел усаженный кустами газон. С одной стороны дома были выше, словно помост в конце зала, и ровный их ряд, внезапно и очень по-лондонски, разбивала витрина ресторана. Казалось, этот ресторан забрел сюда из

[1] 6 футов 4 дюйма — 1 м 93 см.

Сохо[1]; все привлекало в нем — и деревья в кадках, и белые в лимонную полоску шторы. Дом был по-лондонски узкий, вход находился очень высоко, и ступеньки поднимались круто, словно пожарная лестница. Валантэн остановился, закурил и долго глядел на полосатые шторы.

Самое странное в чудесах то, что они случаются. Облачка собираются вместе в неповторимый рисунок человеческого глаза. Дерево изгибается вопросительным знаком как раз тогда, когда вы не знаете, как вам быть. И то и другое я видел на днях. Нельсон гибнет в миг победы, а некий Уильямс убивает случайно Уильямсона (похоже на сыноубийство!). Короче говоря, в жизни, как и в сказках, бывают совпадения, но прозаические люди не принимают их в расчет. Как заметил некогда Эдгар По, мудрость должна полагаться на непредвиденное.

Аристид Валантэн был истый француз, а французский ум — это ум, и ничего больше. Он не был «мыслящей машиной»; ведь эти слова — неумное порождение нашего бескрылого фатализма: машина потому и машина, что не умеет мыслить. Он был мыслящим человеком, и мыслил он здраво и трезво. Своими похожими на колдовство победами он был обязан тяжелому труду, простой и ясной французской мысли. Французы будоражат мир не парадоксами, а общими местами. Они облекают прописные истины в плоть и кровь — вспомним их революцию. Валантэн знал, что такое разум, и потому знал границы разума. Только тот, кто ничего не смыслит в машинах, попытается ехать без бензина; только тот, кто ничего не смыслит в разуме, попытается размышлять без твердой, неоспоримой основы. Сейчас основы не было. Он упустил Фламбо в Норвиче, а здесь, в Лондоне, тот мог принять любую личину и оказаться кем угодно, от верзилы-оборванца в Уимблдоне до атлета-кутилы в отеле «Метрополь».

Когда Валантэн ничего не знал, он применял свой метод. Он полагался на непредвиденное. Если он не мог идти разумным путем,

[1] Сохо — живописный квартал в центре Лондона.

он тщательно и скрупулезно действовал вопреки разуму. Он шел не туда, куда следует, — не в банки, полицейские участки, злачные места, а туда, куда не следует: стучался в пустые дома, сворачивал в тупики, лез в переулки через горы мусора, огибал любую площадь, петлял. Свои безумные поступки он объяснял весьма разумно. Если у вас есть ключ, говорил он, так делать не стоит; но если ключа нет — делайте только так. Любая странность, зацепившая внимание сыщика, могла зацепить и внимание преступника. С чего-то надо начать; почему же не начать там, где мог остановиться другой? В крутизне ступенек, в тихом уюте ресторана было что-то необычное. Романтическим нюхом сыщика Валантэн почуял, что тут стоит остановиться. Он взбежал по ступенькам, сел у окна и спросил черного кофе.

Было позднее утро, а он еще не завтракал. Остатки чужой еды на столиках напомнили ему, что он проголодался; он заказал яйцо всмятку и рассеянно положил в кофе сахар, думая о Фламбо. Он вспоминал, как тот использовал для побега то ножницы, то пожар, то доплатное письмо без марки, а однажды собрал толпу к телескопу, чтоб смотреть на мнимую комету. Валантэн считал себя не глупее Фламбо и был прав. Но он прекрасно понимал невыгоды своего положения. «Преступник — творец, сыщик — критик», — сказал он, кисло улыбнулся, поднес чашку к губам и быстро опустил. В кофе была соль.

Он посмотрел на сосуд, из которого брал серебристые крупинки. Это была сахарница, предназначенная для сахара, точно так же как бутылка — для вина. Он удивился, что здесь держат в сахарницах соль, и посмотрел, нет ли где солонки. На столе стояли две, полные доверху. Может, и с ними не все в порядке? Он попробовал; в них был сахар. Тогда он окинул вспыхнувшим взглядом другие столики — не проявился ли в чем-нибудь изысканный вкус шутника, переменившего местами соль и сахар? Все было опрятно и приветливо, если не считать темного пятна на светлых обоях. Валантэн кликнул лакея.

Растрепанный и сонный лакей подошел к столику, и сыщик (ценивший простую, незамысловатую шутку) предложил ему попробовать сахар и сказать, соответствует ли он репутации заведения. Лакей попробовал, охнул и проснулся.

— Вы всегда шутите так тонко? — спросил Валантэн. — Вам не приелся этот розыгрыш?

Когда ирония дошла до лакея, тот, сильно запинаясь, заверил, что ни у него, ни у хозяина и в мыслях не было ничего подобного. Вероятно, они просто ошиблись. Он взял сахарницу и осмотрел ее; взял солонку и осмотрел ее, удивляясь все больше и больше. Наконец он быстро извинился, убежал и привел хозяина. Тот тоже обследовал сахарницу и солонку и тоже удивился.

Вдруг лакей захлебнулся словами.

— Я вот что думаю, — затараторил он. — Я думаю, это те священники.

— Какие священники?

— Те, двое, — пояснил лакей. — Которые стену супом облили.

— Облили стену супом? — переспросил Валантэн, думая, что это итальянская поговорка.

— Вот, вот, — волновался лакей, указывая на темное пятно. — Взяли и плеснули.

Валантэн взглянул на хозяина, и тот дал более подробный отчет.

— Да, сэр, — сказал он. — Так оно и было, только сахар и соль тут, наверно, ни при чем. Совсем рано, мы только шторы подняли, сюда зашли два священника и заказали бульон. Люди вроде бы тихие, приличные. Высокий расплатился и ушел, а другой собирал свертки, он какой-то был неповоротливый. Потом он тоже пошел к дверям и вдруг схватил чашку и вылил суп на стену. Я был в задней комнате. Выбегаю — смотрю: пятно, а священника нет. Убыток небольшой, но ведь какая наглость! Я побежал за ними, да не догнал, они свернули на Карстейрс-стрит.

Валантэн уже вскочил, надел шляпу и стиснул трость. Он понял: во тьме неведения надо идти туда, куда направляет вас первый указатель, каким бы странным он ни был. Еще не упали на стол монеты, еще не хлопнула стеклянная дверь, а сыщик уже свернул за угол и бежал по улице.

К счастью, даже в такие отчаянные минуты он не терял холодной зоркости. Пробегая мимо какой-то лавки, он заметил в ней что-то странное и вернулся. Лавка оказалась зеленной; на открытой витрине были разложены овощи и фрукты, а над ними торчали ярлычки с ценами. В самых больших ячейках высилась груда орехов и пирамида мандаринов. Надпись над орехами — синие крупные буквы на картонном поле — гласила: «Лучшие мандарины. Две штуки за пенни»; надпись над мандаринами: «Лучшие бразильские орехи. Четыре пенни фунт». Валантэн прочитал и подумал, что совсем недавно встречался с подобным юмором. Обратившись к краснолицему зеленщику, который довольно угрюмо смотрел вдаль, он привлек его внимание к прискорбной ошибке. Зеленщик не ответил, но тут же переставил ярлычки. Сыщик, небрежно опираясь на трость, продолжал разглядывать витрину. Наконец он спросил:

— Простите за нескромность, сэр, нельзя ли задать вам вопрос из области экспериментальной психологии и ассоциации идей?

Багровый лавочник грозно взглянул на него, но Валантэн продолжал, весело помахивая тростью:

— Почему переставленные ярлычки на витрине зеленщика напоминают нам о священнике, прибывшем на праздники в Лондон? Или — если я выражаюсь недостаточно ясно — почему орехи, поименованные мандаринами, таинственно связаны с двумя духовными лицами, повыше и пониже?

Глаза зеленщика полезли на лоб, как глаза улитки; казалось, он вот-вот кинется на нахала. Но он сердито проворчал:

— А ваше какое дело? Может, вы с ними заодно? Так вы им прямо скажите: попы они там или кто, а рассыплют мне опять яблоки — кости переломаю!

— Правда? — посочувствовал сыщик. — Они рассыпали ваши яблоки?

— Это все тот, коротенький, — разволновался зеленщик. — Прямо по улице покатились. Пока я их подбирал, он и ушел.

— Куда? — спросил Валантэн.

— Налево, за второй угол. Там площадь, — быстро сообщил зеленщик.

— Спасибо, — сказал Валантэн и упорхнул, как фея. За вторым углом налево он пересек площадь и бросил полисмену:

— Срочное дело, констебль. Не видели двух патеров? Полисмен засмеялся басом.

— Видел, — сказал он. — Если хотите знать, сэр, один был пьяный. Он стал посреди дороги и...

— Куда они пошли? — резко спросил сыщик.

— Сели в омнибус, — ответил полицейский. — Из этих, желтых, которые идут в Хэмстед.

Валантэн вынул карточку, быстро сказал: «Пришлите двоих, пусть идут за мной!» — и ринулся вперед так стремительно, что могучий полисмен волей-неволей поспешил выполнить его приказ. Через минуту, когда сыщик стоял на другой стороне площади, к нему присоединились инспектор и человек в штатском.

— Итак, сэр, — важно улыбаясь, начал инспектор, — чем мы можем...

Валантэн выбросил вперед трость.

Валантэн выбросил вперед трость.

— Я отвечу вам на империале вон того омнибуса, — сказал он и нырнул в гущу машин и экипажей.

Когда все трое, тяжело дыша, уселись на верхушке желтого омнибуса, инспектор сказал:

— В такси мы бы доехали в четыре раза быстрее.

— Конечно, — согласился предводитель. — Если б мы знали, куда едем.

— А куда мы едем? — ошарашенно спросил инспектор. Валантэн задумчиво курил; потом, вынув изо рта сигару, произнес:

— Когда вы знаете, что делает преступник, забегайте вперед. Но если вы только гадаете — идите за ним. Блуждайте там, где он; останавливайтесь, где он; не обгоняйте его. Тогда вы увидите то, что он видел, и сделаете то, что он сделал. Нам остается одно: подмечать все странное.

— В каком именно роде? — спросил инспектор:

— В любом, — ответил Валантэн и надолго замолчал.

Желтый омнибус полз по северной части Лондона. Казалось, что прошли часы; великий сыщик ничего не объяснял, помощники его молчали, и в них росло сомнение. Быть может, рос в них и голод — давно прошла пора второго завтрака, а длинные улицы северных кварталов вытягивались одна за другой, словно колена какой-то жуткой подзорной трубы. Все мы помним такие поездки — вот-вот покажется край света, но показывается только Тефнел-парк. Лондон исчезал, рассыпался на грязные лачуги, кабачки и хилые пустыри и снова возникал в огнях широких улиц и фешенебельных отелей. Казалось, едешь сквозь тринадцать соседних городов. Впереди сгущался холодный сумрак, но сыщик молчал и не двигался, пристально вглядываясь в улицы, мелькающие мимо. Когда Кэмден-таун остался позади, полицейские уже клевали носом. Вдруг они очнулись: Валантэн вскочил, схватил их за плечи и крикнул кучеру, чтобы тот остановился.

В полном недоумении они скатились по ступенькам и, оглядевшись, увидели, что Валантэн победно указует на большое окно по левую руку от них. Окно это украшало сверкающий фасад большого, как дворец, отеля; здесь был обеденный зал ресторана, о чем и сообщала вывеска. Все окна в доме были из матового узорного стекла; но в середине этого окна, словно звезда во льду, зияла дырка.

— Наконец! — воскликнул Валантэн, потрясая тростью. — Разбитое окно! Вот он, ключ!

— Какое окно? Какой ключ? — рассердился полицейский. — Чем вы докажете, что это связано с ними?

От злости Валантэн чуть не сломал бамбуковую трость.

— Чем докажу! — вскричал он. — О господи! Он ищет доказательств! Скорей всего, это никак не связано. Но что ж нам еще делать? Неужели вы не поняли, что нам надо хвататься за любую, самую невероятную случайность или идти спать?

Он ворвался в ресторан; за ним вошли и полисмены. Все трое уселись за столик и принялись за поздний завтрак, поглядывая то и дело на звезду в стекле. Надо сказать, и сейчас она мало что объясняла.

— Вижу, у вас окно разбито, — сказал Валантэн лакею, расплачиваясь.

— Да, сэр, — ответил лакей, озабоченно подсчитывая деньги. Чаевые были немалые, и, выпрямившись, он явно оживился. — Вот именно, сэр, — сказал он. — Ну и дела, сэр!

— А что такое? — небрежно спросил сыщик.

— Пришли к нам тут двое, священники, — поведал лакей. — Сейчас их много понаехало. Ну, позавтракали они, один заплатил и пошел. Другой чего-то возится. Смотрю — завтрак-то был дешевый, а заплатили чуть не вчетверо. Я говорю: «Вы лишнее дали», а он остановился на пороге и так это спокойно говорит: «Правда?» Взял я счет, хотел ему показать и чуть не свалился.

— Почему? — спросил сыщик.

— Я бы чем хотите поклялся, что там было четыре шиллинга. А тут смотрю — четырнадцать, хоть ты тресни.

— Так! — вскричал Валантэн, медленно поднимаясь на ноги. Глаза его горели. — И что же?

— А он стоит себе в дверях и говорит: «Простите, перепутал. Ну, это будет за окно». — «Какое такое окно?» — говорю. «Которое я разобью», — и трах зонтиком!

Слушатели вскрикнули, а инспектор тихо спросил:

— Мы что, гонимся за сумасшедшим? Лакей продолжал, смакуя смешную историю:

— Я так и сел, ничего не понимаю. А он догнал того, высокого, свернули они за угол и как побегут по Баллок-стрит! Я за ними со всех ног, да куда там — ушли!

— Баллок-стрит! — крикнул сыщик и кинулся по улице так же стремительно, как таинственная пара, за которой он гнался.

Теперь преследователи быстро шли меж голых кирпичных стен, как по туннелю. Здесь было мало фонарей и освещенных окон, казалось, что все на свете повернулось к ним спиной. Сгущались сумерки, и даже лондонскому полисмену нелегко было понять, куда они спешат. Инспектор, однако, не сомневался, что рано или поздно они выйдут к Хэмстедскому Лугу. Вдруг в синем сумраке, словно иллюминатор, сверкнуло выпуклое, освещенное окно, и Валантэн остановился за шаг до лавчонки, где торговали сластями. Поколебавшись секунду, он нырнул в разноцветный мирок кондитерской, подошел к прилавку и со всей серьезностью отобрал тринадцать шоколадных сигар. Он обдумывал, как перейти к делу, но это ему не понадобилось.

Костлявая женщина — старообразная, хотя и нестарая — смотрела с тупым удивлением на элегантного пришельца; но, увидев в дверях синюю форму инспектора, очнулась и заговорила:

— Вы, наверно, за пакетом? — спросила она. — Я его отослала.

— За пакетом?! — повторил Валантэн; пришел черед ему удивляться.

— Ну, который тот мужчина оставил — священник, что ли.

— Ради бога! — воскликнул Валантэн и подался вперед; его пылкое нетерпение прорвалось наконец наружу. — Ради бога, расскажите подробно!

— Ну, — не совсем уверенно начала женщина, — зашли сюда священники, это уж будет с полчаса. Купили мятных лепешек, поговорили про то про се и пошли к Лугу. Вдруг один бежит: «Я пакета не оставлял?» Я туда, сюда — нигде нету. А он говорит: «Ладно. Найдете — пошлите вот по такому адресу». И дал мне этот адрес и еще шиллинг за труды. Вроде бы все обшарила, а ушел он — глядь! — пакет лежит. Ну, я его и послала, не помню уж куда, где-то в Вестминстере. А сейчас я и подумала: наверное, в этом пакете что-то важное, вот полиция за ним и пришла.

— Так и есть, — быстро сказал Валантэн. — Близко тут Луг?

— Прямо идти минут пятнадцать, — сказала женщина. — К самым воротам выйдете.

Валантэн выскочил из лавки и понесся вперед. Полисмены неохотно трусили за ним.

Узкие улицы предместья лежали в тени домов, и, вынырнув на большой пустырь, под открытое небо, преследователи удивились, что сумерки еще так прозрачны и светлы. Круглый купол синевато-зеленого неба отсвечивал золотом меж черных стволов и в темно-лиловой дали. Зеленый светящийся сумрак быстро сгущался, и на небе проступали редкие кристаллики звезд. Последний луч солнца мерцал как золото на вершинах холмов, венчавших излюбленное лондонцами место, что зовется Долиной здоровья. Праздные горожане еще не совсем разбрелись — на скамейках темнели расплывчатые силуэты пар, а где-то вдалеке вскрикивали на качелях девицы. Величие небес осеняло густеющей синью величие человеческой пошлости. И, глядя сверху на Луг, Валантэн увидел, наконец, то, что искал.

Вдалеке чернели и расставались пары; одна из них была чернее всех и держалась вместе. Два человека в черных сутанах уходили вдаль. Они были не крупнее жуков; но Валантэн увидел, что один много ниже другого. Высокий шел смиренно и чинно, как подобает ученому клирику, но было видно, что в нем больше шести футов. Валантэн сжал зубы и ринулся вниз, рьяно вращая тростью. Когда расстояние сократилось и двое в черном стали видны четко, как в микроскоп, он заметил еще одну странность, которая и удивила его и не удивила. Кем бы ни был высокий, маленького Валантэн узнал: то был его спутник, неуклюжий священник из Эссекса, которому он посоветовал смотреть получше за своими свертками.

Пока что все сходилось. Утром сыщику сказали, что некий Браун из Эссекса везет в Лондон серебряный, украшенный сапфирами крест — драгоценную реликвию, которую покажут иностранному клиру. Это и была, конечно, «серебряная вещь с камушками», а Браун, без сомнения, был тот растяпа из поезда. То, что узнал Валантэн, прекрасно мог узнать и Фламбо — Фламбо обо всем узнавал. Конечно, пронюхав про крест, Фламбо захотел украсть его — это проще простого. И уж совсем естественно, что Фламбо легко обвел вокруг пальца священника со свертками и с зонтиком. Такую овцу кто угодно мог бы затащить хоть на Северный полюс, так что Фламбо — блестящему актеру — ничего не стоило затащить его на этот Луг. Покуда все было ясно; сыщик пожалел беспомощного патера и чуть не запрезирал Фламбо, опустившегося до такой доверчивой жертвы. Но что означали странные события, приведшие сюда, к победе, его самого? Как ни думал он, как ни бился — смысла в них не было. Где связь между кражей креста и пятном супа на обоях? Перепутанными ярлычками? Платой вперед за разбитое окно? Он пришел к концу пути, но упустил середину. Иногда, хотя и редко, Валантэн упускал преступника; но ключ находил всегда. Сейчас он настиг преступника, но ключа у него не было.

Священники ползли, как черные мухи по зеленому склону холма. Судя по всему, они беседовали и не замечали, куда идут; но шли они в самый дикий и тихий угол Луга. Преследователям пришлось принимать те недостойные позы, которые принимает охотник, выслеживающий дичь: они перебегали от дерева к дереву, крались и даже ползли по густой траве. Благодаря этим неуклюжим маневрам, охотники подкрались совсем близко к дичи и слышали уже голоса, но слов не разбирали, кроме слова «разум», которое повторял то и дело высокий детский голос. Вдруг путь преградили заросли над обрывом; сыщики потеряли след и плутали минут десять, пока, обогнув гребень круглого, как купол, холма, не увидели в лучах заката прелестную и тихую картину. Под деревом стояла ветхая скамья; на ней серьезно беседовали священники. Зелень и золото еще сверкали у темнеющего горизонта, сине-зеленый купол неба становился зелено-синим, и звезды сверкали ярко, как крупные бриллианты. Валантэн сделал знак своим помощникам, подкрался к большому ветвистому дереву и, стоя там в полной тишине, услышал наконец, о чем говорили странные священнослужители.

Он слушал минуту-другую, и бес сомнения обуял его. А что, если он зря затащил английских полисменов в дальний угол темнеющего парка? Священники беседовали именно так, как должны беседовать священники, — благочестиво, степенно, учено о самых бестелесных тайнах богословия. Маленький патер из Эссекса говорил проще, обратив круглое лицо к разгорающимся звездам. Высокий сидел, опустив голову, словно считал, что недостоин на них взглянуть. Беседа их была невинней невинного; ничего более возвышенного не услышишь в белой итальянской обители или в черном испанском соборе.

Первым донесся конец фразы отца Брауна:

— ...то, что имели в виду средневековые схоласты, когда говорили о несокрушимости небес.

Высокий священник кивнул склоненной головой.

— Да, — сказал он, — безбожники взывают теперь к разуму. Но кто, глядя на эти мириады миров, не почувствует, что там, над нами, могут быть Вселенные, где разум неразумен?

— Нет, — сказал отец Браун, — разум разумен везде. Высокий поднял суровое лицо к усеянному звездами небу.

— Кто может знать, есть ли в безграничной Вселенной... — снова начал он.

— У нее нет пространственных границ, — сказал маленький и резко повернулся к нему, — но за границы нравственных законов она не выходит.

Валантэн сидел за деревом и молча грыз ногти. Ему казалось, что английские сыщики хихикают над ним — ведь это он затащил их в такую даль, чтобы послушать философскую чушь двух тихих пожилых священников. От злости он пропустил ответ высокого и услышал только отца Брауна.

— Истина и разум царят на самой далекой, самой пустынной звезде. Посмотрите на звезды. Правда, они как алмазы и сапфиры? Так вот, представьте себе любые растения и камни. Представьте алмазные леса с бриллиантовыми листьями. Представьте, что луна —

синяя, сплошной огромный сапфир. Но не думайте, что все это хоть на йоту изменит закон разума и справедливости. На опаловых равнинах, среди жемчужных утесов вы найдете все ту же заповедь: «Не укради».

Валантэн собрался было встать — у него затекло все тело — и уползти потише; в первый раз за свою жизнь он сморозил такую глупость. Но высокий молчал как-то странно, и сыщик прислушался. Наконец тот сказал совсем просто, еще ниже опустив голову и сложив руки на коленях:

— А все же я думаю, что другие миры могут подняться выше нашего разума. Неисповедима тайна небес, и я склоняю голову. — И, не поднимая головы, не меняя интонации, прибавил: — Давайте-ка сюда этот крест. Мы тут одни, и я вас могу распотрошить, как чучело.

Оттого что он не менял ни позы, ни тона, эти слова прозвучали еще страшнее. Но хранитель святыни почти не шевельнулся; его глуповатое лицо было обращено к звездам. Может быть, он не понял или окаменел от страха.

— Да, — все так же тихо сказал высокий, — да, я Фламбо. — Помолчал и прибавил: — Ну, дадите вы крест?

— Нет, — сказал Браун, и односложное слово странно прозвенело в тишине.

И тут с Фламбо слетело напускное смирение. Великий вор откинулся на спинку скамьи и засмеялся негромко, но грубо.

— Не дадите! — сказал он. — Еще бы вы дали! Еще бы вы мне его дали, простак-холостяк! А знаете почему? Потому что он у меня в кармане.

Маленький сельский священник повернул к нему лицо — даже в сумерках было видно, как он растерян, — и спросил взволнованно и робко, словно подчиненный:

— Вы... вы уверены? Фламбо взвыл от восторга.

— Нет, с вами театра не надо! — закричал он. — Да, достопочтенная брюква, уверен! Я догадался сделать фальшивый пакет. Так что теперь у вас бумага, а у меня — камешки. Старый прием, отец Браун, очень старый прием.

— Да, — сказал отец Браун и все так же странно, несмело пригладил волосы, — я о нем слышал.

Король преступников наклонился к нему с внезапным интересом.

— Кто? Вы? — спросил он. — От кого ж это вы могли слышать?

— Я не могу назвать вам его имени, — просто сказал Браун. — Понимаете, он каялся. Он жил этим лет двадцать — подменивал свертки и пакеты. И вот, когда я вас заподозрил, я вспомнил про него, беднягу.

— Заподозрили? — повторил преступник. — Вы что, действительно догадались, что я вас не зря тащу в такую глушь?

— Ну да, — виновато сказал Браун. — Я вас сразу заподозрил. Понимаете, у вас запястье изуродовано — это от наручников.

— А, черт! — заорал Фламбо. — Вы-то откуда знаете про наручники?

— От прихожан, — отвечал Браун, кротко поднимая брови. — Когда я служил в Хартлпуле, там у двоих были такие руки. Вот я вас и заподозрил и решил, понимаете, спасти крест. Вы уж простите, я за вами следил. В конце концов я заметил, что вы подменили пакет. Ну, а я подменил снова и настоящий отослал.

— Отослали? — повторил Фламбо, и в первый раз его голос звучал не только победой.

— Да, отослал, — спокойно продолжал священник. — Я вернулся в лавку и спросил, не оставлял ли я пакета. И дал им адрес, куда его послать, если найдут. Конечно, сначала я не оставлял, я только тогда оставил. А она не побежала за мной и послала прямо в Вестминстер, моему другу. Этому я тоже научился от того бедняги. Он так делал с сумками, которые крал на вокзалах. Сейчас он в монастыре. Знаете, в жизни многому научишься, — закончил он, виновато почесывая за ухом. — Что ж нам, священникам, делать? Приходят, рассказывают…

Фламбо уже выхватил пакет из внутреннего кармана и рвал его в клочья. Там не было ничего, кроме бумаги и кусочков свинца. Потом он вскочил, взмахнув огромной рукой, и заорал:

— Не верю! Я не верю, что такая тыква может это все обстряпать! Крест у вас! Не дадите — отберу! Мы одни.

— Нет, — просто сказал отец Браун и тоже встал. — Вы его не отберете. Во-первых, его действительно нет. А во-вторых, мы не одни.

Фламбо замер на месте.

— За этим деревом, — сказал отец Браун, — два сильных полисмена и лучший в мире сыщик. Вы спросите, зачем они сюда пришли? Я их привел. Как? Что ж, я скажу, если хотите. Господи, нам приходится знать много таких штук, когда работаешь в трущобах! Понимаете, я не был уверен, что вы вор, и не хотел оскорблять своего брата священника. Вот я и стал вас испытывать. Когда человеку дадут соленый кофе, он обычно сердится. Если же он стерпит, значит, он боится себя выдать. Я насыпал в сахарницу соль, а в солонку — сахар, и вы стерпели. Когда счет гораздо больше, чем надо, это, конечно, вызывает недоумение. Если человек платит, значит, он хочет избежать сцены. Я приписал единицу, и вы заплатили.

Казалось, Фламбо вот-вот кинется на него, словно тигр. Но вор стоял как зачарованный — он хотел понять.

— Ну вот, — с тяжеловесной дотошностью объяснял отец Браун. — Вы не оставляли следов — кому-то надо же было их оставлять. Всюду, куда мы заходили, я делал что-нибудь такое, чтобы о нас толковали весь день. Я не причинял большого вреда — облил супом стену, рассыпал яблоки, разбил окно, — но я спас крест. Сейчас он в Вестминстере. Странно, что вы не пустили в ход ослиный свисток.

— Чего я не сделал?

— Как хорошо, что вы о нем не слышали! — просиял священник. — Это плохая штука. Я знал, что вы не опуститесь так низко. Тут бы мне не помогли даже пятна — я слабоват в коленках.

— Что вы несете? — спросил Фламбо.

— Ну уж пятна-то, я думал, вы знаете! — обрадовался Браун. — Значит, вы еще не очень испорчены.

— А вы-то откуда знаете всю эту гадость? — воскликнул Фламбо.

— Наверное, потому, что я простак-холостяк, — сказал Браун. — Вы никогда не думали, что человек, который только и делает, что слушает о грехах, должен хоть немного знать мирское зло? Правда, не только практика, но и теория моего дела помогла мне понять, что вы не священник.

— Какая еще теория? — спросил изнемогающий Фламбо.

— Вы нападали на разум, — ответил Браун. — У священников это не принято.

Он повернулся, чтобы взять свои вещи, и три человека вышли в сумерках из-за деревьев. Фламбо был талантлив и знал законы игры: он отступил назад и низко поклонился Валантэну.

— Не мне кланяйтесь, mon ami[1], — сказал Валантэн серебряно звонким голосом. — Поклонимся оба тому, кто нас превзошел.

И они стояли, обнажив головы, пока маленький сельский патер шарил в темноте, пытаясь найти зонтик.

[1] Мой друг (франц.).

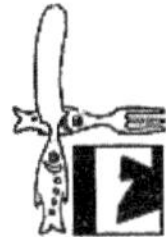

Странные шаги

Если вы встретите члена привилегированного клуба «Двенадцать верных рыболовов», входящего в Вернон-Отель на свой ежегодный обед, то, когда он снимет пальто, вы заметите, что на нем не черный, а зеленый фрак. Предположим, у вас хватит дерзости обратиться к нему и вы спросите его, чем вызвана эта причуда. Тогда, возможно, он ответит вам, что одевается так, чтобы его не приняли за лакея. Вы отойдете уничтоженный, оставляя неразгаданной тайну, достойную того, чтобы о ней рассказать.

Если (продолжая наши неправдоподобные предположения) вам случится встретить скромного труженика, маленького священника, по имени Браун, и вы спросите, что он считает величайшей удачей своей жизни, он, по всей вероятности, ответит вам, что самым удачным был случай в Вернон-Отеле, где он предотвратил преступление, а возможно, и спас грешную душу только тем, что прислушался к шагам в коридоре. Может быть, он даже слегка гордится своей удивительной догадливостью и, скорее всего, сошлется именно на нее. Но так как вам, конечно, не удастся достигнуть такого положения в высшем свете, чтобы встретиться с кем-либо из «Двенадцати верных рыболовов» или опуститься до мира трущоб и преступлений, чтобы встретить там отца Брауна, то боюсь, вы никогда не услышите этой истории, если я вам ее не расскажу.

Вернон-Отель, в котором «Двенадцать верных рыболовов» обычно устраивали свои ежегодные обеды, принадлежал к тем заведениям, которые могут существовать лишь в олигархическом обществе, где здравый смысл заменен требованиями хорошего тона. Он был — как это ни абсурдно — «единственным в своем роде», то есть давал прибыль, не привлекая, а, скорее, отпугивая публику. В обществе, подпавшем под власть богачей, торгаши проявили должную смекалку и перехитрили свою клиентуру. Они создали множество препон, чтобы богатые и пресыщенные завсегдатаи могли тратить деньги и время на их преодоление. Если бы существовал в Лондоне такой фешенебельный отель, куда не впускали бы ни одного человека ростом ниже шести футов, высшее общество стало бы покорно устраивать там обеды, собирая на них исключительно великанов. Если бы существовал дорогой ресторан, который, по капризу своего хозяина, был бы открыт только во вторник вечером, каждый вторник он ломился бы от посетителей. Вернон-Отель незаметно притулился на углу площади в Бельгравии[1]. Он был не велик и не очень комфортабелен, но самое его неудобство рассматривалось как достоинство, ограждающее избранных посетителей. Из всех неудобств особенно ценилось одно: в отеле одновременно могло обедать не более двадцати четырех человек. Единственный обеденный стол стоял под открытым небом, на веранде, выходившей в один из красивейших старых садов Лондона. Таким образом, даже этими двадцатью четырьмя местами можно было пользоваться только в хорошую погоду, что, еще более затрудняя удовольствие, делало его тем более желанным. Владелец отеля, по имени Левер, заработал почти миллион именно тем, что сделал доступ в него крайне затруднительным. Понятно, он умело соединил недоступность своего предприятия с самой тщательной заботой о его изысканности. Вина и кухня были поистине европейскими, а выучка прислуги точно отражала требования английского высшего света. Хозяин знал всех лакеев как свои пять пальцев. Их было всего пятнадцать. Гораздо легче было стать членом парламента, чем лакеем в этом отеле.

---

[1] Бельгравия — квартал в аристократической части Лондона.

Каждый из них прошел курс молчания и исполнительности и был вышколен не хуже, чем личный камердинер истого джентльмена. Обычно на каждого обедающего приходилось по одному лакею.

Клуб «Двенадцать верных рыболовов» не согласился бы обедать ни в каком другом месте, так как он требовал полного уединения, и все его члены были бы крайне взволнованы при одной мысли, что другой клуб в тот же день обедает в том же здании. Во время своего ежегодного обеда рыболовы привыкли выставлять все свои сокровища, словно они обедали в частном доме; особенно выделялся знаменитый прибор рыбных ножей и вилок, своего рода реликвия клуба. Серебряные ножи и вилки были отлиты в форме рыб, и ручки их украшали массивные жемчужины. Прибор этот подавали к рыбной перемене, а рыбное блюдо было самым торжественным моментом торжественного пира. Общество соблюдало целый ряд церемоний и ритуалов, но не имело ни цели, ни истории, в чем и заключалась высшая степень его аристократизма. Для того чтобы стать одним из двенадцати рыболовов, особых заслуг не требовалось; но если человек не принадлежал к определенному кругу, он никогда и не услыхал бы об этом клубе. Клуб существовал уже целых двенадцать лет. Президентом его был мистер Одли. Вице-президентом — герцог Честерский.

Если я хоть отчасти сумел передать атмосферу неприступного отеля, читатель, естественно, может поинтересоваться, откуда же я знаю все это и каким образом такая заурядная личность, как мой друг — отец Браун, оказался в столь избранной компании. Ответ мой будет прост и даже банален. В мире есть очень древний мятежник и демагог, который врывается в самые сокровенные убежища с ужасным сообщением, что все люди братья, и где бы ни появился этот всадник на коне бледном, дело отца Брауна — следовать за ним. Одного из лакеев, итальянца, хватил паралич в самый день обеда, и хозяин, исполняя волю умирающего, велел послать за католическим священником. Умирающий просил исполнить свою последнюю волю: озаботиться немедленной отправкой письма, которое заключало, должно быть, какое-то признание или заглаживало причиненное кому-то зло. Как бы то ни было, отец Браун — с кроткой настойчивостью, которую, впрочем, он проявил бы и в самом Бэкингемском дворце, — попросил, чтобы ему отвели комнату и дали письменные принадлежности. Мистер Левер раздирался надвое. Он был мягок, но обладал и оборотной стороной этого качества — терпеть не мог всяких сцен и затруднений. А в тот вечер присутствие постороннего было подобно грязному пятну на только что отполированном серебре. В Вернон-Отеле не было ни смежных, ни запасных помещений, ни дожидающихся в холле посетителей или случайных клиентов. Было пятнадцать лакеев. И двенадцать гостей. Встретить в тот вечер чужого было бы не менее потрясающе, чем познакомиться за семейным завтраком со своим собственным братом. К тому же наружность у священника была слишком заурядна, одежда слишком потрепана; один вид его, просто мимолетный взгляд на него, мог привести отель к полному краху. Наконец мистер Левер нашел выход, который если и не уничтожал, то по крайней мере прикрывал позор. Если вы проникнете в Вернон-Отель (что, впрочем, вам никогда не удастся), сперва вам придется пройти короткий коридор, увешанный потемневшими, но, надо полагать, ценными картинами, затем — главный вестибюль, откуда один проход ведет направо, в гостиные, а другой — налево, в контору и кухню. Тут же, у левой стены вестибюля, стоит углом большая стеклянная будка, как бы дом в доме: вероятно, раньше в ней находился бар. Теперь тут контора, где сидит помощник Левера (в этом отеле никто никогда не показывается без особой нужды); а позади, по дороге к помещению прислуги, находится мужская гардеробная, последняя граница господских владений. Но между конторой и гардеробной есть еще одна маленькая комнатка, без выхода в коридор, которой хозяин иногда пользуется для щекотливых и важных дел — например, дает в долг какому-нибудь герцогу тысячу фунтов или отказывается одолжить ему шесть пенсов. Мистер Левер выказал высшую терпимость, позволив простому священнику осквернить это священное место и написать там письмо. То, что писал отец Браун, было, вероятно, много интереснее моего рассказа, но никогда не увидит света. Я могу лишь отметить, что тот рассказ был не короче моего и что две-три последние страницы были, очевидно, скучнее прочих.

Дойдя до них, отец Браун позволил своим мыслям отвлечься от работы, а своим чувствам (обычно достаточно острым) пробудиться от оцепенения. Смеркалось. Близилось время обеда. В уединенной комнатке почти стемнело, и, возможно, сгущавшаяся тьма до чрезвычайности обострила его слух. Когда отец Браун дописывал последнюю страницу, он поймал себя на том, что пишет в такт доносившимся из коридора звукам, как иногда в поезде думаешь под стук колес. Когда он понял это и прислушался, он убедился, что шаги — самые обыкновенные, просто кто-то ходит мимо двери, как нередко бывает в гостиницах. Тем не менее он уставился в темнеющий потолок и прислушался снова. Через несколько секунд он поднялся и стал вслушиваться еще внимательней, слегка склонив голову набок. Потом снова сел и, подперев голову, слушал и размышлял.

Шаги в коридоре отеля — дело обычное, но эти шаги казались в высшей степени странными. Больше ничего не было слышно, дом был на редкость тихий — немногочисленные гости немедленно расходились по своим помещениям, а тренированные лакеи были невидимы и неслышимы, пока их не вызывали. В этом отеле меньше всего можно было ожидать чего-нибудь необычного. Однако эти шаги казались настолько странными, что слова «обычный» и «необычный» не подходили к ним. Отец Браун как бы следовал за ними, постукивая пальцами по краю стола, словно пианист, разучивающий фортепьянную пьесу.

Сперва слышались быстрые мелкие шажки, не переходившие, однако, в бег, — так мог бы идти участник состязания по ходьбе. Вдруг они прерывались и становились мерными, степенными, раза в четыре медленнее предыдущих. Едва затихал последний медленный шаг, как снова слышалась частая торопливая дробь, и затем опять замедленный шаг грузной походки. Шагал, безусловно, один и тот же человек — и при медленной ходьбе, и при быстрой одинаково поскрипывала обувь. Отец Браун был из тех, кто постоянно задает себе вопросы, а от этого, казалось бы, простого вопроса у него чуть не лопалась голова. Он видел, как разбегаются, чтобы прыгнуть; он видел, как разбегаются, чтобы прокатиться по льду. Но зачем разбегаться, чтобы перейти на медленный шаг? Для чего идти, чтобы потом разбежаться? И в то же время именно это проделывали невидимые ноги. Их обладатель очень быстро пробегал половину коридора, чтобы медленно проследовать по другой половине; медленно доходил до половины коридора, с тем чтобы доставить себе удовольствие быстро пробежать другую половину. Оба предположения не имели ни малейшего смысла. В голове отца Брауна, как и в комнате, становилось все темнее и темнее.

Однако, когда он сосредоточился, сама темнота каморки словно окрылила его мысль. Фантастические ноги, шагавшие по коридору, стали представляться ему в самых неестественных или символических положениях. Может быть, это языческий ритуальный танец? Или новое гимнастическое упражнение? Отец Браун упорно обдумывал, что бы могли означать эти шаги. Медленные шаги, безусловно, не принадлежали хозяину. Люди его склада ходят быстро и деловито или не трогаются с места. Это не мог быть также ни лакей, ни посыльный, ожидающий распоряжений. В олигархическом обществе неимущие ходят иной раз вразвалку — особенно когда выпьют, но много чаще, особенно в таких местах, они стоят или сидят в напряженной позе. Нет, тяжелый и в то же время упругий шаг, не особенно громкий, но и не считающийся с тем, какой шум он производит, мог принадлежать лишь одному обитателю земного шара: так ходит западноевропейский джентльмен, который, по всей вероятности, никогда не зарабатывал себе на жизнь.

Как раз когда отец Браун пришел к этому важному заключению, шаг снова изменился и кто-то торопливо, по-крысиному, пробежал мимо двери. Однако, хотя шаги стали гораздо быстрее, шума почти не было, точно человек бежал на цыпочках. Но отцу Брауну не почудилось, что тот хочет скрыть свое присутствие, — для него звуки связывались с чем-то другим, чего он не мог припомнить. Эти воспоминания, от которых можно было сойти с ума, наконец вывели его из равновесия. Он был уверен, что слышал где-то эту странную, быструю походку, — и не мог припомнить, где именно. Вдруг у него мелькнула новая мысль; он вскочил и подошел к двери. Комната его не сообщалась непосредственно с коридором: одна дверь вела в застекленную контору, другая — в гардеробную. Дверь в контору была заперта. Он посмотрел в окно, светлевшее во мраке резко очерченным четырехугольником, полным сине-багровых облаков, озаренных зловещим светом заката, и на мгновение ему показалось, что он чует зло, как собака чует крысу.

Разумное (не знаю, благоразумное ли) начало победило. Он вспомнил, что хозяин запер дверь, обещав прийти попозже и выпустить его. Он убеждал себя, что двадцать разных причин, которые не пришли ему в голову, могут объяснить эти странные шаги в коридоре. Он напомнил себе о недоконченной работе и о том, что едва успеет дописать письмо засветло. Пересев к окну, поближе к угасавшему свету мятежного заката, он снова углубился в работу. Он писал минут двадцать, все ниже склоняясь к бумаге, по мере того как становилось темнее, потом внезапно выпрямился. Снова послышались странные шаги. На этот раз прибавилась третья особенность. Раньше незнакомец ходил, ходил легко и удивительно быстро, но все же ходил. Теперь он бегал. По коридору слышались частые, быстрые, скачущие шаги, словно прыжки мягких лап несущейся пантеры. Чувствовалось, что бегущий — сильный, энергичный человек, взволнованный, но сдерживающий себя. Но едва лишь, прошелестев, словно смерч, он добежал до конторы, снова послышался медленный, размеренный шаг.

Отец Браун отбросил письмо и, зная, что дверь в контору закрыта, прошел в гардеробную, по другую сторону комнаты. Служитель временно отлучился, должно быть потому, что все гости уже собрались, давно сидели за столом и его присутствие не требовалось. Пробравшись сквозь серый лес пальто, священник заметил, что полутемную гардеробную отделяет от ярко освещенного коридора барьер, вроде прилавка, через который обычно передают пальто и получают номерки. Как раз над аркой этой двери горела лампа. Отец Браун был едва освещен ею и темным силуэтом вырисовывался на фоне озаренного закатом окна. Зато весь свет падал на человека, стоявшего в коридоре.

Это был элегантный мужчина, в изысканно простом вечернем костюме, высокий, но хорошо сложенный и гибкий; казалось, там, где он проскользнул бы как тень, люди меньшего роста были бы заметнее его. Ярко освещенное лицо его было смугло и оживленно, как у иностранца-южанина. Держался он хорошо, непринужденно и уверенно. Строгий критик мог бы отметить разве только, что его фрак не вполне соответствовал стройной фигуре и светским манерам, был несколько мешковат и как-то странно топорщился. Едва увидев на фоне окна черный силуэт отца Брауна, он бросил на прилавок номерок и с дружелюбной снисходительностью сказал:

— Пожалуйста, шляпу и пальто. Я ухожу.

Отец Браун молча взял номерок и пошел отыскивать пальто. Найдя, он принес его и положил на прилавок; незнакомец порылся в карманах и сказал, улыбаясь:

— У меня нет серебра. Возьмите вот это, — бросил золотой полусоверен и взялся за пальто.

Отец Браун неподвижно стоял в темноте, и вдруг он потерял голову. С ним это случалось; правда, глупей от этого он не становился, скорее наоборот. В такие моменты, сложив два и два, он получал четыре миллиона. Католическая церковь (согласная со здравым смыслом) не всегда одобряла это. Он сам не всегда это одобрял. Но порой на него находило истинное вдохновение, необходимое в отчаянные минуты: ведь потерявший голову свою да обретет ее.

— Мне кажется, сэр, — сказал он вежливо, — в кармане у вас все же есть серебро.

Высокий джентльмен уставился на него.

— Что за чушь! — воскликнул он. — Я даю вам золото, чем же вы недовольны?

— Иной раз серебро дороже золота, — скромно сказал священник. — Я хочу сказать — когда его много.

Незнакомец внимательно посмотрел на него. Потом еще внимательней глянул вдоль коридора. Снова перевел глаза на отца Брауна и с минуту смотрел на светлевшее позади него окно. Наконец решившись, он взялся рукой за барьер, перескочил через него с легкостью акробата и, нагнувшись к крохотному Брауну, огромной рукой сгреб его за воротник.

— Тихо! — сказал он отрывистым шепотом. — Я не хочу вам грозить, но…

— Тихо! — сказал он отрывистым шепотом.— Я не хочу вам грозить, но...

— А я буду грозить вам, — перебил его отец Браун внезапно окрепшим голосом. — Грозить червем неумирающим и огнем неугасающим.

— Чудак! Вам не место здесь, — сказал незнакомец.

— Я священник, мосье Фламбо, — сказал Браун, — и готов выслушать вашу исповедь.

Высокий человек задохнулся, на мгновение замер и тяжело опустился на стул.

Первые две перемены обеда «Двенадцати верных рыболовов» следовали одна за другой без всяких помех и задержек. Копии меню у меня нет, но если бы она и была, все равно бы вы ничего не поняли. Меню было составлено на ультрафранцузском языке поваров, непонятном для самих французов. По традиции клуба, закуски были разнообразны и сложны до безумия. К ним отнеслись вполне серьезно, потому что они были бесполезным придатком, как и весь обед, как и самый клуб. По той же традиции суп подали легкий и простой — все это было лишь введением к предстоящему рыбному пиру. За обедом шел тот странный, порхающий разговор, который предрешает судьбы Британской империи, столь полный намеков, что рядовой англичанин едва ли понял бы его, даже если бы и подслушал. Министров величали по именам, упоминая их с какой-то вялой благосклонностью. Радикального министра финансов, которого вся партия тори, по слухам, ругала за вымогательство, здесь хвалили за слабые стишки или за посадку в седле на псовой охоте. Вождь тори, которого всем либералам полагалось ненавидеть как тирана, подвергался легкой критике, но о нем отзывались одобрительно, как будто речь шла о либерале. Каким-то образом выходило, что политики — люди значительные, но значительно в них все, что угодно, кроме их политики. Президентом клуба был добродушный пожилой мистер Одли, все еще носивший старомодные воротнички времен Гладстона[1]. Он казался символом этого призрачного и в то же время устойчивого

---

[1] Гладстон Уильям Юарт (1809–1898) — английский политический и государственный деятель.

общественного уклада. За всю свою жизнь он ровно ничего не сделал — ни хорошего, ни даже дурного; не был ни расточителен, ни особенно богат. Он просто всегда был «в курсе дела». Ни одна партия не могла обойти его, и если бы он вздумал стать членом кабинета, его безусловно туда ввели бы. Вице-президент, герцог Честерский, был еще молод и подавал большие надежды. Иными словами, это был приятный молодой человек с прилизанными русыми волосами и веснушчатым лицом. Он обладал средними способностями и несметным состоянием. Его публичные выступления были всегда успешны, хотя секрет их был крайне прост. Если ему в голову приходила шутка, он высказывал ее, и его называли остроумным. Если же шутки не подвертывалось, он говорил, что теперь не время шутить, и его называли глубокомысленным. В частной жизни, в клубе, в своем кругу он был радушен, откровенен и наивен, как школьник. Мистер Одли, никогда не занимавшийся политикой, относился к ней несравненно серьезнее. Иногда он даже смущал общество, намекая на то, что существует некоторая разница между либералом и консерватором. Сам он был консерватором даже в частной жизни. Его длинные седые кудри скрывали на затылке старомодный воротничок, точь-в-точь как у былых государственных мужей, и со спины он выглядел человеком, на которого может положиться империя. А спереди он казался тихим, любящим комфорт холостяком, из тех, что снимают комнаты в Олбэни[1], — таким он и был на самом деле.

Как мы уже упоминали, за столом на веранде было двадцать четыре места, но сидело всего двенадцать членов клуба. Все они весьма удобно разместились по одну сторону стола, и перед ними открывался вид на весь сад, краски которого все еще были яркими, хотя вечер и кончался несколько хмуро для этого времени года. Президент сидел у середины стола, а вице-президент — у правого конца. Когда двенадцать рыболовов подходили к столу, все пятнадцать лакеев должны были (согласно неписаному клубному

---

[1] Олбэни — тихий квартал, примыкающий с востока к Риджент-Парку.

закону) чинно выстраиваться вдоль стены, как солдаты, встречающие короля. Толстый хозяин должен был стоять тут же, сияя от приятного удивления, и кланяться членам клуба, словно он раньше никогда не слыхивал о них. Но при первом же стуке ножей и вилок вся эта наемная армия исчезала, оставляя одного или двух лакеев, бесшумно скользивших вокруг стола и незаметно убиравших тарелки. Мистер Левер тоже скрывался, весь извиваясь в конвульсиях вежливых поклонов. Было бы не только преувеличением, но даже прямой клеветой сказать, что он может появиться снова. Но когда подавалось главное рыбное блюдо, тогда — как бы мне выразить это получше? — тогда казалось, что где-то парит ожившая тень или отражение хозяина. Священное рыбное блюдо было (конечно, для непосвященного взгляда) огромным пудингом, размером и формой напоминавшим свадебный пирог, в котором несметное количество разных видов рыбы вконец потеряло свои естественные свойства. «Двенадцать верных рыболовов» вооружались знаменитыми ножами и вилками и приступали к пудингу с таким благоговением, словно каждый кусочек стоил столько же, сколько серебро, которым его ели. И, насколько мне известно, так оно и было. С этим блюдом расправлялись молча, жадно и с полным сознанием важности момента. Лишь когда тарелка его опустела, молодой герцог сделал обычное замечание:

— Только здесь умеют как следует готовить это блюдо.

— Только здесь, — отозвался мистер Одли, поворачиваясь к нему и покачивая своей почтенной головой. — Только здесь — и нигде больше. Правда, мне говорили, что в кафе «Англэ»... — Тут он был прерван и на мгновение даже озадачен исчезновением своей тарелки, принятой лакеем. Однако он успел вовремя поймать нить своих ценных мыслей. — Мне говорили, — продолжал он, — что это блюдо могли бы приготовить и в кафе «Англэ». Но не верьте этому, сэр. — Он безжалостно закачал головой, как судья, отказывающий в помиловании осужденному на смерть преступнику. — Нет, не верьте этому, сэр.

— Преувеличенная репутация, — процедил некий полковник Паунд с таким видом, словно он открыл рот впервые за несколько месяцев.

— Ну что вы! — возразил герцог Честерский, по натуре оптимист. — В некоторых отношениях это премилое местечко. Например, нельзя отказать им…

В комнату быстро вошел лакей и вдруг остановился, словно окаменев. Сделал он это совершенно бесшумно, но вялые и благодушные джентльмены привыкли к тому, что невидимая машина, обслуживавшая их и поддерживавшая их существование, работает безукоризненно, и неожиданно остановившийся лакей пугал их, словно фальшивая нота в оркестре. Они чувствовали то же, что почувствовали бы мы с вами, если бы неодушевленный мир проявил непослушание: если бы, например, стул вдруг стал убегать от нашей руки.

Несколько секунд лакей простоял неподвижно, и каждого из присутствующих постепенно охватывала странная неловкость, типичная для нашего времени, когда повсюду твердят о гуманности, а пропасть между богатыми и бедными стала еще глубже. Настоящий родовитый аристократ, наверное, принялся бы швырять в лакея чем попало, начав с пустых бутылок и, весьма вероятно, кончив деньгами. Настоящий демократ спросил бы его чисто товарищеским тоном, какого черта он стоит тут как истукан. Но эти новейшие плутократы не могли переносить возле себя неимущего — ни как раба, ни как товарища. Тот факт, что с лакеем случилось нечто странное, был для них просто скучным и неприятным затруднением. Быть грубыми они не хотели, а в то же время страшились проявить хоть какую-то человечность. Они желали одного: чтобы все это поскорее кончилось. Лакей простоял неподвижно несколько секунд, словно в столбняке, вдруг повернулся и опрометью выбежал с веранды.

Вскоре он снова появился на веранде или, вернее, в дверях в сопровождении другого лакея, что-то шепча ему и жестикулируя с чисто итальянской живостью. Затем первый лакей снова ушел, оставив в дверях второго, и опять появился, уже с третьим. Когда и четвертый лакей присоединился к этому сборищу, мистер Одли почувствовал, что во имя такта необходимо нарушить молчание. За неимением председательского молотка он громко кашлянул и сказал:

— А ведь молодой Мучер прекрасно работает в Бирме. Какая нация в мире могла бы…

Пятый лакей стрелою подлетел к нему и зашептал на ухо:

— Простите, сэр. Важное дело. Может ли хозяин поговорить с вами?

Президент растерянно повернулся и увидел мистера Левера, приближавшегося к нему своей обычной ныряющей походкой. Но лицо почтенного хозяина никто не назвал бы обычным. Всегда сияющее и медно-красное, оно окрасилось болезненной желтизной.

— Простите меня, мистер Одли, — проговорил он задыхаясь, — случилась страшная неприятность. Скажите, ваши тарелки убрали вместе с вилками и ножами?

— Надеюсь, — несколько раздраженно протянул президент:

— Вы видели его? — продолжал хозяин. — Видели вы лакея, который убрал их? Узнали бы вы его?

— Узнать лакея? — негодующе переспросил мистер Одли. — Конечно, нет.

Мистер Левер в отчаянии развел руками.

— Я не посылал его, — простонал он. — Я не знаю, откуда и зачем он явился. А когда я послал своего лакея убрать тарелки, он увидел, что их уже нет.

Решительно, мистер Одли чересчур растерялся для человека, на которого может положиться вся империя. Никто из присутствующих не нашелся, за исключением грубоватого полковника Паунда, внезапно воспрянувшего к жизни. Он поднялся с места и, вставив в глаз монокль, проговорил сипло, словно отвык пользоваться голосом:

— Вы хотите сказать, что кто-то украл наш серебряный рыбный прибор?

Хозяин снова развел руками, и в ту же секунду все присутствующие вскочили на ноги.

— Где лакеи? — низким глухим голосом спросил полковник. — Они все тут?

— Да, все, я это заметил, — воскликнул молодой герцог, протискиваясь в центр группы. — Всегда считаю их, когда вхожу. Они так забавно выстраиваются вдоль стены.

— Да, но трудно сказать с уверенностью... — в тяжелом сомнении начал было мистер Одли.

— Говорю вам, я прекрасно помню, — возбужденно повторил герцог, — здесь никогда не было больше пятнадцати лакеев, и ровно столько же было и сегодня. Ни больше, ни меньше.

Хозяин повернулся к нему, дрожа всем телом, словно и его хватил паралич.

— Вы говорите... вы говорите... — заикался он, — что видели пятнадцать лакеев?

— Как всегда, — подтвердил герцог, — что ж в этом особенного?

— Ничего, — сказал Левер, — только всех вы не могли видеть. Один из них умер и лежит наверху.

На секунду в комнате воцарилась тягостная тишина. Быть может (так сверхъестественно слово «смерть»), каждый из этих праздных людей заглянул в это мгновение в свою душу и увидел, что она маленькая, как сморщенная горошина. Один из них, кажется герцог, сказал с идиотским состраданием богача:

— Не можем ли мы быть чем-нибудь полезны?

— У него был священник, — ответил расстроенный хозяин.

И — словно прозвучала труба страшного суда — они подумали о таинственном посещении. Несколько весьма неприятных секунд присутствующим казалось, что пятнадцатым лакеем был призрак мертвеца. Неприятно им стало потому, что призраки были для них такой же помехой, как и нищие. Но мысль о серебре вывела их из оцепенения. Полковник отбросил ногою стул и направился к двери.

— Если здесь был пятнадцатый лакей, друзья мои. — сказал он, — значит, этот пятнадцатый и был вором. Немедленно закрыть парадный и черный ходы. Тогда мы и поговорим. Двадцать четыре жемчужины клуба стоят того, чтобы из-за них похлопотать.

Мистер Одли снова как будто колебался, пристойно ли джентльмену проявлять торопливость. Но, видя, как герцог кинулся вниз по лестнице с энтузиазмом молодости, он последовал за ним, хотя и с большей солидностью.

В эту минуту на веранду вбежал шестой лакей и заявил, что он нашел груду рыбных тарелок без всяких следов серебра. Вся толпа гостей и прислуги гурьбой скатилась по лестнице и разделилась на два отряда. Большинство рыболовов последовало за хозяином в вестибюль. Полковник Паунд с президентом, вице-президентом и двумя-тремя членами клуба кинулись в коридор, который вел к лакейской, — вероятнее всего, вор бежал именно так. Проходя мимо полутемной гардеробной, они увидели в глубине ее низенькую черную фигурку, стоявшую в тени.

— Эй, послушайте, — крикнул герцог, — здесь проходил кто-нибудь?

Низенький человек не ответил прямо, но просто сказал:

— Может быть, у меня есть то, что вы ищете, джентльмены?

Они остановились, колеблясь и удивляясь, а он скрылся во мраке гардеробной и появился снова, держа в обеих руках груду блестящего серебра, которое и выложил на прилавок спокойно, как приказчик, показывающий образцы. Серебро оказалось дюжиной ножей и вилок странной формы.

— Вы… Вы… — начал окончательно сбитый с толку полковник. Потом, освоившись с полумраком, он заметил две вещи: во-первых, низенький человек был в черной сутане и мало походил на слугу и, во-вторых, окно гардеробной было разбито, точно кто-то поспешно из него выскочил.

— Слишком ценная вещь, чтобы хранить в гардеробной, — заметил священник.

— Так вы… вы… значит, это вы украли серебро? — запинаясь, спросил мистер Одли, с недоумением глядя на священника.

— Если я и украл, то, как видите, я его возвращаю, — вежливо ответил отец Браун.

— Но украли не вы? — заметил полковник, вглядываясь в разбитое окно.

— По правде сказать, я не крал, — сказал священник несколько юмористическим тоном и спокойно уселся на стул.

— Но вы знаете, кто это сделал? — спросил полковник.

— Настоящего его имени я не знаю, — невозмутимо ответил священник. — Но я знаю кое-что о его силе и очень много о его душевных сомнениях. Силу его я ощутил на себе, когда он пытался меня задушить, а об его моральных качествах я узнал, когда он раскаялся.

— Скажите пожалуйста, раскаялся! — с надменным смехом воскликнул герцог Честерский.

Священник Браун поднялся и заложил руки за спину.

— Не правда ли странно, на ваш взгляд, — сказал он, — что вор и бродяга раскаялся, тогда как много богатых людей закоснели в мирской суете и никому от них нет прока? Если вы сомневаетесь в практической пользе раскаяния, вот вам ваши ножи и вилки. Вы «Двенадцать верных рыболовов», и вот ваши серебряные рыбы. Видите, вы все же выловили их. А я — ловец человеков.

— Так вы поймали вора? — хмурясь, спросил полковник.

Отец Браун в упор посмотрел на его недовольное, суровое лицо.

— Да, я поймал его, — сказал он, — поймал невидимым крючком на невидимой леске, такой длинной, что он может уйти на край света и все же вернется, как только я потяну.

Они помолчали. Потом джентльмены удалились обратно на веранду, унося серебро и обсуждая с хозяином странное происшествие. Но суровый полковник по-прежнему сидел боком на барьере, раскачивая длинными ногами и покусывая кончики темных усов. Наконец он спокойно сказал священнику:

— Вор был не глупый малый, но, думается, я знаю человека поумнее.

— Он умный человек, — ответил отец Браун, — но я не знаю, кого вы считаете умнее.

— Вас, — сказал полковник и коротко рассмеялся. — Будьте спокойны, я не собираюсь сажать вора в тюрьму. Но я дал бы гору серебряных вилок за то, чтобы толком узнать, как вы-то замешались во всю эту кашу и как вам удалось отнять у него серебро. Думается мне, что вы большой хитрец и проведете любого.

Священнику, по-видимому, понравилась грубоватая прямота военного.

— Конечно, полковник, — сказал он улыбаясь, — я ничего не могу сообщить вам об этом человеке и его частных делах. Но я не вижу причины скрывать от вас внешний ход дела, насколько я сам его понял.

С неожиданной для него легкостью он перепрыгнул через барьер, сел рядом с полковником Паундом и, в свою очередь, заболтал короткими ножками, словно мальчишка на заборе. Рассказ свой он начал так непринужденно, как если бы беседовал со старым другом у рождественского камелька.

— Видите ли, полковник, — начал он, — меня заперли в той маленькой каморке, и я писал письмо, когда услышал, что пара ног отплясывает по этому коридору такой танец, какого не спляшешь и перед смертью. Сперва слышались забавные мелкие шажки, словно кто-то ходил на цыпочках; за ними следовали шаги медленные, уверенные — словом, шаги солидного человека, разгуливающего с сигарой во рту. Но шагали одни и те же ноги, в этом я готов был поклясться: легко, потом тяжело, потом опять легко. Сперва я прислушивался от нечего делать, а потом чуть с ума не сошел, стараясь понять, для чего понадобилось одному человеку ходить двумя походками. Одну походку я знал, она была вроде вашей, полковник. Это была походка плотно пообедавшего человека, джентльмена, который расхаживает не потому, что взволнован, а скорее потому, что вообще подвижен. Другая походка тоже казалась мне знакомой, только я никак не мог припомнить, где я ее слышал и где раньше встречал странное существо, носящееся на цыпочках подобным образом. Скоро до меня донесся стук тарелок, и ответ представился до глупости очевидным: это была походка лакея, когда, склонившись вперед, опустив глаза, загребая носками сапог, он несется подавать к столу с развевающимися фалдами и салфеткой. Затем я поразмыслил с минуту. И мне показалось, что я понял замысел преступления так же ясно, как если бы сам собирался украсть.

Полковник внимательно посмотрел на священника, но кроткие серые глаза были безмятежно устремлены в потолок.

— Преступление, — продолжал он медленно, — то же произведение искусства. Не удивляйтесь: преступление далеко не единственное произведение искусства, выходящее из мастерских преисподней. Но каждое подлинное произведение искусства, будь оно небесного или дьявольского происхождения, имеет одну непременную особенность: основа его всегда проста, как бы сложно ни было выполнение. Так, например, в «Гамлете» фигуры могильщиков, цветы сумасшедшей девушки, загробное обаяние Озрика, бледность духа и усмешка черепа — все сплетено венком для мрачного человека в черном. И то, что я вам рассказываю, — добавил он, улыбаясь и медленно слезая с барьера, — тоже незамысловатая трагедия человека в черном. Да, — продолжал он, видя, что полковник смотрит на него с удивлением, — вся эта история сводится к черному костюму. В ней, как и в «Гамлете», немало всевозможных наслоений, вроде вашего клуба, например. Есть мертвый лакей, который был там, где быть не мог; невидимая рука, собравшая с вашего стола серебро и растаявшая в воздухе. Но каждое умно задуманное преступление основано в конце концов на чем-нибудь вполне заурядном, ничуть не загадочном. Таинственность появляется позже, чтобы увести нас в сторону по ложному следу. Сегодняшнее дело — крупное, тонко задуманное и (на взгляд заурядного вора) весьма выгодное. Оно было построено на том общеизвестном факте, что вечерний костюм джентльмена как две капли воды похож на костюм лакея — оба носят черный фрак. Все остальное была игра, и притом удивительно тонкая.

— И все же, — заметил полковник, слезая с барьера и хмуро разглядывая свои ботинки, — все же я не вполне уверен, что понял вас.

— Полковник, — сказал отец Браун, — вы еще больше удивитесь, когда я скажу вам, что демон наглости, укравший ваши вилки, все время разгуливал у вас на глазах. Он прошел по коридору раз двадцать взад и вперед — и это при полном освещении и на виду у всех. Он не прятался по углам, где его могли бы заподозрить. Напротив, он беспрестанно двигался и, где бы он ни был, везде, казалось, находился по праву. Не спрашивайте меня, как он выглядел, потому что вы сами видели его сегодня шесть или семь раз. Вы вместе с другими высокородными господами дожидались обеда в гостиной, в конце прохода, возле самой веранды. И вот, когда он проходил среди вас, джентльменов, он был лакеем, с опущенной головой, болтающейся салфеткой и развевающимися фалдами. Он вылетал на веранду, поправлял скатерть, переставлял что-нибудь на столе и мчался обратно по направлению к конторе и лакейской. Но едва он попадал в поле зрения конторского клерка и прислуги, как — и видом, и манерами, с головы до ног, — становился другим человеком. Он бродил среди слуг с той рассеянной небрежностью, которую они так привыкли видеть у своих патронов. Их не должно было удивлять, что гость разгуливает по всему дому, словно зверь, снующий по клетке в зоологическом саду. Они знали: ничто так не выделяет людей высшего круга, как именно привычка расхаживать всюду, где им вздумается. Когда он пресыщался прогулкой по коридору, он поворачивал и снова проходил мимо конторы. В тени гардеробной ниши, он, как по мановению жезла, разом менял свой облик и снова услужливым лакеем мчался к «Двенадцати верным рыболовам». Не пристало джентльменам обращать внимание на какого-то лакея. Как может прислуга заподозрить прогуливающегося джентльмена?.. Раз он выкинул фокус еще почище. У конторы он величественно потребовал сифон содовой воды, сказав, что хочет пить. Он добавил непринужденно, что возьмет сифон с собой. Он так и сделал — быстро и ловко пронес его среди всех вас, джентльменов, лакеем, выполняющим обычное поручение. Конечно, это не могло длиться до бесконечности, но ему ведь нужно было дождаться лишь конца рыбной перемены. Самым опасным для него было начало обеда, когда все лакеи выстраивались в ряд, но и тут ему удалось прислониться к стене как раз за углом, так что лакеи и тут приняли его за джентльмена, а джентльмены — за лакея. Дальше все шло как по маслу. Лакей принимал его за скучающего аристократа, и наоборот. За две минуты до того, как рыбная перемена была закончена, он снова обратился в проворного слугу и быстро собрал тарелки. Посуду он оставил на полке, серебро засунул в боковой карман, отчего тот оттопырился, и, как заяц, помчался по коридору, покуда не добрался до гардеробной. Тут он снова стал джентльменом, внезапно вызванным по делу. Ему оставалось лишь сдать свой номерок гардеробщику и выйти так же непринужденно, как пришел. Только случилось так, что гардеробщиком был я.

— Что вы сделали с ним? — воскликнул полковник с необычным для него жаром. — И что он вам сказал?

— Простите, — невозмутимо ответил отец Браун, — тут мой рассказ кончается.

— И начинается самое интересное, — пробормотал Паунд. — Его профессиональные приемы я еще понимаю. Но как-то не могу понять ваши.

— Мне пора уходить, — проговорил отец Браун. Вместе они дошли по передней, где увидели свежее веснушчатое лицо герцога Честерского, с веселым видом бежавшего за ними.

— Скорее, скорее, Паунд! — запыхавшись, кричал он. — Скорее идите к нам! Я всюду искал вас. Обед продолжается как ни в чем не бывало, и старый Одли сейчас скажет спич в честь спасенных вилок. Видите ли, мы предполагаем создать новую церемонию, чтобы увековечить это событие. Вы нашли серебро, так что дело за вами. Можете что-нибудь предложить?

— Попробую, — не без сарказма согласился полковник, оглядывая его. — Я предлагаю, чтобы отныне мы носили зеленые фраки вместо черных. Мало ли что может случиться, когда ты одет так же, как лакей.

— Ну, глупости, — сказал герцог, — джентльмен никогда не выглядит лакеем.

— А лакей не может выглядеть джентльменом? — так же беззвучно смеясь, отозвался полковник Паунд. — Ну, в таком случае и ловок же ваш приятель, — сказал он, обращаясь к Брауну, — если он сумел сойти за джентльмена.

Отец Браун наглухо застегнул свое скромное пальто — ночь была холодная и ветреная — и взял в руки свой скромный зонт.

— Да, — сказал он, — должно быть, очень трудно быть джентльменом. Но, знаете ли, я не раз думал, что почти так же трудно быть лакеем.

И, промолвив «добрый вечер», он толкнул тяжелую дверь дворца наслаждений. Золотые врата тотчас же захлопнулись за ним, и он быстро зашагал по мокрым темным улицам в поисках омнибуса.

Летучие звезды

Мое самое красивое преступление, — любил рассказывать Фламбо в годы своей добродетельной старости, — было, по странному стечению обстоятельств, последним. Я совершил его на рождество. Как настоящий артист, я всегда старался, чтобы мое преступление гармонировало с временем и местом, и подыскивал для него, словно для скульптурной группы, подходящий сад или обрыв. Так, например, английских сквайров приятнее всего надувать в длинных комнатах, обшитых дубовыми панелями, а богатых евреев лучше оставлять без гроша среди огней и пышных драпировок кафе «Риш». Если, например, в Англии у меня возникало желание избавить настоятеля собора от бремени земных благ (что не так просто, как кажется), мне хотелось видеть свою жертву в обрамлении зеленых газонов и серых колоколен старинного городка. Точно так же во Франции, изымая некоторую сумму у богатого и жадного крестьянина (что почти невозможно), я испытывал удовлетворение, если видел его негодующую физиономию на фоне серого ряда аккуратно подстриженных тополей или величавых галльских равнин, которые так прекрасно живописал великий Милле[1].

Так вот, моим последним преступлением было рождественское преступление, веселое, уютное английское преступление среднего достатка — преступление в духе Чарльза Диккенса. Я совершил его в

[1] Милле Жан-Франсуа (1814–1875) — французский художник.

одном старинном добротном доме близ Путни, в доме с полукруглым подъездом для экипажей, в доме с конюшней, в доме с поэтическим названием, которое значилось на обоих воротах, в доме с неизменной араукарией в саду... Впрочем, довольно — вы уже, наверное, представляете себе, что это был за дом. Ей-богу, я тогда очень смело и точно воспроизвел диккенсовский стиль. Даже жалко, что в тот же самый вечер я раскаялся».

И Фламбо начинал рассказывать всю эту историю, если можно так выразиться, изнутри, с точки зрения одного из ее героев. Даже с этой точки зрения она казалась по меньшей мере странной. С точки же зрения стороннего наблюдателя она представлялась просто непостижимой, а именно так должен ознакомиться с нею читатель.

Это произошло на второй день рождества. Началом всех событий можно считать тот миг, когда двери дома отворились и молоденькая девушка с куском хлеба в руках вышла в сад, где росла араукария, покормить птиц. У девушки было хорошенькое личико и решительные карие глаза; о фигуре ее судить не представлялось возможным — с ног до головы она была так укутана в коричневый мех, что трудно было сказать, где кончается лохматый воротник и начинаются пушистые волосы. Если б не милое личико, она могла бы сойти за маленького неуклюжего медвежонка.

Приближался вечер, зимнее небо становилось багровым, и рубиновые отсветы на обнаженных клумбах казались призраками увядших роз. С одной стороны к дому примыкала конюшня, с другой — начиналась аллея или, вернее, тоннель из лавровых деревьев, который вел в большой сад. Молодая леди накрошила птицам хлеб (в четвертый или пятый раз за день, потому что его съедала собака) и, чтобы не мешать птичьему пиршеству, пошла по аллее в сад, где мерцали листья вечнозеленых деревьев. Здесь она вскрикнула с изумлением — искренним или притворным, — ибо, подняв глаза, увидела на высоком заборе, словно наездника на коне, какую-то причудливую фигуру в причудливой позе.

— Ой, только не прыгайте, мистер Крук, — воскликнула девушка в тревоге, — здесь очень высоко!

Человек, оседлавший забор, точно крылатого коня, был молод, долговяз и угловат; темные волосы торчали как щетка, а умное и тонкое лицо было бледным и даже как-то не по-английски бескровным. Бледность его особенно подчеркивал красный, вызывающе яркий галстук — единственная явно обдуманная деталь его костюма; быть может, это был символ. Он не внял мольбе девушки и, рискуя переломать себе ноги, спрыгнул на землю с легкостью кузнечика.

— По-моему, судьба готовила меня во взломщики, — спокойно объявил он. — И я, без сомнения, стал бы взломщиком, если бы не жил по соседству с вами. Впрочем, не вижу ничего дурного в этой профессии.

— Как вы можете так говорить? — с укором воскликнула девушка.

— Что ж, — сказал он, — если ты родился по ту сторону стены, самое правильное — просто перескочить через нее.

— Вот уж никогда не знаешь, что вы скажете или сделаете! — сказала она.

— Я и сам частенько не знаю, — ответил мистер Крук. — Во всяком случае, сейчас я с той стороны, где мне и следует находиться.

— А где, по-вашему, вам следует находиться? — с улыбкой спросила девушка.

— Там, где вы, — сказал юноша, по фамилии Крук. Гуляя по лавровой аллее, они услышали троекратный автомобильный гудок: элегантный автомобиль светло-зеленого цвета, словно птица, подлетел к подъезду и остановился, вздрагивая.

— Ого, — сказал молодой человек в красном галстуке, — вот уж кто родился там, где надо! Я не знал, мисс Адамс, что вас посещает столь современный Санта Клаус.

— Это мой крестный отец, сэр Леопольд Фишер. Он всегда приезжает к нам на рождество. — Руби Адамс помолчала и прибавила не слишком пылко: — Он очень добрый.

Журналист Джон Крук был наслышан о крупном дельце из Сити, сэре Леопольде Фишере, и не по его вине крупный делец не был наслышан о нем, неоднократно и весьма непримиримо громившем сэра Леопольда на страницах «Клариона» и «Нового века». Впрочем, сейчас Крук не говорил ни слова и мрачно наблюдал за разгрузкой автомобиля, а это была длительная процедура. Сначала открылась передняя дверца — и из машины вылез высокий проворный шофер в зеленом, затем открылась задняя дверца — и из машины вылез низенький проворный слуга в сером; затем они вдвоем извлекли сэра Леопольда и, взгромоздив его на крыльцо, стали распаковывать, словно ценный, тщательно увязанный узел. Под пледами, которых хватило бы на целый магазин, под шкурами всех лесных зверей и шарфами всех цветов радуги обнаружилось наконец нечто напоминающее человека и оказавшееся довольно приятным, хотя и смахивающим на иностранца стариком с седой козлиной бородкой и сияющей улыбкой, который тут же принялся потирать руки в огромных меховых рукавицах.

Но еще задолго до конца процедуры двери дома отворились, и на крыльцо вышел полковник Адамс (отец молодой леди в шубке), чтобы встретить важного гостя. То был высокий, смуглый и очень молчаливый человек в красном, похожем на феску колпаке, придававшем ему сходство с английским сардаром или египетским пашой. Вместе с ним вышел его шурин, молодой фермер, недавно приехавший из Канады, — крупный и шумливый мужчина со светлой бородкой, по имени Джеймс Блаунт. Их обоих сопровождала еще одна, более скромная личность — католический священник соседнего прихода. Покойная жена полковника была католичкой, и дети, как принято в таких случаях, воспитывались в католичестве. Священник этот был ничем не примечателен, даже фамилию носил заурядную — Браун. Однако полковник находил его общество приятным и часто приглашал его.

В просторном холле было довольно места даже для сэра Леопольда и его многочисленных оболочек. Холл этот был непомерно велик для такого дома; в одном его конце находилась наружная дверь, а в другом — лестница на второй этаж. Здесь, перед камином, над которым висела шпага полковника, церемония завершилась — нового гостя раскутали и представили ему всех присутствующих, в том числе и мрачного Крука. Однако почтенный финансист все еще продолжал сражаться со своим безукоризненно сшитым одеянием. Он долго рылся во внутреннем кармане фрака и наконец, весь светясь от удовольствия, извлек оттуда черный овальный футляр, хранивший, как он пояснил, рождественский подарок для его крестницы. С откровенным и потому обезоруживающим тщеславием он высоко поднял футляр, чтобы все могли видеть, затем слегка нажал пружину — крышка откинулась, и все замерли: фонтан слепящего света брызнул перед ними. На оранжевом бархате, в углублении, словно три яйца в гнезде, лежали три чистых сверкающих бриллианта, и казалось, даже воздух загорелся от их огня. Фишер расплылся в покровительственной улыбке, упоенный изумлением и восторгом крестницы, немногословной благодарностью полковника и удивленными возгласами прочих.

— Пока что я положу их обратно, милочка, — сказал он, засовывая футляр в задний карман фрака. — Мне пришлось вести себя очень осторожно, когда я ехал сюда. Имейте в виду, что это — три знаменитых африканских бриллианта, которые прозвали «летучими звездами», потому что их уже не раз похищали. Все крупные преступники охотятся за ними, но и простые люди на улице и в пивной, разумеется, не отказались бы от них. У меня могли украсть их по дороге. Вполне могли!

— Я бы сказал, что это естественно, — сердито заметил молодой человек в красном галстуке. — И я ничуть бы не винил воров. Когда люди просят хлеба, а вы не даете им даже камня, я думаю, они имеют право сами взять камень.

— Не смейте так говорить! — с забавной запальчивостью воскликнула девушка. — Вы говорите так только с тех пор, как стали этим ужасным... ну, как это называется?.. Как называют человека, который готов обниматься с трубочистом?

— Святой, — сказал отец Браун.

— Я полагаю, — возразил сэр Леопольд со снисходительной усмешкой, — что Руби имеет в виду социалистов.

— Радикал отнюдь не занимается извлечением корней, — заметил Крук с некоторым нетерпением, — а консерватор не консервирует фрукты. Смею вас уверить, социалисты только рифмуются с трубочистами. Социалист хочет, чтобы все трубы были прочищены и чтобы всем трубочистам платили за работу.

— И считает при этом, — тихо добавил священник, — что ваша собственная сажа вам не принадлежит.

Крук взглянул на него с интересом и даже с уважением.

— Кому может понадобиться собственная сажа? — спросил он.

— Кое-кому, может, и понадобится, — ответил Браун серьезно. — Говорят, например, что ею пользуются садовники. А сам я однажды на рождество доставил немало радости шестерым ребятишкам, к которым не пришел фокусник, исключительно с помощью сажи, примененной как наружное средство.

— Ой, как хорошо! — вскричала Руби. — Мне бы хотелось, чтобы вы сегодня намазались для нас.

Энергичный канадец, мистер Блаунт, возвысил и без того громкий голос, присоединяясь к предложению племянницы; удивленный финансист тоже возвысил голос, выражая решительное неодобрение, но в это время кто-то постучал в парадную дверь. Священник распахнул ее, и глазам присутствующих вновь представился сад с араукарией и вечнозелеными деревьями, теперь уже темнеющий на фоне великолепного пурпурного заката. Этот вид, вставленный в раму раскрытой двери, был красив и необычен, как декорация, и несколько мгновений никто не замечал человека, остановившегося на пороге. Это был, видимо, обыкновенный посыльный в запыленном поношенном пальто.

— Кто из вас мистер Блаунт, джентльмены? — спросил он, протягивая письмо.

Мистер Блаунт вздрогнул и осекся, не окончив своей восторженной реплики. Недоуменно хмурясь, он надорвал конверт и стал читать письмо; лицо его сначала омрачилось, затем посветлело, и он повернулся к своему зятю и хозяину.

— Вы уж простите за беспокойство, полковник, — начал он весело и без лишних церемоний, как принято в Новом Свете. — Вас очень расстроит, если сегодня вечером ко мне зайдет по делу старый приятель? Впрочем, вы, наверное, слышали о нем — это Флориан, знаменитый французский акробат и комик. Я с ним познакомился много лет назад на Западе — он по рождению канадец. А теперь у него ко мне дело, хотя, убей, не знаю какое.

— Полноте, полноте, дорогой мой, — любезно ответил полковник. — Вы можете приглашать кого угодно. К тому же это, без сомнения, приятное знакомство.

— Он с удовольствием вымажет себе лицо сажей, если вы это имеете в виду! — смеясь, воскликнул Блаунт. — И всем наставит синяков под глазами. Я лично не возражаю, я человек простой, люблю веселую старую пантомиму, в которой герой садится на цилиндр.

— Только, пожалуйста, не на мой, — с достоинством произнес сэр Леопольд Фишер.

— Ну что за беда, — весело вступился Крук, — не будем ссориться. Сидеть на цилиндре не так уж плохо. Есть и более низкопробные шутки!

Молодой человек в красном галстуке был весьма неприятен Фишеру — и потому, что защищал грабеж, и потому, что явно ухаживал за его хорошенькой крестницей.

— Не сомневаюсь, что вам известны и более грубые шутки, — высокомерно и насмешливо сказал богач. — Не приведете ли нам в пример хоть одну?

— Да вот, если угодно: когда цилиндр сидит на человеке, — отвечал социалист.

— Ну, ну, ну! — воскликнул канадец с благодушием истинного варвара. — Не надо портить праздник. Давайте-ка повеселим сегодня общество. Не будем мазаться сажей и садиться на шляпы; если вам это не по душе — придумаем что-нибудь другое в том же духе. Почему бы нам не разыграть настоящую старую английскую пантомиму — с клоуном, Коломбиной и всем прочим? Я видел одну перед отъездом из Англии, когда мне было лет двенадцать, и воспоминание о ней у меня яркое, как костер. А когда я в прошлом году вернулся, оказалось, что пантомим больше не играют. Ставят одни только плаксивые сказки. Я хочу видеть хорошую потасовку, раскаленную докрасна кочергу, полисмена, которого разделывают на котлеты, а мне преподносят принцесс, разглагольствующих при лунном свете, синих птиц и тому подобную ерунду. Синяя Борода — вот это по мне.

— Я всей душой за то, чтоб разделать полисмена на котлеты, — сказал Джон Крук. — Это ближе к определению социализма. Но спектакль — дело слишком сложное.

— Да что вы! — в увлечении вскричал Блаунт. — Устроить арлекинаду? Ничего нет проще! Во-первых, можно нести любую отсебятину, а во-вторых, для нее нужна только домашняя утварь — столы, вешалки, бельевые корзины и так далее.

— Да, это верно, — оживился Крук и стал расхаживать по комнате. — Только вот боюсь, не удастся раздобыть полицейский мундир. Давно уж я не убивал полисменов.

Блаунт на мгновение задумался и вдруг хлопнул себя по ноге.

— Достанем! — воскликнул он. — Тут в письме есть телефон Флориана, а он знает всех костюмеров в Лондоне. Я позвоню ему и велю захватить с собой костюм полисмена.

И он кинулся к телефону.

— Ах, как чудесно, крестный! — Руби готова была заплясать от радости. — Я буду Коломбиной, а вы — Панталоне.

Миллионер выпрямился и замер надменно, как языческий бог.

— Я полагаю, моя милая, — сухо проговорил он, — вам лучше поискать кого-нибудь другого для этой роли.

— Я могу играть Панталоне, если хочешь, — в первый и последний раз вмешался в разговор полковник Адамс, вынув изо рта сигару.

— Вам за это нужно памятник поставить! — воскликнул канадец, с сияющим лицом вернувшийся от телефона. — Ну вот, значит, все устроено. Мистер Крук будет клоуном — он журналист и знает все лежалые шутки. Я могу быть Арлекином — тут нужны только длинные ноги, чтобы прыгать получше. Мой друг Флориан сказал мне сейчас, что достанет полицейскую форму и переоденется по дороге. Представление можно устроить здесь, в холле, а публику мы посадим на ступеньки. Входные двери — великолепный задник. Если их закрыть, у нас получится внутренность английского дома, если открыть — освещенный луною сад. Ей-богу, все устраивается точно по волшебству.

И, выхватив из кармана кусок мела, унесенный из бильярдной, он провел на полу черту, отделив воображаемую сцену.

Как им удалось подготовить в такой короткий срок даже это дурацкое представление — остается загадкой. Но они принялись за дело с тем безрассудным рвением, которое рождается, когда в доме живет юность. А в тот вечер в доме жила юность, хотя не все, вероятно, догадывались, в чьих глазах и в чьих сердцах она горела. Как всегда бывает в таких случаях, замысел становился все более и более фантастичным, несмотря на традиционную добропорядочность обычая, породившего его. Коломбина была очаровательна в своей широкой торчащей юбке, до странности напоминавшей большой абажур из гостиной. Клоун и Панталоне набелили себе лица мукой, добытой у повара, и накрасили щеки румянами, позаимствованными у кого-то из домашних, пожелавшего (как и подобает истинному христианину) остаться неизвестным. Арлекин нарядился в костюм из серебряной бумаги, извлеченной из сигарных ящиков, и его едва удалось остановить, когда он покусился на старинную люстру, вздумав украситься хрустальными подвесками. Он бы наверняка осуществил свой замысел, если бы Руби не откопала для него где-то поддельные драгоценности, однажды украшавшие ее маскарадный наряд королевы. Правду сказать, ее дядюшка до того разошелся, что с ним никакого сладу не было; он вел себя как озорной школьник. Он нахлобучил на отца Брауна бумажную ослиную голову, а тот терпеливо снес это и даже измыслил какой-то способ шевелить ушами. Он чуть не прицепил ослиный хвост к фалдам сэра Леопольда Фишера, но на сей раз его выходка была принята куда менее благосклонно.

— Дядя Джеймс слишком уж развеселился, — сказала Руби Круку, с серьезным видом вешая ему на шею гирлянду сосисок. — С чего это он?

— Он Арлекин, а вы Коломбина, — ответил Крук. — Ну, а я только клоун, повторяю лежалые шутки.

— Я бы предпочла, чтобы вы были Арлекином, — сказала она, и сосиски, раскачиваясь, повисли у него па шее.

Отец Браун успел сорвать аплодисменты искусным превращением подушки в младенца и отлично знал все, что творилось за кулисами; тем не менее он присоединился к зрителям и уселся среди них торжественно и простодушно, словно ребенок, впервые попавший в театр.

Зрителей было немного — родственники, кое-кто из соседей и слуги. Сэр Леопольд занял лучшее место, и его широкая спина почти совсем загородила сцену от маленького священника, сидевшего позади него, но много ли потерял священник, театральным критикам так и не удалось установить. В пантомиме не было ни складу ни ладу, но презирать ее не стоит: все оживляла и пронизывала вдохновенная импровизация клоуна. В обычных условиях Крук был просто умен; в тот вечер он был гениален. Его обуяло безумие, которое мудрее мудрости и является нам в юные годы, когда мы увидим особенное выражение на одном, единственном для нас, лице. Считалось, что он клоун; на самом же деле он был еще и автором (если тут вообще мог быть автор), суфлером, декоратором, рабочим сцены и в довершение всего оркестром. Во время коротких перерывов в этом безумном — представлении он в своих клоунских доспехах кидался к роялю и барабанил отрывки из популярных песенок, неуместные, но очень меткие.

И спектакль, и все события достигли апогея, когда двери на заднем плане вдруг распахнулись и зрителям открылся сад, залитый лунным светом, на фоне которого четко темнел силуэт знаменитого гостя — великого Флориана. Клоун забарабанил хор полицейских из оперетты «Пираты из Пензанса», но звуки рояля потонули в оглушительной овации: великий комик удивительно точно и ничуть не переигрывая изображал полисмена. Арлекин подпрыгнул к нему и ударил его по каске, пианист заиграл «Где ты шляпу раздобыл?», а он только озирался вокруг, с потрясающим мастерством играя изумление. Арлекин подпрыгнул и опять ударил его (а пианист сыграл несколько тактов из песенки «А потом еще разок...»). Затем Арлекин бросился ему в объятия и под грохот аплодисментов повалил его на пол. Тогда-то французский комик и показал свой знаменитый номер «Мертвец на полу», память о котором и по сей день живет в окрестностях Путни. Невозможно было поверить, что это живой человек. Здоровяк Арлекин раскачивал его, как мешок, из стороны в сторону, подбрасывал, как резиновую дубинку, а Крук барабанил песенки, одна нелепей другой. Когда Арлекин с натугой оторвал от пола комика-констебля, шут за роялем заиграл «Я восстал ото сна, а снилась мне ты»; когда он взвалил его себе на спину, послышалось «С котомкой за плечами»; а когда, наконец, Арлекин опустил свою ношу на пол и раздался вполне убедительный грохот, пианист, обезумев от восторга, заиграл какой-то бойкий мотивчик на такие — как гласит предание — слова: «Письмо я милой написал и бросил по дороге».

Когда вся эта суматоха дошла до апогея, отец Браун совсем перестал видеть сцену, ибо прямо перед ним почтенный магнат из Сити встал во весь рост и принялся ошалело шарить у себя по карманам. Потом он в волнении уселся, все еще роясь в карманах, потом опять встал и вознамерился было перешагнуть через рампу, однако бросил свирепый взгляд на клоуна за роялем и, не говоря ни слова, пулей вылетел из зала.

Священник только несколько минут следил за безумной, но не лишенной лихости пляской любителя Арлекина над гениально бесчувственным телом его врага. Арлекин хорошо, хотя и грубовато, танцевал теперь в распахнутых дверях, потом стал отступать все дальше и дальше в глубь сада, наполненного тишиной и лунным светом. Его одеяние, наскоро склеенное из серебряной бумаги, резало глаза в огнях рампы, но становилось все сказочней и серебристей, когда он удалялся, танцуя в лунном сиянии. Зрители повскакали с мест и бросились на сцену, и тут отец Браун почувствовал, что кто-то тронул его за рукав и шепотом попросил пройти в кабинет полковника.

Арлекин лихо плясал над бесчувственным телом полисмена.

Он последовал за слугой, волнуясь все сильнее, и тревогу его не разогнала комическая торжественность того, что он увидел в кабинете. Там сидел полковник Адамс, все еще наряженный в костюм Панталоне; рог из китового уса покачивался у него на лбу, но в старых глазах была такая печаль, которая погасила бы любое веселье. Опершись о камин и тяжело дыша, стоял сэр Леопольд Фишер; вид у него был перепуганный и важный.

— Произошла очень неприятная история, отец Браун, — сказал Адамс. — Дело в том, что бриллианты, которые мы все сегодня видели, исчезли у моего друга из заднего кармана. А так как вы...

— А так как я, — продолжал отец Браун, простодушно улыбнувшись, — сидел позади...

— Ничего подобного, — сказал полковник Адамс, в упор глядя на Фишера, из чего можно было заключить, что подобную мысль уже высказывали. — Я только прошу вас, как и всех мужчин, оказать мне помощь.

— То есть вывернуть свои карманы, — закончил отец Браун, и на свет божий появились семь шиллингов шесть пенсов, обратный билет в Лондон, маленькое серебряное распятие, маленький требник и плитка шоколада.

Полковник долго глядел на него, а затем сказал:

— Признаться, содержимое вашей головы интересует меня гораздо больше, чем содержимое ваших карманов. Ведь моя дочь — ваша воспитанница. Так вот, в последнее время она... — Он не договорил.

— В последнее время, — выкрикнул почтенный Фишер, — она открыла двери отцовского дома головорезу-социалисту! Этот молодчик открыто заявляет, что готов украсть все, что угодно, у тех, кто богаче его. И вот пожалуйста!.. Я богатый человек, куда уж богаче!

— Если вас интересует содержимое моей головы, то я могу вас с ним ознакомить, — устало сказал отец Браун. — Чего оно стоит, вы будете судить потом. Вот что я нахожу в этом старейшем из моих карманов: те, кто собираются красть бриллианты, не проповедуют социализма. Скорее уж, — добавил он мягко, — они его осуждают.

Его собеседники быстро переглянулись, а священник продолжал:

— Видите ли, этих людей мы, в общем-то, знаем. Такой социалист не украдет бриллианты, как не украдет он и египетскую пирамиду. Нам бы лучше заняться другим человеком — тем, кого мы не знаем. Этот актер, Флориан… Хотелось бы мне знать, где он сейчас?

Панталоне вскочил и большими шагами вышел из комнаты. В антракте — то есть пока его не было — миллионер взирал на священника, а священник взирал на свой требник. Наконец Панталоне вернулся и отрывисто сказал:

— Полисмен лежит на сцене. Занавес поднимали шесть раз, а он все еще лежит.

Отец Браун выронил книгу и уставился в пространство, словно вдруг сошел с ума. Мало-помалу его серые глаза снова посветлели, и тогда он спросил, казалось бы, не к месту:

— Простите, полковник, когда умерла ваша жена?

— Жена? — удивленно переспросил старый воин. — Два месяца назад. Ее брат, Джеймс, приехал через неделю после ее смерти.

Маленький священник прыгнул, как подстреленный кролик.

— Живее! — воскликнул он с необычайной для себя горячностью. — Живее! Нужно пойти взглянуть на полисмена!

Они нырнули под занавес, чуть не сбив с ног Коломбину и клоуна (которые шептались о чем-то с весьма довольным видом), и отец Браун нагнулся над распростертым комиком-полисменом.

— Хлороформ, — сказал он, выпрямляясь. — И как я раньше не догадался!

Все молчали в недоумении. Потом полковник медленно произнес:

— Пожалуйста, объясните толком, что все это значит?

Отец Браун вдруг громко расхохотался, затем остановился и проговорил, задыхаясь и с трудом подавляя приступы смеха:

— Джентльмены, сейчас не до разговоров. Мне нужно догнать преступника. Этот великий французский актер, который играл полисмена… этот гениальный мертвец, с которым вальсировал Арлекин… которого он баюкал на руках и швырял во все стороны, — просто… — Он не договорил и пустился бежать.

— Да кто же он? — крикнул ему вдогонку Фишер.

— Настоящий полисмен, — ответил отец Браун и скрылся в темноте.

В дальнем конце сада, на фоне сапфирового неба и серебряной луны, сверкали купы вечнозеленых деревьев, и даже в ту зимнюю ночь цвет их был мягок, как на юге. Веселая зелень колышущихся лавров, глубокая, отливающая пурпуром синева небес, огромный кристалл луны, а вверху, по веткам деревьев, карабкается кто-то странный — не столько романтический, сколько немыслимый. Человек этот весь искрится, как будто он усеян десятью миллионами лун, и при каждом его движении свет настоящей луны загорается на нем новыми вспышками голубого пламени. Но, сверкающий и дерзкий, он ловко перебирается с маленького дерева на высокое развесистое дерево в соседнем саду и задерживается только потому, что под маленьким деревом скользнула чья-то тень и голос окликнул его снизу.

— Ну что ж, Фламбо, — произнес голос, — вы действительно похожи на летучую звезду. Но летучая звезда в конце концов всегда становится звездой падучей.

Наверху, в ветвях лавра, человек, искрящийся серебром, наклоняется вперед и, чувствуя себя в безопасности, прислушивается к словам маленького человека.

— Это ваша лучшая проделка, Фламбо. Приехать из Канады (с билетом от Парижа, надо полагать) через неделю после смерти миссис Адамс, когда всем не до вопросов, — ничего не скажешь, ловко придумано. Еще ловчей вы сумели выследить «летучие звезды» и разведать, когда приедет Фишер. Но все остальное — не просто ловко, а поистине гениально. Выкрасть камни для вас, конечно, не составляло труда. При вашей ловкости рук вы могли и не прибегать к ослиному хвосту, который вы пытались прицепить к фалдам фишеровского фрака. Но в остальном вы превзошли самого себя.

Серебряный человек в зеленой листве медлит, точно загипнотизированный, хотя путь к бегству открыт; он смотрит с дерева на того, кто внизу.

— Да, да, — говорит тот, кто внизу, — я знаю вас. Я знаю, вы не просто навязали всем эту пантомиму — вы сумели извлечь из нее двойную пользу. Сначала вы собирались украсть эти камни без лишнего шума, но тут один из сообщников известил вас о том, что на ваш след напали и опытный сыщик должен сегодня застать вас на месте преступления. Заурядный вор удрал бы и благодарил бы судьбу, что его предупредили; но вы — поэт. Вам тотчас же пришло в голову спрятать бриллианты среди блеска бутафорских драгоценностей. И вы решили: если на вас будет блестящий наряд Арлекина, появление полисмена покажется вполне естественным. Достойный сыщик вышел из здешнего полицейского участка, чтобы поймать вас, и сам угодил в ловушку, хитрее которой еще никто не выдумал. Когда отворились двери, он вошел и попал прямо в рождественскую пантомиму, где пляшущий Арлекин мог его толкать, колотить ногами, кулаками и дубинкой, оглушить и усыпить под дружный хохот самых респектабельных жителей Путни. Да, лучше этого вам никогда ничего не придумать. А сейчас, кстати говоря, вы можете отдать мне бриллианты.

Зеленая ветка, на которой покачивается сверкающее существо, шелестит, словно удивляется, но голос внизу продолжает:

— Я хочу, чтобы вы их бросили мне, Фламбо, и я хочу, чтобы вы бросили такую жизнь. У вас еще есть молодость, честь и юмор, но при вашей профессии надолго их недостанет. Можно держаться на одном и том же уровне добра, но никому никогда не удавалось удержаться на одном уровне зла. Этот путь ведет вниз. Добрый человек пьет и становится жестоким; правдивый человек убивает и потом должен лгать. Много я знал людей, которые начинали, как вы, благородными разбойниками, веселыми грабителями богатых и кончали в мерзости и в грязи. Морис Блюм начинал как анархист по убеждению, отец бедняков, а кончил грязным шпионом и доносчиком, которого обе стороны использовали и презирали. Гарри Бэрк, организатор движения «деньги для всех», был искренне увлечен своей идеей, — теперь он живет на содержании полунищей сестры и пропивает ее последние деньги. Лорд Эмбер отправился в преступный мир на подвиг, как рыцарь; теперь самые подлые лондонские преступники шантажируют его, и он им платит. А капитан Барийон, некогда знаменитый джентльмен-апаш, умер в сумасшедшем доме, помешавшись от страха перед сыщиками и скупщиками краденого, которые его предали и затравили.

Я знаю, у вас за спиной вольный лес, и он очень заманчив, Фламбо. Я знаю, что в одно мгновение вы можете исчезнуть там, как обезьяна. Но когда-нибудь вы станете старой седой обезьяной, Фламбо. Вы будете сидеть в вашем вольном лесу, и на душе у вас будет холод, и смерть ваша будет близка, и верхушки деревьев будут совсем голыми.

Наверху было по-прежнему тихо; казалось, маленький человек под деревом держал своего собеседника на длинной невидимой привязи. И он продолжал:

— Вы уже сделали первые шаги под гору. Раньше вы хвастались, что никогда не поступаете низко, но сегодня вы совершили низкий поступок. Из-за вас подозрение пало на честного юношу, на которого и так смотрят косо. Вы разлучаете его с девушкой, которую он любит и которая любит его. Но прежде чем умереть, вы совершите еще большие низости.

Три сверкающих бриллианта упали с дерева на землю. Маленький человек нагнулся, чтобы подобрать их, а когда он снова глянул наверх — зеленая клетка была пуста: серебряная птица упорхнула.

Бурным ликованием встретили известие о том, что бриллианты случайно подобраны в саду. И подумать, что на них наткнулся именно отец Браун! А сэр Леопольд с высоты своего благодушия даже сказал священнику, что, хотя сам он и придерживается более широких взглядов, но готов уважать тех, чьи убеждения предписывают им жизнь вдали от суеты, в неведении дел мирских.

Сломанная шпага

Тысячи рук леса были серыми, а миллионы его пальцев — серебряными. В сине-зеленом сланцевом небе, как осколки льда, холодным светом мерцали звезды. Весь этот лесистый и пустынный край был скован жестоким морозом. Черные промежутки между стволами деревьев казались бездонными черными пещерами неумолимого скандинавского ада — ада безмерного холода[1]. Даже прямоугольная каменная башня церкви была обращена на север, как языческие постройки, и походила на вышку, сложенную первобытными племенами в прибрежных скалах Исландии. Ничто не располагало в такую ночь к осмотру кладбища. И все-таки, пожалуй, его стоило осмотреть.

Кладбище лежало на холме, который вздымался над пепельными пустынями леса наподобие горба или плеча, покрытого дерном, серым при звездном свете. Большинство могил расположено было по склону; тропа, взбегавшая к церкви, крутизною напоминала лестницу. На приплюснутой вершине холма, в самом заметном месте, стоял памятник, который прославил всю округу. Он резко выделялся среди неприметных могил, ибо создал его один из величайших скульпторов современной Европы; однако слава художника померкла в блеске славы того, чей образ он воссоздал.

Звездный свет очерчивал своим серебряным карандашом массивную металлическую фигуру простертого на земле солдата; сильные руки были сложены в вечной мольбе, а большая голова покоилась на ружье. Исполненное достоинства лицо обрамляла борода, вернее, бакенбарды в старомодном, тяжеловесном вкусе служаки-

[1] По скандинавским поверьям, ад — место, где царствует холод.

полковника. Мундир, намеченный несколькими скупыми деталями, был обычной формой современных войск. Справа лежала шпага с отломанным концом, слева — библия. В солнечные летние дни сюда наезжали в переполненных линейках американцы и просвещенные местные жители, чтобы осмотреть памятник. Но даже и в такие дни их угнетала необычайная тишина одинокого круглого холма, заброшенного кладбища и церкви, возвышавшихся над ровными чащами.

В эту темную морозную ночь, казалось, каждый бы мог ожидать, что останется наедине со звездами. Но вот в тишине застывших лесов скрипнула деревянная калитка: по тропинке к памятнику солдата поднимались две смутно чернеющие фигуры. При тусклом холодном свете звезд видно было только, что оба путника в черных одеждах и что один из них непомерно велик, а другой (возможно, по контрасту) удивительно мал. Они подошли к надгробью знаменитого воина и несколько минут разглядывали его. Вокруг не было ни единого живого существа; человек с болезненно-мрачной фантазией мог бы даже усомниться, смертны ли они сами. Начало их разговора, во всяком случае, было весьма странным. После минутного молчания маленький путник сказал большому:

— Где умный человек прячет камешек? И большой тихо ответил:

— На морском берегу.

Маленький кивнул головой и, немного помолчав, снова спросил:

— А где умный человек прячет лист? И большой ответил:

— В лесу.

Опять наступила тишина, затем большой заговорил снова:

— А когда умному человеку понадобилось спрятать настоящий алмаз, он спрятал его среди поддельных, — вы намекаете на это, не правда ли?

— Нет, нет, — смеясь, возразил маленький, — не будем поминать старое.

Он потопал замерзшими ногами и продолжал:

— Я думаю не об этом, о другом — о совсем необычном. А ну-ка, зажгите спичку.

Большой порылся в кармане, вскоре чиркнула спичка и пламя ее окрасило желтым светом плоскую грань памятника. На ней черными буквами были высечены хорошо известные слова, с благоговением прочитанные толпами американцев:

В священную память

ГЕНЕРАЛА СЭРА АРТУРА СЕНТ-КЛЭРА,

ГЕРОЯ И МУЧЕНИКА, ВСЕГДА ПОБЕЖДАВШЕГО СВОИХ ВРАГОВ

И ВСЕГДА ЩАДИВШЕГО ИХ, НО ПРЕДАТЕЛЬСКИ СРАЖЕННОГО ИМИ.

ДА ВОЗНАГРАДИТ ЕГО ГОСПОДЬ, НА КОТОРОГО ОН УПОВАЛ,

И ДА ОТМСТИТ ЗА ЕГО ПОГИБЕЛЬ.

Спичка обожгла большому пальцы, почернела и упала. Он хотел зажечь еще одну, но товарищ остановил его:

— Не надо, Фламбо: я видел все, что хотел. Точнее сказать, не видел того, чего не хотел. А теперь нам предстоит пройти полторы мили до ближайшей гостиницы; там я расскажу вам обо всем. Видит бог: только за кружкой эля у камелька осмелишься рассказать такую историю.

Они спустились по обрывистой тропе, заперли ветхую калитку и, звонко топая, зашагали по мерзлой лесной дороге. Они прошли не меньше четверти мили, прежде чем маленький заговорил снова.

— Умный человек прячет камешек на морском берегу, — сказал он. — Но что ему делать, если берега нет? Знаете ли вы что-нибудь о несчастье, постигшем прославленного Сент-Клэра?

— Об английских генералах я ничего не знаю, отец Браун, — рассмеявшись, ответил большой, — только немного знаком с английскими полицейскими. Зато я отлично знаю, какую уйму времени я потратил, таскаясь с вами по всем местам, связанным с именем этого молодца, кто бы он ни был. Можно подумать, его похоронили в шести разных могилах. В Вестминстерском аббатстве я видел памятник генералу Сент-Клэру. На набережной Темзы — статую генерала Сент-Клэра на вздыбленном коне. Один барельеф генерала Сент-Клэра я видел на улице, где он жил, другой — на улице, где он родился, а теперь, в глухую полночь, вы притащили меня на это сельское кладбище. Эта блистательная особа начинает мне чуточку надоедать, тем более что я понятия не имею, кто он такой… Что вы так упорно разыскиваете среди всех этих склепов и изваяний?

— Я ищу одно слово, — сказал отец Браун, — слово, которого здесь нет.

— Может быть, вы что-нибудь расскажете? — спросил Фламбо.

— Свой рассказ мне придется разделить на две части, — заметил священник, — первая часть — это то, что знают все; вторая — то, что знаю только я. Первую можно изложить коротко и ясно. Но она далека от истины.

— Прекрасно, — весело сказал большой человек, которого звали Фламбо. — Давайте начнем с того, что знают все, — с неправды.

— Если это и не совсем ложно, то во всяком случае мало соответствует истине, — продолжал отец Браун. — В сущности, все, что известно широкой публике, сводится к следующему… Ей известно, что Артур Сент-Клэр был выдающимся английским генералом. Известно, что после ряда блестящих, хотя и достаточно осторожных кампаний в Индии и в Африке он был назначен командующим войсками, сражавшимися против бразильцев, когда Оливье, великий бразильский патриот, предъявил свой ультиматум. Известно, что Сент-Клэр незначительными силами атаковал Оливье, у которого были превосходящие силы, и после героического сопротивления был захвачен в плен. Известно также, что после своего пленения генерал, к негодованию всего цивилизованного человечества, был повешен на ближайшем дереве. После ухода бразильцев его нашли в петле, на шее у него висела поломанная шпага.

— И эта версия неверна? — поинтересовался Фламбо.

— Нет, — спокойно сказал его приятель, — все, что я успел рассказать, верно.

– Мне кажется, вы успели рассказать довольно много, — сказал Фламбо. — Если это верно, то в чем же тайна?

Они миновали много сотен серых, похожих на призраки деревьев, прежде чем священник ответил. Задумчиво покусывая палец, он сказал:

— Тайна тут — в психологии, вернее сказать, — в двух психологиях. В этом бразильском деле двое знаменитейших людей современности действовали вопреки своему характеру. Заметьте, оба они, Оливье и Сент-Клэр, были героями — в этом не приходится сомневаться. Это был поединок между Ахиллом и Гектором. Что бы вы сказали о схватке, в которой Ахилл оказался бы нерешительным, а Гектор предателем?

— Продолжайте, — нетерпеливо промолвил Фламбо, когда рассказчик снова начал покусывать палец.

— Сэр Артур Сент-Клэр был солдатом старого религиозного склада, одним из тех, кто спас нас во время Большого бунта[1], — продолжал Браун. — Превыше всего для него был долг, а не показная храбрость. При всей своей личной отваге он был безусловно осторожным военачальником и особенно негодовал, узнавая о бесполезных потерях живой силы. Однако в этой последней битве он предпринял действия, нелепость которых очевидна даже ребенку. Не надо быть стратегом, чтобы понять всю безрассудность его затеи, как не надо быть стратегом, чтобы не попасть под автобус. Вот первая тайна: что сталось с разумом английского генерала? Вторая загадка: что сталось с сердцем бразильского генерала? Президента Оливье можно называть мечтателем или опасным фанатиком, но даже его враги признавали, что он великодушен, как странствующий рыцарь. Он отпускал на свободу почти всех, кто когда-либо попадал к нему в плен, а многих даже осыпал знаками своей милости. Люди, которые причинили ему бесспорное зло, уходили, тронутые его простотой и добросердечием. Зачем же, черт возьми, решился бы он впервые в своей жизни на такую дьявольскую месть, да еще за нападение,

---

[1] Имеется в виду индийское национальное восстание 1857 года.

которое не могло ему повредить? Вот в чем тайна. Один из разумнейших людей на свете без всякого основания поступил как идиот. Один из великодушнейших людей на свете без всякого основания поступил как изверг. Вот и все. Об остальном, мой друг, вы можете догадаться сами.

— Э, нет, — ответил его спутник фыркнув. — Я предоставляю это вам. Расскажите-ка мне обо всем.

— Тогда слушайте, — начал отец Браун. — Было бы несправедливо утверждать, будто все сведения исчерпываются тем, что я рассказал, и обойти молчанием два сравнительно недавних события. Нельзя сказать, чтобы они пролили свет на это дело, ибо никто не может уяснить себе их значения. Но, если так можно выразиться, они еще более затемнили его; обнаружились новые, покрытые мраком обстоятельства. Первое событие. Врач Сент-Клэров рассорился с этим семейством и начал публиковать целую серию резких статей, в которых доказывает, что покойный генерал был религиозным маньяком; впрочем, поскольку можно судить по его собственным словам, это означает лишь несколько повышенную религиозность. Как бы то ни было, его нападки кончились ничем. Разумеется, все и так знали, что Сент-Клэр был несколько неумерен в своем пуританском благочестии. Второе происшествие заслуживает большего внимания: в злосчастном, лишенном поддержки полку, который совершил отчаянное нападение у Черной реки, служил некий капитан Кейт; в то время он был помолвлен с дочерью генерала и впоследствии на ней женился. Он был среди тех, кто попал в плен к Оливье; надо думать, что с ним, как и со всеми остальными, кроме генерала, обошлись великодушно и вскоре отпустили на свободу. Около двадцати лет спустя Кейт — теперь уже полковник — выпустил в свет нечто вроде автобиографии, озаглавленной «Британский офицер в Бирме и Бразилии». В том месте книги, где читатель жадно ищет сведений о причинах поражения Сент-Клэра, он находит следующие слова: «Везде в своей книге я описывал события точно так, как они происходили в действительности, придерживаясь того устарелого взгляда, что слава Англии не нуждается в прикрасах.

Исключение из этого правила я делаю только для поражения при Черной реке.

Для этого у меня есть основания, хотя и личные, но вполне добропорядочные и чрезвычайно веские. Однако, чтобы отдать должное памяти двух выдающихся людей, я добавлю несколько слов. Генерала Сент-Клэра обвиняли в бездарности, которую он якобы проявил в этом сражении; могу засвидетельствовать, что его действия — если только их правильно понимать — едва ли не самые талантливые и дальновидные в его жизни. По тем же донесениям президент Оливье обвиняется в чудовищной несправедливости. Считаю своим долгом восстановить честь врага, заявив, что в данном случае он проявил даже больше добросердечия, чем обычно. Изъясняясь понятнее, хочу заверить своих соотечественников в том, что Сент-Клэр вовсе не был таким глупцом, а Оливье таким злодеем, какими их изображают. Вот все, что я могу сообщить, и никакие земные побуждения не заставят меня прибавить ни слова».

Большая замерзшая луна, похожая на блестящий снежный ком, проглядывала сквозь путаницу ветвей, и при ее свете рассказчик, чтобы освежить память, заглянул в клочок бумаги, вырванный из книги капитана Кейта. Когда он сложил и убрал его в карман, Фламбо вскинул руку — жест, свойственный экспансивным французам.

— Минутку, обождите минутку! — закричал он возбужденно. — Мне кажется, я догадываюсь.

Он шел большими шагами, тяжело дыша, вытянув вперед бычью шею, как спортсмен, участвующий в состязаниях по ходьбе. Священник — повеселевший и заинтересованный — семенил сбоку, едва поспевая за ним. Деревья отступали направо и налево от дороги, сбегавшей вниз по залитой лунным светом поляне и, точно кролик, нырявшей в следующий лес, стоящий сплошной стеной. Издали вход в этот лес казался маленьким и круглым, как черная дыра железнодорожного тоннеля. Но когда Фламбо заговорил снова, дыра была всего в нескольких сотнях ярдов от путников и зияла, как пещера.

— Понял! — вскричал он, ударяя ручищей по бедру. — Четыре минуты размышлений — и теперь я сам могу изложить всю историю.

— Отлично, — согласился его друг, — рассказывайте. Фламбо поднял голову, но понизил голос.

— Генерал Артур Сент-Клэр, — сказал он, — происходил из семьи, страдающей наследственным сумасшествием. Он во что бы то ни стало хотел скрыть это от своей дочери и даже, если возможно, от будущего зятя. Верно или нет, но он думал, что наступает час полного затмения рассудка, и потому решил покончить с собой. Обычное самоубийство привело бы к огласке, которой он так страшился. Когда начались военные действия, разум его помутился, и в приступе безумия он пожертвовал общественным долгом ради своей личной чести. Генерал стремительно бросился в битву, рассчитывая пасть от первого же выстрела. Но когда он обнаружил, что не добился ничего, кроме позора и плена, безумие, как взрыв бомбы, поразило его сознание, он сломал собственную шпагу и повесился.

Фламбо уставился на серую стену леса с единственной черной щелью, похожей на разверстую могилу, — туда ныряла их тропа. Должно быть, в том, что дорогу проглатывал лес, было что-то жуткое; он еще ярче представил себе трагедию и вздрогнул.

— Страшная история, — проговорил он.

— Страшная история, — наклонив голову, подтвердил священник. — Но на самом деле произошло совсем другое. — В отчаянии откинув голову, он воскликнул: — О, если бы все было так, как вы описали!

Фламбо повернулся и посмотрел на него с удивлением.

— В том, что вы рассказали, нет ничего дурного, — глубоко взволнованный, заметил отец Браун. — Это рассказ о хорошем, честном, бескорыстном человеке, — светлый и ясный, как эта луна. Сумасшествие и отчаяние заслуживают снисхождения. Все значительно хуже.

Фламбо бросил испуганный взгляд на луну, которую отец Браун только что упомянул в своем сравнении, — ее пересекал изогнутый черный сук, похожий на рог дьявола.

— Как! — с порывистым жестом вскричал Фламбо и быстрее зашагал вперед. — Даже еще хуже?

— Даже еще хуже, — как эхо, мрачно откликнулся священник.

И они вступили в черную галерею леса, словно задернутую по бокам дымчатым гобеленом стволов, — такие темные переходы могут привидеться разве что в кошмаре.

Вскоре они достигли самых потаенных недр леса; здесь ветвей уже не было видно, путники только чувствовали их прикосновение. И снова раздался голос священника:

— Где умный человек прячет лист? В лесу. Но что ему делать, если леса нет?

— Да, да, — отозвался Фламбо раздраженно, — что ему делать?

— Он сажает лес, чтобы спрятать лист, — сказал священник приглушенным голосом. — Страшный грех!

— Послушайте! — воскликнул его товарищ нетерпеливо, так как темный лес и темные недомолвки стали действовать ему на нервы. — Расскажете вы эту историю или нет? Что вы еще знаете?

— У меня имеются три свидетельских показания, — начал его собеседник, — которые я отыскал с немалым трудом. Я расскажу о них скорее в логической, чем в хронологической последовательности. Прежде всего, о ходе и результате битвы сообщается в донесениях самого Оливье, которые достаточно ясны. Он вместе с двумя-тремя полками окопался на высотах у Черной реки, оба берега которой заболочены. На противоположном берегу, где местность поднималась более отлого, располагался первый английский аванпост. Основные части находились в тылу, на значительном от него расстоянии. Британские войска во много раз превосходили по численности бразильские, но этот передовой полк настолько оторвался от базы, что Оливье уже обдумывал план переправы через реку, чтобы отрезать его. Однако к вечеру он решил остаться на прежней позиции, исключительно выгодной. На рассвете следующего дня он был ошеломлен, увидев, что отбившаяся, лишенная поддержки с тыла горсточка англичан переправляется через реку — частично по мосту, частично вброд — и группируется на болотистом берегу, чуть ниже того места, где находились его войска.

То, что англичане с такими силами решились на атаку, было само по себе невероятным, но Оливье увидел нечто еще более поразительное. Солдаты сумасшедшего полка, своей безрассудной переправой через реку отрезавшие себе путь к отступлению, даже не пытались выбраться на твердую почву: они бездействовали, завязнув в болоте, как мухи в патоке. Не стоит и говорить, что бразильцы пробили своей артиллерией большие бреши в рядах врагов; англичане могли противопоставить ей лишь оживленный, но слабеющий ружейный огонь. И все-таки они не дрогнули; краткий рапорт Оливье заканчивается горячим восхищением загадочной доблестью этих безумцев. «Затем мы стали продвигаться вперед развернутым строем, — пишет Оливье, — и загнали их в реку; мы взяли в плен самого генерала Сент-Клэра и нескольких других офицеров. Полковник и майор — оба пали в этом сражении. Не могу удержаться, чтобы не отметить, что история видела не много таких прекрасных зрелищ, как последний бой этого доблестного полка; раненые офицеры подбирали ружья убитых солдат, сам генерал сражался на коне, с непокрытой головой, шпага его было сломана». О том, что случилось с генералом позднее, Оливье умалчивает, как и капитан Кейт.

— А теперь, — проворчал Фламбо, — расскажите мне о следующем показании.

— Чтобы разыскать его, — сказал отец Браун, — мне пришлось потратить много времени, но рассказ о нем будет короток. В одной из богаделен в линкольнширских болотах мне удалось найти старого солдата, который был не только ранен у Черной реки, но стоял на коленях перед командиром части, когда тот умирал. Этот последний, некий полковник Кланси, здоровеннейший ирландец, надо думать, умер не столько от ран, сколько от ярости. Он-то, во всяком случае, не несет ответственности за нелепую вылазку — вероятно, она была навязана ему генералом. Солдат передал мне предсмертные слова полковника: «Вот едет проклятый старый осел. Жаль, что он сломал шпагу, а не голову». Обратите внимание, все замечают эту шпагу, хотя большинство людей выражается о ней более почтительно, чем покойный полковник Кланси. Перехожу к последнему показанию…

Тропа, идущая сквозь лесную чащу, стала подниматься вверх, и священник остановился, чтобы передохнуть, прежде чем возобновить рассказ.

Затем он продолжал тем же деловым тоном:

— Всего один или два месяца назад в Англии скончался высокопоставленный бразильский чиновник. Поссорившись с Оливье, он уехал из родной страны. Это была хорошо известная личность как здесь, так и на континенте, — испанец, по фамилии Эспадо, желтолицый крючконосый щеголь; я был с ним лично знаком. По некоторым причинам частного порядка я добился разрешения просмотреть оставшиеся после него бумаги. Разумеется, он был католиком, и я находился с ним до самой кончины. Среди его бумаг не нашлось ничего, что могло бы осветить темные места сентклэровского дела, за исключением пяти-шести школьных тетрадей, оказавшихся дневником какого-то английского солдата. Я могу только предположить, что он был найден бразильцами на одном из убитых. К сожалению, записи обрываются накануне стычки.

Но описание последнего дня жизни этого бедного малого несомненно стоит прочесть. Оно при мне, но сейчас так темно, что ничего не разобрать. Перескажу его вкратце. Первая часть наполнена шуточками, которые, как видно, были в ходу у солдат, по адресу одного человека, прозванного Стервятником. Кто он был, сказать трудно, по-видимому, он не принадлежал к их рядам и даже не был англичанином. Не говорят о нем и как о враге. Скорее всего, это был какой-то нейтральный посредник из местных жителей, возможно проводник или журналист. Он о чем-то совещался наедине со старым полковником Кланси, но значительно чаще видели, как он беседует с майором. Этот майор занимает видное место в повествовании моего солдата. По описанию, он был худощавым темноволосым человеком, по фамилии Меррей, пуританином, родом из Северной Ирландии. Во многих остротах суровость этого олстерца[1] противопоставляется общительности полковника Кланси. Встречаются также словечки, высмеивающие яркую и пеструю одежду Стервятника.

Но все это легкомыслие рассеивается при первых признаках тревоги. Позади английского лагеря, почти параллельно реке, проходила одна из немногочисленных больших дорог. На западе она сворачивала к реке, пересекала ее по мосту. К востоку дорога снова углублялась в дикие лесные заросли, а двумя милями дальше стоял следующий английский аванпост. В тот вечер солдаты заметили в этом направлении блеск оружия и услышали топот легкой кавалерии; даже неискушенный автор дневника догадался, что едет генерал со своим штабом. Он восседал на большом белом коне, которого мы часто видели в иллюстрированных газетах и на академических полотнах. Можете не сомневаться, что приветствие, которым его встретили солдаты, было не пустой церемонией. Сам он между тем не тратил времени на церемонии: соскочив с седла, он присоединился к группе офицеров и принялся оживленно и конфиденциально беседовать с ними. Наш друг, автор дневника, заметил, что генерал охотнее всего обсуждает дела с майором Мерреем, но такое предпочтение, пока оно не стало подчеркнутым, казалось вполне естественным. Эти люди были словно созданы для взаимного понимания: оба они, как говорится, «читали свои библии», оба были офицерами старого евангелического толка. Во всяком случае, достоверно, что когда генерал снова садился в седло, он продолжал серьезный разговор с Мерреем, а когда пустил лошадь медленным шагом по дороге, высокий олстерец все еще шел у повода коня, поглощенный беседой. Солдаты наблюдали за ними, пока они не скрылись в небольшой рощице, где дорога поворачивала к реке. Полковник Кланси возвратился к себе в палатку, солдаты отправились

[1] Олстер — область в Северной Ирландии.

на посты, автор дневника задержался еще на несколько минут и увидел изумительное зрелище.

Прямо по направлению к лагерю несся большой белый конь, который только что, словно на параде, медленно выступал по дороге. Он летел стрелой, точно приближаясь на скачках к финишу. Сперва солдаты подумали, что он сбросил седока, но скоро увидели, что это сам генерал — превосходный наездник — гнал его во весь опор. Конь и человек словно вихрь подлетели к солдатам; круто осадив скакуна, генерал повернул к ним лицо, от которого, казалось, исходило пламя, и голосом, подобным звукам трубы в день страшного суда, потребовал к себе полковника.

Замечу кстати, что в головах таких людей, как наш солдат, потрясающие события этой катастрофы громоздятся друг на друга, словно груда бревен. Не успев опомниться после сна, солдаты становятся, едва не падая, в строй и узнают, что должны немедленно переправиться через реку и начать атаку. Им сообщают: генерал и майор обнаружили что-то у моста, и теперь для спасения жизни остается одно: незамедлительно напасть на врага. Майор срочно отправился в тыл вызвать резервы, стоящие у дороги. Однако сомнительно, чтобы подкрепления подошли вовремя, даже несмотря на спешку. Ночью полк должен форсировать реку и к утру овладеть высотами. Этой тревожной и волнующей картиной романтического ночного марша дневник внезапно заканчивается...

Лесная тропа делалась все уже, круче и извилистей, пока не стала походить на винтовую лестницу. Отец Браун шел впереди, и теперь его голос доносился сверху.

— Там упоминается еще об одной небольшой, но очень важной подробности. Когда генерал призывал их к атаке, он наполовину вытащил шпагу из ножен, но потом, устыдившись своего мелодраматического порыва, вдвинул ее обратно. Как видите, опять эта шпага!

Слабый полусвет прорывался сквозь сплетение сучьев над головами путников и отбрасывал к их ногам призрачную сеть: они снова приближались к тусклому свету открытого неба. Истина окутывала Фламбо, как воздух, но он не мог выразить ее. Он ответил в замешательстве:

— Что же тут особенного? Офицеры обычно носят шпаги, не так ли?

— В современной войне о них не часто упоминают, — бесстрастно произнес рассказчик, — но в этом деле повсюду натыкаешься на проклятую шпагу.

— Ну и что же из этого? — пробурчал Фламбо. — Дешевая сенсация: шпага старого воина ломается в его последней битве. Готов побиться об заклад, что газеты прямо-таки набросились на этот случай. На всех этих гробницах и тому подобных штуках шпагу генерала всегда изображают с отломанным концом. Надеюсь, вы потащили меня в эту полярную экспедицию не только из-за того, что два романтически настроенных человека видели сломанную шпагу Сент-Клэра?

— Нет! — Голос отца Брауна прозвучал резко, как револьверный выстрел. — Но кто видел шпагу целой?

— Что вы хотите сказать? — воскликнул его спутник и остановился как вкопанный.

Они не заметили, как вышли из серых ворот леса на открытое место.

— Я спрашиваю, кто видел его шпагу целой? — настойчиво повторил отец Браун. — Только не тот, кто писал дневник: генерал вовремя убрал ее в ножны.

Освещенный лунным сиянием, Фламбо огляделся вокруг невидящим взглядом — так человек, пораженный слепотой, смотрит на солнце, — а его товарищ, в голосе которого впервые зазвучали страстные нотки, продолжал:

— Даже обыскав все эти могилы, Фламбо, я ничего не могу доказать. Но я уверен в своей правоте. Разрешите мне добавить к своему рассказу одну небольшую подробность, которая переворачивает все вверх дном. По странной случайности одним из первых пуля поразила полковника. Он был ранен задолго до того, как войска вошли в непосредственное соприкосновение. Но он видел уже сломанную шпагу Сент-Клэра. Почему она была сломана? Как она была сломана? Мой друг, она сломалась еще до сражения!

— О, — заметил его товарищ с напускной веселостью. — А где же отломанный кусок?

— Могу вам ответить, — быстро сказал священник, — в северо-восточном углу кладбища при протестантском соборе в Бельфасте.

— В самом деле? — переспросил его собеседник. — Вы уже искали его там?

— Это невозможно, — с искренним сожалением ответил Браун. — Над ним находится большой мраморный памятник — памятник героическому майору Меррею, который пал смертью храбрых в знаменитой битве при Черной реке.

Казалось, по телу Фламбо пробежал гальванический ток.

— Вы хотите сказать, — сиплым голосом воскликнул он, — что генерал Сент-Клэр ненавидел Меррея и убил его на поле сражения, потому что…

— Вы все еще полны чистых, благородных предположений, — сказал священник. — Все было гораздо хуже.

— В таком случае, — сказал большой человек, — запас моего дурного воображения истощился.

Священник, видимо, раздумывал, с чего начать, и наконец сказал:

— Где умный человек прячет лист? В лесу. Фламбо молчал.

— Если нет леса, он его сажает. И, если ему надо спрятать мертвый лист, он сажает мертвый лес.

Ответа опять не последовало, и священник добавил еще мягче и тише:

— А если ему надо спрятать мертвое тело, он прячет его под грудой мертвых тел.

Фламбо шагал вперед так, словно малейшая задержка во времени или пространстве была ему ненавистна, но отец Браун продолжал говорить, как бы развивая свою последнюю мысль:

— Сэр Артур Сент-Клэр, как я уже сказал, был одним из тех, кто «читает свою библию». Этим сказано все. Когда, наконец, люди поймут, что бесполезно читать только свою библию и не читать при этом библии других людей? Наборщик читает свою библию, чтобы найти опечатки; мормон читает свою библию и находит многобрачие; последователь «христианской науки» читает свою библию и обнаруживает, что наши руки и ноги — только видимость. Сент-Клэр был старым англо-индийским солдатом протестантского склада. Подумайте, что это может означать, и, ради всего святого, отбросьте ханжество! Это может означать, что он был распущенным человеком, жил под тропическим солнцем среди отбросов восточного общества и, никем духовно не руководимый, без всякого разбора впитывал в себя поучения Восточной книги. Без сомнения, он читал Ветхий завет охотнее, чем Новый. Без сомнения, он находил в Ветхом завете все, что хотел найти: похоть, насилие, измену. Осмелюсь сказать, что он был честен в общепринятом смысле слова. Но что толку, если человек честен в своем поклонении бесчестности?

В каждой из таинственных знойных стран, где довелось побывать этому человеку, он заводил гарем, пытал свидетелей, накапливал грязное золото. Конечно, он сказал бы с открытым взором, что делает это во славу господа. Я выражу свои сокровенные убеждения, если спрошу: какого господа? Каждый такой поступок открывает новые двери, ведущие из круга в круг по аду. Не в том беда, что преступник становится необузданней и необузданней, а в том, что он делается подлее и подлее. Вскоре Сент-Клэр запутался во взяточничестве и шантаже, ему требовалось все больше и больше золота. Ко времени битвы у Черной реки он пал уже так низко, что место ему было лишь в последнем кругу Данте[1].

— Что вы хотите сказать? — спросил его друг.

---

[1] Данте Алигьери (1265–1321) — великий итальянский поэт. В его поэме «Божественная комедия» предателям отводится место в последнем кругу ада.

— А вот что, — решительно вымолвил священник и вдруг указал на лужицу, затянутую ледком, поблескивающим под лунным светом. — Вы помните, кого Данте поместил в последнем, ледяном кругу ада?

— Предателей, — сказал Фламбо и невольно вздрогнул. Он обвел взглядом безжизненные, дразняще-бесстыдные деревья и на миг вообразил себя Данте, а священника с журчащим, как ручеек, голосом — Вергилием, своим проводником в краю вековечных грехов.

Голос продолжал:

— Как известно, Оливье отличался донкихотством: он запретил секретную службу и шпионаж. Однако запрещение, как это часто бывает, обходили за его спиной. И нарушителем был не кто иной, как наш старый друг Эспадо, тот самый пестро одетый хлыщ, которого прозвали Стервятником за его крючковатый нос. Напялив на себя маску благотворителя, он прощупывал солдат английской армии, пока не натолкнулся на единственного продажного человека. И, о боже, он оказался тем, кто стоял на самом верху! Генералу Сент-Клэру позарез требовались деньги — целые горы денег. Незадачливый врач Сент-Клэров уже тогда угрожал теми необычайными разоблачениями, с которыми выступил впоследствии, но почему-то они были внезапно прекращены; носились слухи о чудовищных злодеяниях, совершенных некогда английским евангелистом на Парк-Лейн[1], — преступлениях ничуть не лучших, чем человеческие жертвоприношения или продажа людей в рабство. К тому же деньги нужны были на приданое дочери: слава, которая сопутствует богатству, была ему так же дорога, как само богатство. Порвав последнюю нить, он шепнул слово бразильцам — и золото потекло к нему от врагов Англии. Но не только он, еще один человек говорил с Эспадо-Стервятником. Каким-то образом угрюмый молодой майор из Олстера сумел догадаться об этой отвратительной сделке, и, когда они не спеша двигались по дороге к мосту, Меррей заявил генералу, что тот должен немедленно выйти в отставку, иначе он будет судим военно-полевым судом и расстрелян.

[1] Парк-Лейн — фешенебельная улица в Лондоне.

Генерал оттягивал решительный ответ, пока они не подошли к тропической роще у моста. И здесь, на берегу журчащей реки, у залитых солнцем пальм, — я отчетливо вижу это — генерал выхватил шпагу и заколол майора…

И здесь, у залитых солнцем пальм, генерал выхватил шпагу и заколол майора...

Лютый мороз сковал зимнюю дорогу, окаймленную зловещими черными кустами и деревьями. Путники приближались к тому месту, где дорога переваливала через гребень холма, и Фламбо почудилось, что далеко впереди виднеется неясный ореол, возникший не от лунного или звездного света, а от огня, зажженного человеческой рукой. Рассказ уже близился к концу, а он все не мог оторвать взгляд от далекого огонька.

— Сент-Клэр был исчадием ада, настоящим исчадием ада. Никогда — я готов в этом поклясться! — не проявил он такой ясности ума и такой силы воли, как в ту минуту, когда бездыханное тело бедного Меррея лежало у его ног. Никогда ни в одном из своих триумфов, как правильно отметил капитан Кейт, не был так прозорлив этот одареннейший человек, как в последнем позорном сражении. Он хладнокровно осмотрел свое оружие, чтобы убедиться, что на нем не осталось следов крови, и увидел, что конец шпаги, которой он заколол Меррея, отломался и остался в теле жертвы. Спокойно — так, словно он глядел на происходящее из окна клуба, — Сент-Клэр обдумал все возможные последствия. Он понял, что рано или поздно люди найдут подозрительный труп, извлекут подозрительный обломок, заметят подозрительную сломанную шпагу. Он убил, но не заставил замолчать. Его могучий разум восстал против этого непредвиденного затруднения; оставался еще один выход: сделать труп менее подозрительным, скрыть его под горою трупов! Через двадцать минут восемьсот английских солдат двинулись навстречу гибели...

Теплый свет, мерцающий за черным зимним лесом, стал сильнее и ярче, и Фламбо зашагал быстрее. Отец Браун также ускорил шаг, но казалось, он целиком поглощен своим рассказом.

— Таково было мужество этих английских солдат и таков гений их командира, что, если бы они без промедления атаковали холм, сумасшедший бросок мог бы увенчаться успехом. Но у злой воли, которая играла ими, как пешками, была совсем другая цель. Они должны были торчать в топях у моста до тех пор, пока трупы британских солдат не станут привычным зрелищем. Потом — величественная заключительная сцена: седовласый солдат, непорочный как святой, отдает свою сломанную шпагу, чтобы прекратить дальнейшее кровопролитие. О, для экспромта это было недурно выполнено! Но я предполагаю — не могу этого доказать, — я предполагаю, что, пока они сидели в кровавой трясине, у кого-то зародились сомнения и кто-то угадал правду... — Он замолчал, а потом добавил: — Внутренний голос подсказывает мне, что это был жених его дочери, ее будущий муж.

— Но почему же тогда Оливье повесил Сент-Клэра? — спросил Фламбо.

— Отчасти из рыцарства, отчасти из политических соображений Оливье редко обременял свои войска пленными, — объяснил рассказчик. — В большинстве случаев он всех отпускал. И в тот раз он отпустил всех.

— Всех, кроме генерала, — поправил высокий человек.

— Всех, — повторил священник. Фламбо нахмурил черные брови.

— Я не совсем понимаю вас, — сказал он.

— А теперь я нарисую вам другую картину, Фламбо, — таинственным полушепотом начал Браун. — Я ничего не могу доказать, но — и это важнее! — я вижу все. Представьте себе военный лагерь, который снимается поутру с голых, выжженных зноем холмов, и мундиры бразильцев, выстроенных в походные колонны. На ветру развеваются красная рубаха и длинная черная борода Оливье, в руке он держит широкополую шляпу. Он прощается со своим врагом и отпускает его на свободу — простого английского ветерана с белой как снег головой, который благодарит его от имени своих солдат. Оставшиеся в живых англичане стоят навытяжку позади генерала, рядом — запасы провианта и повозки для отступления. Рокочут барабаны — бразильцы трогаются в путь, англичане стоят как изваяния. Они не шевелятся до того момента, пока бразильцы не скрываются за тропическим горизонтом и не затихает топот их ног. Тогда, словно воскресшие мертвецы, они сразу ломают строй; к генералу обращаются пятьдесят лиц — лиц, которые нельзя забыть.

Фламбо подскочил от возбуждения.

— О! — воскликнул он. — Неужели?..

— Да, — сказал отец Браун глубоким взволнованным голосом. — Это рука англичанина накинула петлю на шею Сент-Клэра — думаю, та же рука, которая надела кольцо на палец его дочери. Это руки англичан подтащили его к древу позора, руки тех самых людей, которые преклонялись перед ним и шли за ним, веря в победу. Это глаза англичан — да простит и укрепит нас господь — смотрели на него, когда он висел в лучах чужеземного солнца на зеленой виселице-пальме! И это англичане молились о том, чтобы душа его провалилась прямо в ад.

Как только путники достигли гребня холма, навстречу им хлынул яркий свет, пробивавшийся сквозь красные занавески гостиничных окон. Гостиница стояла у обочины дороги, маня прохожих своим гостеприимством. Три ее двери были приветливо раскрыты, и даже с того места, где стояли отец Браун и Фламбо, слышались говор и смех людей, которым посчастливилось найти приют в такую ночь.

— Вряд ли нужно рассказывать о том, что случилось дальше, — сказал отец Браун. — Они судили его и там же, на месте, казнили; потом, ради славы Англии и доброго имени его дочери, поклялись молчать о набитом кошельке изменника и сломанной шпаге убийцы. Должно быть — помоги им в этом небо! — они попытались обо всем забыть. Попытаемся забыть и мы. А вот и гостиница.

— Забыть? С удовольствием! — сказал Фламбо. Он уже стоял перед входом в шумный, ярко освещенный бар, как вдруг попятился и чуть не упал. — Посмотрите-ка, что за чертовщина! — закричал он, указывая на прямоугольную деревянную вывеску над входом. На ней красовалась грубо намалеванная шпага с укороченным лезвием и псевдоархаичными буквами было начертано: «Сломанная шпага».

— Что ж тут такого? — пожал плечами отец Браун. — Он — кумир всей округи; добрая половина гостиниц, парков и улиц названа в честь генерала и его подвигов.

— А я-то думал, мы покончили с этим прокаженным! — вскричал Фламбо и сплюнул на дорогу.

— В Англии с ним никогда не покончат, — ответил священник, — до тех пор, пока тверда бронза и не рассыпался камень. Столетиями его мраморные статуи будут вдохновлять души гордых наивных юношей, а его сельская могила станет символом верности, подобно цветку лилии. Миллионы людей, никогда не знавших его, будут как родного отца любить этого человека, с которым поступили как с дерьмом те, кто его знал. Его будут почитать как святого, и никто не узнает правды, — так я решил. В разглашении тайны много и плохих и хороших сторон, — правильность своего решения я проверю на опыте. Все эти газеты исчезнут, антибразильская шумиха уже кончилась, к Оливье повсюду относятся с уважением. Но я дал себе слово: если хоть где-нибудь появится надпись — на металле или на мраморе, долговечном, как пирамиды, — несправедливо обвиняющая в смерти генерала полковника Кланси, капитана Кейта, президента Оливье или другого невинного человека, тогда я заговорю. А если все ограничится незаслуженным восхвалением Сент-Клэра, я буду молчать. И я сдержу свое слово!

Они вошли в таверну, которая оказалась не только уютной, но даже роскошной. На одном из столов стояла серебряная копия памятника с могилы Сент-Клэра — серебряная голова склонена, серебряная шпага сломана. Стены таверны были увешаны цветными фотографиями: одни изображали все ту же гробницу, другие — экипажи, в которых приезжали осматривать ее туристы. Отец Браун и Фламбо уселись в удобные мягкие кресла.

— Ну и холод! — воскликнул отец Браун. — Выпьем вина или пива?

— Лучше бренди, — сказал Фламбо.

Невидимка

В прохладных голубых сумерках кондитерская на перекрестке двух крутых улиц Кемден-Тауна светилась, как зажженная сигара. Вернее даже сказать, она сверкала как фейерверк, ибо сияние ее, многоцветное и причудливое, дробилось в зеркалах, играло на разукрашенных тортах и пестрых конфетных обертках. К ярко освещенной витрине прильнуло несколько мальчишечьих носов: шоколадные конфеты были обернуты в красную, зеленую и золотую фольгу, которая привлекала не меньше самих конфет, а огромный белый свадебный торт казался недоступно заманчивым, словно съедобный Северный полюс. Такие радужные соблазны, естественно, притягивали к себе окрестных жителей возрастом до десяти — двенадцати лет. Но, вероятно, этот уголок не лишен был привлекательности и для старших: ту же самую витрину внимательно рассматривал молодой человек лет двадцати четырех. Его тоже влекла к себе ярко освещенная кондитерская; правда, в данном случае ее притягательная сила объяснялась не только шоколадками, которыми он, впрочем, отнюдь не пренебрегал.

Он был высокий, крепкий, рыжеволосый, решительный с виду, однако сейчас он явно робел. Под мышкой он держал папку с рисунками, которые — с переменным успехом — продавал издателям с тех самых пор, как дядя-адмирал лишил его наследства за сочувствие социалистам, проявившееся в том, что он прочел однажды доклад против их экономической теории. Молодого человека звали Джон Тернбул Энгюс.

Переступив, наконец, порог, он прошел через кондитерскую в другую комнату, где было кафе, а на ходу приподнял шляпу, здороваясь с девушкой в черном платье, стоявшей за прилавком. Она была темноволосая, проворная, румяная, с живыми темными глазами. Выждав немного, она пошла за ним, чтобы принять заказ.

Заказ, по-видимому, всегда был один и тот же.

— Прошу вас, одну полупенсовую булочку и чашку черного кофе, — педантично сказал он.

Не успела девушка отойти, как он добавил:

— И еще я прошу вас выйти за меня замуж. Молодая хозяйка кондитерской холодно взглянула на него и сказала:

— Не терплю подобных шуток.

Рыжеволосый юноша поднял на нее серьезные серые глаза.

— Поверьте, — сказал он, — для меня это так же серьезно, как полупенсовая булочка. Так же дорого, так же неудобоваримо и причиняет такие же страдания.

Темноволосая девушка не сводила с него темных глаз, внимательно и напряженно вглядывалась в него. Наконец она слабо улыбнулась и, прервав свои наблюдения, опустилась на стул.

— А вам не кажется, — сказал Энгюс задумчиво, — что просто жестоко есть полупенсовые булочки? Пора перейти на пенсовые. Когда мы поженимся, я брошу эти дикие забавы.

Темноволосая девушка встала и подошла к окну; кажется, она задумалась, хотя хмуриться уже перестала. Когда же она решительно обернулась, то с удивлением увидела, что молодой человек старательно расставляет на столе разные предметы, снятые с витрины. Тут была пирамида конфет в ярких обертках, несколько тарелок с сандвичами и два графина, наполненные загадочными винами, украшающими окна кондитерских. В центр искусно сервированного стола он поместил огромный белый торт — главное украшение витрины.

— Господи, что вы делаете? — простонала она.

— То, что нужно, дорогая Лаура… — начал он.

— Ради бога, постойте минутку! — воскликнула она. — И перестаньте так со мной разговаривать! Я вас спрашиваю, что это такое?

— Торжественный ужин, мисс Хоуп.

— А это? — спросила она нетерпеливо, указывая на обсахаренную гору.

— Свадебный торт, миссис Энгюс, — отвечал он.

Девушка направилась к столу, схватила торт и водворила обратно, в витрину. Затем она вернулась и, опершись локотками о стол, посмотрела на молодого человека не то чтобы неблагосклонно, но и не слишком приветливо.

— Вы совершенно не даете мне подумать, — сказала она.

— Я не так глуп, — возразил он. — Не правда ли, я полон христианского смирения?

Она все смотрела на него, губы ее улыбались, но глаза были серьезны.

— Мистер Энгюс, — твердо сказала она, — пока вы еще что-нибудь не натворили, я должна рассказать вам о себе.

— Превосходно, — серьезно отвечал Энгюс. — Если уж на то пошло, вы смогли бы поговорить и обо мне.

— Помолчите, пожалуйста, и послушайте, — сказала она. — Стыдиться мне нечего. Мне даже не в чем особенно каяться. Понимаете, это совершенно не касается меня, а все-таки преследует, как кошмар.

— В таком случае, — серьезно сказал он, — я предложил бы вам принести торт обратно.

— Нет, выслушайте сначала, — настойчиво продолжала Лаура. — Прежде всего должна вам сказать, что мой отец содержал в Лудбери гостиницу «Красная рыба», а я прислуживала в баре.

— Недаром я часто спрашивал себя, — заметил он, — почему у этой кондитерской такой христианский вид?[1]

— Лудбери — сонное, заросшее травой захолустье в одном из восточных графств. В «Красную рыбу» заходили одни коммивояжеры да всякий сброд — вы таких и не видели, наверное. Настоящие хлыщи, лоботрясы — деньги есть, а делать нечего, вот они и слоняются по барам или играют на скачках. Но и они бывали не часто, кроме двоих. Эти двое от нас не выходили. У них были кое-какие деньги, одевались они фатовато и абсолютно ничего не делали. И все-таки я их немножко жалела; мне иногда казалось, что повадились они в наш маленький пустой бар, потому что деревенские зеваки над ними бы смеялись: они были уродцы, нет, лучше сказать, с изъяном. Один из них был очень маленький, почти карлик, не выше жокея. Впрочем, он совсем не казался смешным. У него была круглая голова, черные волосы, аккуратная черная бородка и блестящие птичьи глазки; он позванивал деньгами, позвякивал большой золотой цепочкой от часов, одевался безупречно, и сразу было видно, что он не настоящий джентльмен. Он бил баклуши, но глупым его не назовешь — у него редкие способности ко всяким бесполезным вещам. То он показывал фокусы, то устраивал фейерверк из пятнадцати спичек, загоравшихся одна от другой, то вырезал балерин из банановой кожуры. Звали его Айседор Смайс. Я как сейчас вижу: он подходит к стойке, маленький такой, смуглый, и мастерит скачущего кенгуру из пяти сигар.

Другой был потише и позауряднее, но почему-то беспокоил меня гораздо больше, чем несчастный Смайс. Он был высокий, стройный, белокурый, с орлиным носом — в общем, совсем бы ничего, хоть и похож на привидение, если бы он так не косил. Когда он смотрел прямо на вас, вы не знали, куда он смотрит, и даже как-то переставали понимать, где вы сами находитесь. Оттого он, наверное, и озлобился. Смайс был всегда рад показать свои фокусы, а Джеймс Уэлкин (так звали косоглазого) только потягивал у нас вино да

[1] Рыба была священным знаком в ранней христианской символике.

подолгу бродил один по серым окрестным равнинам. Я думаю, и Смайс страдал из-за своего роста, но он переносил несчастье более стойко. И вот однажды оба они удивили меня, и испугали, и огорчили — короче говоря, чуть ли не вместе сделали мне предложение.

Тут я поступила, кажется, довольно глупо. Но ведь, в конце концов, я, дружила с этими уродцами и очень боялась, как бы они не догадались, что отказываю им из-за их внешности. Для отвода глаз я сказала, что всегда хотела выйти за человека, который сам пробил себе дорогу, — мол, не в моих принципах жить на деньги, доставшиеся по наследству. А два дня спустя после этой благонамеренной речи начались неприятности. Я узнала, что оба они отправились искать счастья, совсем как в какой-нибудь глупой, сказке.

С тех пор я их больше не видела. Правда, я получила два письма от крошки Смайса, и они меня немного взволновали.

— А о другом вы что-нибудь знаете? — спросил Энгюс.

— Нет, он ни разу не писал, — ответила девушка, помолчав немного. — В первом письме Смайс сообщил только, что отправился с Уэлкином пешком в Лондон, но Уэлкин шел быстро, так что он отстал и присел отдохнуть у дороги. Там его подобрал бродячий цирк. То ли рост ему помог, то ли ловкость, но в цирке он имел успех, и скоро его пригласили в «Аквариум» показывать какие-то фокусы. Это было его первое письмо. Второе я получила на прошлой неделе, и оно поразило меня еще больше.

Человек, по фамилии Энгюс, выпил кофе и посмотрел на девушку кротким, терпеливым взглядом. Слегка улыбнувшись, она продолжала:

— Вы, наверное, видели рекламы «Безмолвной прислуги Смайса»? Ну, тогда только вы один их и не видели! Я о них знаю очень мало; это какие-то машины для домашней работы, вроде автоматов: «Нажмите кнопку — и к вашим услугам непьющий дворецкий», «Поверните ручку — и к вашим услугам десять горничных безупречного поведения». Неужели не видели? В общем, они приносят кучу денег, так что мой маленький поклонник из Лудбери очень разбогател. Я, конечно, рада, что бедняга встал на ноги, но мне подумать страшно — вдруг он явится и скажет, что пробил себе дорогу в жизни? А ведь так оно и есть.

— Ну, а другой? — упрямо и спокойно повторил Энгюс.

Лаура Хоуп порывисто встала.

— Друг мой, — сказала она, — вы просто ясновидец.

От другого я не получила ни строчки и ничего о нем не знаю. Но именно его-то я и боюсь. Он все время стоит у меня на пути… Я чуть с ума не сошла. А может, и сошла — я чувствую, что он рядом, когда этого просто не может быть, и слышу его голос, когда знаю, что его нет поблизости.

— Ну что ж, дорогая, — весело сказал молодой человек, — даже если это сам сатана, с ним покончено, раз вы о нем рассказали. С ума сходят только в одиночестве. Однако когда же именно вам померещилось, будто вы встретили или услышали вашего косоглазого друга?

— Я слышала смех Джеймса Уэлкина так же ясно, как слышу сейчас ваш голос, — твердо сказала девушка. — Рядом не было никого, потому что я стояла на углу у самой кондитерской и видела сразу обе улицы. Я уже забыла, как он смеется, хотя смех у него такой же странный, как и взгляд. Почти год я совсем о нем не думала. А через несколько секунд пришло первое письмо от Смайса. Честное слово!

— А ваш призрак говорил, или стонал, или что они там делают? — полюбопытствовал Энгюс.

Лаура вздрогнула, но твердо сказала:

— Когда я дочитывала второе письмо Айседора Смайса, где он описывал свои успехи, я услышала голос Уэлкина: «И все-таки вы ему не достанетесь». Он сказал это так отчетливо, словно был тут, рядом. Ужасно, правда? Наверное, я сошла с ума.

— Если бы вы сошли с ума, — сказал молодой человек, — вы бы думали, что находитесь в здравом рассудке. Впрочем, с этим невидимкой и правда что-то нечисто. А так как две головы лучше одной — я же человек деловой, упрямый, — то, право, если вы позволите мне взять свадебный торт с витрины…

Он не договорил — на улице раздался скрежет, и к дверям кондитерской на бешеной скорости подлетел маленький автомобиль. В ту же минуту в магазин ворвался человечек в блестящем цилиндре.

Энгюс, который до сих пор держался весело, чтобы не бередить себе душу, дал разрядку своему напряжению, поспешив из задней комнаты навстречу пришельцу. Одного взгляда было достаточно, чтобы подтвердить жестокую догадку влюбленного. Щеголеватый маленький человечек с дерзкой острой бородкой, умными беспокойными глазками, тонкими нервными пальцами мог быть только тем, чье описание Энгюс сейчас выслушал, — Айседором Смайсом, мастерившим игрушки из кожуры бананов и спичечных коробков; Айседором Смайсом, нажившим миллионы на непьющих дворецких и металлических горничных безупречного поведения. Догадавшись чутьем о притязаниях противника, они смотрели друг на друга с тем особенным выражением холодного великодушия, которое составляет самую суть соперничества.

Мистер Смайс, однако, ни словом не обмолвился о главной причине их вражды. Он выговорил быстро:

— Видела мисс Хоуп эту штуку на витрине?

— На витрине? — повторил удивленный Энгюс.

— Сейчас не время объясняться, — отрывисто бросил маленький миллионер. — Здесь творится что-то непонятное, и надо в этом разобраться.

Он указал лакированной тростью на витрину, недавно опустошенную свадебными приготовлениями Энгюса, и тот с удивлением увидел наклеенную поперек стекла длинную полосу бумаги, которой безусловно не было, когда незадолго перед тем он рассматривал витрину лавки. Последовав за энергичным Смайсом на улицу, он увидел, что на стекле аккуратно наклеено ярда полтора гербовой бумаги, а на ней неровными буквами написано:

«Если вы выйдете замуж за Смайса, он умрет».

— Лаура, — сказал Энгюс, просунув в кондитерскую большую рыжую голову, — вы не сошли с ума.

— Узнаю почерк Уэлкина, — хрипло проговорил Смайс. — Я не видел его уже несколько лет, но он вечно мне надоедает. За последние две недели он пять раз присылал мне угрожающие письма, и я даже не могу выяснить, кто их приносит, разве что сам Уэлкин. Швейцар клянется, что никого не замечал. Теперь этот тип расписывает чуть ли не всю витрину, пока в кондитерской...

— Вот именно, — скромно вставил Энгюс, — пока в кондитерской люди пьют кофе. Что ж, сэр, ценю ваш здравый смысл. Вы правы, надо действовать. Об остальном поговорим после. Минут десять — пятнадцать назад я подходил к витрине, и ручаюсь, никакой бумаги там не было. Значит, он не мог далеко уйти. Однако он и не близко, мы его не догоним. И вообще мы даже не знаем, в какую сторону он пошел. Если хотите послушать моего совета, мистер Смайс, сейчас же свяжитесь с каким-нибудь энергичным сыщиком, лучше всего частным. Я знаю одного на редкость толкового; его контора в пяти минутах езды на машине. Зовут его Фламбо. Он провел несколько бурную молодость, но теперь он безукоризненно честен, и голова у него золотая. Живет он в Хэмстеде, в Лакнаусских Домах.

— Странно, — произнес человечек, поднимая черные брови. — Я сам живу там рядом, в Гималайских Домах. Хотите поехать со мной? Я зайду к себе за этими письмами, а вы сходите за вашим другом-сыщиком.

— Вы очень любезны, — вежливо ответил Энгюс. — Разумеется, чем быстрее мы будем действовать, тем лучше.

В порыве неожиданного великодушия оба церемонно простились с девушкой и вскочили в быстрый маленький автомобиль. Смайс взялся за руль, и, когда они завернули за угол, Энгюс улыбнулся, увидев гигантскую рекламу «Безмолвной прислуги Смайса»: огромная железная кукла без головы несла кастрюлю, а под нею красовалась подпись: «Кухарка, которая никогда не сердится».

— Я и сам пользуюсь их услугами, — сказал, смеясь, чернобородый человечек. — Отчасти для рекламы, отчасти ради удобства. По правде говоря, мои большие заводные куклы и в самом деле приносят уголь, кларет и расписание поездов гораздо проворнее любого живого слуги. Надо только знать, какую нажать кнопку. Но, между нами говоря, и у них есть недостатки.

— Вот как! — сказал Энгюс. — Значит, они не все могут?

— Да, — спокойно отвечал Смайс. — Они не могут сказать, кто доставляет мне угрожающие письма.

Автомобиль Смайса был такой же маленький и юркий, как и его хозяин; собственно говоря, хозяин сам его смастерил. Смайс был помешан на рекламе, но, во всяком случае, он верил в свои изделия. Пока, срезая повороты, Смайс и Энгюс мчались по белой ленте дороги в неживом, но ярком свете раннего вечера, автомобиль словно становился все меньше и невесомее. Скоро дорога стала еще извилистей и круче — они поднимались по спирали, как современные мистики. Дорога шла вверх, в ту часть Лондона, которая расположена так же высоко, хотя и не так живописно, как Эдинбург. Уступы поднимались над уступами, а над ними, в золотых лучах заката, возвышалось огромное, как пирамида, здание, которое и было целью их поездки. Когда они завернули за угол и въехали на изогнутую полукругом улочку, застроенную с одной стороны, все изменилось так резко, словно перед ними внезапно распахнули окно. Они очутились у подножия многоэтажной громады, возвышающейся над Лондоном, над зеленоватым морем кровель. Напротив, по другую сторону усыпанной гравием дуги, тянулся заросший кустарником скверик, похожий не столько на сад, сколько на зеленую стену или живую изгородь. Немного ниже блестела полоска воды, бежавшей по каналу, который наподобие рва окружал эту крепость. Машина пронеслась мимо расположившегося на углу продавца каштанов, а в другом конце дуги Энгюс различил синюю фигуру полисмена, медленно расхаживавшего взад и вперед. Больше никого не было здесь, на тихой окраине, и Энгюсу показалось, что эти двое олицетворяют безмолвную поэзию Лондона. У него вдруг возникло такое чувство, словно они — персонажи какого-то рассказа.

Автомобильчик пулей подлетел к дому и, как бомбу, выбросил на улицу своего хозяина. Смайс тут же принялся расспрашивать рослого раззолоченного посыльного и низенького швейцара в жилете, не разыскивал ли кто-нибудь его. Те заверили, что с минуты, когда он в последний раз их расспрашивал, мимо них никто не проходил, после чего Смайс и слегка озадаченный Энгюс ракетой взлетели в лифте на верхний этаж.

— Зайдите на минутку, — сказал запыхавшийся Смайс. — Я хочу показать вам письма Уэлкина. А потом можете сбегать за вашим другом.

Он нажал спрятанную в косяке кнопку, и дверь сама отворилась.

Дверь вела в длинную просторную переднюю, уставленную большими человекообразными автоматами, стоявшими вдоль обеих стен, словно портновские манекены. Как у манекенов, у них не было голов; как у манекенов, у них были чрезмерно широкие плечи и выпуклая грудь, а в остальном они напоминали человека не больше, чем любой автомат высотою в человеческий рост. Вместо рук у них было по два больших крюка, а чтобы удобнее было различать, их окрасили в зеленый, ярко-красный и черный цвет. Во всех прочих отношениях они были просто автоматы и вряд ли могли привлечь внимание. По крайней мере, в ту минуту никто на них и не взглянул, — между двумя рядами механических слуг лежало нечто более интересное, чем все машины на свете, вместе взятые. Это был обрывок белой бумаги, исписанный красными чернилами, и, едва успела распахнуться дверь, как проворный изобретатель схватил его. Ни слова не говоря, он передал бумагу Энгюсу. Красные чернила не успели еще высохнуть. Записка гласила: «Если вы сегодня были у нее, я убью вас».

Они помолчали, потом Айседор Смайс спокойно произнес:

— Хотите виски? По-моему, не мешает выпить.

— Благодарю. Я предпочел бы повидать Фламбо, — сказал Энгюс мрачно. — Как видно, дело принимает серьезный оборот. Я немедленно иду за ним.

— Вы правы, — сказал Смайс удивительно бодрым тоном. — Ведите его сюда поскорее.

Однако, закрывая за собой дверь, Энгюс увидел, как Смайс нажал на какую-то кнопку и один из заводных идолов, сойдя с места, двинулся по желобку, неся поднос с графином и сифоном. Было как-то жутко оставлять маленького человечка наедине с неодушевленными слугами, которые ожили, едва закрылась дверь.

Шестью ступеньками ниже все тот же швейцар в жилете возился с ведром. Энгюс остановился и, посулив чаевые, выманил у него обещание оставаться на месте и следить за всеми незнакомцами, которым вздумается войти в дом до того, как он вернется с сыщиком. Затем он бросился вниз и дал такие же распоряжения стоявшему у дверей посыльному, от которого узнал, что в доме, к счастью, нет черного хода. Не удовольствовавшись этим, он остановил полисмена и уговорил его встать напротив дома и наблюдать за подъездом. Наконец, он задержался на минуту, чтобы купить на пенни каштанов и заодно расспросить продавца, долго ли тот намерен пробыть на улице.

Подняв воротник пальто, продавец отвечал, что собирается уходить, так как скоро пойдет снег.

Действительно, тьма сгущалась, становилось холодно, но Энгюс, призвав на помощь все свое красноречие, уговаривал его остаться.

— Согревайтесь своими каштанами, — серьезно говорил он. — Можете съесть хоть весь запас — я заплачу. Если дождетесь здесь меня и скажете, не входил ли кто — мужчина, женщина или ребенок — в тот дом, возле которого стоит посыльный, получите соверен.

И Энгюс быстро зашагал дальше, бросив последний взгляд на осажденную крепость.

— Ну, кажется, Смайс в кольце, — сказал он. — Не могут же все четверо оказаться сообщниками Уэлкина.

Лакнаусские Дома стоят как бы ступенькой ниже на той лестнице зданий, которую венчают Дома Гималайские. Фламбо жил и принимал в первом этаже; в его обиталище не было и следа американской техники и неуютной гостиничной роскоши, отличавших квартиру с безмолвной прислугой. Сыщик провел друга через контору в свою богемную, веселую берлогу, где красовались сабли, аркебузы, восточные диковинки, бутылки итальянского вина, глиняные кувшины из Африки, пушистый персидский кот и маленький пыльный священник, который, надо сказать, был тут совсем не к месту.

— Это мой друг, отец Браун, — сказал Фламбо. — Я давно хотел вас познакомить. Великолепная погода, правда? Хотя и холодновато для таких южан, как я.

— Да, надеюсь, она удержится, — сказал Энгюс, усаживаясь на полосатую лиловую тахту.

— Нет, — спокойно возразил священник, — уже пошел снег.

И в самом деле — пока он говорил, за окном, в сгущавшейся тьме, закружились первые хлопья снега, предсказанного продавцом каштанов.

— Видите ли, Фламбо... — неловко начал Энгюс. — Я пришел к вам по делу, и дело это срочное. В двух шагах от вас живет человек, которому вы очень нужны. Его неотступно преследует угрозами невидимый враг — какой-то негодяй, которого никто не видел.

Энгюс рассказал ему о Смайсе и Уэлкине, сначала со слов Лауры, потом то, что видел сам. Он упомянул о таинственном смехе на перекрестке пустынных улиц и о странных словах в пустой комнате. Фламбо казался все более и более озабоченным, а маленький священник оставался безучастен, как стол или стул. Когда Энгюс дошел до исписанной полосы гербовой бумаги, наклеенной на стекло, Фламбо встал, сразу заполнив комнату своими широченными плечами.

— Простите, не лучше ли вам досказать по дороге? — сказал он. — Кажется, тут нельзя терять времени.

— Отлично, — сказал Энгюс, тоже вставая. — Правда, сейчас он в безопасности — я приставил четырех человек сторожить единственный вход в его нору.

Они вышли на улицу. Маленький священник плелся за ними, как послушная собачка. Лишь раз он весело заметил, словно хотел поддержать беседу: «Как быстро земля покрывается снегом!»

Пока они пробирались по крутым, уже посеребренным снегом улочкам, Энгюс закончил свой рассказ, и когда они достигли дуги многоэтажных зданий, он смог заняться своими четырьмя часовыми. Продавец каштанов — и до и после получения соверена — упорно утверждал, что внимательно следил за подъездом и ни один посетитель туда не входил. Полисмен говорил еще категоричней. Он заявил, что на своем веку видывал немало преступников и в цилиндрах и в лохмотьях, — не так уж он зелен, чтоб думать, будто подозрительные типы всегда подозрительны на вид. Поэтому он следил за всеми, но — видит бог — никто не проходил. Когда же все трое окружили расшитого галунами посыльного, который, улыбаясь по-прежнему, стоял в дверях, тот высказался еще решительней.

— Мне что герцог, что мусорщик — я кого угодно спрошу, что ему тут надо, — сказал добродушный великан с золотыми галунами. — Но, клянусь, никого не было с тех пор, как ушел этот джентльмен.

Тут невзрачный отец Браун, который все время держался в стороне и скромно смотрел на мостовую, отважился заметить кротко:

— Значит, никто не входил и не выходил с тех пор, как пошел снег? Мы тогда еще были у Фламбо.

— Ни одна душа, сэр, можете мне поверить, — добродушно и важно отвечал блюститель порядка.

— А что же это такое? — спросил священник, уставившись в тротуар безучастным рыбьим взглядом.

Остальные тоже посмотрели вниз; Фламбо невольно вскрикнул и взмахнул рукой: от середины порога, меж горделиво расставленных ног раззолоченного великана, пролегла цепочка серых следов, отпечатанных на белом снегу.

Меж ног раззолоченного великана пролегла цепочка следов, отпечатанных на белом снегу.

— Боже мой! — вырвалось у Энгюса. — Человек-невидимка!..

Не сказав больше ни слова, он повернулся и бросился вверх по лестнице. Фламбо бежал за ним, а Браун остался внизу, безучастно глядя на запорошенную снегом улицу, словно утратил всякий интерес к розыскам.

Фламбо хотел было высадить дверь могучим плечом, но шотландец, повинуясь скорее разуму, чем интуиции, пошарил по косяку двери, нащупал невидимую кнопку, и дверь медленно распахнулась.

За нею показалась все та же тесно уставленная куклами прихожая. Темнота сгустилась, хотя кое-где ее еще прорезали последние багровые лучи заката. Несколько безголовых машин, сдвинутых с мест, стояли тут и там. Полумрак скрадывал их яркие краски, и они еще больше походили на людей. Среди них, на том самом месте, где недавно еще лежал исписанный красными чернилами листок бумаги, виднелось что-то очень похожее на пролитые красные чернила. Но это были не чернила.

Сочетая здравый смысл с экспансивностью француза, Фламбо сказал только: «Убийство» — и, ворвавшись в квартиру, обыскал за пять минут каждый угол и закоулок. Однако трупа он не нашел. Айседора Смайса попросту не было в квартире — ни живого, ни мертвого. Обшарив весь дом, вспотевшие и удивленные друзья сошлись в прихожей.

— Друг мой, — произнес Фламбо от волнения по-французски, — ваш убийца не только невидимка, он и убитого сделал невидимым.

Энгюс оглядел полутемную комнату, полную кукол, и в каком-то уголке его шотландской души шевельнулся ужас. Одна из кукол стояла прямо над кровавым пятном. Быть может, убитый позвал ее за минуту до смерти? Прикрепленный к высокому плечу крюк, служивший кукле рукою, был слегка приподнят, и Энгюсу вдруг представилась жуткая картина: он увидел, как беднягу Смайса умерщвляет его же собственное железное детище. Материя взбунтовалась, и машины убили своего повелителя. Но даже если это так, куда же они его дели?

«Неужто съели?» — шепнул ему зловещий голос, и на секунду ему стало дурно при мысли о растерзанных человеческих останках, поглощенных и переваренных безголовыми автоматами.

Усилием воли вернув себе ясность мысли, Энгюс проговорил:

— Ну вот и все. Бедняга испарился, как облако, только красная лужица осталась. По-моему, тут замешаны нездешние силы.

— Здешние или нездешние, — сказал сыщик, — нам остается одно: сойти вниз и поговорить с моим другом.

Спускаясь вниз, они миновали швейцара, и тот снова поклялся, что никого постороннего не видел. Внизу они нашли посыльного и медлившего у подъезда торговца, которые еще раз заверили их, что никого не упустили. Однако четвертого стража не было, и Энгюс с беспокойством спросил:

— Где же полицейский?

— Простите, — сказал отец Браун, — это я виноват. Я только что послал его кое-что выяснить. Мне показалось, что это нужно.

— Он сейчас нам понадобится, — резко ответил Энгюс. — Бедняга не только убит — его нет в квартире.

— Как так? — спросил священник.

— Честное слово, отец, — помедлив, сказал Фламбо, — это уж скорее по вашей части, чем по моей. Ни друг, ни недруг не входил в дом, а Смайса нет, словно его феи похитили. Если это не чертовщина, я…

Их разговор был прерван необычным зрелищем: из-за поворота выбежал рослый полисмен в синем. Он подошел прямо к отцу Брауну.

— Вы правы, сэр, — тяжело дыша, проговорил он, — тело бедного мистера Смайса только что нашли внизу, в канале.

Энгюс в ужасе схватился за голову.

— Значит, он выбежал и утопился? — спросил он.

— Могу поклясться, что он не спускался, — отвечал полисмен. — И не топился. Он убит ударом ножа в сердце.

— И все-таки вы не видели, чтобы кто-нибудь входил сюда? — сказал Фламбо очень серьезно.

— Пройдемся немного, — предложил священник. Когда они дошли до конца улочки, он вдруг воскликнул:

— Ох, до чего же я глуп! Забыл спросить полисмена про светло-коричневый мешок.

— Почему же именно светло-коричневый? — изумленно спросил Энгюс.

— Если мешок другого цвета, все придется начинать сначала, — ответил отец Браун. — А если он светло-коричневый — что ж, тогда дело кончено.

— Рад слышать, — усмехнулся Энгюс. — Насколько мне известно, оно еще не начиналось.

— Вы должны нам все рассказать, — с детской непосредственностью сказал Фламбо.

Они невольно ускорили шаг, когда отец Браун, не отвечая, быстро повел их вдоль длинного изгиба дороги. Наконец он произнес нерешительно и чуть ли не виновато:

— Вы, наверное, скажете, что все это слишком просто. Мы всегда начинаем с обобщения — вот и тут придется.

Приходилось ли вам замечать, что люди никогда не отвечают прямо на вопрос? Они отвечают только на то, что, по их мнению, скрывается за вашим вопросом. Представьте себе, что в усадьбе одна дама спрашивает другую: «У вас сейчас живет кто-нибудь?» Хозяйка никогда не ответит: «Да, дворецкий, три лакея, горничная» и так далее, хотя горничная тут же, в комнате, а дворецкий стоит за креслом. Она ответит: «У нас сейчас никто не живет», подразумевая тех же, кого и вы. Но если во время эпидемии врач спросит ее: «Есть кто-нибудь в доме?», она вспомнит и дворецкого, и горничную, и всех остальных. На этом и строится разговор: вам никогда не ответят буквально, хотя и не солгут. Когда четверо вполне честных людей говорили, что никто не появлялся, они не хотели сказать, что там действительно никого не было. Они имели в виду только таких людей, которые могли бы показаться вам подозрительными. На самом же деле один человек все же вошел в дом и вышел, и никто его не заметил.

— Невидимый человек? — спросил Энгюс, подняв рыжие брови.

— Мысленно невидимый, — ответил отец Браун. Он помолчал немного, потом продолжал — так рассеянно, словно думал о своем: —

Конечно, вам и в голову не придет мысль о таком человеке, пока вы специально о нем не подумаете. На это он и рассчитывал. Меня навели на след две-три детали в рассказе мистера Энгюса. Во-первых, этот Уэлкин совершал длинные прогулки; во-вторых, на витрине была гербовая бумага. А главное, в рассказе мисс Хоуп есть две детали, которых быть не могло. Не сердитесь! — добавил он поспешно, заметив, что шотландец вскинул голову. — Она думала, что говорит правду, но это не могло быть правдой. Человек никак не может быть совершенно один за секунду до того, как ему вручили письмо. Она не могла быть совершенно одна на улице, распечатывая письмо, которое только что получила. Кто-то несомненно находился поблизости, только для нее он был невидимкой.

— Почему кто-то должен был находиться поблизости? — спросил Энгюс.

— Кто-то ведь должен был принести ей письмо, — отвечал отец Браун. — Разве что почтовый голубь...

— Вы хотите сказать, — энергично вмешался Фламбо, — что Уэлкин носил ей письма своего соперника?

— Да, — сказал священник. — Уэлкин носил письма своего соперника. Понимаете, такое уж у него дело.

— Ну, с меня довольно! — взорвался Фламбо. — Кто этот человек? Каков он из себя? Как вообще выглядит этот «невидимка»?

— Одет он довольно нарядно: в красное и синее с золотом, — не задумываясь, отвечал священник. — И в этом ярком, даже кричащем наряде он явился в дом на глазах у четырех человек, хладнокровно убил Смайса, вышел на улицу и унес труп.

— Отец Браун! — воскликнул Энгюс, останавливаясь как вкопанный. — Кто-то из нас двоих не в своем уме!

— Нет, вы не лишились рассудка, — сказал Браун. — Просто вы не очень наблюдательны и не заметили, например, такого вот человека.

Он быстро сделал три шага вперед и положил руку на плечо обыкновенного почтальона, который незаметно прошмыгнул мимо них в тени деревьев.

— Почему-то никто никогда не замечает почтальонов, — проговорил он задумчиво. — А ведь и они подвержены человеческим страстям и, кроме того, носят большие мешки, в которых свободно поместится маленький труп.

Против ожидания, почтальон не обернулся, а отпрянул в сторону и натолкнулся на садовую изгородь. Это был худощавый светлобородый человек самой обыкновенной внешности; но, когда он наконец обернулся, все трое были поражены — так страшно он косил.

Фламбо вернулся к своим саблям, пурпурным коврам и персидскому коту — у него дел хватало. Джон Тернбул Энгюс возвратился в кондитерскую к той, с которой, при всей своей беспечности, рассчитывал жить мирно и счастливо. А Браун долго бродил с убийцей под звездами, по заснеженным уступам, и никто никогда не узнает, что они сказали друг другу.

Небесная стрела

Сотни детективных рассказов начинаются с убийства американского миллионера, которое почему-то рассматривают как народное бедствие. Рад сообщить, что и этот рассказ начнется с убийства миллионера, даже с убийства трех миллионеров, что кое-кому покажется, пожалуй, embarras de richesse[1]. Но именно это совпадение или, если хотите, однообразие выдвинуло данное дело из ряда обычных и превратило его в головоломку.

Ходили толки, что все три миллионера пали жертвой вендетты или заклятья, связанного с очень ценным древним сосудом, усыпанным драгоценными камнями, — так называемой «Коптской Чашей». Никто не знал, откуда она взялась, но ее связывали с религиозными обрядами, и кое-кто объяснял гибель ее обладателей фанатизмом восточных христиан, возмущенных тем, что чаша попадала в столь материалистические руки. Во всяком случае, в мире сенсаций и сплетен таинственный убийца вызывал огромный интерес, независимо от того, фанатик он или нет. Безымянное существо наделили даже именем или прозвищем. Впрочем, наш рассказ касается лишь третьей жертвы: только в этом случае отец Браун, герой наших очерков, вмешался в дело.

Когда, сойдя с трансатлантического лайнера, Браун впервые ступил на американскую землю, он, подобно многим англичанам, обнаружил, что известен гораздо больше, чем думал. На родине никто

[1] Излишняя роскошь (франц.).

бы не заметил в толпе коротенького, близорукого, скромного человека в порыжелой сутане; он выделялся бы разве что незначительностью. Но Америка умеет рекламировать. Участие отца Брауна в расследовании нескольких замысловатых дел и дружба его с Фламбо, бывшим преступником, а ныне детективом, прославили его в Америке, тогда как в Англии о нем только-только заговорили. Его круглое лицо удивленно вытянулось, когда его схватили журналисты, которых можно было принять за шайку гангстеров, и засыпали вопросами о том, в чем он менее всего считал себя компетентным, — о деталях дамского туалета и о статистике преступлений в стране, на которую он только что впервые взглянул. Пожалуй, по контрасту с этой по-военному сплоченной группой бросался в глаза человек, стоявший в стороне, чернея на фоне яркого неба и яркой толпы, — высокий, желтолицый, в больших очках. Переждав журналистов, он обратился к отцу Брауну:

— Простите, не ищете ли вы капитана Уэна?

Не будем винить отца Брауна, хотя сам он искренне готов был винить себя. Не надо забывать, что он только что высадился и никогда не видел очков в черепаховой толстой оправе: мода не дошла еще до Англии. Он было подумал, что перед ним пучеглазое морское чудовище; вспомнился ему и водолазный шлем. Одет был незнакомец прекрасно, и Браун по наивности изумился: зачем элегантному денди так уродовать себя? Приставил бы еще для пущего изящества деревянную ногу! Вопрос тоже смутил его. В длинном списке лиц, которых он рассчитывал повидать в Америке, действительно значился американский авиатор, по фамилии Уэн, друг его друзей во Франции. Но он никак не ожидал, что услышит о нем так скоро.

— Простите, — не совсем уверенно ответил он. — Вы сами капитан Уэн? Или… или знаете его?

— Могу сказать точно, что я не капитан Уэн, — ответил человек в очках; лицо его казалось неподвижным, точно деревянное. — По крайней мере, у меня не было на этот счет сомнений, когда я только что его видел. Он сидит вон там, в автомобиле, поджидает вас. На другой вопрос ответить не так просто. Кажется, я знаю Уэна и его дядюшку, и старика Мертона тоже. Но старый Мертон не знает меня. И думает, что это на руку ему, а я думаю, что мне. Поняли?

Отец Браун не совсем понял. Моргая, смотрел он на сверкание моря, на небоскребы и на мужчину в очках. Не только из-за очков казался тот непроницаемым; в лице его было что-то азиатское, даже китайское, а голос звучал насмешливо и зло. Среди простодушных и общительных американцев попадаются такие загадочные, замкнутые люди.

— Зовут меня Дрэг, — говорил он. — Норман Дрэг. Я американский гражданин, в том-то и дело. В общем, ваш друг Уэн сам объяснит вам остальное, так что четвертое июля мы пока отложим[1].

И он потащил растерянного Брауна к стоявшему неподалеку автомобилю, из которого махал рукой молодой человек с растрепанными светлыми волосами и измученным угрюмым лицом. Молодой человек назвал себя Питером Уэном. Отец Браун и опомниться не успел, как его погрузили в автомобиль, который помчался во весь опор через город. Он не успел еще привыкнуть к стремительности американцев и удивлялся не меньше, чем если бы колесница, запряженная драконами, увлекла его в волшебное царство. Вот в какой неуютной обстановке он в первый раз узнал — из длинных речей Уэна и коротких сентенций Дрэга — о двух преступлениях, связанных с Коптской Чашей.

Оказалось, что у Питера Уэна есть дядюшка, по имени Крэк, а у того — компаньон, по имени Мертон, третий богатый делец, к которому перешла Чаша. Первый из них, Титус П. Трент, медный король, получал в свое время угрожающие письма, подписанные Даниэлем Роком. Имя было, вероятно, вымышленное, но вскоре оно стало так же известно, как имена Робина Гуда и Джека-Потрошителя, вместе взятые. Ибо очень скоро выяснилось, что автор писем отнюдь не думает ограничиться угрозами. Однажды поутру старика Трента

---

[1] Четвертое июля — День независимости. В 1776 году 4 июля была принята «Декларация Независимости», и Соединенные Штаты отделились от Великобритании.

нашли мертвым в его собственном, поросшем кувшинками пруду; следов преступник не оставил. Коптская Чаша, к счастью, была в полной сохранности в банке и со всем остальным имуществом Трента перешла к его кузену Брайану Гордеру, тоже очень богатому человеку. Брайан Гордер, в свою очередь, стал получать угрожающие письма от неизвестного врага, а потом его труп нашли у высокой скалы, недалеко от приморской виллы, которая в ту же ночь была основательно разграблена. И хотя Чаша и на этот раз не попала в руки преступников, исчезло столько обязательств и ценностей, что денежные дела Гордера сильно запутались.

— Вдове пришлось продать почти все драгоценности, — рассказывал Уэн. — Тогда Брандер Мертон приобрел, вероятно, и Чашу — она была уже у него, когда я с ним познакомился. Сами понимаете, владеть такой штукой не очень-то спокойно.

— А мистер Мертон получал уже письма? — спросил отец Браун, помолчав.

— Думаю, что получал, — сказал Дрэг.

Что-то в его тоне насторожило священника, он вгляделся и понял, что тот неслышно смеется, смеется так, что у вновь прибывшего холодок прошел по спине.

— Конечно, получал, — сказал Питер Уэн, нахмурившись. — Я, понятно, не видел писем; только его секретарь читает корреспонденцию, да и то не всю. Мертон очень скрытный, как, впрочем, все крупные дельцы. Но я замечал, что его иногда волновали и расстраивали письма, а некоторые он рвал, даже секретарю не показывал. Секретарь и сам беспокоится — он, кажется, уверен, что старика подкарауливают. Короче говоря, мы были бы очень благодарны вам, если бы вы согласились помочь нам советом. Все знают, какой вы хороший сыщик, отец Браун. В общем, секретарь поручил мне привезти вас прямо к Мертону, если вы согласитесь.

— Понимаю! — сказал Браун, который наконец понял, что означает его похищение. — Право, не думаю, чтобы я мог вам помочь. Вы все время на месте. Вам в сто раз легче сделать научно-обоснованный вывод, чем мне, случайному посетителю.

— Да, — сухо заметил Дрэг, — Но наши выводы настолько научно обоснованы, что даже малоправдоподобны. А то, что убило такого человека, как Трент, должно было упасть прямо с неба, не выжидая научных объяснений. Так сказать, гром с ясного неба.

— Что вы! — воскликнул Уэн. — Неужели вы думаете, что тут замешаны потусторонние силы?

Но узнать, что именно думает Дрэг, было нелегко, за одним исключением: когда он называл кого-нибудь «гигантом мысли», он обычно подразумевал, что тот — круглый дурак. Больше он не проронил ни слова и восседал неподвижно, как истукан. Немного погодя автомобиль остановился — очевидно, они прибыли. Тут было чему удивиться. Они только что ехали редким перелеском — и вдруг им открылась широкая долина, а прямо перед ними вонзался в небо дом, обнесенный стеной или очень высоким забором. Все вместе взятое напоминало издали аэродром или римский лагерь. Вблизи было видно, что стена не каменная и не деревянная, а металлическая.

Они вышли из машины и долго возились у стены, как возятся возле сейфа; наконец в стене открылся узкий проход. К величайшему изумлению Брауна, человек, именуемый Норманом Дрэгом, не пожелал войти, а распростился с ними, зловеще ухмыляясь.

— Я не пойду, — сказал он. — Столько удовольствий разом старику Мертону не по силам. Он так любит видеть меня, что умер бы от радости.

И он зашагал прочь, а удивленного Брауна пропустили за стальную дверь, которая моментально захлопнулась за ним. Они попали в большой, аккуратный сад, который пестрел веселыми яркими цветами, зато там не было ни деревьев, ни высоких кустарников. Посреди сада стоял дом, очень красивый, но узкий и высокий, как башня. Палящее солнце зажигало то одно, то другое стекло под крышей, но в нижних этажах окон, по-видимому, не было. Чистота стен и сада как нельзя лучше вязалась с чистым воздухом американских полей. Внутри все сверкало мрамором, металлом, изразцами, но лестницы не было тоже, только в углублении между крепкими стенами ходил лифт, и доступ к нему охраняли два субъекта, могучих, как полисмены в штатском.

— Да, охрана хорошая, — сказал Уэн. — Вам, может быть, смешно, отец Браун, что Мертону приходится жить в такой крепости. Даже в саду нет ни одного дерева, чтобы никто не мог за ними спрятаться. Вы не знаете, какую нам пришлось разрешить трудную задачу. И, вероятно, не знаете, кто такой Брандер Мертон. Человек он с виду тихий, на улице на него и внимания не обратишь. Сейчас, положим, и случая не представится: он выезжает очень редко и то в наглухо закрытой машине. Но если что-нибудь с ним случится, всю страну затрясет, от Аляски до южных островов. Наверное, такой власти над народами не имел ни один король, ни один император! А ведь предложи вам кто-нибудь посетить царя или короля, вы, вероятно, пошли бы из любопытства? Возможно, вы не жалуете царей и миллионеров, но такая сила все-таки вызывает интерес. Надеюсь, вам не приходится поступаться своими принципами, навещая современного императора?

— Ничуть, — мягко ответил Браун. — Мой долг навещать заключенных и всех несчастных пленников.

Они помолчали; хмурое, худое лицо молодого человека приняло странное недоброе выражение. Затем он резко сказал:

— Не забывайте, на него ополчились не простые преступники, не какая-нибудь Черная Рука. Даниэль Рок — сам черт. Вспомните, что он расправился с Трентом в его собственном саду, с Гордером — почти у дома, а сам ускользнул.

Верхний этаж, защищенный толщей стен, состоял из двух комнат: проходной, в которую они вошли, и другой, которая и была святилищем миллионера. Они вошли в первую как раз в тот момент, когда из второй выходили два посетителя. Одного из них Питер Уэн представил как своего дядюшку. Он был маленький, но очень крепкий и подвижной, его бритая голова казалась лысой, а при взгляде на его коричневое лицо не верилось, что он белый. Старого Крэка прозвали Ореховым Крэком в память другого героя, а прославился он во времена последних схваток с индейцами. Спутник его был совсем на него не похож. Высокий, елейный, с черными лакированными волосами и с моноклем на широкой черной ленте, Бернард Блэк, поверенный старого Мертона, только что принимал участие в деловом совещании компаньонов.

Все четверо встретились посреди первой комнаты и, прежде чем разойтись, остановились, чтобы обменяться для приличия несколькими фразами. Они были не одни: в самой глубине, у двери во вторую комнату, виднелась большая неподвижная фигура, слабо освещенная светом, падавшим из фрамуги, — человек с черным лицом и широчайшими плечами. Он был из тех, кого американцы шутки ради смело прозвали головорезами; из тех, кого друзья называют телохранителем, а враги — наемным убийцей.

Человек не двинулся, не шевельнулся, не поздоровался ни с кем. Но Питер Уэн, увидев его здесь, нервно осведомился:

— Остался кто-нибудь с шефом?

— Не поднимай шума, Питер, — осклабился его дядюшка. — С ним Уилтон. Полагаю, этого достаточно. Уилтон, кажется, никогда и не спит, все охраняет Мертона. Он стоит двадцати телохранителей, а проворен и невозмутим, как индеец.

— Ну, вам лучше знать, — согласился, смеясь, племянник. — Помню, каким вы учили меня индейским штукам, когда я был мальчуганом и любил читать о краснокожих. В тех рассказах краснокожим всегда солоно приходилось.

— В жизни было не так! — сурово сказал старый пограничник.

— Неужели? — переспросил ласковый мистер Блэк. — Я думаю, им трудно было справиться с нашим огнестрельным оружием.

— Я видел, как индеец стоял под обстрелом сотни ружей, — сказал Крэк. — У него был только нож — и он убил белого, который был на вышке форта.

— Как же это он? — спросил Питер.

— Бросил нож, — пояснил Крэк. — Бросил, раньше чем раздался первый выстрел. Не знаю, где он этому научился.

— Надеюсь, вы не научились у них? — засмеялся племянник.

— Думается мне, — задумчиво проговорил Браун, — что в этом рассказе есть мораль…

Во время их разговора Уилтон, секретарь, вышел из второй комнаты и остановился, выжидая. Он был бледный, светловолосый, с квадратным подбородком и по-собачьи внимательными глазами. Нетрудно было поверить, что он спит одним глазом, как сторожевой пес.

Он сказал: «Мистер Мертон примет вас минут через десять», но это перебило разговор. Старый Крэк заявил, что ему пора идти; племянник вышел вместе с ним и с его спутником — юристом, а Браун остался наедине с секретарем. Черный великан в счет не шел — так неподвижно он сидел, обратив к ним широкую спину и не сводя глаз с двери.

— Охраняем мы его тщательно, как видите, — сказал секретарь. — Вы, должно быть, слыхали о Даниэле Роке. Небезопасно часто и надолго оставлять шефа одного.

— Но сейчас-то ведь он один? — спросил Браун. Секретарь поднял на него серьезные серые глаза.

— Четверть часа, — сказал он, — только четверть часа из двадцати четырех. Дольше он один не бывает. А эти четверть часа он ни за что не уступит, и не без причины.

— А именно? — заинтересовался посетитель. Уилтон, секретарь, смотрел все так же внимательно, но губы его сурово сжались.

— Коптская Чаша, — сказал он. — Вы, может быть, забыли о Коптской Чаше, но он никогда о ней не забывает, и ни о чем вообще. Он никому из нас не доверяет ее. Она заперта где-то там, в комнате, он один может ее достать и достает только тогда, когда никого нет рядом. Вот и приходится эти четверть часа рисковать, пока он любуется ею. Больше он ничем на свете не любуется. Впрочем, риска, в сущности, нет. Я сам устроил тут мышеловку, в которую и черт не заберется, во всяком случае — не выберется. Если бы этот проклятый Рок нанес нам визит, ему пришлось бы остаться к обеду! Четверть часа я сижу здесь, но если я услышу выстрел или шум борьбы — я нажимаю кнопку, электрический ток охватывает стену сада, и всякий, кто вздумает перебраться через нее, обречен на смерть. Да выстрела и быть не может: единственный вход — вот этот, а единственное окно, у которого он сидит, — на самом верху башни. Стены отвесные, скользкие, как смазанный маслом шест. Конечно, мы все здесь вооружены. Если бы Рок явился сюда, он бы не выбрался живым.

Браун, моргая, смотрел на ковер и думал. Вдруг он сказал, может быть, в шутку:

— Надеюсь, вы не обидитесь? Мне только что пришло в голову... Это про вас...

— Про меня? — переспросил Уилтон. — Что же именно?

— Мне кажется, — ответил Браун, — вы человек одержимый и ваша цель — не столько спасти Мертона, сколько поймать Рока.

Уилтон едва заметно вздрогнул, не отрывая глаз от собеседника; затем сурово сжатый рот мало-помалу расплылся в странной улыбке.

— Как вы... Почему вы так подумали? — спросил он.

— Вы сказали, что, если услышите выстрел, вы тотчас же пустите ток и отрежете путь врагу, — объяснил священник. — А не пришло вам в голову, что выстрел может убить вашего патрона раньше, чем ток убьет убийцу? Я не хочу сказать, что вы не станете защищать мистера Мертона, но это у вас как-то на втором плане. Охрана здесь самая тщательная — вы, кажется, все продумали. Но по всему видно: вы больше хотите поймать убийцу, чем спасти жертву.

— Отец Браун, — сказал секретарь своим обычным спокойным тоном, — вы очень наблюдательны, но в вас есть не только это. От вас ничего не хочется скрывать. Надо мною уже подшучивают, называют маньяком за то, что я гоняюсь за ним. Возможно, что я и маньяк. Но открою вам то, чего никто не знает: мое полное имя — Джон Уилтон Гордер.

Отец Браун кивнул, будто это ему все разъяснило, но тот продолжал:

— Человек, который назвался Роком, убил моего отца и моего дядю, разорил мою мать. Когда Мертону понадобился секретарь, я пошел к нему. Я считал: где Чаша, там рано или поздно будет и преступник. Я не знал, кто он; надо было выждать. Мертону же я хотел служить верой и правдой.

— Понимаю, — мягко сказал Браун, — а кстати, не пора ли нам пройти к нему?

— Да, да! — отозвался Уилтон, будто внезапно очнувшись, и священник решил, что жажда мести снова охватила его. — Войдите, непременно войдите.

Отец Браун направился во вторую комнату. Никто не приветствовал его; не раздалось ни звука; и через несколько секунд он снова появился в дверях.

В тот же миг шевельнулся немой телохранитель у дверей, будто ожил шкаф или стол. Казалось, сама поза Брауна дала ему сигнал: священник стоял спиной к открытой двери, свет падал сзади и лицо оставалось в тени.

— Я думаю, надо нажать ту кнопку, — сказал священник и вздохнул.

Уилтон точно очнулся от сурового раздумья и дернулся вперед.

— Выстрела не было! — крикнул он.

— Как вам сказать... — произнес отец Браун. — Смотря что вы называете выстрелом.

Уилтон пробежал мимо него, и они оба ворвались во вторую комнату — сравнительно небольшую, просто, но изящно обставленную. Прямо против дверей было открытое окно, выходившее в сторону сада и долины. У самого окна стояли кресло и столик. Казалось, в те короткие минуты, когда он разрешал себе роскошь одиночества, пленник хотел как можно больше насладиться светом и воздухом.

На маленьком столике у окна стояла Коптская Чаша — хозяин, видимо, хотел полюбоваться ею в самом выгодном освещении. На нее стоило посмотреть — в белом свете дня камни вспыхивали разноцветным пламенем, как драгоценности святого Грааля[1]. Да, на нее стоило посмотреть. Но Брандер Мертон не смотрел на нее: он откинулся головой на спинку кресла, белая грива свесилась вниз, клинышек седой бородки вскинулся вверх, а в горле торчала длинная темная стрела с красными перьями на конце.

В горле торчала длинная стрела с красными перьями на конце.

— Бесшумный выстрел, — вполголоса сказал Браун. — только что думал о новых изобретениях. А это изобретение совсем старое и совсем бесшумное. — И прибавил, помолчав: — Боюсь, он умер!.. Что вы хотите делать?

Сильно побледневший секретарь овладел собой и, видимо, принял решение.

---

[1] Святой Грааль — драгоценная чаша, о которой рассказывают старинные предания о короле Артуре и рыцарях Круглого стола.

— Да, я нажму кнопку, — сказал он. — А не поможет — что ж, я решил преследовать Рока, пока не найду его, хотя бы на краю света.

— Как бы не пострадали наши друзья… — заметил Браун. — Они не могли уйти далеко. Вы бы лучше окликнули их.

— Эта компания знает все устройство, — успокоил его Уилтон. — Никто из них не вздумает перелезать через стену, разве что очень заторопится.

Отец Браун подошел к окну, через которое, очевидно, влетела стрела, и выглянул наружу. Плоский цветник лежал далеко внизу, словно раскрашенная нежными тонами карта мира. Видно было так далеко, и вокруг было так пустынно, а башня вытянулась так высоко в небо, что Брауну вдруг вспомнилась странная фраза.

— «Гром с ясного неба…» — прошептал он. — Кто это говорил: «гром с ясного неба…», «упало прямо с неба…»? Взгляните, как все далеко. Непонятно, как могла залететь сюда стрела, если она не с неба…

Уилтон вернулся, но молчал, и священник как будто рассуждал сам с собой:

— Поневоле вспомнишь авиацию. Надо потолковать с Уэном… об аэропланах.

— Они тут часто кружат, — сказал секретарь.

— Оружие либо очень новое, либо очень старое, — говорил Браун. — Кое-что по этому поводу знает, должно быть, дядюшка. Надо расспросить его о стрелах. Похоже на индейскую стрелу. Не знаю, откуда бы мог пустить ее индеец. Кстати, помните, что рассказывал старик? Я еще сказал, что тут есть мораль.

— Как же! — с готовностью отозвался Уилтон. — Краснокожий может попасть с большего расстояния, чем думают, — вот вам и мораль! Здесь и сравнивать нелепо.

— Не думаю, чтобы вы вполне правильно поняли, в чем тут мораль, — сказал отец Браун.

…Хотя назавтра маленький патер совершенно растворился среди многомиллионного населения Нью-Йорка — стал просто номером на нумерованной улице, — он две недели кряду был поглощен возложенным на него поручением, потому что сильно боялся ошибки следствия. Не подавая вида, что выпытывает их, он при всяком удобном случае беседовал со своими новыми знакомыми, причастными к таинственному делу. Особенно любопытный и интересный разговор был у него со старым Крэком. Они сидели на скамейке в Центральном Парке; ветеран оперся костлявыми руками и острым, как топорик, подбородком на странный набалдашник краснодеревой палки, скопированный, пожалуй, с томагавка.

— Да, расстояние большое, — говорил он, покачивая головой. — Но я вам не советую судить чересчур категорично, с какого расстояния индеец может попасть в цель. Я видел, как стрелы летели прямо, словно пуля, и попадали в цель с очень большого расстояния. Конечно, сейчас не слышно ни о каких краснокожих, тем более в наших краях. Но если бы случайно кто-нибудь из старых индейских стрелков, со старым индейским луком, скрывался в том перелеске за сотню-другую ярдов от стены, я не поручился бы, что он не сумел бы запустить стрелу поверх стены, в самое верхнее окно, даже в самого Мертона. В былые времена я видывал такие штуки.

— И не только видывали, — сказал Браун, — но и делали?

Старый Крэк ухмыльнулся и проворчал:

— Ну, это старые дела!

— Люди не прочь иногда покопаться в старых делах, — продолжал Браун. — Надеюсь, в вашем послужном списке нет ничего, что могло бы дать повод для неприятных разговоров?

— Что вы хотите сказать? — спросил Крэк. Глаза его забегали, и красное лицо, похожее на томагавк, дрогнуло.

— Ну, раз вам так хорошо знакомы уловки и приемы краснокожих… — медленно начал Браун.

Крэк только что сидел скорчившись и тяжело опирался на свою диковинную рукоятку. Но тут он вскочил и выпрямился во весь рост, воинственно потрясая зажатым в руке костылем.

— Что такое? — сипло закричал он. — Черт возьми! Вы смеете подозревать меня в том, что я убил своего шурина?

Люди, сидевшие на соседних скамейках и на расставленных вдоль дорожки стульях, повернулись и уставились на споривших: на лысого, кряжистого старика, который размахивал, как дубинкой, своей заморской палкой, и на маленького неуклюжего человечка в черной сутане, который тихо смотрел на него и моргал. Казалось, старик вот-вот стукнет его по голове с индейской лихостью, и на горизонте уже появилась туша ирландца-полисмена. Но священник сказал самым мирным тоном, будто отвечая на вопрос:

— Я сделал кое-какие выводы, но ничего не скажу, пока не закончу расследования.

Что повлияло — взгляд ли священника или шаги полисмена, трудно сказать, но старый Крэк, ворча, сунул палку под мышку и нахлобучил шляпу. Браун кротко простился с ним, не спеша вышел из парка и направился в холл того отеля, где рассчитывал найти молодого Уэна.

Молодой человек вскочил с места, здороваясь с ним. Вид у него был еще более усталый и угрюмый — казалось, его снедает тревога; а кроме того, Браун заподозрил, что его юный друг только что с успехом нарушил последнее «Добавление к Американской Конституции»[1]. Но при упоминании о своем любимом деле Уэн подтянулся и весь обратился в слух. Браун — как бы невзначай, к слову, — спросил, часто ли показываются аэропланы в тех местах, и рассказал, что в первый момент принял за аэродром окруженные стеной владения Мертона.

— Удивительно, что вы их там не видели, — ответил капитан Уэн. — Иной раз они так и носятся, как мухи. Эта долина для них в самый раз. Может, когда-нибудь она станет главным, так сказать, гнездом моих птичек. Я и сам летал в тех краях и знаю почти всех, кто летал во время войны. Но сейчас авиацией занимается куча людей,

[1] Имеется в виду «сухой закон».

всех не упомнишь. Скоро, верно, с аэропланами будет то же, что с автомобилями, — у нас, в Штатах, каждый обзаведется своим.

— Создатель дал нам право на жизнь, на свободу, — улыбнулся отец Браун, — и на автомобили... не говоря об аэропланах. Значит, над домом мог пролететь чужой аэроплан и его бы не заметили?

— Да, — подтвердил Уэн. — Могли бы не заметить.

— А если бы летчик был свой человек, — продолжал его собеседник, — он мог бы взять чужой аэроплан? Вот вы, например... Если бы вы летали как обычно, мистер Мертон и его друзья могли бы узнать вас. Но стоило бы вам взять аэроплан другого типа, или как это там называется, и вы сумели бы пролететь близко от окна, на таком расстоянии, как нужно...

— Да, — начал молодой человек почти машинально, но вдруг замолчал и уставился на священника, разинув рот. — Господи! — сказал он тихо. — Господи!.. — Он вскочил, весь бледный, трясясь с головы до ног и не сводя глаз с отца Брауна. — Да вы с ума сошли! — воскликнул он. — Вы что, бредите?

И, помолчав, заговорил снова, захлебываясь, свистящим шепотом:

— Вы осмелились явиться сюда, чтобы намекнуть...

— Нет. Я просто хотел убедиться, — сказал отец Браун, подымаясь. — Я, кажется, сделал кое-какие предварительные выводы, но пока оставлю их при себе.

И, раскланявшись с несколько чопорной учтивостью, он ушел из отеля, чтобы продолжать свои скитания.

В сумерки того же дня они привели его в самую старую и запутанную часть города, где мрачные улочки и лесенки спускаются и скатываются в реку. Под разноцветным фонарем, у входа в довольно низкопробный китайский ресторанчик, он увидел того, кого встречал раньше, — но совсем в ином виде.

Мистер Норман Дрэг по-прежнему бросал вызов миру, как темной стеклянной маской, прикрываясь большими очками. Но если не считать очков, за истекшее после убийства время он сильно изменился. Тогда он был одет с иголочки — отец Браун обратил на это внимание, — одет с той изысканностью, при которой почти стирается грань между денди и манекеном в витрине. Сейчас цилиндр его еще сохранился, но уже потерял форму, костюм разваливался, часовая цепочка и другие украшения исчезли. Тем не менее Браун обратился к нему так, будто они расстались вчера, и, не задумываясь, уселся рядом с ним на скамью в дешевой харчевне, куда тот направлялся. Первым, однако, заговорил не он:

— Что ж, удалось вам отомстить за святого миллионера? Знаем, знаем, все миллионеры канонизированы. Посмотрите газету на другой день! Там все сказано: как они росли, просвещались, читали семейную библию у мамаши на коленях. Почитали бы они кое-какие штучки из семейкой библии — мамаша бы не поверила! Да и миллионеры тоже, полагаю. Ветхий завет кишмя кишит свирепыми идейками, которые сейчас не в ходу. Мудрость каменного века, погребенная под пирамидами... Вот бы кто-нибудь сбросил старика Мертона с этой его башни и отдал на съедение псам! Иезавель ведь сбросили. И разве Ахава не убили стрелой, хоть он был человек тихий? Мертон, черт его дери, был тоже тихий, пока совсем не затих. Стрела божья настигла его точь-в-точь как в библии. Поразила насмерть в собственной башне, народам на удивление!..

— Мне кажется, стрела материальная, — сказал собеседник Дрэга.

— Пирамиды материальней материального, а ничего, фараонов охраняют, — ухмыльнулся человек в очках, — Да, в этих старых религиях что-то есть. На старых камнях высечены боги и императоры с согнутыми луками, а руки у них такие, что, видно, и на самом деле могли сгибать камень. Они тоже материальные, — но что за материал! Вам не случалось глазеть на эти восточные штуки? Смотришь, смотришь, и начинает казаться, будто старый господь бог и теперь правит колесницей — как Аполлон, только потемней, — и рассылает стрелы смерти.

— Если б он так поступал, — ответил отец Браун, — я, скорее, назвал бы его другим именем. Но не думаю, чтобы Мертона убила стрела смерти или хотя бы каменная стрела.

— Наверное, считаете, что он святой Себастьян, пронзенный стрелой? — хихикнул Дрэг. — Миллионера надо непременно возвести в мученики. А почем вы знаете, может, он получил по заслугам? Миллионеры, верно, не по вашей части. Разрешите вам сказать, что он заслуживал во сто раз худшего...

— Так почему же вы не убили его? — мягко спросил Браун.

— Вы спрашиваете почему? — удивился тот. — Однако вы странный священник!

— Ну что вы! — отозвался Браун, как бы отклоняя комплимент.

— Очевидно, вы хотите сказать, что я его убил, — огрызнулся Дрэг. — Что ж, докажите! А вообще-то не велика потеря.

— Нет, велика! — резко сказал Браун. — Для вас — потеря большая. Потому вы его и не убили.

Он ушел, а человек в очках, разинув рот, смотрел ему вслед.

Прошло с месяц, прежде чем отец Браун вторично побывал в доме, где третий миллионер пал жертвой вендетты Даниэля Рока. Собрались на совет наиболее заинтересованные лица. Во главе стола сидел старый Крэк, племянник — по правую его руку, юрист — по левую; огромный негр, по фамилии Гаррис, присутствовал в качестве свидетеля; рыжий остроносый субъект, откликавшийся на имя Диксона, по-видимому, представлял пинкертоновское или какое-то другое детективное агентство. Отец Браун скромно проскользнул на пустое место подле него.

Все газеты земного шара только и занимались гибелью колосса финансов, короля Большого Бизнеса, который вершит судьбы современного мира. Но те, кто был вблизи него в самый момент его смерти, могли сообщить немного. Дядя, племянник и юрист заявляли, что они успели выбраться за наружную стену, когда была поднята тревога. Сторожа, охранявшие оба выхода, сбивались в показаниях, ко, в общем, подтверждали это. Лишь одно обстоятельство осложняло дело и требовало расследования. По-видимому, в то самое время, когда произошло убийство, у входа бродил какой-то незнакомец и спрашивал мистера Мертона. Слуги долго не могли понять, чего он хочет, так как выражался он очень уж заковыристо. Но впоследствии показалось подозрительным, что он говорил о негодяе, который будет уничтожен велением небес.

Питер Уэн наклонился вперед, и глаза его загорелись на изможденном лице, когда он сказал:

— Норман Дрэг, чтоб мне треснуть.

— Что это еще за птица? — спросил дядюшка.

— Я сам не прочь бы узнать, — ответил молодой человек. — Я даже как-то раз прямо его спросил, но он замечательно умеет запутать самый простой вопрос. Уклонился от ответа, как хороший фехтовальщик. Загибал мне что-то насчет будущего авиации. Я вообще не очень-то ему доверял.

— Что он за человек? — снова спросил Крэк.

— Он мистик-любитель, — с наивной готовностью отозвался Браун. — Их сейчас сколько угодно. Знаете, из тех, что сидят в парижском кафе или в кабаре и морочат вам голову, будто сорвали покрывало Изиды или открыли тайну Стонхэнджа[1]. Для такого случая у них всегда найдется какое-нибудь мистическое объяснение.

Гладкая черная голова Бернарда Блэка учтиво склонилась в сторону говорившего, но его улыбка не была приветливой.

— Я никак не предполагал, сэр, — сказал он, — что вы не одобряете мистических объяснений.

— Вот-вот, — возразил Браун, приветливо моргая, — поэтому я с ними и спорю. Всякий юрист-самозванец проведет меня, но не проведет вас, потому что вы сами законник. Всякий дурак, вырядившийся краснокожим, сойдет в моих глазах за Гайавату[2], но мистер Крэк, наверное, сразу его разоблачит. Плут легко убедил бы меня в том, что он летчик — но не капитана Уэна. Вот и тут то же самое. Я сам не чужд мистики и потому не нуждаюсь в любителях.

---

[1] Стонхэндж — доисторические каменные сооружения к северу от Солсбэри в Англии.

[2] Гайавата — герой поэмы известного американского поэта Генри Лонгфелло (1807–1882) «Песнь о Гайавате».

Подлинный мистик не скрывает тайн, он их разъясняет. Выносит на яркий солнечный свет — а тайна остается тайной. Нынешний мистик-любитель — большой путаник; он бережет свою тайну во мраке, а доберешься до нее — ничего и нет, какая-нибудь пошлость. Но тут я допускаю, что Дрэг имел в виду совсем другое, гораздо более реальное, когда говорил об огне небесном и о громе с ясного неба.

— Что же? — спросил Уэн. — Я думаю, за ним надо последить.

— Понимаете, — медленно проговорил священник, — он хотел навести нас на мысль о чуде именно потому... ну, потому что никакого чуда здесь нет, и он это знал.

— А! — выдохнул Уэн. — Я так и думал! Проще говоря, он сам преступник.

— Проще говоря, он преступник, но не убийца, — спокойно поправил Браун.

— Вы полагаете, это значит «говорить проще»? — учтиво осведомился юрист.

— Теперь вы меня ославите путаником, — сказал Браун, широко, хотя и смущенно улыбаясь. — Но это вышло случайно. Дрэг не совершил преступления — я хочу сказать, этого преступления. Единственное его преступление — шантаж, потому он тут и бродил. Он совсем не хотел разглашать тайну и не хотел, чтобы смерть помешала его делишкам. О нем речь пойдет позже. В данный момент я хочу устранить его с пути.

— С какого пути? — спросил юрист.

— С пути истины, — ответил Браун и спокойно, не мигая посмотрел на него.

— А вы полагаете, — запинаясь спросил Блэк, — что знаете истину?

— Полагаю, — скромно ответил Браун.

Все замолчали. Потом Крэк неожиданно крикнул скрипучим голосом:

— Что это? Где же секретарь? Где Уилтон? Ему надо быть здесь.

— Я поддерживаю сношения с мистером Уилтоном, — серьезно сказал Браун. — Я даже просил его позвонить мне сюда. Он скоро должен звонить. В сущности, мы, так сказать, раскопали это дело с ним вдвоем.

— Ну, если вдвоем, все в порядке, — проворчал Крэк. — Он всегда, как гончая, вынюхивал след этого негодяя. Вы хорошо сделали, что с ним объединились. Может, вы действительно узнали правду — но откуда?

— От вас, — мягко ответил Браун, не сводя кроткого взгляда со свирепеющего ветерана. — Понимаете, я начал догадываться, когда вы рассказали о том индейце с ножом.

— Мы много раз об этом говорили, — сказал Уэн, — но я не вижу ничего общего… разве только то, что дом тут похож на форт. Но стрелу ведь не бросили, а выпустили из лука, вероятно. Конечно, она залетела необычайно далеко, но мы-то не особенно далеко подвинулись!..

— Боюсь, вы не поняли, в чем суть той истории, — довольно спокойно сказал отец Браун. — Дело не в том, что один предмет может пролететь далеко, а другой еще дальше, — дело в том, что всякое оружие можно употребить не по прямому назначению. Люди из форта считали, что нож годится для рукопашного боя, и забывали, что его можно пустить в ход как дротик или копье. Другие знакомые мне люди думали об одном орудии как о метательном снаряде и забыли, что, в конце концов, его можно пустить в ход вручную — как копье. Короче говоря, тут мораль такая: кинжал можно превратить в стрелу, а стрелу — в кинжал.

Все смотрели теперь только на него, но он продолжал тем же ровным будничным тоном:

— Мы, естественно, удивлялись и ломали себе голову. Кто же пустил стрелу в окно? С большого ли расстояния? А правда заключается в том, что стрелы никто не пускал. Она и не влетала в окно…

— Как же она сюда попала? — спросил черноволосый юрист, заметно нахмурившись.

— Кто-то принес ее с собой, полагаю, — ответил отец Браун. — Пронести ее не трудно. Кто-то держал ее в руке, стоя подле Мертона в той комнате. Кто-то вонзил ее в горло Мертона как кинжал. И затем — весьма разумно — разместил все так и под таким углом, что всем нам тотчас пришло в голову, будто стрела влетела в окно, как птичка.

— «Кто-то»! — повторил старый Крэк тяжелым как камень голосом.

Резко, с зловещей настойчивостью зазвонил телефон. Он висел в соседней комнате, и Браун бросился туда так стремительно, что никто и двинуться не успел.

— Что все это значит, черт возьми? — воскликнул Питер Уэн, видимо сильно потрясенный.

— Он говорил, что ждет звонка Уилтона, — ответил дядюшка тем же безжизненным тоном.

— Надо думать, это и звонит Уилтон? — заметил юрист, чтобы что-нибудь сказать.

Никто ему не ответил, все молчали, пока не вернулся отец Браун.

Джентльмены, — сказал он, усаживаясь на прежнее место, — вы сами просили меня доискаться истины. Я доискался и должен ее огласить, не смягчая удара. Да и вряд ли человек, сунувший нос в подобное дело, может сохранить особое уважение к людям.

— Очевидно, — нарушил Крэк наступившее после этих слов молчание, — из этого следует, что кого-то из нас обвиняют или подозревают.

— Все мы под подозрением, — ответил отец Браун. — И я в том числе — ведь я нашел труп.

— Конечно, мы под подозрением, — выпалил Уэн. — Отец Браун любезно разъяснил мне, что я мог бы крейсировать у башни на аэроплане.

— Нет, — поправил, улыбаясь, Браун, — это не совсем так. Вы сами мне это описывали. В том-то и суть.

— А обо мне он, кажется, думал, — проворчал Крэк, — что я убил Мертона из индейского лука.

— У меня и в мыслях такого не было, — сказал отец Браун и поморщился. — Вы уж меня простите, но я не мог придумать, как бы еще прощупать почву. Нелепо и предположить, что капитан Уэн в самый момент убийства крейсировал у окна на огромной машине и никто его не заметил. Еще нелепей думать, будто почтенный старый джентльмен станет играть в индейцев, бегать по кустам с луком и стрелами. Убить можно гораздо проще. Но мне надо было выяснить, имели ли капитан Уэн и мистер Крэк отношение к этому делу. Вот мне и пришлось обвинить их, чтобы доказать их невиновность.

— Как же вы ее доказали? — спросил юрист, подавшись вперед.

— Они очень удивились, когда поняли, к чему я веду, — ответил отец Браун.

— Что вы хотите сказать?

— Вы уж меня простите, — терпеливо ответил Браун. — Я считал, что мой долг — подозревать их и вообще всех. Я подозревал мистера Крэка и капитана Уэна — иными словами, я взвешивал, насколько вероятно, чтобы они совершили преступление. Я сказал им, что сделал свои выводы, а сейчас объясню какие. Я убедился, что они невиновны, когда они поняли и рассердились. Пока они не подозревали, что их можно обвинить, они сами давали мне карты в руки. В сущности, они мне разъясняли, как могли бы совершить убийство. Потом вдруг соображали, что их обвиняют. Тут они пугались, кричали… Будь они виновны, они выдали бы себя задолго до того, как я успел выдвинуть против них обвинение. С настоящим преступником так никогда не бывает. Тот или сразу настораживается и огрызается, или до конца разыгрывает полную невиновность. Он не станет сначала топить себя, а потом бешено опровергать подозрение, которое сам на себя навлек. Сознание убийцы болезненно насторожено, он не может сначала забыть о своем отношении к делу, а затем спохватиться и горячо его отрицать. Так я испытал вас и кое-кого еще — по другим причинам, о которых сейчас нечего говорить. Вот, например, секретарь…

Впрочем, теперь речь не об этом. Я только что говорил с Уилтоном по телефону, и он разрешил мне поделиться с вами. Новости довольно важные. Надеюсь, теперь вы знаете, кто такой Уилтон и зачем он здесь служил.

— Знаем. Он выслеживал Даниэля Рока. Говорил, что не успокоится, пока не доберется до него, — отозвался Питер Уэн. — Я слыхал, что он сын старого Гордера, и для него это кровная месть. Надо думать, он и сейчас разыскивает убийцу.

— Понимаете, — сказал отец Браун, — он его нашел. Питер Уэн в волнении вскочил с места.

— Нашел?! — воскликнул он. — Что же, убийца уже под замком?

— Нет, — серьезно продолжал отец Браун. — Я сказал, что новости важные — они серьезней, чем тюрьма. Боюсь, бедняга Уилтон взял на себя страшную ответственность. Боюсь, теперь он возлагает страшную ответственность на нас. Он выслеживал преступника, а когда припер его наконец к стене, он… — как бы это сказать? — он сам взял на себя отмщение!

— Вы хотите сказать, что Даниэль Рок… — начал юрист.

— Я хочу сказать, что Даниэль Рок умер, — подтвердил отец Браун. — Они боролись, и Уилтон победил его.

— Поделом негодяю, — проворчал Ореховый Крэк.

— Трудно осуждать убийство такого злодея. Тем более, законная месть… — поддержал Уэн. — Все равно что гадюку раздавить.

— Я с вами не согласен, — сказал отец Браун. — Хорошо нам тут романтически защищать линч и беззаконие. Но мы первые, наверное, пожалели бы, если бы пришлось отказаться от наших законов и свобод. Да, кроме того, логично ли оправдывать Уилтона, не справившись даже — не было ли у Рока смягчающих обстоятельств? Сомневаюсь, чтобы Рок был заурядным убийцей. Возможно, он был маньяк, стоявший вне законов, бредил Чашей, требовал ее, грозил и убивал только в борьбе. Обе его жертвы убиты в нескольких шагах от дома. Против Уилтона говорит прежде всего то, что мы никогда не узнаем точки зрения Даниэля Рока.

— Будет вам. Терпенья нет слушать эту сентиментальную защиту отпетого мерзавца! — вскипел Уэн. — Если Уилтон его прикончил, он хорошо сделал, и довольно об этом.

— Вот именно, вот именно, — поддержал его дядюшка, энергично кивая.

Лицо отца Брауна стало еще серьезней. Он медленно обвел глазами собравшихся.

— Вы в самом деле так думаете? — спросил он.

И вдруг почувствовал, что он англичанин, что здесь он — на чужбине, среди чужестранцев, хотя бы и друзей. В них пылает огонь беспокойства, незнакомого его народу, неистовый дух западной нации, которая умеет восставать и линчевать и, прежде всего, сопоставлять. Он понял, что они уже сопоставили.

— Хорошо, — сказал, вздохнув, отец Браун. — Вы, значит, решительно отпускаете этому несчастному его преступление или самосуд — называйте как хотите? В таком случае я могу, не опасаясь за него, сообщить вам кое-какие подробности.

Он неожиданно поднялся на ноги. И, хотя никто не понял, почему он встал, в комнате вдруг похолодало.

— Уилтон убил Рока не совсем обычным способом, — начал он.

— Как же он его убил? — резко бросил Крэк.

— Стрелой, — сказал отец Браун.

Сумерки сгущались. Дневной свет погас, и все темнее становилось большое окно, возле которого был убит великий миллионер. Все глаза машинально повернулись к этому окну, но никто не проронил ни звука. Вдруг Ореховый Крэк крикнул надтреснутым старческим голосом, прозвучавшим так резко, словно и в самом деле треснул орех:

— Что... что вы говорите? Брандер Мертон убит стрелой? Тот негодяй... тоже стрелой...

— Одной и той же стрелой, — сказал отец Браун, — и в тот же самый момент.

Снова повисло глухое, тревожное молчание; потом молодой Уэн начал:

— Вы хотите сказать...

— Что ваш друг Мертон и Даниэль Рок — одно и то же лицо, — твердо сказал отец Браун. — И другого Даниэля Рока вам никогда не найти. Ваш друг Мертон всегда с ума сходил по Коптской Чаше и, кажется, поклонялся ей, как идолу. В дни своей молодости, очень необузданной, он, чтобы добыть ее, убил двух человек. Впрочем, я все еще думаю, что эти две смерти лишь случайно связаны с грабежом. Как бы то ни было, вся эта история была известна человеку, по имени Дрэг, и тот шантажировал Мертона. Уилтон же преследовал иные цели. Думаю, он открыл правду после того, как попал сюда. Он охотился на Даниэля Рока, и кончилась эта охота здесь, в этом доме, в той комнате, где он убил убийцу своего отца.

Долгое время никто не отзывался. Старый Крэк вдруг забарабанил пальцами по столу и забормотал:

— Брандер, верно, был сумасшедшим, сумасшедшим...

— Господи! Как же нам быть! — всполошился Питер Уэн. — Что делать? Это все меняет! Что скажут газеты и видные дельцы?! Брандер Мертон был на виду, как президент или папа римский.

— Да, разница большая, — негромко заговорил Бернард Блэк, юрист. — И это заставляет...

Отец Браун ударил по столу так, что стоявшие на нем стаканы зазвенели. И всем показалось, будто слабым эхом ответила таинственная Чаша, которая все еще стояла в соседней комнате у окна.

— Нет! — крикнул он, и крик его был резок, как выстрел. — Никакой разницы не будет! Я дал вам возможность пожалеть убитого, пока вы считали его простым преступником. Вы и слушать меня не хотели. Вы все оправдывали личную месть. Вы говорили, что Рока надо прикончить, как дикого зверя, без суда и следствия. Вы говорили, что он получил по заслугам. Прекрасно! Если Даниэль Рок получил по заслугам, то и Брандер Мертон получил по заслугам. То, что хорошо для Рока, хорошо и для Мертона. Выбирайте: либо ваше свирепое правосудие, либо наша скучная законность. Но, во имя неба, пусть беззаконие или законность будут одинаковы для всех.

Никто не отвечал, только юрист сказал глухо:

— Что скажет полиция, если узнает, что мы покрываем преступление?

— Что она сказала бы, если бы я сообщил ей, что вы его уже покрыли? — спросил отец Браун. — Что-то вы поздно прониклись уважением к закону, мистер Блэк.

Он помолчал, потом заговорил мягче:

— Я лично готов рассказать все, если ко мне обратятся власти. А вы делайте как знаете. Это ничего не изменит. Уилтон звонил мне и сказал, что я могу открыть вам всю правду, — к тому времени, как вы ее узнаете, он будет вне досягаемости.

Отец Браун не спеша прошел в соседнюю комнату и остановился у столика, подле которого умер миллионер. Коптская Чаша стояла на прежнем месте. Он долго смотрел, как горят ее камни, переливаясь всеми цветами радуги; потом перевел взгляд на голубую бездну неба.

Злой рок семьи Дарнуэй

Два художника-пейзажиста стояли и смотрели на морской пейзаж, и на обоих он производил сильное впечатление, хотя воспринимали они его по-разному. Одному из них, входящему в славу художнику из Лондона, пейзаж был вовсе не знаком и казался странным. Другой — местный художник, пользовавшийся, однако, не только местной известностью, — давно знал его и, может быть, именно поэтому тоже ему дивился.

Если говорить о колорите и очертаниях — а именно это занимало обоих художников, — то видели они полосу песка, а над ней полосу предзакатного неба, которое все окрашивало в мрачные тона: мертвенно-зеленый, свинцовый, коричневый и густо-желтый, в этом освещении, впрочем, не тусклый, а скорее таинственный — более таинственный, чем золото. Только в одном месте нарушались ровные линии: одинокое длинное здание вклинивалось в песчаный берег и подступало к морю так близко, что бурьян и камыш, окаймлявшие дом, почти сливались с протянувшейся вдоль воды полосой водорослей. У дома этого была одна странная особенность — верхняя его часть, наполовину разрушенная, зияла пустыми окнами и, словно черный остов, вырисовывалась на темном вечернем небе, а в нижнем этаже почти все окна были заложены кирпичами — их контуры чуть намечались в сумеречном свете. Но одно окно было самым настоящим окном, и — удивительное дело — в нем даже светился огонек.

— Ну, скажите на милость, кто может жить в этих развалинах? — воскликнул лондонец, рослый, богемного вида молодой человек с пушистой рыжеватой бородкой, несколько старившей его. В Челси[1] он был известен всем и каждому как Гарри Пейн.

— Вы думаете, призраки? — отвечал его друг, Мартин Вуд. — Ну что ж, люди, живущие там, действительно похожи на призраков.

Как это ни парадоксально, в художнике из Лондона, непосредственном и простодушном, было что-то пасторальное, тогда как местный художник казался более проницательным и опытным и смотрел на своего друга со снисходительной улыбкой старшего; и правда, черный костюм и квадратное, тщательно выбритое, бесстрастное лицо придавали ему несомненную солидность.

— Разумеется, это только знамение времени, — продолжал он, — или, вернее, знамение конца старых времен и старинных родов. В этом доме живут последние отпрыски прославленного рода Дарнуэев, но в наши дни мало найдется бедняков беднее, чем они. Они даже не могут привести в порядок верхний этаж и ютятся где-то в нижних комнатах этой развалины, словно летучие мыши или совы. А ведь у них есть фамильные портреты, восходящие к временам войны Алой и Белой розы и первым образцам английской портретной живописи. Некоторые очень хороши. Я это знаю, потому что меня просили заняться реставрацией этих полотен. Есть там один портрет, из самых ранних, до того выразительный, что смотришь на него — и мороз подирает по коже.

— Меня мороз по коже подирает, как только я взгляну на дом, — промолвил Пейн.

— По правде сказать, и меня, — откликнулся его друг. Наступившую тишину внезапно нарушил легкий шорох в тростнике, и оба невольно вздрогнули, когда темная тень быстро, как вспугнутая птица, скользнула вдоль берега. Но мимо них всего-навсего быстро прошел человек с черным чемоданчиком. У него было худое,

---

[1] Челси — квартал на берегу Темзы, обиталище лондонской богемы.

землистого цвета лицо, а его проницательные глаза недоверчиво оглядели незнакомца из Лондона.

— Это наш доктор Барнет, — сказал Вуд со вздохом облегчения. — Добрый вечер. Вы в замок? Надеюсь, там никто не болен.

— В таком месте, как это, все всегда больны, — пробурчал доктор. — Иногда серьезней, чем думают. Здесь самый воздух заражен и зачумлен. Не завидую я молодому человеку из Австралии.

— А кто этот молодой человек из Австралии? — как-то рассеянно спросил Пейн.

— Кто? — фыркнул доктор. — Разве ваш друг ничего вам не говорил? А ведь, кстати сказать, он должен приехать именно сегодня. Настоящая мелодрама в старом стиле: наследник возвращается из далеких колоний в свой разрушенный фамильный замок! Все выдержано, вплоть до давнишнего семейного соглашения, по которому он должен жениться на девушке, поджидающей его в башне, увитой плющом. Каков анахронизм, а? Впрочем, такое иногда случается в жизни. У него есть даже немного денег — единственный светлый момент во всей этой истории.

— А что думает о ней сама мисс Дарнуэй в своей башне, увитой плющом? — сухо спросил Мартин Вуд.

— То же, что и обо всем прочем, — отвечал доктор. — В этом заброшенном доме, вместилище старых преданий и предрассудков, вообще не думают, там только грезят и отдаются на волю судьбы. Должно быть, она принимает и семейный договор, и мужа из колоний как одно из проявлений рока, тяготеющего над семьей Дарнуэев. Право, я думаю, если он окажется одноглазым горбатым негром, да еще убийцей вдобавок, она воспримет это как еще один штрих, завершающий мрачную картину.

— Слушая вас, мой лондонский друг составит себе не слишком веселое представление о наших знакомых, — рассмеялся Вуд. — А я-то хотел представить его им. Художнику просто грех не посмотреть семейные портреты Дарнуэев. Но если австралийское вторжение в самом разгаре, нам, видимо, придется отложить визит.

— Нет, нет! Ради бога, навестите их, — сказал доктор Барнет, и в голосе его прозвучали теплые нотки. — Все, что может хоть немного скрасить их безрадостную жизнь, облегчает мою задачу. Очень хорошо, что объявился этот кузен из колоний, но его одного, пожалуй, недостаточно, чтобы оживить здешнюю атмосферу. Чем больше посетителей, тем лучше. Пойдемте, я сам вас представлю.

Подойдя ближе к дому, они увидели, что он стоит как бы на острове — со всех сторон его окружал глубокий ров, наполненный морской водой. По мосту они перешли на довольно широкую каменную площадку, исчерченную большими трещинами, сквозь которые пробивались ростки сорной травы. В сероватом свете сумерек каменный дворик казался голым и пустынным; Пейн никогда бы раньше не поверил, что крохотный кусочек пространства может с такой полнотой передать самый дух запустения. Площадка служила как бы огромным порогом к входной двери, расположенной под низкой, тюдоровской аркой; дверь, открытая настежь, чернела, словно вход в пещеру.

Доктор, не задерживаясь, повел их прямо в дом, и туг еще одно неприятно поразило Пейна. Он ожидал, что придется подниматься по узкой винтовой лестнице в какую-нибудь полуразрушенную башню, но оказалось, что первые же ступеньки ведут не вверх, а куда-то вниз. Они миновали несколько коротких лестничных переходов, потом большие сумрачные комнаты; если бы не потемневшие портреты на стенах и не запыленные книжные полки, можно было бы подумать, что они идут по средневековым подземным темницам. То здесь, то там свеча в старинном подсвечнике вырывала из мрака случайную подробность истлевшей роскоши. Но Пейна угнетало не столько это мрачное искусственное освещение, сколько просачивающийся откуда-то тусклый отблеск дневного света. Пройдя в конец длинного зала, Пейн заметил единственное окно — низкое, овальное, в прихотливом стиле конца XVII века. Это окно обладало удивительной особенностью: через него виднелось не небо, а только его отражение — бледная полоска дневного света, как в зеркале, отражалась в воде рва, под тенью нависшего берега. Пейну пришла на ум легендарная хозяйка шалотского замка, которая видела мир лишь в зеркале. Хозяйке этого замка мир являлся не только в зеркальном, но к тому же и в перевернутом изображении.

— Так и кажется, — тихо сказал Вуд, — что дом Дарнуэев рушится — и в переносном и в прямом смысле слова. Что его медленно засасывает болото или сыпучий песок и со временем над ним зеленой крышей сомкнется море.

Даже невозмутимый доктор Барнет слегка вздрогнул, когда к ним неслышно приблизился кто-то. Такая тишина царила в комнате, что в первую минуту она показалась им совершенно пустой. Между тем в ней было три человека — три сумрачные неподвижные фигуры в сумрачной комнате, одетые в черное и похожие на темные тени. Когда первый из них подошел ближе, на него упал тусклый свет из окна, и вошедшие различили бескровное старческое лицо, почти такое же белое, как окаймлявшие его седые волосы. Это был старый Уэйн, дворецкий, оставшийся в замке in loco parentis [1] после смерти эксцентричного чудака — последнего лорда Дарнуэя. Если бы у него совсем не было зубов, он мог бы сойти за вполне благообразного старика. Но у него сохранился один-единственный зуб, который показывался изо рта всякий раз, как он начинал говорить, и это придавало старику весьма зловещий вид. Встретив доктора и его друзей с изысканной вежливостью, он подвел их к тому месту, где неподвижно сидели двое в черном. Один, на взгляд Пейна, как нельзя лучше соответствовал сумрачной старине замка, хотя бы уже потому, что это был католический священник; он словно вышел из тайника, в каких скрывались в старые, темные времена гонимые католики. Пейн живо представил себе, как он бормочет молитвы, перебирает четки, служит мессу или делает еще что-нибудь унылое в этом унылом доме. Сейчас он, видимо, старался преподать религиозные утешения своей молодой собеседнице, но вряд ли сумел ее утешить или хотя бы

---

[1] Вместо отца (лат.).

ободрить. В остальном священник ничем не привлекал внимания: лицо у него было простое и маловыразительное. Зато лицо его собеседницы никак нельзя было назвать ни простым, ни маловыразительным. В темном обрамлении одежды, волос и кресла оно поражало ужасной бледностью и до ужаса живою красотой. Пейн долго, не отрываясь, смотрел на него; еще много раз в жизни суждено было ему смотреть и не насмотреться на это лицо...

Вуд приветливо поздоровался со своими друзьями и после нескольких учтивых фраз перешел к главной цели визита — осмотру фамильных портретов. Он попросил прощения за то, что позволил себе явиться в столь торжественный для семейства день. Впрочем, видно было, что их приходу рады. Поэтому он без дальнейших церемоний провел Пейна через большую гостиную в библиотеку, где находился тот портрет, который он хотел показать ему не просто как картину, но и как своего рода загадку. Маленький священник засеменил вслед за ними — он, по-видимому, разбирался не только в старых молитвах, но и в старых картинах.

— Я горжусь, что откопал портрет, — сказал Вуд. — По-моему, это Гольбейн[1]. А если нет, значит, во времена Гольбейна жил другой художник, не менее талантливый.

---

[1] Гольбейн Ганс Младший (1497–1543) — немецкий живописец и график.

— Я горжусь, что откопал этот портрет,— сказал Вуд.

Портрет, выполненный в жесткой, но искренней и сильной манере того времени, изображал человека, одетого в черное платье с отделкой из меха и золота. У него было тяжелое, полное, бледное лицо, а глаза острые и проницательные.

— Какая досада, что искусство не остановилось, дойдя до этой ступени! — воскликнул Вуд. — Зачем ему было развиваться дальше? Разве вы не видите, что этот портрет реалистичен как раз в меру? Именно поэтому он и кажется таким живым. Посмотрите на лицо — как оно выделяется на темном, несколько неуверенном фоне! А глаза! Глаза, пожалуй, еще живее, чем лицо. Клянусь богом, они даже слишком живые. Умные, пронзительные — словно смотрят на вас сквозь прорези большой бледной маски.

— Однако скованность чувствуется и в фигуре, — сказал Пейн. — На исходе средневековья художники, по крайней мере на севере, еще не вполне справлялись с анатомией. Обратите внимание на ногу — пропорции тут явно нарушены.

— Я в этом не уверен, — спокойно возразил Вуд. — Мастера, работавшие в те времена, когда реализм только начинался и им еще не начали злоупотреблять, писали гораздо реалистичней, чем мы думаем. Они передавали точно те детали, которые мы теперь воспринимаем как условность. Вы, может быть, скажете, что у этого типа брови и глаза посажены не совсем симметрично? Но если бы он вдруг появился здесь, вы бы увидели, что одна бровь у него действительно немного выше другой и что он хром на одну ногу. Я убежден, что эта нога намеренно сделана кривой.

— Да это просто дьявол какой-то! — вырвалось вдруг у Пейна. — Не при вас будь сказано, ваше преподобие…

— Ничего, ничего, я верю в дьявола, — ответил священник и непонятно улыбнулся. — Любопытно, кстати, что по некоторым преданиям черт тоже хромой.

— Помилуйте, — запротестовал Пейн, — не хотите же вы сказать, что это сам черт? Да кто он, наконец, черт его побери?

— Лорд Дарнуэй, живший во времена короля Генриха Седьмого и короля Генриха Восьмого[1], — отвечал его друг. — Между прочим, о нем тоже сохранились любопытные предания, С одним из них, очевидно, связана надпись на раме. Подробнее об этом можно узнать из заметок, оставленных кем-то в старинной книге, которую я тут случайно нашел. Очень интересная история.

Пейн приблизился к портрету и склонил голову набок, чтобы удобнее было прочесть старинную надпись по краям рамы. Это было, в сущности, четверостишие, и, если отбросить устаревшее написание, оно выглядело примерно так:

В седьмом наследнике возникну вновь,

---

[1] Генрих VII царствовал с 1485 по 1509 год; Генрих VIII — с 1509 по 1547.

И в семь часов исчезну без следа.
Не сдержит гнева моего любовь,
Хозяйке сердца моего — беда.

— От этих стихов прямо жуть берет, — сказал Пейн, — может быть, потому, что я их не понимаю.

— Вы еще не то скажете, когда поймете, — тихо промолвил Вуд. — В тех заметках, которые я нашел, подробно рассказывается, как этот красавец умышленно убил себя таким образом, что его жену казнили за убийство. Следующая запись, сделанная много позднее, говорит о другой трагедии, происшедшей через семь поколений. При короле Георге[1] еще один Дарнуэй покончил с собой и оставил для жены яд в бокале с вином. Оба самоубийства произошли вечером в семь часов. Отсюда, очевидно, следует заключить, что этот тип действительно возрождается в каждом седьмом поколении и, как гласят стихи, доставляет немало хлопот той, которая необдуманно решилась выйти за него замуж.

— Н-да, пожалуй, не слишком хорошо должен чувствовать себя очередной седьмой наследник, — заметил Пейн.

Голос Вуда сник до шепота:

— Тот, что сегодня приезжает, как раз седьмой. Гарри Пейн сделал резкое движение, словно стремясь сбросить с плеч какую-то тяжесть.

— О чем мы говорим? Что за бред! — воскликнул он. — Мы образованные люди и живем, насколько мне известно, в просвещенном веке! До того как я попал сюда и надышался этим проклятым, промозглым воздухом, я никогда бы не поверил, что смогу всерьез разговаривать о таких вещах.

— Вы правы, — сказал Вуд. — Когда поживешь в этом подземном замке, многое начинаешь видеть в ином свете. Мне пришлось немало повозиться с картиной, пока я ее реставрировал, и, знаете, она стала как-то странно действовать на меня. Лицо на холсте иногда кажется мне более живым, чем мертвенные лица здешних обитателей. Оно,

[1] По-видимому, речь идет о Георге I (1714–1727).

словно талисман или магнит, повелевает стихиями, предопределяет события и судьбы. Вы, конечно, скажете — игра воображения?

— Что за шум? — вдруг вскочил Пейн.

Они прислушались, но не услышали ничего, кроме отдаленного глухого рокота моря; затем им стало казаться, что сквозь этот рокот звучит голос, сначала приглушенный, потом все более явственный. Через минуту они были уже уверены: кто-то кричал около замка.

Пейн нагнулся и выглянул в низкое овальное окно, то самое, из которого не было видно ничего, кроме отраженного в воде неба и полоски берега. Но теперь перевернутое изображение как-то изменилось. От нависшей тени берега шли еще две темные тени — отражение ног человека, стоявшего высоко на берегу. Сквозь узкое оконное отверстие виднелись только эти ноги, чернеющие на бледном, мертвенном фоне вечернего неба. Головы не было видно — она словно уходила в облака, и голос от этого казался еще страшнее: человек кричал, а что он кричал, они не могли ни расслышать как следует, ни понять. Пейн, изменившись в лице, пристально всмотрелся в сумерки и каким-то не своим голосом сказал:

— Как странно он стоит!

— Нет, нет! — поспешно зашептал Вуд. — В зеркале все выглядит очень странно. Это просто зыбь на воде, а вам кажется...

— Что кажется? — резко спросил священник.

— Что он хром на левую ногу.

Пейн с самого начала воспринял овальное окно как некое волшебное зеркало, и теперь ему почудилось, что он видит в нем таинственные образы судьбы. Помимо человека, в воде обрисовывалось еще что-то непонятное: три тонкие длинные линии на бледном фоне неба, словно рядом с незнакомцем стояло трехногое чудище — гигантский паук или птица. Затем этот образ сменился другим, более реальным; Пейн подумал о треножнике языческого жертвенника. Но тут странный предмет исчез, а человеческие ноги ушли из поля зрения.

Пейн обернулся и увидел бледное лицо дворецкого; рот его был полуоткрыт, и из него торчал единственный зуб.

— Это он. Пароход из Австралии прибыл сегодня утром.

Возвращаясь из библиотеки в большую гостиную, они услышали шаги незнакомца, который шумно спускался по лестнице; он тащил за собой какие-то вещи, составлявшие его небольшой багаж. Увидев их, Пейн облегченно рассмеялся. Таинственный треножник оказался всего-навсего складным штативом фотоаппарата, да и сам человек выглядел вполне реально и по-земному. Он был одет в свободный темный костюм и серую фланелевую рубашку, а его тяжелые ботинки довольно непочтительно нарушали тишину старинных покоев. Когда он шел к ним через большой зал, они заметили, что он прихрамывает. Но не это было главным: Пейн и все присутствующие не отрываясь смотрели на его лицо.

Он, должно быть, почувствовал что-то странное и неловкое в том, как его встретили, но явно не понимал, в чем дело. Девушка, помолвленная с ним, была красива и, видимо, ему понравилась, но в то же время как будто испугала его. Дворецкий приветствовал наследника со старинной церемонностью, но при этом смотрел на него точно на привидение. Взгляд священника был непроницаем и уже поэтому действовал угнетающе. Мысли Пейна неожиданно получили новое направление: во всем происходящем ему почудилась какая-то ирония — зловещая ирония в духе древнегреческих трагедий. Раньше незнакомец представлялся ему дьяволом, но действительность оказалась, пожалуй, еще страшнее: он был воплощением слепого рока. Казалось, он шел к преступлению с чудовищным неведением Эдипа. К своему фамильному замку он приблизился в полной безмятежности и остановился, чтобы сфотографировать его, но даже фотоаппарат приобрел вдруг сходство с треножником трагической пифии.

Однако немного позже, прощаясь, Пейн с удивлением заметил, что австралиец не так уж слеп к окружающей обстановке. Он сказал, понизив голос:

— Не уходите... или хотя бы поскорее приходите снова. Вы похожи на живого человека. От этого дома у меня кровь стынет в жилах.

Когда Пейн выбрался из подземных комнат и вдохнул полной грудью ночной воздух и свежий запах моря, ему представилось, что он оставил позади царство сновидений, где события нагромождаются одно на другое тревожно и неправдоподобно. Приезд странного родственника из Австралии казался слишком неожиданным. В его лице, как в зеркале, повторялось лицо, написанное на портрете, и совпадение пугало Пейна, словно он встретился с двухголовым чудовищем. Впрочем, не все в этом доме было кошмаром, и не лицо австралийца глубже всего врезалось ему в память.

— Так вы говорите, — сказал Пейн доктору, когда они вместе шли по песчаному берегу вдоль темнеющего моря, — вы говорите, что есть семейное соглашение, в силу которого молодой человек из Австралии помолвлен с мисс Дарнуэй? Это прямо роман какой-то!

— Исторический роман, — сказал доктор Барнет. — Дарнуэи погрузились в сон несколько столетий тому назад, когда существовали обычаи, о которых мы теперь читаем только в книгах. У них в роду, кажется, и впрямь есть старая семейная традиция: соединять узами брака — дабы не дробить родовое имущество — двоюродных или троюродных братьев и сестер, если они подходят друг другу по возрасту. Очень глупая традиция, кстати сказать. Частые браки внутри одной семьи по закону наследственности неизбежно приводят к вырождению. Может, поэтому род Дарнуэев и пришел в упадок.

— Я бы не сказал, что слово «вырождение» уместно по отношению ко всем членам этой семьи, — сухо ответил Пейн.

— Да, пожалуй, — согласился доктор. — Наследник не похож на выродка, хоть он и хромой.

— Наследник! — воскликнул Пейн, вдруг рассердившись без всякой видимой причины. — Ну, знаете!.. Если, по-вашему, наследница похожа на выродка, то у вас у самого выродился вкус.

Лицо доктора помрачнело.

— Я полагаю, что на этот счет мне известно несколько больше, чем вам, — резко ответил он.

Они расстались, не проронив больше ни слова: каждый чувствовал, что был бессмысленно груб и потому сам напоролся на бессмысленную грубость. Пейн был предоставлен теперь самому себе и своим мыслям, ибо его друг Вуд задержался в замке из-за каких-то дел, связанных с картинами.

Пейн широко воспользовался приглашением немного перепуганного кузена из колоний. За последующие две-три недели он гораздо ближе познакомился с темными покоями замка Дарнуэев; впрочем, нужно сказать, что его старания развлечь обитателей замка были направлены не только на австралийского кузена. Печальная мисс Дарнуэй не меньше нуждалась в развлечении, и он готов был на все лады служить ей. Между тем совесть Пейна была не совсем спокойна, да и неопределенность положения несколько смущала его. Проходили недели, а из поведения нового Дарнуэя так и нельзя было понять, считает он себя связанным старым соглашением или нет. Он задумчиво бродил по темным галереям и часами простаивал перед зловещей картиной. Старые тени дома-тюрьмы уже начали сгущаться над ним, и от его австралийской жизнерадостности не осталось и следа. А Пейну все не удавалось выведать то, что было для него самым важным. Однажды он попытался открыть сердце Мартину Вуду, возившемуся, по своему обыкновению, с картинами, но разговор не принес ничего нового и обнадеживающего.

— По-моему, вам нечего соваться, — отрезал Вуд, — они ведь помолвлены.

— Я и не стану соваться, если они помолвлены. Но существует ли помолвка? С мисс Дарнуэй я об этом, конечно, не говорил, но я часто вижу ее, и мне ясно, что она не считает себя помолвленной, хотя, может, и допускает мысль, что какой-то уговор существовал. А кузен, тот вообще молчит и делает вид, будто ничего нет и не было. Такая неопределенность жестоко отзывается на всех.

— И в первую очередь на вас, — резко сказал Вуд. — Но если хотите знать, что я думаю об этом, извольте, я скажу: по-моему, он просто боится.

— Боится, что ему откажут? — спросил Пейн.

— Нет, что ответят согласием, — ответил Вуд. — Да не смотрите на меня такими страшными глазами! Я вовсе не хочу сказать, что он боится мисс Дарнуэй, — он боится картины.

— Картины? — переспросил Пейн.

— Проклятия, связанного с картиной. Разве вы не помните надпись, где говорится о роке Дарнуэев?

— Помню, помню. Но согласитесь, даже рок Дарнуэев нельзя толковать двояко. Сначала вы говорили, что я не вправе на что-либо рассчитывать, потому что существует соглашение, а теперь вы говорите, что соглашение не может быть выполнено потому, что существует проклятие. Но если проклятие уничтожает соглашение, то почему она связана им? Если они боятся пожениться, значит, каждый из них свободен в своем выборе — и дело с концом. С какой стати я должен считаться с их семейными обычаями больше, чем они сами? Ваша позиция кажется мне шаткой.

— Что и говорить, тут сам черт ногу сломит, — раздраженно сказал Вуд и снова застучал молотком по подрамнику.

И вот однажды утром новый наследник нарушил свое долгое и непостижимое молчание. Сделал он это несколько неожиданно, со свойственной ему прямолинейностью, но явно из самых честных побуждений. Он открыто попросил совета, и не у кого-нибудь одного, как Пейн, а сразу у всех. Он обратился ко всему обществу, словно депутат парламента к избирателям, «раскрыл карты», как сказал он сам. К счастью, молодая хозяйка замка при этом не присутствовала, что очень порадовало Пейна. Впрочем, надо сказать, австралиец действовал чистосердечно; ему казалось вполне естественным обратиться за помощью. Он собрал нечто вроде семейного совета и положил, вернее, швырнул свои карты на стол с отчаянием человека, который дни и ночи напролет безуспешно бьется над неразрешимой задачей. С тех пор как он приехал сюда, прошло немного времени, но тени замка, низкие окна и темные галереи странным образом изменили его — увеличили сходство, мысль о котором не покидала всех.

Пятеро мужчин, включая доктора, сидели вокруг стола, и Пейн рассеянно подумал, что единственное яркое пятно в комнате — его собственный полосатый пиджак и рыжие волосы, ибо священник и старый слуга были в черном, а Вуд и Дарнуэй всегда носили темно-серые, почти черные костюмы. Должно быть, именно этот контраст и имел в виду молодой Дарнуэй, назвав Пейна единственным в доме живым человеком. Но тут Дарнуэй круто повернулся в кресле, заговорил — и художник сразу понял, что речь идет о самом страшном и важном на свете.

— Есть ли во всем этом хоть крупица истины? — говорил австралиец. — Вот вопрос, который я все время задаю себе, задаю до тех пор, пока мысли не начинают мешаться у меня в голове. Никогда я не предполагал, что смогу думать о подобных вещах, но я думаю о портрете, и о надписи, и о совпадении, или... называйте это как хотите — и весь холодею. Можно ли в это верить? Существует ли рок Дарнуэев или все это дикая, нелепая случайность? Имею я право жениться или я этим навлеку на себя и еще на одного человека что-то темное, страшное и неведомое?

Его блуждающий взгляд скользнул по лицам и остановился на спокойном лице священника; казалось, он теперь обращался только к нему. Трезвого и здравого Пейна возмутило, что человек, восставший против суеверий, просит помощи у верного служителя суеверия. Художник сидел рядом с Дарнуэем и вмешался, прежде чем священник успел ответить.

— Совпадения эти, правда, удивительны, — сказал Пейн с нарочитой небрежностью. — Но ведь все мы... — Он вдруг остановился, словно громом пораженный.

Услышав слова художника, Дарнуэй резко обернулся, левая бровь у него вздернулась, и на мгновение Пейн увидел перед собой лицо портрета; зловещее сходство было так поразительно, что все невольно содрогнулись. У старого слуги вырвался глухой стон.

— Нет, это безнадежно, — хрипло сказал он. — Мы столкнулись с чем-то слишком страшным.

— Да, — тихо согласился священник. — Мы действительно столкнулись с чем-то страшным, с самым страшным из всего, что я знаю, — с глупостью.

— Как вы сказали? — спросил Дарнуэй, не сводя с него глаз.

— Я сказал — с глупостью, — повторил священник. — До сих пор я не вмешивался, потому что это не мое дело. Я тут человек посторонний, временно заменяю священника в здешнем приходе и в замке бывал как гость по приглашению мисс Дарнуэй. Но если вы хотите знать мое мнение, что ж, я вам охотно отвечу. Разумеется, никакого рока Дарнуэев нет и ничто не мешает вам жениться по собственному выбору. Ни одному человеку не может быть предопределено совершить даже самый ничтожный грех, не говоря уже о таком страшном, как убийство или самоубийство. Вас нельзя заставить поступать против совести только потому, что ваше имя Дарнуэй. Во всяком случае, не больше, чем меня, потому что мое — Браун. Рок Браунов, — добавил он не без иронии, — или еще лучше: «Зловещий рок Браунов».

— И это вы, — изумленно воскликнул австралиец, — вы советуете мне так думать об этом?

— Я советую вам думать о чем-нибудь другом, — весело отвечал священник. — Почему вы забросили молодое искусство фотографии? Куда девался ваш аппарат? Здесь внизу, конечно, слишком темно, но на верхнем этаже, под широкими сводами, можно устроить отличную фотостудию. Несколько рабочих в мгновение ока соорудят там стеклянную крышу.

— Помилуйте, — запротестовал Вуд, — уж от вас-то я меньше всего ожидал такого кощунства по отношению к прекрасным готическим сводам! Они едва ли не лучшее из того, что ваша религия дала миру. Казалось бы, вы должны с почтением относиться к зодчеству. И я никак не пойму, откуда у вас такое пристрастие к фотографии?

— У меня пристрастие к дневному свету, — ответил отец Браун. — В особенности здесь, где его так мало. Фотография же связана со светом. А если вы не понимаете, что я готов сровнять с землей все готические своды в мире, чтобы сохранить покой даже одной человеческой души, то вы знаете о моей религии еще меньше, чем вам кажется.

Австралиец вскочил на ноги, словно почувствовал неожиданный прилив сил.

— Вот это я понимаю! Вот это настоящие слова! — воскликнул он. — Хотя, признаться, я никак не ожидал услышать их от вас. Знаете что, дорогой патер, я вот возьму и сделаю одну штуку — докажу, что я еще не совсем потерял присутствие духа.

Старый слуга не сводил с него испуганного, настороженного взгляда, словно в бунтарском порыве молодого человека таилась гибель.

— Боже, — пробормотал он, — что вы хотите сделать?

— Сфотографировать портрет, — отвечал Дарнуэй.

Не прошло, однако, и недели, а грозовые тучи катастрофы снова нависли над замком и, затмив солнце здравомыслия, к которому тщетно взывал священник, вновь погрузили дом в черную тьму рока. Оборудовать студию оказалось очень нетрудно. Она ничем не отличалась от любой другой студии — пустая, просторная и полная дневного света. Но когда человек попадал в нее прямо из сумрака нижних комнат, ему начинало казаться, что он мгновенно перенесся из темного прошлого в блистательное будущее.

По предложению Вуда, который хорошо знал замок и уже отказался от своих эстетических претензий, небольшую комнату, уцелевшую среди развалин второго этажа, превратили в темную лабораторию. Дарнуэй, удалившись от дневного света, подолгу возился здесь при свете красной лампы. Вуд однажды сказал смеясь, что красный свет примирил его с вандализмом — теперь эта комната с кровавыми бликами на стенах стала не менее романтична, чем пещера алхимика.

В день, избранный Дарнуэем для фотографирования таинственного портрета, он встал с восходом солнца и по единственной винтовой лестнице, соединявшей нижний этаж с верхним, перенес портрет из библиотеки в свою студию. Там он установил его на мольберте, а напротив водрузил штатив фотоаппарата. Он сказал, что хочет дать снимок с портрета одному известному антиквару, который писал когда-то о старинных вещах в замке Дарнуэй. Но всем было ясно, что антиквар — только предлог, за которым скрывается нечто более серьезное. Это был своего рода духовный поединок — если не между Дарнуэем и бесовской картиной, то, во всяком случае, между Дарнуэем и его сомнениями. Он хотел столкнуть трезвую реальность фотографии с темной мистикой портрета и посмотреть, не рассеет ли солнечный свет нового искусства ночные тени старого.

Может быть, именно потому Дарнуэй и предпочел делать все сам, без посторонней помощи, хотя из-за этого ему пришлось потратить гораздо больше времени. Во всяком случае, те, кто заходил к нему в комнату, встречали не очень приветливый прием: он суетился около своего аппарата и ни на кого не обращал внимания. Пейн принес ему обед, поскольку Дарнуэй отказался сойти вниз; некоторое время спустя слуга поднялся туда и нашел тарелки пустыми, но когда он их уносил, то вместо благодарности услышал лишь невнятное мычание. Пейн поднялся посмотреть, как идут дела, но вскоре ушел, так как фотограф был явно не расположен к беседе. Заглянул наверх и отец Браун: он хотел вручить Дарнуэю письмо от антиквара, которому предполагалось послать снимок с портрета. Но положил письмо в пустую ванночку для проявления пластинок, а сам спустился вниз; своими же мыслями о большой стеклянной комнате, полной дневного света и страстного упорства. — о мире, который, в известном смысле, был создан им самим, — он не поделился ни с кем. Впрочем, вскоре ему пришлось вспомнить, что он последним сошел по единственной в доме лестнице, соединяющей два этажа, оставив наверху пустую комнату и одинокого человека. Гости и домочадцы собрались в примыкавшей к библиотеке гостиной, у массивных часов черного дерева, похожих на гигантский гроб.

— Ну как там Дарнуэй? — спросил Пейн немного погодя. — Вы ведь недавно были у него?

Священник провел рукой по лбу.

— Со мной творится что-то неладное, — с грустной улыбкой сказал он. — А может быть, меня ослепил яркий свет и я не все видел как следует. Но, честное слово, в фигуре у аппарата мне на мгновение почудилось что-то очень странное.

— Так ведь это его хромая нога, — поспешно ответил Барнет. — Совершенно ясно.

— Что ясно? — спросил Пейн резко, но в то же время понизив голос. — Мне лично далеко не все ясно. Что нам известно? Что у него с ногой? И что было с ногой у его предка?

— Как раз об этом-то и говорится в книге, которую я нашел в семейных архивах, — сказал Вуд. — Подождите, я вам сейчас ее принесу. — И он скрылся в библиотеке.

— Мистер Пейн, думается мне, неспроста задал этот вопрос, — спокойно заметил отец Браун.

— Сейчас я вам все выложу, — проговорил Пейн еще более тихим голосом. — В конце концов, ведь нет ничего на свете, чему нельзя было бы подыскать вполне разумное объяснение; любой человек может загримироваться под портрет. А что мы знаем об этом Дарнуэе! Ведет он себя как-то необычно…

Все изумленно посмотрели на него, и только священник, казалось, был невозмутим.

— Дело в том, что портрет никогда не фотографировали, — сказал он. — Вот Дарнуэй и хочет это сделать. Я не вижу тут ничего необычного.

— Все объясняется очень просто, — сказал Вуд с улыбкой; он только что вернулся и держал в руках книгу.

Но не успел художник договорить, как в больших черных часах что-то щелкнуло — один за другим последовало семь мерных ударов. Одновременно с последним наверху раздался грохот, потрясший дом, точно раскат грома. Отец Браун бросился к винтовой лестнице и взбежал на первые две ступеньки, прежде чем стих этот шум.

— Боже мой! — невольно вырвалось у Пейна. — Он там совсем один!

— Да, мы найдем его там одного, — не оборачиваясь, сказал отец Браун и скрылся наверху.

Все остальные, опомнившись после первого потрясения, сломя голову устремились вверх по лестнице и действительно нашли Дарнуэя одного. Он был распростерт на полу среди обломков рухнувшего аппарата; три длинные ноги штатива смешно и жутко торчали в разные стороны, а черная искривленная нога самого Дарнуэя беспомощно вытянулась на полу. На мгновение эта темная груда показалась им чудовищным пауком, стиснувшим в своих объятиях человека. Достаточно было одного прикосновения, чтобы убедиться: Дарнуэй был мертв. Только портрет стоял невредимый на своем месте, и глаза его светились зловещей улыбкой.

Час спустя отец Браун, пытавшийся водворить порядок в доме, наткнулся на слугу, что-то бормотавшего себе под нос так же монотонно, как отстукивали время часы, пробившие страшный час. Слов священник не расслышал, но он и так знал, что повторяет старик:

В седьмом наследнике возникну вновь
И в семь часов исчезну без следа.

Он хотел было сказать что-нибудь утешительное, но старый слуга вдруг опамятовался, лицо его исказилось гневом, бормотание перешло в крик.

— Это все вы! — закричал он. — Вы и ваш дневной свет! Может, вы и теперь скажете, что нет никакого рока Дарнуэев?

— Я скажу то же, что и раньше, — мягко ответил отец Браун. И, помолчав, добавил: — Надеюсь, вы исполните последнее желание бедного Дарнуэя и проследите за тем, чтобы фотография все-таки была отправлена по назначению.

— Фотография! — воскликнул доктор. — А что от нее проку? Да, кстати, как ни странно, а никакой фотографии нет. По-видимому, он так и не сделал ее, хотя целый день провозился с аппаратом.

Отец Браун резко обернулся.

— Тогда сделайте ее сами, — сказал он. — Бедный Дарнуэй был абсолютно прав: портрет необходимо сфотографировать. Это крайне важно.

Когда доктор, священник и оба художника покинули дом и мрачной процессией медленно шли через коричнево-желтые пески, поначалу все хранили молчание, словно оглушенные ударом. И правда, было что-то подобное грому среди ясного неба в том, что старинное пророчество свершилось именно в тот момент, когда о нем меньше всего думали; когда доктор и священник были преисполнены здравомыслия, а комната фотографа наполнена дневным светом. Они могли сколько угодно здраво мыслить и рассуждать, но седьмой наследник вернулся средь бела дня и в семь часов средь бела дня погиб.

— Теперь, пожалуй, никто уже не будет сомневаться в существовании рока Дарнуэев, — сказал Мартин Вуд.

— Я знаю одного человека, который будет, — резко ответил доктор. — С какой стати я должен поддаваться предрассудкам, если кому-то пришло в голову покончить с собой?

— Так вы считаете, что Дарнуэй совершил самоубийство? — спросил священник.

— Я уверен в этом, — ответил доктор.

— Возможно, что и так.

— Он был один наверху, а рядом в темной комнате имелся целый набор ядов. Вдобавок это свойственно Дарнуэям.

— Значит, вы не верите в семейное проклятие?

— Я верю только в одно семейное проклятие, — сказал доктор, — в их наследственность. Я вам уже говорил. Они все какие-то сумасшедшие. Иначе и быть не может: когда у вас от бесконечных браков внутри одного семейства кровь застаивается в жилах, как вода в болоте, вы неизбежно обречены на вырождение, нравится вам это или нет. Законы наследственности неумолимы, научно доказанные истины не могут быть опровергнуты. Рассудок Дарнуэев распадается, как распадается их родовой замок, изъеденный морем и соленым воздухом. Самоубийство... Разумеется, он покончил с собой. Более того: все в этом роду рано или поздно кончат так же. И это еще лучшее из всего, что они могут сделать.

Пока доктор рассуждал, в памяти Пейна с удивительной ясностью возникло лицо дочери Дарнуэев — выступившая из непроницаемой тьмы маска, бледная, трагическая, но исполненная слепящей, почти бессмертной красоты. Пейн открыл рот, хотел что-то сказать, но почувствовал, что не может произнести ни слова.

— Понятно, — сказал отец Браун доктору. — Так вы, значит, все-таки верите в предопределение?

— То есть как это «верите в предопределение»? Я верю только в то, что самоубийство в данном случае было неизбежно — оно обусловлено научными факторами.

— Признаться, я не вижу, чем ваше научное суеверие лучше суеверия мистического, — отвечал священник. — Оба они превращают человека в паралитика, неспособного пошевельнуть пальцем, чтобы позаботиться о своей жизни и душе. Надпись гласила, что Дарнуэи обречены на гибель, а ваш научный гороскоп утверждает, что они обречены на самоубийство. И в том и в другом случае они оказываются рабами.

— Помнится, вы говорили, что придерживаетесь рационального взгляда на эти вещи, — сказал доктор Барнет. — Разве вы не верите в наследственность?

— Я говорил, что верю в дневной свет, — ответил священник громко и отчетливо. — И я не намерен выбирать между двумя подземными ходами суеверия — оба они ведут во мрак. Вот вам доказательство: вы все понятия не имеете о том, что действительно произошло в доме.

— Вы имеете в виду самоубийство? — спросил Пейн.

— Я имею в виду убийство, — ответил отец Браун. И хотя он сказал это только чуть-чуть громче, голос его, казалось, прокатился по всему берегу. — Да, это было убийство. Но убийство, совершенное человеческой волей, которую господь бог сделал свободной.

Что на это ответили другие, Пейн так никогда и не узнал, потому что слово, произнесенное священником, очень странно подействовало на него: оно его взбудоражило, точно призывный звук фанфар, и пригвоздило к месту. Спутники Пейна ушли далеко вперед, а он все стоял неподвижно — один среди песчаной равнины; кровь забурлила в его жилах, и волосы, что называется, шевелились на голове. В то же время его охватило необъяснимое счастье. Психологический процесс, слишком сложный, чтобы в нем разобраться, привел его к решению, которое еще не поддавалось анализу. Но оно несло с собой освобождение. Постояв еще немного, он повернулся и медленно пошел обратно, через пески, к дому Дарнуэев.

Решительными шагами, от которых задрожал старый мост, он пересек ров, спустился по лестнице, прошел через всю анфиладу темных покоев и наконец достиг той комнаты, где Аделаида Дарнуэй сидела в ореоле бледного света, падавшего из овального окна, словно святая, всеми забытая и покинутая в долине смерти. Она подняла на него глаза, и удивление, засветившееся на ее лице, сделало это лицо еще более удивительным.

— Что случилось? — спросила она. — Почему вы вернулись?

— Я вернулся за спящей красавицей, — ответил он, и в голосе его послышался смех. — Этот старый замок погрузился в сон много лет тому назад, как говорит доктор, но вам не следует притворяться старой. Пойдемте наверх, к свету, и вам откроется правда. Я знаю одно слово, страшное слово, которое разрушит злые чары.

Она ничего не поняла из того, что он сказал. Однако встала, последовала за ним через длинный зал, поднялась по лестнице и вышла из дома под вечернее небо. Заброшенный, опустелый парк спускался к морю; старый фонтан с фигурой тритона еще стоял на своем месте, но весь позеленел от времени, и из высохшего рога в пустой бассейн давно уже не лилась вода. Пейн много раз видел этот печальный силуэт на фоне вечернего неба, и он всегда казался ему воплощением погибшего счастья. Пройдет еще немного времени, думал Пейн, и бассейн снова наполнится водой, но это будет мутно-зеленая горькая вода моря, цветы захлебнутся в ней и погибнут среди густых цепких водорослей. И дочь Дарнуэев обручится — обручится со смертью и роком, глухим и безжалостным, как море. Однако теперь Пейн смело положил большую руку на бронзового тритона и потряс его так, словно хотел сбросить с пьедестала злое божество мертвого парка.

— О чем вы? — спокойно спросила она. — Что это за слово, которое освободит нас?

— Это слово — «убийство», — отвечал он, — и оно несет с собой освобождение, чистое, как весенние цветы. Нет, нет, не подумайте, что я убил кого-то. Но после страшных снов, мучивших вас, весть, что кто-то может быть убит, уже сама по себе — освобождение. Не понимаете? Весь этот кошмар, в котором вы жили, исходил от вас самих. Рок Дарнуэев был в самих Дарнуэях; он распускался, как страшный ядовитый цветок. Ничто не могло избавить от него, даже счастливая случайность. Он был неотвратим, будь то старые предания Уэйна или новомодные теории Барнета... Но человек, который погиб сегодня, не был жертвой мистического проклятия или наследственного безумия. Его убили. Конечно, это — большое несчастье, requiescat in pace[1], но это и счастье, потому что пришло оно извне, как луч дневного света.

Вдруг она улыбнулась.

— Кажется, я поняла, хотя говорите вы как безумец. Кто же убил его?

[1] Мир праху его (лат.).

— Я не знаю, — ответил он спокойно. — Но отец Браун знает. И он сказал, что убийство совершила воля, свободная, как этот морской ветер.

— Отец Браун — удивительный человек, — промолвила она не сразу. — Только он один как-то скрашивал мою жизнь, до тех пор пока…

— Пока что? — переспросил Пейн, порывисто наклонился к ней и так толкнул бронзовое чудовище, что оно качнулось на своем пьедестале.

— Пока не появились вы, — сказала она и снова улыбнулась.

Так пробудился старый замок. В нашем рассказе мы не собираемся описывать все стадии этого пробуждения, хотя многое произошло еще до того, как на берег спустилась ночь. Когда Гарри Пейн, наконец, снова отправился домой, он был полон такого счастья, какое только возможно в этом бренном мире. Он шел через темные пески — те самые, по которым часто бродил в столь тяжелой тоске, но теперь в нем все ликовало, как море в час полного прилива. Он представлял себе, что замок снова утопает в цветах, бронзовый тритон сверкает, как золотой божок, а бассейн наполнен прозрачной водой или вином. И весь этот блеск, все это цветение раскрылись перед ним благодаря слову «убийство», смысла которого он все еще не понимал. Он просто принял его на веру и поступил мудро — ведь он был одним из тех, кто чуток к голосу правды.

Прошло больше месяца, и Пейн наконец вернулся в свой лондонский дом, где у него была назначена встреча с отцом Брауном: художник привез с собой фотографию портрета. Его сердечные дела подвигались успешно, насколько позволяла тень недавней трагедии, — потому она и не слишком омрачала его душу; впрочем, он все же помнил, что это — тень семейной катастрофы. Последнее время ему пришлось заниматься слишком многими делами, и лишь после того как жизнь в доме Дарнуэев вошла в свою колею, а роковой портрет был водворен на прежнее место в библиотеке, ему удалось сфотографировать его при вспышке магния. Но перед тем как отослать снимок антиквару, как и было договорено, он привез показать его священнику, который настоятельно просил об этом.

— Никак не пойму вас, отец Браун, — сказал Пейн. — У вас такой вид, словно вы давно разгадали эту загадку.

Священник удрученно покачал головой.

— В том-то и дело, что нет, — ответил он. — Должно быть, я непроходимо глуп, так как не понимаю, совершенно не понимаю одной элементарнейшей детали в этой истории. Все ясно до определенного момента, но потом... Дайте-ка мне взглянуть на фотографию. — Он поднес ее к глазам и близоруко прищурился. — Нет ли у вас лупы? — спросил он мгновение спустя.

Пейн дал ему лупу, и священник стал пристально разглядывать фотографию; затем он сказал:

— Посмотрите, вот тут книга, на полке, возле самой рамы портрета... Читайте название: «Жизнь папессы Иоанны». Гм, интересно... Стоп! А вон и другая над ней, что-то про Исландию. Так и есть! Господи! И обнаружить это таким странным образом! Какой же я осел, что не заметил их раньше, еще там!

— Да что вы такое обнаружили? — нетерпеливо спросил Пейн.

— Последнее звено, — сказал отец Браун. — Теперь мне все ясно, теперь я понял, как развертывалась вся эта печальная история с самого начала и до самого конца.

— Но как вы это узнали? — настойчиво спросил Пейн.

— Очень просто, — с улыбкой отвечал священник. — В библиотеке Дарнуэев есть книги о папессе Иоанне и об Исландии и еще одна, название которой, как я вижу, начинается словами: «Религия Фридриха...», а как оно кончается — не так уж трудно догадаться. — Затем, заметив нетерпение своего собеседника, священник заговорил уже более серьезно, и улыбка исчезла с его лица: — Собственно говоря, эта подробность не так уж существенна, хотя она и оказалась последним звеном. В этом деле есть детали куда более странные. Начнем с того, что, конечно, очень удивит вас. Дарнуэй умер не в семь часов вечера. Он был мертв с самого утра.

— Удивит — знаете ли, слишком мягко сказано, — мрачно ответил Пейн, — ведь и вы и я видели, как он целый день расхаживал по комнате.

— Нет, этого мы не видели, — спокойно возразил отец Браун. — Мы оба видели или, вернее, предполагали, что видим, как он весь день возился со своим аппаратом. Но разве на голове у него не было темного покрывала, когда вы заходили в комнату? Когда я туда зашел, это было так. И недаром мне показалось что-то странное в его фигуре. Дело тут не в том, что он был хромой, а, скорее, в том, что он хромым не был. Он был одет в такой же темный костюм. Но если вы увидите человека, который пытается принять позу, свойственную другому, то вам обязательно бросится в глаза некоторая напряженность и неестественность всей фигуры.

— Вы хотите сказать, — воскликнул Пейн, содрогнувшись, — что это был не Дарнуэй?

— Это был убийца, — сказал отец Браун. — Он убил Дарнуэя еще на рассвете и спрятал труп в темной комнате, а она — идеальный тайник, потому что туда обычно никто не заглядывает, а если и заглянет, то все равно немного увидит. Но в семь часов вечера убийца бросил труп на пол, чтобы можно было все объяснить проклятием Дарнуэев.

— Но позвольте. — воскликнул Пейн, — какой ему был смысл целый день стеречь мертвое тело? Почему он не убил его в семь часов вечера?

— Разрешите мне в свою очередь задать вам вопрос, — ответил священник. — Почему портрет так и не был сфотографирован? Да потому, что преступник поспешил убить Дарнуэя до того, как тот успел это сделать. Ему, очевидно, было важно, чтобы фотография не попала к антиквару, хорошо знавшему реликвии дома Дарнуэев.

Наступило молчание; затем священник продолжал более тихим голосом:

— Разве вы не видите, как все это просто? Вы сами в свое время сделали одно предположение, но действительность оказалась еще проще. Вы сказали, что любой человек может придать себе сходство с портретом. Но ведь еще легче придать портрету сходство с человеком... Короче говоря, никакого рока Дарнуэев не было. Не было старинной картины, не было старинной надписи, не было предания о человеке, лишившем жизни свою жену. Но был другой человек, очень жестокий и очень умный, который хотел лишить жизни своего соперника, чтобы похитить его невесту. — Священник грустно улыбнулся Пейну, словно успокаивая его. — Вы, наверно, сейчас подумали, что я имею в виду вас, — сказал он. — Не только вы посещали этот дом из романтических побуждений. Вы знаете этого человека или, вернее, думаете, что знаете. Но есть темные бездны в душе Мартина Вуда, художника и любителя старины, о которых никто из его знакомых даже не догадывается. Помните, его пригласили в замок, чтобы реставрировать картины? На языке обветшалых аристократов это значит, что он должен был узнать и доложить Дарнуэям, какими сокровищами они располагают. Они ничуть бы не удивились, если бы в замке обнаружился портрет, которого раньше никто не замечал. Но тут требовалось большое искусство, и Вуд его проявил. Пожалуй, он был прав, когда говорил, что если это не Гольбейн, то мастер, не уступающий ему в гениальности.

— Я потрясен, — сказал Пейн, — но очень многое мне еще непонятно. Откуда он узнал, как выглядит Дарнуэй? Каким образом он убил его? Врачи так и не разобрались в причине смерти.

— У мисс Дарнуэй была фотография австралийца, которую он прислал ей еще до своего приезда, — сказал священник. — Ну, а когда стало известно, как выглядит новый наследник, Вуду нетрудно было узнать и все остальное. Мы не знаем многих деталей, но о них можно догадаться. Помните, он часто помогал Дарнуэю в темной комнате, а ведь там легче легкого, скажем, уколоть человека отравленной иглой, когда к тому же под рукой всевозможные яды. Нет, трудность не в этом. Меня мучило другое: как Вуд умудрился быть одновременно в двух местах? Каким образом он сумел вытащить труп из темной комнаты и так прислонить его к аппарату, чтобы он упал через несколько секунд, и в это же самое время разыскивать в библиотеке книгу? И я, старый дурак, не догадался взглянуть повнимательнее на книжные полки! Только сейчас, благодаря счастливой случайности, я обнаружил вот на этой фотографии простейший факт — книгу о папессе Иоанне.

— Вы приберегли под конец самую таинственную из своих загадок, — сказал Пейн. — Какое отношение к этой истории может иметь папесса Иоанна?

— Не забудьте и про книгу об Исландии, а также о релгиии какого-то Фридриха. Теперь весь вопрос только в том, что за человек был покойный лорд Дарнуэй.

— И только-то? — растерянно спросил Пейн.

— Он был большой оригинал, широко образованный и с чувством юмора. Как человек образованный, он, конечно, знал, что никакой папессы Иоанны никогда не существовало. Как человек с чувством юмора, он вполне мог придумать заглавие: «Змеи Исландии» — их ведь нет в природе. Я осмелюсь восстановить третье заглавие: «Религия Фридриха Великого», которой тоже никогда не было. Так вот, не кажется ли вам, что все эти названия как нельзя лучше подходят к книгам, которые не книги, или, вернее, к книжным полкам, которые не книжные полки.

— Стойте! — воскликнул Пейн. — Я понял. Это потайная лестница…

— …ведущая наверх, в ту комнату, которую Вуд сам выбрал для лаборатории, — сказал священник. — Да, именно потайная лестница — и ничего тут не поделаешь. Все оказалось весьма банальным и глупым; а глупее всего, что я не разгадал сразу. Мы все попались на удочку старинной романтики — были тут и приходящие в упадок дворянские семейства, и разрушающиеся фамильные замки… Так разве могло обойтись дело без потайного хода? Это был тайник католических священников, и, честное слово, я заслужил, чтобы меня туда запрятали.

Тайна отца Брауна

Фламбо — один из самых знаменитых преступников Франции, а впоследствии частный сыщик в Англии, давно уже бросил обе эти профессии. Говорили, что преступное прошлое не позволяло ему стать строгим к преступнику. Так или иначе, покинув стезю романтических побегов и сногсшибательных приключений, он поселился в Испании, в собственном замке. Замок был весьма солидной постройки, хотя относительно невелик; черные виноградники и зеленые грядки огорода покрывали большую часть бурого холма, на котором он стоял. Несмотря на все пережитые им авантюры, Фламбо обладал свойством, присущим многим представителям латинской расы и незнакомым другим нациям (например, американцам): он умел уйти от суеты. Так владелец крупного отеля мечтает завести на старости маленькую ферму, а лавочник из французского местечка останавливается в тот самый миг, когда может стать мерзавцем-миллионером и скупить все лавки до единой, и проводит остаток дней дома, за домино. Случайно и совершенно внезапно Фламбо влюбился в испанку, женился на ней, приобрел поместье и зажил семейной жизнью, не обнаруживая ни малейшего желания вновь пуститься в странствия. Но в одно прекрасное утро семья его заметила, что он сильно возбужден и встревожен. Он вышел погулять с мальчиками, но вскоре перегнал их и бросился вниз с холма навстречу какому-то человеку, пересекавшему долину, хотя человек этот был не больше черной точки.

Точка постепенно увеличивалась, почти не меняя, однако, своих очертаний, — она оставалась все такой же черной и круглой. Черная сутана не была тут в диковинку, но сутана приезжего (который оказался священником) выглядела как-то особенно буднично и в то же время приветливо по сравнению с одеждами местного духовенства, изобличая в новоприбывшем жителя британских островов. В руках он держал короткий пухлый зонтик с тяжелым круглым набалдашником, при виде которого Фламбо чуть не расплакался от умиления, ибо этот зонтик фигурировал во многих их совместных приключениях былых времен. Священник был английским другом Фламбо, отцом Брауном, а приехал он с визитом, который давным-давно собирался отдать и давным-давно откладывал. Они постоянно переписывались, но не видались уже много лет.

Вскоре отец Браун очутился в центре семейства, которое было так велико, что казалось целым племенем. Ему представили деревянных позолоченных волхвов, оделяющих детей рождественскими подарками (в Испании детские дела занимают видное место в домашней жизни); представили собаку, кошку и обитателей скотного двора; представили и соседа, который, как и сам Браун, был несколько чужд этой мирной долине своими манерами и платьем.

На третий вечер пребывания гостя в маленьком замке туда явился посетитель, засвидетельствовавший испанскому семейству свое почтение с поклонами, которым позавидовал бы любой испанский гранд. То был высокий, худой, седовласый, очень красивый джентльмен с ослепительно сверкающими ногтями, манжетами и запонками. Однако в его длинном лице не было и следа той томности, которая ассоциируется в наших сатирических журналах с белоснежными манжетами и маникюром. Лицо у него, напротив, было удивительно живое и подвижное, а глаза смотрели зорко и вопрошающе, что весьма редко сочетается с седыми волосами. Это одно могло бы уже определить национальность посетителя, равно как и некоторая изысканная гнусавость и слишком близкое знакомство с европейскими достопримечательностями.

Посетитель был не кто иной, как м-р Грэндисон Чейс из Бостона, американский путешественник; он отдыхал от путешествий в своем поместье — в точно таком же замке на точно таком же холме. Здесь он наслаждался жизнью и рассматривал своего гостеприимного соседа как одну из местных древностей. Ибо Фламбо, как мы уже говорили, умел выглядеть человеком, глубоко пустившем в землю корни. Казалось, он провел здесь века вместе со своими виноградниками и фиговыми деревьями. Он вновь назывался своим настоящим именем — Дюрок, ибо «Фламбо», т. е. «факел», было только псевдонимом, под которым люди, подобные ему, ведут войну с обществом. Он обожал жену и детей, из дому уходил только на охоту, и казался американскому путешественнику воплощением той респектабельной жизнерадостности, той разумной любви к достатку, которую американцы признают и почитают в средиземноморских народах. Всесветный бродяга с Запада был счастлив отдохнуть у этой обжитой скалы Юга.

М-ру Чейсу довелось слышать о Брауне, и он заговорил с ним особым тоном, к которому прибегал при встрече со знаменитостями. Инстинкт интервьюера — сдержанный, но неукротимый — проснулся в нем. Он вцепился в Брауна, как щипцы в зуб, — надо признать, абсолютно без боли и со всей ловкостью, свойственной американским дантистам.

Они сидели во дворике, под навесом, — в Испании часто входят в дом через такие наполовину крытые внутренние дворики. Смеркалось. После заката в горах сразу становится холодно, и потому прямо на плитах стояла небольшая печка, мигая красным глазом, словно гном, и бросая рдеющие узоры на плоский камень двора. Но ни один отсвет огня не достигал высокой голой кирпичной стены, вздымавшейся за их спиной в темно-синее небо. В полумраке смутно вырисовывались широкие плечи и большие, похожие на сабли, усы Фламбо, который то и дело поднимался, цедил из большой бочки темное вино и разливал его в бокалы. По сравнению с ним священник, склонившийся над печкой, казался совсем маленьким. Американец ловко нагнулся вперед, опершись локтем о колено; его тонкое, острое лицо было освещено, глаза по-прежнему сверкали сдержанным любопытством.

— Смею заверить вас, сэр, — говорил он, — что мы считаем ваше участие в расследовании убийства знаменитого Лунатика одним из величайших достижений в истории научного сыска.

Отец Браун пробормотал что-то невнятное, а может быть, застонал.

— Мы знакомы, — продолжал американец, — с достижениями Дюпена, Лекока, Шерлока Холмса, Ника Картера и прочих вымышленных сыщиков. Но мы не можем не отметить, что между вашим методом и методом других детективов — как вымышленных, так и настоящих — есть большая разница. Кое-кто даже высказывал предположение, не кроется ли за этой новизной полное отсутствие метода.

Отец Браун помолчал, потом слегка шевельнулся — или просто подвинулся к печке — и сказал:

— Простите... Да... Отсутствие метода... Боюсь, что и отсутствие разума тоже...

— Я имел в виду строго научный метод, — продолжал его собеседник. — Эдгар По в превосходных диалогах пояснил метод Дюпена, всю прелесть его железной логики. Доктору Уотсону приходилось выслушивать от Холмса весьма точные разъяснения с упоминанием мельчайших деталей. Но вы, отец Браун, кажется, никому не открыли вашей тайны. Мне говорили, что вы отказались читать в Америке лекции на эту тему.

— Да, — ответил священник, хмуро глядя на печку, — отказался.

— Ваш отказ вызвал массу толков! — подхватил Чейс. — Кое-кто у нас говорил, что ваш метод нельзя объяснить, потому что он больше чем метод. Говорили, что вашу тайну нельзя раскрыть, так как она оккультного характера.

— Какого характера? — переспросил отец Браун довольно хмуро.

— Оккультного! — повторил Чейс. — Надо вам сказать, у нас как следует поломали голову над убийством старика Мертона, прогремевшим в Штатах, и над другими делами. А вы всегда случайно попадали в самую гущу и раскрывали, как все было, но никому не говорили, откуда это вам известно. Естественно, многие решили, что вы все знаете не глядя, так сказать. Карлотта Браунсон иллюстрировала эпизодами из вашей деятельности свою лекцию о телепатии. А «Общество сестер-духовидиц» в Индианополисе...

Отец Браун все еще глядел на печку; наконец он сказал громко, но так, словно его никто не слышал:

— Ох! К чему это?!

— Этому горю не поможешь! — добродушно улыбнулся м-р Чейс. — По-моему, хотите покончить с болтовней — откройте вашу тайну.

Отец Браун шумно вздохнул. Он уронил голову на руки, словно мысли мучили его. Потом поднял голову и глухо сказал:

— Хорошо! Я открою тайну.

Он обвел потемневшими глазами темнеющий дворик — от багровых глаз печки до древней стены, над которой все ярче блистали ослепительные южные звезды.

— Тайна... — начал он и замолчал, точно не мог продолжать. Потом собрался с силами и сказал: — Понимаете, всех этих людей убил я сам.

— Что? — сдавленным голосом спросил Чейс.

— Я сам убил всех этих людей, — кротко повторил отец Браун. — Вот я и знал, как все было.

— Я сам убил всех этих людей, — кротко повторил отец Браун.

Грэндисон Чейс выпрямился во весь свой огромный рост, словно подброшенный медленным взрывом. Не сводя глаз с собеседника, он еще раз спросил недоверчиво.

— Что?

— Я тщательно разработал каждое преступление, — продолжал отец Браун. — Я упорно думал над тем, как можно совершить его — в каком состоянии должен быть человек, чтобы его совершить. И когда я знал, что чувствую точно так же, как чувствовал убийца, мне становилось ясно, кто он.

Чейс прерывисто вздохнул.

— Вы напугали меня! — сказал он. — Я на минуту поверил, что вы действительно убийца. Я так и увидел жирные заголовки во всех американских газетах: «Сыщик в рясе — убийца. Сотни жертв отца

Брауна». Ну конечно! Это образное выражение... Вы хотите сказать, что каждый раз пытались восстановить психологию...

Отец Браун сильно ударил по печке своей короткой трубкой, которую только что собирался набить. Лицо его искривилось; это бывало с ним очень редко.

— Нет, нет, нет! — сказал он почти гневно. — Это вовсе не образное выражение. Вот что получается, когда начинаешь говорить о серьезных вещах... Какой смысл в словах?.. Стоит только завести речь о какой-нибудь нравственной истине, и вам сейчас же скажут, что вы говорите образно. Еще раз повторяю — я видел, как я сам, как мое «я» совершало все эти убийства. Разумеется, я не убивал моих жертв физически — но ведь дело не в том. Я думал и думал, как человек доходит до такого состояния, пока не начинал чувствовать, что сам дошел до него, не хватает последнего толчка. Это мне посоветовал один друг; хорошее духовное упражнение.

— Боюсь, — недоверчиво сказал американец, глядя на священника, как на дикого зверя, — что вам придется еще многое объяснить мне, прежде чем я пойму, о чем вы говорите. Наука сыска...

Отец Браун нетерпеливо щелкнул пальцами.

— Вот оно! — воскликнул он. — Вот где наши пути расходятся. Наука — великая вещь, если это наука. Настоящая наука — одна из величайших вещей в мире. Но какой смысл придают теперь этому слову в девяти случаях из десяти, когда говорят, что сыск — наука, когда говорят, что криминология — наука? Люди хотят сказать, что человека надо изучать снаружи, как исполинское насекомое. Они говорят, что это научно, беспристрастно, а это просто бесчеловечно. Они осматривают человека издали, как доисторическое чудище; они разглядывают «преступный череп», как нарост на морде носорога. Когда такой ученый говорит о «типе», он имеет в виду не себя, а своего соседа — обычно беднейшего. Я не отрицаю, что «беспристрастное изучение» иногда приносит пользу, хотя в некотором смысле оно прямо противоположно знанию. Ведь чтобы «изучать беспристрастно», надо отказаться от того немногого, что мы знаем. В хорошо знакомом человеке нужно видеть незнакомца и считать таинственными хорошо знакомые вещи. Так, можно сказать, что у людей — короткий выступ посреди лица или что люди впадают в беспамятство каждые сутки. То, что вы называете моей тайной, — совсем, совсем другое.

Я не пытаюсь изучать человека снаружи. Я пытаюсь проникнуть внутрь. Это гораздо больше, правда? Я — внутри человека. Я — всегда внутри человека, я двигаю его руками и ногами. Я жду до тех пор, покуда я не окажусь внутри убийцы, покуда я не начну думать его думы, терзаться его страстями, покуда не проникнусь его горячечной ненавистью, покуда не взгляну на мир его налитыми кровью, злыми глазами и не стану искать, как он, самый короткий и прямой путь к луже крови. Я жду, пока не стану убийцей.

— О! — произнес м-р Чейс, мрачно глядя на него. — И это вы называете духовным упражнением?

— Да, — ответил Браун. — Называю. Он помолчал, потом заговорил снова:

— Это такое упражнение, что лучше бы мне о нем не рассказывать. Но, понимаете, не могу же я вас так отпустить. Вы еще скажете там, у себя, что я умею колдовать или занимаюсь телепатией. Я плохо объяснил, но все это сущая правда. Человек никогда не будет хорошим, пока не поймет, какой он плохой или каким плохим он мог бы стать; пока он не поймет, как мало права он имеет ухмыляться и надменно болтать о «преступниках», словно они лесные обезьяны и живут на деревьях за десять тысяч миль; пока он не откажется от гнусного самообмана, от глупой болтовни о «низшем типе» и «порочном черепе»; пока он не выжмет из своей души последней капли фарисейского елея; пока не перестанет думать, что его цель — загнать преступника и накрыть его своей шляпой.

Фламбо подошел ближе, наполнил большой бокал испанским вином и поставил его перед своим другом; точно такой же бокал стоял перед американцем. Потом Фламбо заговорил — впервые за весь вечер:

— Отец Браун, кажется, привез с собой целый чемодан новых тайн. Мы вчера как раз говорили о них. За то время, что мы с ним не встречались, ему пришлось столкнуться с разным любопытным людом.

— Да, я слышал об этих историях! — сказал Чейс, задумчиво поднимая бокал. — Но у меня нет к ним ключа. Может быть, вы мне кое-что разъясните? Может быть, вы расскажете, как вы проникали в душу преступника?

Отец Браун тоже поднял бокал, и мерцание огня сделало вино прозрачным, как кроваво-алый витраж, изображающий мученика. Алое пламя приковало его взор: он не мог оторвать от него глаз, словно в чаше плескалась, как море, кровь всего человечества, а его душа была пловцом, ныряющим во тьме смирения, к горячечным, чудовищным помыслам, глубже самых уродливых чудищ и древнего ила на дне. В этой чаше, как в алом зеркале, он увидел много событий. Преступления последних лет промелькнули перед ним пурпурными тенями; происшествия, о которых его друзья просили рассказать, заплясали символическими арабесками; перед ним пронеслось все, что рассказано в этой книге.

Вот алое на просвет вино обернулось алым закатом над красно-бурыми песками, над бурыми фигурками людей; один человек лежал, другой спешил к нему. Вот закат раскололся, и алые фонарики повисли на деревьях сада, алые блики заплясали в пруду. Вот свет фонариков слился снова в огромный прозрачный алый камень, освещающий все вокруг, словно алое солнце, кроме высокого человека в высокой древней митре. Вот блеск угас, и только пламя рыжей бороды плескалось на ветру, над серой бесприютностью болота. Все это можно было увидеть и понять иначе; но сейчас, отвечая на вызов, он вспомнил это так — и разорванные образы стали складываться в связные сюжеты.

— Да, — сказал он, медленно поднося бокал к губам, — я как сейчас помню…

Тайна Фламбо

—...те убийства, в которых я играл роль убийцы, — сказал отец Браун, ставя бокал с вином на стол.

Красные тени преступлений вереницей пронеслись перед ним.

— Правда, — продолжал он, помолчав, — другие люди совершали преступление раньше и освобождали меня от физического участия. Я был, так сказать, на положении дублера. В любой момент я был готов сыграть роль преступника. По крайней мере, я вменил себе в обязанность знать эту роль назубок. Сейчас я вам поясню: когда я пытался представить себе то душевное состояние, в котором крадут или убивают, я всегда чувствовал, что я сам способен украсть или убить только в определенных психологических условиях — именно таких, а не иных, и притом не всегда наиболее очевидных. Тогда мне, конечно, становилось ясно, кто преступник, и это не всегда был тот, на кого падало подозрение.

Например, легко было решить, что мятежный поэт убил старого судью, который терпеть не мог мятежников[1]. Но мятежный поэт не станет убивать за это; вы поймете почему, если влезете в его шкуру. Вот я и влез, сознательно стал пессимистом, поборником анархии, одним из тех, для кого мятеж — не торжество справедливости, а разрушение. Я постарался избавиться от крох трезвого здравомыслия, которые мне посчастливилось унаследовать или собрать. Я закрыл и завесил все окошки, через которые светит сверху добрый дневной свет. Я представил себе ум, куда проникает только багровый свет

[1] Речь идет о событиях, описанных в рассказе «Зеркало судьи» (опубликован в журнале «Искатель», № 4, 1966).

снизу, раскалывающий скалы и разверзающий пропасти в небе. Но самые дикие, жуткие видения не помогли мне понять, зачем тому, кто так видит, губить себя, вступать в конфликт с презренной полицией, убивая одного из тех, кого сам он считает старыми дураками. Он не станет это делать, хотя и призывает к насилию в своих стихах. Он потому и не станет, что пишет стихи и песни. Тому, кто может выразить себя в песне, незачем выражать себя в убийстве. Стихи для него — истинные события, они нужны ему еще и еще. Потом я подумал о другом пессимисте: о том, кто охраняет этот мир, потому что полностью от него зависит. Я подумал, что если бы не благодать, я сам бы стал, быть может, человеком, для которого реален только блеск электрических ламп; мирским, светским человеком, который живет только для этого мира и не верит в другой; тем, кто может вырвать из тьмы кромешной только успех и удовольствия. Вот кто пойдет на все, если встанет под угрозу его единственный мир! Не мятежник, а мещанин способен на любое преступление, чтобы спасти свою мещанскую честь. Представьте себе, что значит разоблачение для преуспевающего судьи. Ведь вышло бы наружу то, чего его мир, его круг действительно не терпит — государственная измена. Если б я оказался на его месте и у меня была бы под рукой только его философия, один бог знает, чего бы я натворил.

— Многие скажут, что ваше упражнение мрачновато, — сказал Чейс.

— Многие думают, — серьезно ответил Браун, — что милосердие и смирение мрачны. Не будем об этом спорить. Я ведь просто отвечаю вам, рассказываю о своей работе. Ваши соотечественники оказали мне честь: им интересно, как мне удалось предотвратить ошибки правосудия. Что ж, скажите им, что мне помогла мрачность. Все ж лучше, чем магия!

Чейс задумчиво хмурился и не спускал глаз со священника. Он был достаточно умен, чтобы понять его, и в то же время слишком разумен, чтобы все это принять. Ему казалось, что он говорит с одним человеком — и с сотней убийц. Было что-то жуткое в маленькой фигурке, скрючившейся, как гном, над крошечной печкой. Страшно было подумать, что в этой круглой голове кроется такая бездна безумия и потенциальных преступлений. Казалось, густой мрак за его спиной населен темными тенями, духами зловещих преступников, не смеющих перешагнуть через магический круг раскаленной печки, но готовых ежеминутно растерзать своего властелина.

— Мрачно, ничего не поделаешь, — признался Чейс. — Может, это не лучше магии. Одно скажу: вам, наверное, было интересно. — Он помолчал. — Не знаю, какой из вас преступник, но писатель из вас вышел бы очень хороший.

— Я имею дело только с истинными происшествиями, — ответил Браун. — Правда, иногда труднее вообразить истинное происшествие, чем вымышленное.

— В особенности когда это сенсационное преступление, — сказал Чейс.

— Мелкое преступление гораздо труднее вообразить, чем крупное, — ответил священник.

— Не понимаю, — промолвил Чейс.

— Я имею в виду заурядные преступления, вроде кражи драгоценностей, — сказал отец Браун. — Например, изумрудного ожерелья, или рубина, или искусственных золотых рыбок. Трудность тут в том, что нужно ограничить, принизить свой разум. Вдохновенные, искренние шарлатаны, спекулирующие высшими понятиями, не способны на такой простой поступок. Я был уверен, что пророк не крал рубина, а граф не крал золотых рыбок. А вот человек вроде Бэнкса мог украсть ожерелье. Для тех, других, драгоценность — кусок стекла, а они умеют смотреть сквозь стекло. Для пошлого же, мелкого человека драгоценный камень — это рыночная ценность.

Стало быть, вам нужно обкорнать свой разум, стать ограниченным. Это ужасно трудно. Но иногда вам приходят на помощь какие-нибудь мелочи и проливают свет на тайну. Так, например, человек, который хвастает, что он «вывел на чистую воду» профессора черной и белой магии или еще какого-нибудь жалкого фокусника, всегда ограничен. Он из того сорта людей, которые «видят насквозь» несчастного бродягу и, рассказывая про него небылицы, окончательно губят его. Иногда очень тяжело влезать в такую шкуру. И вот когда я понял, что такое ограниченный ум, я уже знал, где искать его: в том, кто пытался разоблачить «пророка», — это он украл рубин; в том, кто издевался над оккультными фантазиями своей сестры, — это он украл ожерелье. Такие люди всегда неравнодушны к драгоценностям; они не могут, как шарлатаны высшей марки, подняться до презрения к ним. Ограниченные, неумные преступники всегда рабы всевозможных условностей. Оттого они становятся преступниками.

Правда, нужно очень стараться, чтобы низвести себя до такого низкого уровня. Для того чтобы стать рабом условностей, надо до предела напрягать воображение. Нелегко стремиться к дрянной безделушке, как к величайшему благу. Но это можно... Вы можете сделать так: вообразите себя сначала ребенком-сладкоежкой; думайте о том, как хочется взять в лавке какие-нибудь сласти; о том, что есть одна вкусная вещь, которая вам особенно по душе... Потом отнимите от всего этого ребяческую поэзию; погасите сказочный свет, освещавший в детских грезах эту лавку; вообразите, что вы хорошо Знаете мир и рыночную стоимость сластей... Сузьте ваш дух, как фокус камеры... И вот — свершилось!

Он говорил, как человек, которого посетило видение.

Грэндисон Чейс все еще смотрел на него, хмурясь, с недоверием и с интересом. На секунду в его глазах даже зажглась тревога. Казалось, потрясение, испытанное им при первых признаниях священника, еще не улеглось. Он твердил себе, что он, конечно, не понял, что он ошибся, что Браун, разумеется, не может быть чудовищным убийцей, за которого он его на минуту принял. Но все ли ладно с этим человеком, который так спокойно говорит об убийствах и убийцах? А может, все-таки он чуточку помешан?

— Не думаете ли вы, — сказал он отрывисто, — что эти ваши опыты, эти попытки перевоплотиться в преступника, делают вас чрезмерно снисходительным к преступлению?

Отец Браун выпрямился и заговорил более четко:

— Как раз наоборот! Это решает всю проблему времени и греха: вы, так сказать, раскаиваетесь впрок.

Воцарилось молчание. Американец глядел на высокий навес, простиравшийся до половины дворика; хозяин, не шевелясь, глядел в огонь. Вновь раздался голос священника; теперь он звучал иначе — казалось, что он доносится откуда-то снизу.

— Есть два пути борьбы со злом, — сказал он. — И разница между этими двумя путями, быть может, глубочайшая пропасть в современном сознании. Одни боятся зла, потому что оно далеко. Другие — потому что оно близко. И ни одна добродетель, и ни один порок не отдалены так друг от друга, как эти два страха.

Никто не ответил ему, и он продолжал так же весомо, словно ронял слова из расплавленного олова:

— Вы называете преступление ужасным потому, что вы сами не могли бы совершить его. Я называю его ужасным потому, что представляю, как бы мог совершить его. Для вас оно вроде извержения Везувия; но, право же, извержение Везувия не так ужасно, как, скажем, пожар в этом доме. Если бы тут внезапно появился преступник…

— Если бы тут появился преступник, — улыбнулся Чейс, — то вы, я думаю, проявили бы к нему чрезмерную снисходительность. Вы, вероятно, стали бы ему рассказывать, что вы сами преступник, и объяснили, что ничего нет естественней, чем ограбить своего отца или зарезать мать. Честно говоря, это, по-моему, непрактично. От подобных разговоров ни один преступник никогда не исправится. Все эти теории и гипотезы — пустая болтовня. Пока мы сидим здесь, в уютном, милом доме мосье Дюрока, и знаем, как мы все добропорядочны, мы можем себе позволить роскошь поболтать о грабителях, убийцах и тайнах их души. Это щекочет нервы. Но те, кому действительно приходится иметь дело с грабителями и убийцами, ведут себя совершенно иначе. Мы сидим в полной безопасности у печки и знаем, что наш дом не горит. Мы знаем, что среди нас нет преступника.

Мосье Дюрок, чье имя только что было упомянуто, медленно поднялся с кресла; его огромная тень, казалось, покрыла все кругом, и сама тьма стала темнее.

— Среди нас есть преступник, — сказал он. — Это я. Я — Фламбо, и за мной по сей день охотится полиция двух полушарий.

Мосье Дюрок медленно поднялся и сказал:
— Среди нас есть преступник.

Американец глядел на него сверкающими остановившимися глазами; он не мог ни пошевельнуться, ни заговорить.

— В том, что я говорю, нет ни мистики, ни метафор, — сказал Фламбо. — Двадцать лет я крал этими самыми руками, двадцать лет я удирал от полиции на этих самых ногах. Вы, надеюсь, согласитесь, что это большой стаж. Вы, надеюсь, согласитесь, что мои судьи и преследователи имели дело с настоящим преступником. Как вы считаете, могу я знать, что они думают о преступлении? Сколько проповедей произносили праведники, сколько почтенных людей обливало меня презрением! Сколько поучительных лекций я выслушал! Сколько раз меня спрашивали, как я мог пасть так низко! Сколько раз мне твердили, что ни один мало-мальски достойный человек не способен опуститься в такие бездны греха! Что вызывала во мне эта болтовня, кроме смеха? Только мой друг сказал мне, что он знает, почему я краду. И с тех пор я больше не крал.

Отец Браун поднял руку, словно хотел остановить его. Грэндисон Чейс глубоко, со свистом вздохнул.

— Все, что я вам сказал, правда! — закончил Фламбо. — Теперь вы можете выдать меня полиции.

Воцарилось мертвое молчание; только из высокого темного дома доносился детский смех да в хлеву хрюкали большие серые свиньи. А потом вдруг звенящий обидой голос нарушил тишину. То, что сказал Чейс, могло бы показаться неожиданным всякому, кто незнаком с американской чуткостью и не знает, как близка она к чисто испанскому рыцарству.

— Мосье Дюрок! — сказал Чейс довольно сухо. — Мы с вами, смею надеяться, друзья, и мне очень больно, что вы сочли меня способным на столь грязный поступок. Я пользовался вашим гостеприимством и вниманием вашей семьи. Неужели я могу сделать такую мерзость только потому, что вы по вашей доброй воле посвятили меня в небольшую часть вашей жизни? К тому же вы защищали друга. Ни один джентльмен не предаст другого при таких обстоятельствах. Лучше уж просто стать доносчиком и продавать за деньги человеческую кровь. Неужели вы себе можете представить подобного Иуду?

— Кажется, я могу, — сказал отец Браун.

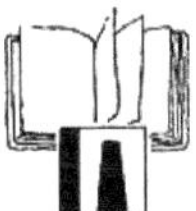

Проклятая книга

Профессор Опеншоу всегда выходил из себя и громко возмущался, если его называли спиритом или хотя бы подозревали в доверии к спиритизму[1]. Однако он громыхал и тогда, когда его подозревали в недоверии к спиритизму. Он гордился тем, что посвятил себя изучению потусторонних явлений; гордился он и тем, что ни разу не дал понять, верит он в них или нет. Больше всего на свете он любил рассказывать кружку убежденных спиритов о том, как разоблачал медиума[2] за медиумом и раскрывал обман за обманом. Действительно, он был на редкость зорким сыщиком, если что-нибудь казалось ему подозрительным; а медиум всегда казался ему подозрительным и никогда не внушал доверия. Он говорил, что однажды разоблачил шарлатана, выступавшего в обличьях то женщины, то седовласого старца, то шоколадного брамина. От этих его рассказов спиритам становилось не по себе — для того он, в сущности, и рассказывал; но придраться было не к чему — ведь ни один спирит не отрицает существования шарлатанов. Правда, из неторопливых повествований профессора можно было заключить, что все спириты — шарлатаны.

Но горе тому простодушному, доверчивому материалисту (а материалисты, как правило, доверчивы и простодушны), который,

---

[1] Спиритизм — мистическая вера в загробную жизнь «духов умерших».

[2] Медиум — по мнению спиритов, посредник между людьми и духами на спиритическом сеансе.

воспользовавшись опытом Опеншоу, станет утверждать, что привидений не бывает, а спиритизм — суеверие, вздор или, если хотите, чушь. Профессор повернет свои пушки на 180° и сметет его с лица земли канонадой фактов и загадок, о которых незадачливый скептик в жизни не слышал. Он засыплет его градом дат и деталей; он разоблачит все естественные толкования; он расскажет обо всем, кроме одного: верит ли в духов он сам, Джон Оливер Опеншоу. Ни спириты, ни скептики так этого и не узнали.

Профессор Опеншоу — высокий, худой человек со светлой львиной гривой и властными голубыми глазами — разговаривал со своим другом, отцом Брауном, на ступеньках отеля, где оба провели ночь и только что позавтракали. Накануне профессора задержал допоздна один из его опытов, и сейчас он еще не пришел в себя — и борьба со спиритами, и борьба со скептиками всегда выводила его из равновесия.

— Я на вас не сержусь, — смеялся он. — Вы в спиритизм не поверите, даже если вам привести неоспоримые факты. Но меня вечно спрашивают, что я хочу доказать; никто не понимает, что я ученый. Ученый ничего не хочет доказать. Он ищет.

— Но еще не нашел, — сказал отец Браун. Профессор нахмурился и помолчал.

— Ну, кое-что я уже нащупал, — сказал он наконец. — И выводы мои не так отрицательны, как думают. Мне кажется, ищут не там. Все это чересчур театрально, бьет на эффект — всякие там сияния, трубные звуки, голоса. Вроде старых мелодрам или историй о фамильном привидении. Если бы вместо историй они обратились к истории, думаю, они могли бы кое-что доказать. Потусторонние явления...

— Явления... — перебил его отец Браун, — или, скорее, появления...

Рассеянный взгляд профессора внезапно сосредоточился, словно он вставил в глаз увеличительное стекло.

Так смотрел он на подозрительных медиумов; не надо думать, однако, что Браун был хоть немного похож на медиума, — просто профессора поразило, что его друг подумал почти о том же, о чем думал он сам.

— Появления… — пробормотал он. — Как странно, что вы сказали именно это. Чем больше я узнаю, тем больше склонен считать, что появлениями духов занимаются слишком много. Вот если бы присмотрелись к исчезновениям людей…

— Совершенно верно, — сказал отец Браун. — Ведь в сказках не так уж много говорится о появлении фей или духов. Зато немало есть преданий о том, как духи или феи уносили людей. Уж не занялись ли вы Килмени[1] или Томом-Стихоплетом?[2]

— Я занялся обычными современными людьми — теми, о которых мы читаем в газетах, — отвечал Опеншоу. — Удивляйтесь, если хотите, — да, я увлекаюсь исчезновением людей, и довольно давно. Честно говоря, нетрудно вскрыть обман, когда появляются духи. А вот исчезновение человека я никак не могу объяснить натуральным образом. В газетах часто пишут о людях, исчезнувших без следа. Если б вы знали подробности… Да что там, как раз сегодня я получил еще одно подтверждение. Достойнейший старый миссионер прислал мне прелюбопытное письмо. Сейчас он придет ко мне в контору… Не позавтракаете ли вы со мной сегодня? Я расскажу вам, что из этого вышло, — вам одному.

— Спасибо, с удовольствием, — застенчиво отвечал Браун. — Я непременно приду. Разве что феи меня утащат…

Они расстались. Опеншоу свернул за угол и пошел к себе в контору; он снимал ее неподалеку, главным образом, для того чтобы издавать «Записки», в которых печатались очень сухие и объективные статьи о психологии и спиритизме. Его единственный клерк сидел в

---

[1] Килмени — героиня предания, которую унесли феи.

[2] Том-Стихоплет — Томас из Эрселдуна, полулегендарный шотландский поэт XIII века. По преданию, его полюбила и увела за собой королева эльфов.

первой, проходной, комнате и подбирал какие-то данные. Проходя мимо, профессор спросил его, не звонил ли мистер Прингл. Не отрываясь от бумаг, секретарь ответил, что не звонил, и профессор прошествовал в свой кабинет.

— Кстати, Бэрридж, — сказал он не оборачиваясь, — если он придет, пошлите его прямо ко мне. Работайте, работайте. Данные нужны мне к вечеру. Уйду — положите их ко мне на стол.

И он вошел в кабинет, размышляя над проблемой, о которой напомнило ему имя Прингла или, точнее, которой это имя даровало жизнь. Даже самый беспристрастный агностик — все же человек; и не исключено, что письмо миссионера казалось ему столь важным, потому что оно подтверждало его собственные гипотезы. Опустившись в глубокое мягкое кресло, против которого висел портрет Монтеня[1], профессор принялся снова за письмо преподобного Прингла. Никто лучше его не разбирался в эпистолярном стиле сумасшедших. Он знал, что их письма дотошны, растянуты, многословны, а почерк — неразборчив и замысловат. Льюк Прингл писал не так. В его послании, напечатанном на машинке, сообщалось деловито и коротко, что он был свидетелем исчезновения, Которое, по-видимому, входит в компетенцию профессора, известного своими исследованиями потусторонних явлений. Все это понравилось профессору, и он не разочаровался, когда, подняв глаза, увидел перед собой преподобного Льюка Прингла.

— Ваш секретарь сказал мне, чтобы я шел прямо сюда, — сказал посетитель, улыбаясь широкой, приятной улыбкой. Улыбка эта пряталась в зарослях бакенбард и рыжей с проседью бороды. Столь буйная растительность нередко украшает лица белых, живущих в диких джунглях; но глаза над вздернутым носом нельзя было назвать дикими.

Опеншоу пробуравил вошедшего недоверчивым взглядом и, как ни странно, не увидел в нем ни шарлатана, ни маньяка. Он был абсолютно в этом уверен. Такие бороды бывают у сумасшедших, но

[1] Монтень Мишель (1533–1592) — французский философ-скептик.

таких глаз у сумасшедших не бывает: глаза серьезных обманщиков и серьезных безумцев не смеются так просто и приветливо. Человек с такими глазами может быть насмешливым, веселым жителем предместья; ни один профессиональный шарлатан не позволит себе выглядеть так несолидно. Посетитель был в потертом плаще, застегнутом на все пуговицы, и только мятая широкополая шляпа выдавала его принадлежность к духовенству. Миссионеры из заброшенных уголков мира не всегда одеты, как духовные лица.

— Вы, наверное, думаете, что вас опять хотят надуть, — весело сказал Прингл. — Вы уж простите, профессор, что я смеюсь. Я понимаю, что вы мне не доверяете. Что ж, все равно я буду об этом рассказывать всем, кто разбирается в таких делах. Ничего не поделаешь — было! Ну ладно, пошутили — и хватит, веселого тут мало. Короче говоря, был я миссионером в Ниа-Ниа. Это в Западной Африке. Дремучий лес, и только двое белых — я и местная военная власть, капитан Уэйлс. Мы с ним подружились, хотя он был — как бы это сказать? — туповат. Такой, знаете, типичный солдат, как говорится, «трезвый человек». Потому-то я и удивляюсь — люди этого типа мало думают и редко во что-нибудь верят. Как-то он вернулся из инспекции и сказал, что с ним случилась странная штука. Помню, мы сидели в палатке, он держал книгу в кожаном переплете, а потом положил ее на стол, рядом с револьвером и старым арабским ятаганом (кажется, очень ценным и древним). Он сказал, что книга принадлежит какому-то человеку с парохода, который он осматривал. Этот человек уверял, что книгу нельзя открывать, — иначе вас утащат черти или что-то в этом роде. Уэйлс, конечно, посмеялся над ним, назвал суеверным трусом — в общем, слово за слово, и тот открыл книгу. Но тут же уронил, двинулся к борту…

— Минутку, — перебил профессор, сделавший в блокноте две-три пометки. — Сначала скажите, говорил ли тот человек, откуда у него книга?

— Да, — совершенно серьезно ответил Прингл. — Если не ошибаюсь, он сказал, что везет ее в Лондон владельцу, некоему Хэнки, востоковеду, который и предупредил его об опасности. Хэнки — настоящий ученый и большой скептик, то-то и странно. Но суть происшествия много проще: человек открыл книгу, перешагнул через борт и исчез.

Профессор не отвечал. Наконец он спросил:

— Вы этому верите?

— Еще бы! — ответил Прингл. — Верю по двум причинам. Во-первых, Уэйлс был туп как пробка, а в его рассказе есть одна деталь, достойная поэта. Он сказал, что тот человек исчез за бортом, но всплеска не было. Профессор снова углубился в заметки.

— А вторая причина? — спросил он.

— Вторая причина заключается в том, — отвечал преподобный Льюк Прингл, — что я это видел собственными глазами.

Он помолчал, потом продолжил свой обстоятельный рассказ. В его речи не было и следа того нетерпения, которое проявляет сумасшедший или просто убежденный человек, пытаясь убедить собеседника.

— Итак, он положил книгу на стол, рядом с ятаганом. Я стоял у входа в палатку, спиной к нему, и смотрел в лес. А он стоял у стола и ругался — дескать, стыдно в двадцатом веке бояться каких-то книг. «Какого черта! — говорит. — Возьму и открою». Мне как-то стало не по себе, и я сказал, что лучше б вернуть ее как есть доктору Хэнки. Но он не мог успокоиться: «А что тут плохого?» Я ответил: «Как — что? Вспомните про пароход». Он молчит. Я думал, ему нечего ответить, и пристал к нему из чистого тщеславия: «Как вы это объясните? Что там произошло?» А он молчит и молчит. Я обернулся — и вижу: его нет.

В палатке никого не было. Открытая книга — на столе, переплетом кверху. Ятаган — на полу, а в холсте — дыра, как будто ее проткнули клинком. Через дыру виден только лес. Я подошел, посмотрел, и мне показалось, знаете, что растения не то примяты, не то поломаны. С тех пор я Уэйлса не видел и ничего о нем не слыхал.

Книгу я с опаской взял, завернул и повез в Англию. Сперва я думал отдать ее доктору Хэнки. Но тут я прочитал в вашей газете про такие дела и решил пойти к вам. Говорят, вы человек объективный, вас не проведешь...

Профессор Опеншоу отложил карандаш и пристально посмотрел на человека, сидевшего по другую сторону стола. В этом долгом взгляде он сконцентрировал весь свой опыт общения с самыми разными типами мошенников и даже с наиболее редкими типами честных людей. В любом другом случае он решил бы сразу, что все это — сплошная ложь. Он хотел решить так и сейчас. Но рассказчик мешал ему — такие люди, если лгут, лгут иначе. В отличие от шарлатанов Прингл совсем не старался казаться честным, и, как ни странно, казалось, что он действительно честен, хотя что-то внешнее, постороннее припуталось тут. Может быть, хороший человек просто помешался невинным образом? Нет, и тут симптомы не те. Он спокоен и как-то безразличен; в сущности, он и не настаивает на своем пунктике, если это вообще пунктик.

— Мистер Прингл, — сказал профессор резко, как юрист, задающий свидетелю каверзный вопрос. — Где сейчас эта книга?

Из бороды снова вынырнула улыбка и осветила лицо, столь серьезное во время рассказа.

— Я оставил ее в соседней комнате, — сказал Прингл, — Конечно, это опасно. Но я выбрал из двух зол меньшее.

— О чем вы говорите? — спросил профессор. — Почему вы не принесли ее сюда?

— Я боялся, что вы ее откроете, — ответил миссионер. — Я думал, надо вам сперва рассказать. — Он помолчал, потом добавил: — Там был только ваш секретарь. Кажется, он довольно тихий — что-то пишет, считает.

— Ну, за Беббэджа можно не беспокоиться! Ваша книга в полной безопасности. Его фамилия — Бэрридж, но я часто зову его Беббэдж[1]. Не такой он человек, чтобы заглядывать в чужие пакеты. Его и человеком не назовешь — настоящая счетная машина. Пойдемте возьмем книгу. Я подумаю, как с ней быть. Скажу вам откровенно, — и он пристально взглянул на собеседника, — я еще не знаю, стоит ли ее открыть или лучше отослать этому доктору Хэнки.

Они вышли в проходную комнату. Но не успела закрыться дверь, как профессор вскрикнул и кинулся к столу секретаря. Стол был на месте — секретаря не было. Среди обрывков оберточной бумаги лежала книга в кожаном переплете; она была закрыта, но почему-то чувствовалось, что закрылась она только что. В широком окне, выходившем на улицу, зияла дыра, словно сквозь нее пролетел человек. Больше ничего не осталось от мистера Бэрриджа.

[1] Беббэдж Чарлз (1792–1871) — знаменитый английский математик и механик, изобретатель счетной машины.

Профессор вскрикнул и кинулся к столу секретаря.

И Прингл и профессор словно окаменели; наконец профессор очнулся, медленно обернулся к Принглу и протянул ему руку. Сейчас он еще больше походил на судью.

— Мистер Прингл, — сказал он, — простите меня. Простите мне вольные и невольные мысли. Настоящий ученый обязан считаться с такими фактами.

— Мне кажется, — неуверенно сказал Прингл, — нам надо бы кое-что уточнить. Может, вы позвоните ему? А вдруг он дома.

— Я не знаю номера, — рассеянно ответил Опеншоу. — Кажется, он живет где-то в Хэмстеде. Если он не вернется, его друзья или родные позвонят сюда.

— А могли бы мы, — спросил Прингл, — описать его приметы для полиции?

— Для полиции! — встрепенулся профессор. — Приметы... Да вроде бы у него нет примет. Вот разве только очки... Знаете, такой бритый молодой человек... Полиция... м-да... Послушайте, что же нам делать? Какая дурацкая история!

— Я знаю, что мне делать, — решительно сказал преподобный Прингл. — Сейчас же отнесу книгу доктору Хэнки и спрошу его обо всем. Он живет недалеко. Потом я вернусь и скажу, что он ответил.

— Хорошо, хорошо... — проговорил профессор, устало опускаясь в кресло; кажется, он был рад, что другой взял на себя ответственность. Шаги беспокойного миссионера простучали по лестнице, а профессор все сидел не двигаясь и смотрел в пустоту, словно впал в транс.

Он еще сидел и смотрел, когда быстрые шаги снова простучали по ступенькам и в контору вошел Прингл. Профессор сразу увидел, что книги с ним нет.

— Хэнки ее взял, — серьезно сказал Прингл. — Обещал ею заняться. Он просит нас прийти через час. Он специально повторил, профессор, что просит вас прийти вместе со мной.

Опеншоу молча смотрел в пространство. Потом спросил:

— Кто этот чертов доктор Хэнки?

— Вы так сказали, как будто он и вправду сам черт, — улыбнулся Прингл. — Наверное, многие о нем так думают. Он занимается тем же, что и вы. Только он известен в Индии — он изучал там магию и все эти штуки. А здесь его мало знают. Он маленький, желтый, хромой и очень сердитый. Кажется, в Лондоне он просто врач, и ничего плохого о нем не скажешь, разве только что он один знает хоть немного об этом проклятом деле.

Профессор Опеншоу тяжело поднялся и подошел к телефону. Он позвонил Брауну и сказал, что завтрак заменяется обедом, потому что ему надо посетить ученого из Индии. Потом он снова опустился в кресло, закурил сигару и погрузился в неизвестные нам размышления.

Отец Браун ждал профессора в вестибюле ресторана, где они условились пообедать, среди зеркал и пальм. Он знал о сегодняшнем свиданье Опеншоу и, когда хмурые сумерки смягчили блеск стекла и зелени, решил, что непредвиденные осложнения задержали его друга. Он уже начал было сомневаться, придет ли профессор. Но профессор пришел, и с первого взгляда стало ясно, что подтвердились худшие подозрения: взор его блуждал, волосы были всклокочены. Опеншоу и Прингл добрались до северных окраин, где жилые кварталы перемежаются пустошами, особенно мрачными в непогоду. Они разыскали дом — он стоял немного в стороне — и прочитали на медной дверной табличке: «Дж. И. Хэнки, доктор медицины, член Королевского научного общества». Но они не увидели Дж. И. Хэнки, доктора медицины. Они увидели только то, о чем им говорило жуткое предчувствие. В самой обычной гостиной лежала на столе проклятая книга — казалось, кто-то только что открыл ее. Дверь в сад была распахнута настежь, и слабый след уходил вверх по крутой садовой дорожке. Трудно было представить себе, что хромой человек взбежал по ней, и все же бежал хромой — отпечаток одной ноги был неправильной формы. Затем шел только неправильный след, словно кто-то прыгал на одной ноге; затем следы обрывались. Больше нечего было узнавать о докторе Хэнки. Несомненно, он занялся книгой. Он нарушил запрет и пал жертвой рока.

Они вошли в ресторан, и Прингл немедленно положил книгу на столик, словно она жгла ему пальцы.

Священник с интересом взглянул на нее; на переплете были вытиснены строки:

Кто в книгу эту заглянуть дерзнет,
Того Крылатый Ужас унесет…

Дальше шло то же самое по-гречески, по-латыни и по-французски.

Принглу и Опеншоу хотелось пить — они еще не успокоились. Профессор кликнул лакея и заказал коктейль.

— Надеюсь, вы с нами пообедаете, — обратился он к миссионеру.

Но Прингл вежливо отказался.

— Вы уж простите, — сказал он. — Я хочу сразиться с этой книгой один на один. Не разрешите ли воспользоваться вашей конторой часа на два?

— Боюсь, что она заперта, — ответил Опеншоу.

— Вы забыли, что там разбито окно. — И преподобный Льюк Прингл, улыбнувшись еще шире, чем обычно, исчез в темноте.

— Странный он все-таки, — сказал профессор, озабоченно хмурясь.

Он обернулся и с удивлением увидел, что Браун беседует с лакеем, который принес коктейль. Насколько он понял, речь шла о сугубо частных делах — священник, упоминал о каком-то ребенке и выражал надежду, что опасность миновала. Профессор спросил, откуда он знает лакея. Священник ответил просто:

— Я тут обедаю каждые два-три месяца, и мы иногда разговариваем.

Профессор обедал здесь раз пять в неделю, но ему ни разу и в голову не пришло поговорить с лакеем. Он задумался, но размышления прервал звонок, и его позвали к телефону. Голос был глухой — быть может, в трубку попадала борода. Но слова доказывали ясно, что говорит Прингл.

— Профессор! — сказал голос. — Я больше не могу. Я загляну в нее. Сейчас я у вас в конторе, книга лежит передо мной. Мне хочется с вами попрощаться на всякий случай. Нет, не стоит меня отговаривать. Вы все равно не успеете. Вот я открываю книгу. Я...

Профессору показалось, что он слышит что-то — может быть, резкий, хотя и почти беззвучный толчок.

— Прингл, Прингл! — закричал он в трубку, но никто не ответил.

Он повесил трубку и, обретя снова академическое спокойствие (а может, спокойствие отчаяния), вернулся и тихо сел к столику. Потом — бесстрастно, словно речь шла о провале какого-нибудь дурацкого трюка на спиритическом сеансе, — рассказал во всех подробностях таинственное дело.

— Так исчезло пять человек, — закончил он. — Все эти случаи поразительны. Но поразительней всего случай с Бэрриджем. Он такой тихоня, работяга… Как это могло с ним случиться?

— Да, — ответил Браун. — Странно, что он так поступил. Человек он на редкость добросовестный. Шутки для него шутками, а дело делом. Почти никто не знал, как он любит шутки и розыгрыши.

— Бэрридж? — воскликнул профессор — Ничего не понимаю! Разве вы с ним знакомы?

— Как вам сказать… — беззаботно ответил Браун. — Не больше, чем с этим лакеем. Понимаете, мне часто приходилось дожидаться вас в конторе, и мы с ним, конечно, разговаривали. Он человек занятный. Помню, он как-то говорил, что собирает ненужные вещи. Ну, коллекционеры ведь тоже собирают всякий хлам. Помните старый рассказ о женщине, которая собирала ненужные вещи?

— Я не совсем вас понимаю, — сказал Опеншоу, — Хорошо, пускай он шутник (вот уж никогда бы не подумал!). Но это не объясняет того, что случилось с ним и с другими.

— С какими другими? — спросил Браун. Профессор уставился на него и сказал отчетливо, как ребенку:

— Дорогой мой отец Браун, исчезло пять человек.

— Дорогой мой профессор Опеншоу, никто не исчез. Браун смотрел на него приветливо и говорил четко, и все же профессор не понял. Священнику пришлось сказать еще отчетливей:

— Я повторяю: никто не исчез. — Он немного помолчал, потом прибавил: — Мне кажется, самое трудное — убедить человека, что 0 + 0 + 0 = 0. Люди верят в самые невероятные вещи, если они повторяются. Вот почему Макбет поверил предсказаниям трех ведьм, хотя первая сказала то, что он и сам знал, а третья — то, что зависело только от него. Но в вашем случае промежуточное звено — самое слабое.

— О чем вы говорите?

— Вы сами ничего не видели. Вы не видели, как человек исчез за бортом. Вы не видели, как человек исчез из палатки. Вы все это знаете со слов Прингла, которые я сейчас обсуждать не буду. Но вы никогда бы ему не поверили, если б не исчез ваш секретарь. Совсем как Макбет: он не поверил бы, что будет королем, если бы не сбылось предсказание и он не стал бы кавдорским таном.

— Возможно, вы правы, — сказал профессор, медленно кивая. — Но когда он исчез, я понял, что Прингл не лжет. Вы говорите, я сам ничего не видел. Это не так, я видел — Бэрридж действительно исчез.

— Бэрридж не исчезал, — сказал отец Браун. — Наоборот.

— Что значит «наоборот»?

— То значит, что он, скорее, появился, — сказал священник. — В вашем кабинете появился рыжий бородатый человек и назвался Принглом. Вы его не узнали потому, что никогда в жизни не удосуживались взглянуть на собственного секретаря. Вас сбил с толку незатейливый маскарад.

— Постойте… — начал профессор.

— Могли бы вы назвать его приметы? — спросил Браун. — Нет, не могли бы. Вы знали, что он гладко выбрит и носит темные очки. Он их снял — и все, даже грима не понадобилось. Вы никогда не видели его глаз и не видели его души. А у него очень хорошие, веселые глаза. Он приготовил дурацкую книгу и всю эту бутафорию, спокойно разбил окно, нацепил бороду, надел плащ и вошел в ваш кабинет. Он знал, что вы на него не взглянули ни разу в жизни.

— Почему же он решил меня разыграть? — спросил Опеншоу.

— Ну, именно потому, что вы на него не смотрели, — сказал Браун, и рука его сжалась, словно он был готов стукнуть кулаком об стол, если бы разрешал себе столь резкие жесты. — Вы его называли счетной машиной. Ведь вам от него нужны были только подсчеты. Вы не заметили того, что мог заметить случайный посетитель за пять минут: что он умный; что он любит шутки; что у него есть своя точка зрения на вас, и на ваши теории, и на ваше умение видеть человека насквозь. Как вы не понимаете? Ему хотелось доказать, что вы не узнаете даже собственного секретаря! У него было много забавных замыслов. Например, он решил собирать ненужные вещи. Слышали вы когда-нибудь рассказ о женщине, которая купила две самые ненужные вещи — медную табличку врача и деревянную ногу? Из них ваш изобретательный секретарь и создал достопочтенного Хэнки — это было не трудней, чем создать Уэйлса. Он поселил доктора у себя...

— Вы хотите сказать, что он повел меня к себе домой? — спросил Опеншоу.

— А разве вы знали, где он живет? — сказал священник. — Не думайте, я совсем не хочу принижать вас и ваше дело. Вы — настоящий искатель истины, а вы знаете, как я это ценю. Вы разоблачили многих обманщиков. Но не надо присматриваться только к обманщикам. Взгляните, хотя бы между делом, на честных людей — ну, хотя бы на того лакея.

— Где теперь Бэрридж? — спросил профессор не сразу.

— Я уверен, что он вернулся в контору, — ответил Браун. — В сущности, он вернулся, когда Прингл открыл книгу и исчез.

Они опять помолчали. Потом профессор рассмеялся. Так смеются люди, достаточно умные, чтобы не бояться унижений. Наконец он сказал:

— Я это заслужил. Действительно, я не замечал самых близких своих помощников. Но согласитесь — было чего испугаться! Признайтесь, неужели вам ни разу не стало жутко от этой книги?

— Ну что вы! — сказал Браун. — Я ее сразу открыл. Там одни чистые страницы. Понимаете, я не суеверен.

Лицо на мишени

арольд Марч, входивший в известность журналист-обозреватель, энергично шагал по вересковым пустошам плоскогорья, окаймленного лесами знаменитого имения «Торвуд-Парк». Это был привлекательный, хорошо одетый человек, с очень светлыми глазами и светло-пепельными вьющимися волосами. Он был еще настолько молод, что даже на этом приволье, солнечным и ветреным днем, помнил о политических делах и даже не старался их забыть. К тому же и в «Торвуд-Парк» он шел ради политики. Здесь назначил ему свидание министр финансов сэр Говард Хорн, проводивший в те дни свой так называемый социалистический бюджет, о котором он и собирался рассказать в интервью с талантливым журналистом. Гарольд Марч принадлежал к тем, кто знает все о политике и ничего о политических деятелях. Он знал довольно много и об искусстве, литературе, философии, культуре — вообще почти обо всем, кроме мира, в котором жил.

Посреди залитых солнцем пустошей, над которыми свободно гулял ветер, Марч неожиданно набрел на узкую ложбину — русло маленького ручья, исчезавшего в зеленых тоннелях кустарника, словно в зарослях карликового леса. Марч глядел на ложбину сверху, и у него появилось странное ощущение: он показался себе великаном, обозревающим долину пигмеев. Но когда он спустился к ручью, это ощущение исчезло: склоны были невысокие, не выше небольшого дома, но скалистые и обрывистые, с нависающими каменными глыбами. Он брел вдоль ручья, ведомый праздным, но романтическим любопытством, смотрел на короткие полоски воды, блестевшие между большими серыми валунами и кустами, пушистыми и мягкими, как разросшийся зеленый мох, и теперь в его мозгу возник другой образ — ему стало казаться, что земля разверзлась и втянула его в таинственный подземный мир. Когда же он увидел на большом валуне человека, похожего на большую птицу, темным пятном выделявшуюся на фоне серебристого ручья, у него появилось предчувствие, что сейчас завяжется самое необычное знакомство его жизни.

Человек, по-видимому, удил рыбу или, по крайней мере, сидел в позе рыболова, только еще неподвижней, и Марч мог несколько минут разглядывать его, как статую. Незнакомец был светловолос, с очень бледным и апатичным лицом, тяжелыми веками и горбатым носом. Когда его лицо было затенено широкополой белой шляпой, светлые усы и худоба, вероятно, молодили его. Но теперь шляпа лежала рядом, видны были залысины на лбу и запавшие глаза, говорившие о напряженной мысли и, возможно, физическом недомогании. Но самое любопытное было не это: последив за ним, вы замечали, что, хотя он и выглядит рыболовом, он вовсе не удит рыбу.

Вместо удочки незнакомец держал в руках какой-то сачок — им пользуются иногда рыболовы, но этот больше походил на обыкновенную детскую игрушку для ловли бабочек и креветок. Время от времени он погружал свою снасть в воду, затем с серьезным видом разглядывал улов, состоявший из водорослей и ила, и тут же выбрасывал его обратно.

— Нет, ничего не выловил, — сказал он спокойно, как бы отвечая на немой вопрос. — Большей частью я выбрасываю обратно все, что попадется, особенно крупную рыбу. А вот мелкая живность меня интересует — конечно, если удается ее поймать.

— Наверное, вы ученый? — спросил Марч.

— Боюсь, что только любитель, — ответил странный рыболов. — Я, знаете ли, увлекаюсь фосфоресценцией, в частности светящимися рыбами. Но появиться с таким светильником в обществе было бы, пожалуй, неловко.

— Да, я думаю, — невольно улыбаясь, сказал Марч.

— Довольно эксцентрично войти в гостиную с большой светящейся треской в руках, — продолжал незнакомец так же бесстрастно. — Но очень занятно, должно быть, носить ее вместо фонаря или пользоваться кильками как свечами. Некоторые морские обитатели очень красивы — вроде ярких абажуров; голубая морская улитка мерцает, как звезда, а красные медузы сияют, как настоящие красные звезды. Разумеется, я не их здесь ищу.

Марч хотел было спросить, что же искал незнакомец, но, чувствуя себя неподготовленным к научной беседе на такую глубокую тему, как глубоководные, заговорил о более обычных вещах.

— Живописное местечко, — сказал он, — эта ложбинка и ручеек. Напоминает места, описанные Стивенсоном, где непременно что-то должно случиться.

— Да, — ответил другой. — Я думаю, всё потому, что это место само живет, если можно так выразиться, а не просто существует. Возможно, именно это Пикассо и некоторые кубисты пытаются выразить углами и ломаными линиями. Посмотрите на эти обрывы, крутые у основания. Они выступают под прямым углом к поросшему травой склону, а тот как бы устремляется к ним. Это как немая схватка. Как волна, застывшая на обратном пути.

Марч посмотрел на низкий выступ скалы над зеленым склоном и кивнул. Его заинтересовал человек, только что проявивший познания в науке и с такой легкостью перешедший к искусству; и он спросил, нравятся ли ему художники-кубисты.

— На мой взгляд, в кубистах мало кубизма, — ответил незнакомец. — Я хочу сказать, что их живопись недостаточно объемна. Сводя предметы к математике, они делают их плоскими. Отнимите живые изгибы у этой ложбины, упростите ее до прямого угла, и она сделается плоской, как чертеж на бумаге. Чертежи, конечно, красивы, но красота их — совсем другая. Они воплощают неизменные вещи — спокойные, незыблемые математические истины, — именно это называют белым сиянием…

Прежде чем он успел произнести следующее слово, что-то произошло — так быстро, что они и понять ничего не успели. Из-за нависшей скалы послышался шум, словно сюда мчался поезд, и на самом ее краю появился большой автомобиль. Черный на фоне солнца, он казался боевой колесницей богов, несущейся к гибели. Марч инстинктивно протянул руку, как бы тщетно пытаясь удержать падающую со стола чашку.

Одно короткое мгновение казалось, что автомобиль, как воздушный корабль, летит с обрыва, потом — что само небо описывает круг, словно колесо велосипеда, и вот машина, уже разбитая, лежала в высокой траве, и струйка серого дыма медленно поднималась над нею в затихшем воздухе. Немного ниже, на крутом зеленом склоне, раскинув руки и ноги, запрокинув голову, лежал седой человек.

Чудаковатый рыболов бросил сачок и побежал к месту катастрофы; журналист последовал за ним. Когда они приблизились, мотор еще бился и громыхал, иронически и жутко оттеняя неподвижность тела.

Человек был мертв. Кровь стекала на траву из раны на затылке, но лицо, обращенное к солнцу, осталось нетронутым, и от него нельзя было отвести глаз. Такие лица кажутся неуловимо знакомыми: широкое, квадратное, с большой обезьяньей челюстью; большой рот сжат так крепко, что кажется прямой линией; ноздри короткого носа круто изогнуты, словно с жадностью втягивают воздух. Особенно поражали брови — одна была вскинута значительно выше и под более острым углом, чем другая. Марч подумал, что никогда не видел лица, до такой степени полного жизни, как это, мертвое. Энергичную живость, застывшую на нем, еще больше подчеркивал ореол седых волос. Из кармана торчали какие-то бумаги, и Марч извлек визитную карточку.

— Сэр Хэмфри Тернбул, — прочитал он вслух. — Я уверен, что где-то слышал эту фамилию.

Его спутник вздохнул, помолчал минуту, как бы обдумывая что-то, а затем сказал просто:

— Кончился, бедняга, — и прибавил несколько научных терминов.

Марч снова почувствовал превосходство своего собеседника.

— Учитывая обстоятельства, — продолжал этот необычайно осведомленный человек, — мы поступим лучше всего, если оставим тело как есть, пока не известят полицию. В сущности, я думаю, кроме полиции, никому не следует ничего сообщать. Не удивляйтесь, если вам покажется, что я хочу скрыть это от соседей. — Затем, как бы желая объяснить свою несколько неожиданную откровенность, он сказал: — Я приехал в Торвуд повидаться с двоюродным братом; меня зовут Хорн Фишер. Подходящая фамилия для каламбура, правда?[1]

— Сэр Говард Хорн ваш двоюродный брат? — спросил Марч. — Я тоже направляюсь в «Торвуд-Парк», к нему, разумеется, по делу. Он с исключительной твердостью защищает свои принципы. На мой взгляд, бюджет, который он отстаивает, — событие величайшего значения. Если бюджет провалится, это будет самый роковой провал в истории Англии. Вы, вероятно, тоже почитатель вашего великого родственника?

— До некоторой степени, — ответил Фишер. — Он великолепный стрелок. — Затем, словно искренне раскаиваясь в своем равнодушии, добавил чуть живее: — Нет, в самом деле, он замечательный стрелок!

Он вспрыгнул на камень, ухватился за уступ скалы и забрался наверх с ловкостью, которой никак нельзя было ожидать от такого вялого человека. Некоторое время он обозревал окрестность; его орлиный профиль резко вырисовывался на фоне неба. Марч наконец собрался с духом и вскарабкался вслед за ним.

Перед ними лежал сырой торфяной луг, на котором отчетливо выделялись следы колес злосчастной машины. Края обрыва были изломаны и раздроблены, словно их обгрызли гигантские каменные зубы; отбитые валуны всех форм и размеров валялись неподалеку, и трудно было поверить, что кто-нибудь мог средь бела дня намеренно заехать в такую ловушку.

— Ничего не понимаю, — сказал Марч. — Слепой он был, что ли? Или пьян до бесчувствия?

---

[1] Fisher (англ.) — рыболов.

— Судя по виду, ни то, ни другое.

— Тогда это самоубийство.

— Не очень-то остроумно покончить с собой таким способом, — заметил тот, которого звали Фишером. — К тому же я не представляю себе, чтобы бедняга Пагги вообще мог покончить самоубийством.

— Бедняга… кто? — спросил удивленный журналист. — Разве вы его знали?

— Никто не знал его как следует, — несколько туманно ответил Фишер. — Нет, один человек его, конечно, знал… В свое время старик наводил ужас в парламенте и в судах, особенно во время шумихи с иностранцами, которых выслали из Англии. Он требовал, чтобы одного из них повесили за убийство. Эта история так на него подействовала, что он вышел из парламента. С тех пор у него появилась привычка разъезжать в одиночестве на машине; на субботу и воскресенье он нередко приезжал в Торвуд. Не могу понять, почему ему понадобилось сломать себе шею почти у самых ворот. Я думаю, что Боров — то есть мой брат Говард — бывал здесь, чтобы видеться с ним.

— Разве «Торвуд-Парк» не принадлежит вашему двоюродному брату? — спросил Марч.

— Нет, раньше им владели Уинтропы, а теперь его купил один человек из Монреаля, по фамилии Дженкинс. Говарда привлекает сюда охота. Я вам уже говорил, что он прекрасный стрелок.

Эта дважды повторенная похвала по адресу государственного мужа резнула Гарольда Марча, словно Наполеона назвали выдающимся игроком в карты. Но не это занимало его теперь; среди множества новых впечатлений одна еще не совсем ясная мысль поразила его, и он поспешил поделиться с Фишером, словно боялся, что она исчезнет.

— Дженкинс… — повторил он. — Вы, конечно, имеете в виду не Джефферсона Дженкинса, общественного деятеля, который борется за новый закон о фермерских наделах? Простите меня, но встретиться с ним не менее интересно, чем с любым министром.

— Да, это Говард посоветовал ему заняться наделами, — сказал Фишер. — Шум по поводу улучшения породы скота надоел, и над этим уже посмеиваются. Ну, а звание пэра все же нужно к чему-то прицепить! Бедняга до сих пор не лорд… Э, да здесь еще кто-то есть!

Они шли по следам, оставленным машиной, все еще жужжавшей под обрывом, словно громадный жук, убивший человека. Следы привели их к перекрестку дорог, одна из которых шла к видневшимся вдали воротам парка. Было ясно, что машина мчалась сначала по длинной прямой дороге, а затем, вместо того чтобы свернуть влево, понеслась по траве к обрыву — к своей гибели. Но не это приковало внимание Фишера: на повороте дороги неподвижно, как указательный столб, высилась темная одинокая фигура. Это был рослый человек в грубом охотничьем костюме, с непокрытой головой и всклокоченными вьющимися волосами, придававшими ему довольно странный вид. Когда спутники подошли ближе, первое впечатление рассеялось; перед ними стоял обыкновенный джентльмен, который так поспешно вышел из дому, что не успел надеть шляпу и причесать волосы. Как издали, так и вблизи было видно, что он очень силен и красив животной красотой, хотя глубоко посаженные, запавшие глаза несколько облагораживали его внешность. Марч не успел разглядеть его, так как Фишер, к его удивлению, буркнул: «Хелло, Джек» — и, даже не сообщив ему о катастрофе по ту сторону скал, прошел мимо, словно тот действительно был указательным столбом. Сравнительно мелкий этот факт оказался первым звеном в цепи странных поступков нового знакомого.

Человек, мимо которого они прошли, весьма подозрительно посмотрел им вслед, но Фишер продолжал невозмутимо шагать по прямой дороге, ведущей к воротам большого поместья.

— Это Джон Берк, путешественник, — снисходительно объяснил он. — Я полагаю, вы слышали о нем: он охотник на крупного зверя. Жаль, я не мог остановиться и представить вас. Ну, думаю, вы увидите его позже.

— Я читал его книгу, — сказал заинтересованный Марч. — Чудесно описано, как они только тогда обнаружили слона, когда он громадной головой загородил им луну.

— Да, молодой Гокетт пишет прекрасно... Как, разве вы не знаете, что книгу Берка написал Гокетт? Берк только ружье умеет держать в руках, а ружьем книгу не напишешь. Но он тоже по-своему талантлив. Отважен, как лев, даже еще отважнее.

— По-видимому, вы неплохо его знаете, — заметил, смеясь, совсем сбитый с толку Марч, — да и не только его.

Фишер наморщил лоб, и взгляд его стал странным.

— Я знаю слишком много, — сказал он. — Вот в чем моя беда. Вот в чем беда всех нас и всей этой ярмарки: мы слишком много знаем. Слишком много друг о друге, слишком много о себе. Потому я сейчас и заинтересован тем, чего не знаю.

— А именно? — спросил Марч.

— Почему умер Пагги.

Они прошли по дороге около мили, перебрасываясь замечаниями, и у Марча появилось странное чувство: ему стало казаться, что весь мир вывернут наизнанку. Мистер Хорн Фишер не старался чернить своих высокородных друзей и родных; о некоторых он говорил даже нежно. И тем не менее все они — и мужчины и женщины — предстали в совершенно новом свете; казалось, что они случайно носят имена, известные всем и каждому и мелькающие в газетах. Самые яростные нападки не показались бы Марчу такими мятежными, как эта холодная фамильярность. Она была подобна лучу дневного света, упавшему на театральную кулису.

Они дошли до ворот парка, но, к удивлению Марча, миновали их, и Фишер повел его дальше по бесконечной прямой дороге. До встречи с министром еще оставалось время, и Марч не прочь был посмотреть, чем кончатся приключения его нового знакомого. Спутники давно оставили позади поросшие вереском луга, и половина белой дороги стала серой от тени торвудских сосен. Деревья громадным серым барьером заслонили солнечный свет, и казалось, в глубине леса ясный день обернулся темной ночью. Однако вскоре между густыми соснами стали появляться просветы, похожие на окна из разноцветных стекол; лес поредел и отступил, и, по мере того как спутники продвигались дальше, его сменили рощицы, в которых, по словам Фишера, целыми днями охотились гости. Примерно через двести ярдов они подошли к первому повороту дороги.

Здесь стоял ветхий трактир с потускневшей вывеской «Виноградные гроздья». Потемневший от времени, почти черный на фоне лугов и неба, он манил путника не больше, чем виселица. Марч заметил, что здесь, вероятно, вместо вина пьют уксус.

— Хорошо сказано, — ответил Фишер. — Так оно и было бы, если бы кому-нибудь пришло в голову спросить вина. Но пиво и бренди здесь хороши.

Марч с некоторым любопытством последовал за ним. Отвращение, охватившее Марча, отнюдь не рассеялось, когда он увидел длинного костлявого хозяина; молчаливый, с черными усами и беспокойно бегающими глазами, он никак не соответствовал романтическому типу добродушного деревенского кабатчика. Как ни был он скуп на слова, из него все же удалось извлечь кое-какие сведения.

Фишер начал с того, что заказал пиво и завел с ним пространную беседу об автомобилях. Можно было подумать, что он считает хозяина авторитетом, отлично разбирающимся в секретах мотора и в том, как надо и как не надо управлять машиной. Разговаривая, Фишер не спускал с него упорного взгляда блестящих глаз. Из всей этой довольно мудреной беседы можно было в конце концов заключить, что какой-то автомобиль остановился перед гостиницей около часу назад, из него вышел пожилой мужчина и попросил помочь наладить мотор. Кроме того, он наполнил флягу и взял пакет с сандвичами. Сообщив это, не слишком радушный хозяин поспешно вышел и захлопал дверьми в темной глубине дома.

Скучающий взор Фишера блуждал по пыльной, мрачной комнате и наконец задумчиво остановился на чучеле птицы в стеклянном футляре, над которым на крюках висело ружье.

— Пагги любил пошутить, — заметил он, — правда, в своем, довольно мрачном стиле. Но покупать сандвичи, перед тем как собираешься покончить жизнь самоубийством, — пожалуй, слишком мрачная шутка.

— Если уж на то пошло, — ответил Марч, — покупать сандвичи у дверей богатого дома тоже не совсем обычно.

— Да... да, — почти механически повторил Фишер, и вдруг глаза его оживились, и он серьезно взглянул на собеседника. — Черт возьми, а ведь правда! Наводит на очень любопытные мысли, а?

Наступило молчание. Вдруг дверь так резко распахнулась, что Марч от неожиданности вздрогнул; в комнату стремительно вошел человек и направился к стойке. Он постучал по ней монетой и потребовал коньяку, не замечая Фишера и журналиста, которые сидели у окна за непокрытым деревянным столом. Когда же он повернулся к ним, у него был несколько озадаченный вид, а Марч с крайним удивлением услышал, что его спутник назвал его Боровом и представил как сэра Говарда Хорна.

Он постучал монетой и потребовал коньяку, не замечая Фишера и журналиста, которые сидели у окна.

Министр выглядел гораздо старше, чем на портретах в иллюстрированных журналах, где политических деятелей всегда омолаживают; его прямые волосы чуть тронула седина, но лицо было до смешного круглое, а римский нос и быстрые блестящие глаза невольно наводили на мысль о попугае. Кепи было сдвинуто на затылок, через плечо висело ружье. Гарольд Марч много раз старался представить себе встречу с известным политическим деятелем, но он никогда не думал, что увидит его в трактире, с ружьем через плечо и рюмкой в руке.

— Ты тоже гостишь у Джинка? — сказал Фишер. — Все как сговорились собраться у него.

— Да, — ответил министр финансов. — Здесь чудесная охота. Во всяком случае, для всех, кроме Джинка. У него самые лучшие угодья, а стреляет он — хуже некуда. Конечно, он славный малый, я ничего против него не имею. Только так и не научился держать ружье, все занимался упаковкой свинины или чем-то таким... Говорят, он сбил кокарду со шляпы своего слуги. Это в его стиле — нацепить кокарды на слуг!.. А еще он подстрелил петуха с флюгера на раззолоченной беседке. Пожалуй, больше он птиц не убивал. Вы туда идете?

Фишер довольно неопределенно ответил, что он придет, как только кое-что уладит, и министр финансов покинул трактир. Марчу показалось, что он был чем-то расстроен или раздражен, когда заказывал выпивку, но, поговорив с ними, успокоился; однако совсем не то ожидал от него услышать представитель прессы. Через несколько минут они не спеша вышли. Фишер стал посреди дороги и принялся смотреть в ту сторону, откуда они начали свою прогулку. Затем они вернулись обратно ярдов на двести и снова остановились.

— Думаю, это и есть то самое место, — сказал он.

— Какое место? — спросил его спутник.

— Место, где его убили, беднягу, — печально ответил Фишер.

— Что вы хотите сказать? — спросил Марч. — Он же разбился о скалы за полторы мили отсюда.

— Нет, — ответил Фишер. — Он не разбился о скалы, он даже не падал на них. Разве вы не заметили, что его выбросило на склон, покрытый мягкой травой? Я сразу понял, что в него всадили пулю. — И, помолчав, добавил: — В трактире он был жив, но умер задолго до того, как доехал до скал. Его застрелили, когда он вел машину вот на этом участке дороги; я полагаю, где-нибудь здесь. Машина покатилась прямо, уже некому было затормозить или свернуть. Все очень хитро и умно придумано. Тело обнаружат далеко от места преступления и станут думать, как подумали и вы, что произошел несчастный случай. Убийца — тонкая бестия.

— Разве выстрела не услышали бы в кабачке или еще где-нибудь? — спросил Марч.

— Ну что ж, и слышали, но не обратили внимания, — продолжал добровольный следователь. — И тут убийца все рассчитал. Весь день здесь охотятся, и выбрать нужный момент совсем не трудно. Конечно, это мог придумать только опытный преступник. Но этим не исчерпываются его таланты.

— Что вы имеете в виду? — спросил Марч, и от недоброго предчувствия по его спине пробежали мурашки.

— Убийца — первоклассный стрелок, — сказал Фишер.

Он круто повернулся и пошел по узкой, поросшей травой тропинке, отделявшей большое поместье от заболоченных, покрытых пестрым вереском лугов. Марч от нечего делать побрел за Фишером. Они остановились у деревянного крашеного забора, видневшегося через просветы в высоком бурьяне и боярышнике, и Фишер стал внимательно рассматривать доски. За забором поднимался ряд высоких, густых тополей. Они слабо качались на легком ветру; день склонялся к вечеру, и гигантские тени деревьев резко удлинились.

— Вы могли бы стать хорошим преступником? — дружелюбно спросил вдруг Фишер. — Боюсь, что я не мог бы. Но какой-нибудь взломщик четвертого разряда из меня, наверное, вышел бы.

И прежде чем его спутник успел ответить, он легко перемахнул через забор; Марч последовал за ним без особого усилия, но вконец сбитый с толку. Тополя росли так близко к забору, что они оба с трудом проскользнули между ними, а дальше видна была только высокая живая изгородь из лавров, блестевшая под заходящим солнцем. Марч пробирался через преграды кустов и деревьев, и ему казалось, что впереди не лужайка, а дом с опущенными шторами. Ему казалось, что он влез в окно или в дверь и путь загородили груды мебели. Наконец они миновали изгородь и очутились на заросшей травой лужайке, которая зеленым уступом переходила в продолговатую площадку, по-видимому крокетную. За ней виднелось небольшое строение — низкая оранжерея, похожая на стеклянный домик из сказки.

Фишер хорошо знал, как одиноки разбросанные службы большого имения. Он понимал, что эти постройки — насмешка над аристократией, гораздо более злая, чем поросшие сорняками развалины. Они не запущены, но заброшены, во всяком случае забыты. Их тщательно прибирают и украшают для хозяина, который никогда сюда не явится.

Однако, глядя с лужайки на площадку, Фишер обнаружил предмет, который, кажется, вовсе не ожидал увидеть: что-то вроде треноги, поддерживавшей большой диск, похожий на крышку круглого стола. Когда они подошли ближе, Марч понял, что это мишень. Она была старая и выцветшая; радужные краски концентрических кругов давно поблекли; вероятно, ее установили здесь в далекие времена королевы Виктории, когда в моде была стрельба из лука. В живом воображении Марча тотчас возникли туманные видения дам в широких легких кринолинах и мужчин в диковинных шляпах, с бакенбардами, некогда посещавших заброшенный теперь сад.

Но тут его испугал Фишер, внимательно разглядывавший мишень.

— Взгляните, — закричал он, — кто-то основательно изрешетил ее пулями, и совсем недавно! Скорей всего, здесь тренировался старый Джинк.

— Пожалуй, ему еще долго придется тренироваться, — ответил, смеясь, Марч. — Ни одной пробоины у центра, разбросаны как попало.

— Как попало, — повторил Фишер, внимательно вглядываясь в мишень.

Казалось, он согласился со спутником, но Марч заметил, как заблестели под сонными веками его глаза и с каким трудом распрямил он сутулую спину.

— Извините, я немного задержу вас, — сказал Фишер, ощупывая карманы. — Кажется, у меня с собой кое-какие химикалии. Потом пойдем к дому.

Он снова склонился над мишенью и стал накладывать пальцем на пробоины какое-то снадобье, насколько Марч мог разглядеть, серую мазь. Уже надвигались сумерки, когда они по длинной зеленой аллее подошли к большому дому.

Однако необычный следователь не пожелал войти через парадную дверь. Они обогнули дом, отыскали открытое окно и влезли в комнату, где, по-видимому, хранилось оружие. Вдоль одной из стен рядами стояли дробовики, а на столе лежали более тяжелые и грозные ружья.

— Это слоновые ружья Берка, — сказал Фишер. — Я и не знал, что он хранит их здесь.

Он поднял одно, быстро осмотрел и, насупившись, положил обратно. Почти в тот же момент в комнату стремительно вошел незнакомый молодой человек, темноволосый, крепкий, с выпуклым лбом и бульдожьей челюстью. Коротко извинившись, он сказал:

— Я оставил здесь ружья майора Берка. Он уезжает вечером, хочет их упаковать.

И он унес оба ружья, даже не взглянув на Марча; из открытого окна они видели, как он шел по тускло освещенному саду. Фишер снова выбрался в сад через окно и постоял, глядя ему вслед.

— Это и есть Гокетт, о котором я вам говорил, — сказал он. — Я знал, что он вроде секретаря у Берка, возится с его бумагами, но не думал, что он возится и с ружьями. Он заботливый домовой, на все руки мастер. Такого можно знать годами и не догадаться, что он чемпион по шахматам.

Они пошли вслед за Гокеттом и вскоре увидели на лужайке оживленно болтающих гостей. Среди них выделялся мощный охотник на крупную дичь.

— Между прочим, — заметил Фишер, — помните, мы говорили о Берке и Гокетте, и я сказал вам, что нельзя писать ружьем? Ну, теперь я не так уверен в этом. Слыхали вы когда-нибудь о художнике, который мог бы рисовать ружьем? Так вот, здесь глохнет такой гений.

Сэр Говард шумно и дружелюбно приветствовал Фишера и журналиста. Последнего представили майору Берку и мистеру Гокетту, а также (между прочим) хозяину, мистеру Дженкинсу, невзрачному человечку в добротном, но кричащем костюме, к которому все относились ласково и снисходительно, словно к ребенку.

Неугомонный министр финансов все еще говорил об охоте, о птицах, которых он убил, и о птицах, по которым промазал Дженкинс. Кажется, тут все помешались на таких шутках.

— Что там крупная дичь! — горячился он, наступая на Берка. — В крупную всякий попадет. Другое дело — мелкая, тут нужен настоящий стрелок.

— Совершенно верно, — вмешался Хорн Фишер. — Вот если бы из-за того куста выпорхнул гиппопотам или в имении разводили бы летающих слонов...

— Ну, тогда и Джинк подстрелил бы такую птичку! — воскликнул сэр Говард, весело хлопая хозяина по спине. — Он попал бы даже в стог сена или в гиппопотама.

— Послушайте, друзья, — сказал Фишер. — Пойдемте постреляем. Только не в гиппопотама. Я нашел очень любопытного зверя. Он всех цветов радуги, о трех ногах и об одном глазе.

— Это еще что такое? — хмуро спросил Берк.

— Пойдем, и увидите, — весело ответил Фишер.

В погоне за новыми впечатлениями люди, подобные этим, клюнут на любую нелепость. Так случилось и теперь. Гости снова вооружились и с серьезным видом двинулись вслед за гидом. У раззолоченной беседки сэр Говард задержался, с восхищением показывая пальцем на искривленного золотого петуха. Сумерки уже переходили в темноту, когда они добрались, наконец, до отдаленной лужайки, чтобы играть в новую бесцельную игру — стрелять по старым пробоинам.

Когда праздная компания полукругом сгрудилась против мишени, последние отблески света угасли на лужайке и тополя на фоне заката казались громадными черными перьями на пурпурном катафалке.

Сэр Говард похлопал хозяина по плечу, игриво подталкивая его вперед и уговаривая выстрелить первым. Плечо и рука Дженкинса, которых коснулся министр, казались неестественно напряженными и угловатыми. Мистер Дженкинс держал ружье еще более неуклюже, чем могли ожидать его насмешливые друзья.

И вдруг раздался страшный вопль. Он шел неведомо откуда и был так чудовищен, так не соответствовал обстановке, что издать его могло только фантастическое существо, пролетевшее в этот миг над ними или притаившееся неподалеку в темном лесу. Но Фишер знал, что он возник и замер на побелевших губах Джефферсона Дженкинса. И никто, взглянув в этот момент на лицо канадца, не назвал бы его невыразительным.

Как только все увидели, что стоит перед ними, майор Берк разразился потоком грубых, но добродушных ругательств. Мишень возвышалась над потемневшей травой, словно страшный, насмехающийся над ними призрак. У него были горящие, как звезды, глаза, очерченные огненными точками, вывороченные ноздри и большой растянутый рот. Над глазами светящимся пунктиром были обозначены седые брови, и одна из них поднималась вверх почти под прямым углом. Это была талантливая карикатура, выполненная яркими светящимися линиями, и Марч сразу узнал, кого она изображала. Мишень сияла в темноте мерцающим огнем и казалась чудовищем со дна морского, выползшим в окутанный сумерками сад. Но у чудовища была голова убитого человека.

— Да ведь это всего-навсего светящаяся краска, — сказал Берк. — Старина Фишер выкинул трюк со своей фосфоресцирующей мазью.

— Очень похоже на нашего Пагги, — заметил сэр Говард. — Поразительное сходство, ничего не скажешь!

Все, кроме Дженкинса, рассмеялись. Когда смех умолк, он издал несколько странных звуков, какие, вероятно, издал бы зверь, если бы вздумал засмеяться. Хорн Фишер решительно подошел к Дженкинсу и сказал:

— Мистер Дженкинс, я должен немедленно поговорить с вами наедине.

Вскоре после этой странной и нелепой сцены, рассеявшей веселых гостей, Марч снова, как было условлено, встретился со своим новым другом у маленького ручья под нависшей скалой.

— Это я придумал такой трюк — намазал мишень фосфором, — мрачно сказал Фишер. — Надо было его напугать внезапно, иначе он не выдал бы себя. Он тренировался на этой мишени и, когда увидел на ней светящееся лицо своей жертвы, не мог сдержаться. Для моего внутреннего удовлетворения этого вполне достаточно.

— Боюсь, что я и сейчас толком не понимаю, — ответил Марч. — Что же он сделал и для чего?

— Вы должны понять, — мрачно улыбаясь, ответил Фишер. — Ведь это вы навели меня на след. Да, да, вы высказали очень тонкую мысль. Вы сказали, что человек, которому предстоит обедать в богатом доме, не станет брать с собой сандвичи. Вполне резонно, и отсюда вывод: хотя он и ехал туда, обедать там он не собирался. Или, по крайней мере, допускал, что не будет обедать. Дальше я подумал: должно быть, он знал, что ему предстоит неприятный визит, или что ему окажут не слишком радушный прием, или что сам он отклонит гостеприимство. Затем я вспомнил, что Тернбул в свое время был грозой людей с темным прошлым, — возможно, он и сюда приехал, чтобы опознать и обвинить одного из них. С самого начала мне казалось вероятным, что таким может быть только хозяин, Дженкинс. А теперь я вполне убежден, что он и есть тот самый «нежелательный иностранец», над которым Тернбул требовал суда за совсем другие подвиги. Как видите, охотник держал про запас еще один выстрел.

— Но вы сказали, что убийца — первоклассный стрелок.

— Дженкинс отличный стрелок, — ответил Фишер. — Первоклассный стрелок, который притворился плохим. И знаете, что еще, кроме вашей фразы, натолкнуло меня на подозрение? Рассказы моего кузена. Дженкинс сбил кокарду и прострелил флюгер — надо быть первоклассным стрелком, чтобы стрелять так. Надо стрелять очень метко, чтобы попасть в кокарду, а не в голову или в шляпу. Если бы эти промахи были действительно случайными, только один шанс из тысячи, что они поразили бы именно такие заметные мишени. Дженкинс потому их и выбрал. О петухе и кокарде рассказывали все, кому не лень. Потому-то он и не снимает с беседки исковерканный флюгер — хочет увековечить эту сказку, превратить ее в легенду, в броню. А сам сидит с ружьем в засаде и высматривает жертву.

Это еще не все. Посмотрите на беседку. Она тоже стоит внимания. В ней есть все, за что Дженкинса поднимают на смех, — и позолота, и кричащие цвета, вся та вульгарность, которая пристала выскочке. А выскочки, наоборот, всего этого избегают. В обществе их, слава богу, достаточно, и мы хорошо их знаем. Больше всего они боятся походить на выскочек. Обычно они только и думают, как бы усвоить хороший тон и не сделать промаха. Они отдаются на милость декораторов и прочих знатоков, которые все для них делают. Едва ли найдется хоть один миллионер, который отважился бы держать в своем доме стулья с позолоченными вензелями, как в той охотничьей комнате. То же самое с фамилией. Такие фамилии, как Тимкинс или Дженкинс, смешны, но не банальны; я хочу сказать, они банальны, но не распространены. Другими словами, они обыденны, но не обычны. Именно такую фамилию надо выбрать, если хочешь, чтобы она выглядела заурядной, но на самом деле они совсем не заурядны. Много ли вы знаете Томкинсов? Эта фамилия встречается гораздо реже, чем, скажем, Тэлбот… А смешная одежда? Дженкинс одевается, как персонаж из «Панча»[1]. Да он и есть персонаж из «Панча» — вымышленная личность. Он — мифическое животное. Его просто нет.

Задумывались ли вы когда-нибудь над тем, что это значит — быть человеком, которого нет? То есть быть персонажем — и никогда не выходить из образа, подавлять свои достоинства, лишать себя радостей, а главное — скрывать свои таланты? Что такое быть лицемером навыворот, прячущим свой дар под личиной ничтожества? Он проявил большую изобретательность, нашел совершенно новую форму лицемерия. Хитрый негодяй может подделаться под блестящего джентльмена, или почтенного коммерсанта, или филантропа, или святошу, но кричащий клетчатый костюм смешного неотесанного невежды — это действительно ново. Такая маскировка должна очень тяготить человека одаренного. А этот ловкий проходимец поистине разносторонне одарен, он умеет не только стрелять, но и рисовать, и писать красками, и, быть может, даже играть на скрипке. И вот такому человеку нужно скрывать свои

[1] «Панч» — английский сатирический журнал.

таланты, но он не может удержаться, чтобы не использовать их хотя бы тайно, без всякой пользы. Если он умеет рисовать, он будет машинально рисовать на промокательной бумаге. Я подозреваю, что этот подлец часто рисовал лицо несчастного Пагги на промокашке. Возможно, сначала он рисовал его кляксами, а позже — точками или, вернее, дырками. Как-то в уединенном уголке сада он нашел заброшенную мишень и не мог отказать себе в удовольствии тайком пострелять, как некоторые тайком пьют. Вам показалось, что пробоины разбросаны как попало; они разбросаны, но отнюдь не случайно. Между ними нет двух одинаковых расстояний, все точки нанесены как раз там, куда он метил. Ничто не требует такой математической точности, как шарж. Я сам немного рисую, и уверяю вас, поставить точку как раз там, где вы хотите, — нелегкая задача, даже если вы рисуете пером, а бумага лежит перед вами. И это чудо, если точки нанесены из ружья. Человек, способный творить такие чудеса, всегда будет стремиться к ним — хотя бы тайно.

Фишер замолчал, а Марч глубокомысленно заметил:

— Не мог же он убить его, как птицу, одним из тех дробовиков.

— Вот почему я пошел в охотничью комнату, — ответил Фишер. — Он застрелил его из слонового ружья, и Берку показалось, что он узнал звук, потому-то он и выбежал из дома без шляпы такой растерянный. Он ничего не увидел, кроме быстро промчавшегося автомобиля; некоторое время он смотрел ему вслед, а потом решил, что ему померещилось.

Они снова замолчали. Фишер сидел на большом камне так же неподвижно, как при их первой встрече, и смотрел на серебристо-серый ручей, убегавший под зеленые кусты.

— Теперь он, конечно, знает правду, — резко сказал Марч.

— Никто не знает правды, кроме меня и вас, — ответил Фишер, и мягкие нотки зазвучали в его голосе, — а я не думаю, чтобы мы с вами когда-нибудь поссорились.

— О чем вы? — изменившимся голосом спросил Марч. — Что вы сделали?

Хорн Фишер пристально смотрел на быстрый ручеек. Наконец он проговорил:

— Полиция установила, что произошла автомобильная катастрофа.

— Но вы ведь знаете, что это не так, — настаивал Марч.

— Я вам уже говорил, что знаю слишком много, — ответил Фишер, не сводя глаз с воды. — Я знаю об этом и о многом другом. Я знаю, чем и как живут люди этой среды и как у них все делается. Я знаю, что проходимцу Дженкинсу удалось внушить всем, что он заурядный и смешной человечек. Если я скажу Говарду или Гокетту, что старина Джинк убийца, они, пожалуй, лопнут со смеху у меня на глазах. О, я не уверен, что их смех будет вполне безгрешен, хотя по-своему он может быть искренним. Им нужен старый Джинк, они не могут без него обойтись. Я и сам не без греха. Я люблю Говарда и не хочу, чтобы он оказался на мели, а это непременно случится, если Джинк не заплатит за свой титул. На последних выборах они были чертовски близки к провалу, уверяю вас. Но главная причина моего молчания другая: его разоблачить невозможно. Мне никто не поверит, это слишком немыслимо. Сбитый набок флюгер мигом превратит все в веселую шутку.

— А вы не думаете, что молчать позорно? — спокойно спросил Марч.

— Я многое думаю. Я думаю, например, что, если когда-нибудь взорвут динамитом и пошлют к черту это хорошее, связанное крепким узлом общество, человечество не пострадает. Но не судите меня слишком строго за то, что я знаю это общество. Потому-то я и трачу время так бессмысленно — ловлю вонючую рыбу.

Наступило молчание. Фишер снова уселся на камень, затем добавил:

— Я же говорил вам — крупную рыбу приходится выбрасывать в воду.

Неуловимый принц

Начало этой истории теряется среди множества других, сплетенных вокруг имени хотя и не древнего, но легендарного. Это имя — Майкл О'Нил, которого в народе звали принцем Майклом, отчасти потому, что он провозгласил себя потомком старинного рода принцев-фениев, отчасти потому, что он намеревался, как гласит молва, стать принцем-президентом Ирландии по примеру последнего Наполеона во Франции. Несомненно, он был джентльменом благородного происхождения и обладал многими достоинствами, из коих два были особенно примечательны. Ему было свойственно появляться, когда его никто не ждал, и исчезать, когда его поджидали, в особенности когда его поджидала полиция. Можно добавить, что исчезновения его были гораздо опаснее появлений.

Последние имели обычно сенсационный характер — он срывал правительственные воззвания, расклеивал воззвания мятежные, произносил пламенные речи, подымал запретные флаги. Но, исчезая, он нередко боролся за свою свободу с такой поразительной энергией, что счастлив был тот из его преследователей, кому удавалось отделаться проломленной головой и не сломать себе на этом шеи. Однако свои самые знаменитые и чудесные побеги он осуществлял благодаря находчивости, а не насилию.

Однажды безоблачным летним утром, весь белый от пыли, он появился на дороге перед крестьянской фермой и с беспечностью светского человека сообщил дочери фермера, что за ним гонятся полицейские. Девушку звали Бриджет Ройс, она была красива, но красота ее была суровой и даже мрачной. Она взглянула на него и спросила с сомнением:

— Ты хочешь, чтобы я спрятала тебя?

В ответ он только рассмеялся, легко перепрыгнул через каменную изгородь и зашагал к ферме, небрежно бросив через плечо:

— Благодарю, обычно я это делаю сам.

Тем самым он проявил пагубное непонимание женского сердца, и на его путь, озаренный солнечным сиянием, легла роковая тень.

Он вошел в дом, а девушка осталась у дверей, глядя на дорогу; через несколько минут к ферме подошли двое мокрых от пота, измученных полицейских. Она ничего им не сказала, хоть все еще и сердилась, и четверть часа спустя полицейские, обшарив дом, уже обыскивали огород и ржаное поле, лежащее за ним. Поддавшись мстительному порыву, она могла бы, пожалуй, не устоять перед искушением и выдать беглеца, если бы не одно пустячное затруднение: как и полицейские, она не представляла себе, куда он мог скрыться.

Сад был обнесен низкой изгородью, а за ним, словно квадратная заплата на склоне огромного зеленого холма, лежало поле; даже если бы он успел уйти далеко, все равно он был бы виден с фермы, хотя бы как точка на ровном поле.

Все прочно стояло на своих обычных местах; яблоня была слишком мала, чтобы в ее ветвях мог спрятаться человек; единственный сарай с открытой настежь дверью был явно пуст; не слышно было ни звука, только гудела мошкара да с шумом взлетела птичка, испуганная с непривычки пугалом, стоявшим в поле; почти нигде не было тени, только от тоненького деревца падало на землю несколько синих полос; каждая мелочь четко, как под микроскопом, выступала в ярком солнечном свете. Позже девушка описала эту картину со страстным реализмом, присущим ее расе. Что же до полицейских, то, если они и не были способны к столь образному восприятию действительности, они, во всяком случае, сумели здраво оценить положение и, отказавшись от погони, удалились со сцены.

Бриджет Ройс стояла неподвижно, как зачарованная, глядя на залитый солнцем сад, в котором только что, словно дух, исчез человек. Тяжелое чувство не оставляло ее, и таинственное исчезновение уже казалось ей чем-то враждебным и страшным, точно этот дух был злым духом.

От того, что все вокруг было залито ярким солнечным светом, на душе у нее было тяжелее, чем если бы кругом стояла кромешная тьма; но она не отрывала взгляда от залитого солнцем поля. Вдруг ей почудилось, что мир лишился рассудка, — она закричала. В солнечном свете пугало тронулось с места. Все это время оно стояло спиной к ней, в бесформенной старой черной шляпе и изодранной одежде, а теперь оно быстро зашагало прочь по косогору — только лохмотья развевались на ветру. Девушка не стала размышлять о дерзкой маскировке, с помощью которой этому человеку удалось использовать тонкое взаимодействие между привычным и очевидным. Она все еще была во власти сложных личных переживаний и запомнила только, что, удаляясь, пугало даже не обернулось, чтобы взглянуть на ферму.

Судьбе, столь неблагосклонной к фантастической борьбе принца Майкла за свободу, было угодно, чтобы следующее его приключение, хотя в одном отношении и увенчавшееся успехом, еще увеличило сложность положения. Среди прочих историй, передаваемых про него, ходит рассказ о том, как несколько дней спустя другая девушка, по имени Мэри Греган, обнаружила, что он прячется на ферме, где она служила, и, если верить рассказам, она также пережила сильнейшее потрясение. Она работала одна во дворе и вдруг услышала голос из колодца; оказалось, что этот удивительный человек умудрился спрыгнуть в бадью, спущенную в колодец, где было мало воды. На этот раз, однако, ему пришлось обратиться к женщине за помощью — он попросил ее вытянуть бадью. И говорят, что когда весть об этом дошла до Бриджет Ройс, та решилась, наконец, на предательство.

Таковы были слухи о его приключениях, ходившие в округе. Их было много. Рассказывают еще, как однажды он с дерзким видом стоял на лестнице большого отеля в роскошном зеленом халате, поджидая полицейских, а затем заставил их гнаться за собой по анфиладе великолепных покоев, заманил их к себе в спальню, а оттуда на балкон, висевший над рекой. В ту минуту, когда преследовавшие его полицейские ступили на балкон, он подломился под их тяжестью, и они посыпались в бурлящие волны; сам же Майкл, успевший сбросить халат, нырнул и ускользнул от погони. Рассказывают, что он заранее подпилил подпорки, чтобы они не выдержали такой нагрузки, как вес полицейских. Однако и в этом побеге он добился лишь кажущегося успеха, ибо один из полицейских утонул, оставив семью, чья непримиримая ненависть нанесла некоторый вред популярности принца.

Эти истории передаются сейчас с такими подробностями не потому, что были самыми удивительными из всех его приключений, но потому, что только на них преданность местных крестьян не наложила запрет молчания. Только эти истории и были изложены в официальных отчетах, и их-то и обсуждали трое местных представителей власти в ту минуту, когда начинается самая замечательная часть нашего рассказа.

Давно уже наступила ночь, но на берегу в окнах домика, где расположились полицейские, горел свет. Здание это было последним в ряду редко разбросанных домов деревни, а за ним начиналась поросшая вереском болотистая пустошь, которая тянулась до самого моря. Ровная линия берега нарушалась лишь одинокой башней старинной архитектуры — такие еще встречаются в Ирландии, — стройной, как колонна, с остроконечным, как у пирамиды, верхом. У окна, перед которым расстилался этот пейзаж, за деревянным столом сидели двое в штатском, сохранившие, впрочем, некоторую военную выправку, как и подобало людям, возглавившим местную сыскную полицию. Старшим по возрасту и по чину был коренастый человек с подстриженной седой бородкой и седыми бровями, нахмуренными скорее озабоченно, чем сурово.

Звали его Мортон, родом он был из Ливерпуля, но давно уже варился в котле ирландских междоусобиц, выполняя свой долг без особого рвения. Он произнес несколько фраз, обращаясь к своему помощнику Нолану, высокому темноволосому человеку с типичным для ирландца землистым длинным лицом, а затем, очевидно вспомнив о чем-то, нажал звонок, отозвавшийся в соседней комнате. Тотчас же явился подчиненный с папкой бумаг.

— Присядьте, Уилсон, — сказал Мортон. — Что у вас? Показания?

— Да, — ответил тот. — Сдается, я вытянул из них все, что только можно. Я отпустил их.

— А Мэри Греган дала показания? — спросил Мортон, хмурясь несколько больше обычного.

— Нет, зато ее хозяин дал, — ответил тот, кого звали Уилсоном. У него были прямые рыжие волосы и некрасивое бледное лицо, не лишенное, впрочем, известной проницательности. — Должно быть, он сам увивается за нею и потому выболтал все о сопернике. В тех случаях, когда нам говорят правду, на то всегда имеется какая-нибудь такая причина. Зато другая девица рассказала все, что знала, — тут уж можете быть спокойны.

— Ну что ж, будем надеяться, что от этих показаний будет хоть какой-нибудь толк, — уныло заметил Нолан, вглядываясь в темноту за окном.

— Любая малость будет нам полезна, — сказал Мортон, — если она поможет нам узнать что-нибудь о нем.

— Мы знаем о нем одно, — сказал Уилсон. — То, чего никто раньше не знал. Мы знаем, где он сейчас.

— Вы в этом уверены? — спросил Мортон, быстро взглянув на него.

— Вполне, — отвечал его помощник. — Сейчас он сидит вон в той башне у моря. Подойдите поближе — вы увидите свечу, горящую в окне.

В эту минуту с дороги донесся автомобильный гудок, а потом и шум затормозившей перед дверью машины. Мортон проворно вскочил на ноги.

— Слава богу, это машина из Дублина, — сказал он. — Без особых полномочий я ничего не могу предпринять, даже если бы он показал нам язык с верхушки этой башни. Но шеф сможет делать все, что сочтет нужным.

И он поспешил к двери навстречу красивому высокому мужчине в меховом пальто, который внес в маленькую грязную комнату яркий отблеск больших городов и роскоши большого света.

Это был сэр Уолтер Кэри, занимавший такое высокое положение в Дублинском замке, что только дело принца Майкла могло подвигнуть его на это ночное путешествие. Правда, дело это осложнялось не только нарушениями закона, но и самим законом. В последний раз принца Майкла спасла не обычная его дерзость, а хитроумное толкование законов, так что теперь было неясно, подлежит он судебной ответственности или нет. Для того чтобы решить этот вопрос, потребовалась бы, возможно, некоторая вольность в толковании закона; человек же, подобный сэру Уолтеру, мог, конечно, позволить себе любую вольность. Неясно было одно: захочет ли он это делать.

Несмотря на почти вызывающую роскошь мехового пальто сэра Уолтера, все очень скоро поняли, что его большая львиная голова была не только декоративной, но и весьма полезной принадлежностью, ибо он принялся за расследование трезво и вполне разумно. Вокруг простого соснового стола поставили пять стульев; сэр Уолтер привез с собой родственника и секретаря, по имени Хорн Фишер, весьма апатичного молодого человека с бесцветными усами и преждевременно поредевшей шевелюрой. Сэр Уолтер с серьезным вниманием, его секретарь с вежливой скукой выслушали подробное повествование о том, как полицейским удалось проследить весь путь беглеца, от ступенек отеля до одинокой башни на морском берегу. Здесь, между болотом и бушующим морем, он попал наконец в ловушку; посланный Уилсоном разведчик доложил, что он сидит и пишет при свете единственной свечи — должно быть, сочиняет очередное грозное воззвание. Только принц мог выбрать эту башню для последней отчаянной схватки. У него были какие-то одному ему известные основания считать ее своим фамильным замком, и те, кто его знали, совсем не удивились бы, если бы он вздумал подражать древним ирландским вождям, которые погибали, сражаясь с морем.

— В дверях я столкнулся с какими-то подозрительными личностями, — сказал сэр Уолтер. — Это, по-видимому, ваши свидетели. Что они здесь делают в такую позднюю пору?

Мортон мрачно усмехнулся.

— Они приходят ночью, потому что их не было бы в живых, если б они вздумали прийти сюда днем. Их считают преступниками, и преступление их куда тяжелей, чем простая кража или убийство.

— Что это за преступление? — спросил с любопытством сэр Уолтер.

— Они помогают закону, — ответил Мортон. Наступило молчание. Сэр Уолтер рассеянно смотрел на лежащие перед ним бумаги. Наконец он сказал:

— Отлично, но посудите сами — если таковы чувства местного населения, нам следует о многом поразмыслить. Думаю, что на основании вновь принятого закона я смогу, если будет на то необходимость, арестовать его. Но нужно ли это делать? Серьезные беспорядки повредили бы нашему положению в парламенте, а у правительства много врагов не только в Ирландии, но и в самой Англии. Что пользы, если я поверну дело слишком круто, а потом окажется, что я только вызвал восстание? Ведь это ни к чему хорошему не приведет.

— Напротив, — поспешно возразил человек, которого звали Уилсоном. — Если вы арестуете его, не будет и половины тех волнений, которые произойдут, если вы хоть на три дня оставите его на свободе. Впрочем, в наше время настоящая полиция может справиться с чем угодно.

— Сразу видно, что мистер Уилсон лондонец, — с улыбкой сказал ирландец Нолан.

— Да, я настоящий кокни[1], — отвечал тот, — и, сказать по правде, совсем об этом не жалею. Особенно в данном случае, как ни странно это может показаться.

Сэра Уолтера, казалось, забавляло упорство полицейского, а еще более — легкий акцент, красноречиво говоривший о его происхождении.

— Не хотите ли вы сказать, — спросил он, — что вам легче разобраться в том, что здесь происходит, оттого что вы приехали из Лондона?

— Может, это и смешно, но так оно и есть. Я убежден, что в подобных делах нужны новые методы. И прежде всего здесь нужен свежий глаз.

Все рассмеялись, но рыжеволосый полицейский продолжал с некоторой досадой:

— Нет, вы только попробуйте разобраться в фактах. Вспомните, как этот субъект ускользал каждый раз, и вы поймете, что я имею в виду. Почему ему удалось притвориться пугалом и спрятаться от всех под какой-то старой шляпой? Да потому, что полицейский был из здешних: он знал, что на этом месте стоит пугало или, вернее, должно стоять пугало, и потому не обратил на него никакого внимания. Ну, а для меня пугало — вещь необычная, я никогда не видел их на улицах, и стоит мне заметить его в поле, как я смотрю на него во все глаза. Для меня эта штука новая, она привлекает мое внимание. То же самое с колодцем. Для вас колодец в таком месте — вещь обычная, он должен там быть, и потому вы его не замечаете. Я же ничего этого не знаю — и потому вижу его.

— Интересная мысль, — сказал, улыбаясь, сэр Уолтер. — Ну, а как быть с балконами? Балконы ведь изредка попадаются и в Лондоне.

[1] Кокни — уроженец восточной части Лондона, представитель «низов» общества.

— Но они не нависают над водой, словно в Венеции, — отвечал Уилсон.

— Да, мысль интересная, новая, — повторил сэр Уолтер, и в голосе его послышалось что-то похожее на уважение.

Как все представители привилегированных классов, он страдал приверженностью к новым идеям. Но он обладал также и способностью критически мыслить и после некоторого раздумья пришел к выводу, что мысль эта не только нова, но и справедлива.

Близился рассвет, чернота в оконных рамах засерела, и сэр Уолтер решительно поднялся. За ним поднялись и другие, сочтя это движение знаком того, что арест предрешен. Однако их начальник стоял с минуту в глубоком раздумье, словно на перепутье. Внезапно тишину прервал долгий протяжный вопль, донесшийся издалека, с темных болот. Наступившее молчание казалось внезапнее самого крика. Его нарушил Нолан, произнесший сдавленным голосом:

— Это кричит фея смерти. Она пророчит кому-то могилу.

Его длинное, с крупными чертами лицо стало бледнее луны — и все тут же вспомнили, что среди присутствовавших он один был ирландцем.

— Знаю я эту фею, — весело сказал Уилсон, — хоть вы и считаете, что я ничего не понимаю в таких вещах. Я сам говорил с этой феей с час тому назад и послал ее к башне; это я приказал ей так кричать, если она увидит в окне, что наш друг все еще пишет свое воззвание.

— Вы говорите о той девушке, Бриджет Ройс? — спросил Мортон, хмуря седые брови. — Неужели она решила, что это входит в обязанности свидетельницы обвинения?

— Да, — сказал Уилсон. — Вы утверждаете, что я ничего не смыслю в местных обычаях. Однако, сдается мне, разъяренные женщины всюду ведут себя одинаково.

Нолан все еще был мрачен; ему явно было не по себе.

— Этот крик не к добру, — проговорил он. — Вся эта затея не к добру. Может, это и конец принцу Майклу, но только, должно быть, не ему одному. Если уж на него находит, он дерется как одержимый и вырывается на свободу — хоть по колено в крови и через гору трупов.

— Это и есть настоящая причина ваших суеверных страхов? — спросил с легкой насмешкой Уилсон.

Бледное лицо ирландца потемнело от гнева.

— Я видел больше убийств у себя в графстве Клэр, чем вы пьяных драк на станции Клэфем[1], мистер Кокни, — сказал он.

— Замолчите, — резко сказал Мортон. — Уилсон, вы не имеете права сомневаться в храбрости того, кто выше вас чином. Надеюсь, сами вы окажетесь так же мужественны и достойны доверия, как Нолан.

Бледное лицо рыжеволосого, казалось, побледнело еще больше, однако он сдержался и промолчал. Сэр Уолтер подошел к Нолану и проговорил с подчеркнутой учтивостью:

— Что ж, может, отправимся сейчас же, чтобы поскорее покончить с этим делом?

Светало. Между огромной серой тучей и огромным серым простором равнины появился широкий белый просвет, а за ним на фоне тусклого неба и моря — четкий силуэт башни. Ее простые и строгие очертания наводили на мысль о первых днях творения, о тех доисторических временах, когда не было еще красок, — один лишь дневной свет отделял землю от туч. Эти темные тона оживляло единственное пятнышко света — пламя свечи в окне одинокой башни, все еще заметное в разгоравшемся свете дня. Когда сыщики в сопровождении полицейского отряда расположились полукругом перед башней, чтобы отрезать беглецу все пути к отступлению, свет в окне вспыхнул на мгновение, словно кто-то передвинул свечу, и тут же погас. По-видимому, человек, находящийся внутри, заметил, что наступил рассвет, и задул свечу.

— В башне есть еще окна, не так ли? — спросил Мортон. — И, конечно, дверь где-нибудь за углом, — впрочем, какие же могут быть углы у круглой башни!

---

[1] Пригород Лондона.

— Еще одно доказательство в пользу моей скромной теории, — спокойно заметил Уилсон. — Я сразу же, как приехал, обратил внимание на эту башню. Могу рассказать вам кое-что о ней, во всяком случае, о том, как она выглядит снаружи. Всего в ней четыре окна. Одно перед нами. Другое почти рядом, но его отсюда не видно. Оба эти окна, а также и третье, с противоположной стороны, находятся в нижнем этаже, образуя треугольник. Зато четвертое приходится прямо над третьим и, как мне кажется, расположено на верхнем этаже.

— Нет, это что-то вроде хоров, — сказал Нолан, — туда можно влезть по приставной лестнице. Я часто играл там в детстве. Наверху ничего нет...

Его лицо омрачилось. Возможно, он подумал о трагедии своей родины и о той роли, которую он в ней исполнял.

— Во всяком случае, у него там есть стол и стул, — сказал Уилсон. — Конечно, он мог взять их в деревне. С вашего разрешения, сэр, я бы предложил следующее: одновременно подойти ко всем пяти выходам. Один из нас встанет у двери, а остальные — по одному у каждого окна. У полицейского Макбрайда есть лестница, которую можно приставить к верхнему окну.

Мистер Хорн Фишер, апатичный секретарь сэра Уолтера, повернулся к своему знаменитому родственнику.

— Кажется, я становлюсь приверженцем психологической школы «кокни», — сказал он вяло. Это были первые слова, которые он произнес за все это время.

Остальные, по-видимому, думали то же, ибо все стали располагаться по предложенному Уилсоном плану. Мортон направился к окну, находившемуся прямо перед ним, в котором укрывшийся в башне преступник только что задул свечу. Нолан — несколько западнее, ко второму окну, а Уилсон и следовавший за ним Макбрайд с лестницей, обойдя башню сзади, подошли к двум окнам, расположенным на противоположной стороне. Сам же сэр Уолтер Кэри в сопровождении своего секретаря направился к входу, чтобы проникнуть в башню более обычным способом.

— Он вооружен, конечно? — небрежно спросил сэр Уолтер.

— Безусловно, — ответил Хорн Фишер. — Даже если в руках у него только подсвечник, он может сделать им больше, чем другие револьвером. Но у него, конечно, есть и револьвер.

Не успел он договорить, как оглушительный грохот подтвердил его слова.

Мортон только что занял место у ближайшего окна, закрывая его своими широкими плечами. На мгновение окно осветилось изнутри красным пламенем, и под сводами башни прогрохотало эхо. Квадратные плечи Мортона опустились, и его сильное тело рухнуло в высокую траву у подножия башни. Из окна выплыло маленькое облачко дыма. Сэр Уолтер и его секретарь, стоявшие позади Мортона, бросились поднимать его. Он был мертв. Сэр Уолтер выпрямился и крикнул что-то, однако второй выстрел, раздавшийся вслед за первым, заглушил его слова. Это, должно быть, стреляли полицейские из противоположного окна, мстя за смерть своего товарища. В это время Фишер подбежал ко второму окну. Раздался крик изумления, и сэр Уолтер поспешил к своему секретарю. На траве лежало распростертое тело ирландца Нолана, трава вокруг была залита кровью. Когда они подбежали к нему, он еще дышал, но лицо его уже было отмечено печатью смерти. Собрав последние силы, Нолан что-то пробормотал и махнул рукой, как бы давая понять им, что для него уже все кончено, и героическим усилием отсылая их к товарищам, осаждавшим башню. Сэр Уолтер и его спутник, ошеломленные таким внезапным и ужасным поворотом событий, бессознательно повиновались ему. То, что они увидели, было столь же поразительно, хотя и менее трагично: два других полицейских были живы, но Макбрайд лежал со сломанной ногой под упавшей лестницей, которую, очевидно, оттолкнули от верхнего окна, а Уилсон лежал ничком, неподвижно, точно оглушенный, уткнувшись рыжей головой в серебристо-серые шарики серебрянки. Впрочем, беспамятство его тут же прошло: как только сэр Уолтер и его секретарь показались из-за башни, он зашевелился и попытался встать.

— Черт возьми, точно взрыв! — вскричал сэр Уолтер. И действительно, трудно было иначе определить ту дьявольскую энергию, с какой один человек, зажатый в треугольник врагов, сломал его, почти одновременно посеяв смерть и разрушение на всех трех сторонах.

Уилсон уже поднялся на ноги и с удивительной энергией бросился к окну, держа револьвер наготове. Он дважды выстрелил в окно и прыгнул в него в дыму своих выстрелов; звук его шагов и стук упавшего стула свидетельствовали о том, что неустрашимый кокни проник, наконец, в башню. Последовала непонятная тишина. Дым рассеивался. Сэр Уолтер, подойдя к окну, заглянул в пустоту древней башни: кроме Уилсона, озиравшегося вокруг, там никого не было.

Внутри башня представляла собой одну пустую комнату, в которой не было ничего, кроме простого деревянного стула и стола. На столе лежали бумаги и перья, стояла чернильница, а рядом с ней подсвечник. На стене, под верхним окном, виднелась грубо сколоченная площадка, похожая, скорее, на большую полку; добраться до нее можно было только по приставной лестнице. Площадка была пуста, как и вся комната с голыми стенами. Оглядев помещение, Уилсон подошел к столу и стал внимательно рассматривать лежавшие на нем вещи. Затем он молча указал тощим пальцем на открытую страницу большой тетради. Человек, который писал в ней, остановился, даже не окончив начатого слова.

— Я говорю, это было похоже на взрыв, — сказал сэр Уолтер. — И сам он будто тоже взорвался. Во всяком случае, он как-то вылетел из башни, ничего не уничтожив при этом. Исчез словно мыльный пузырь, а не как взорвавшаяся бомба!

— Зато он уничтожил кое-что поценнее этой башни, — мрачно сказал Уилсон.

Наступило долгое молчание, затем сэр Уолтер произнес серьезно:

— Что ж, мистер Уилсон, я не сыщик. У нас никого не осталось по вашей части, кроме вас; придется вам взять на себя руководство этой стороной дела. Мы все глубоко сожалеем об этой печальной необходимости, но мне хотелось бы сказать, что в данном случае я полностью полагаюсь на ваши способности. Что, по-вашему, мы должны теперь предпринять?

Уилсон, казалось, стряхнул с себя свое мрачное оцепенение и ответил на слова сэра Уолтера с необычным теплом и признательностью. Он подозвал нескольких полицейских и велел им обыскать башню внутри, а остальных послал осмотреть ближайшие окрестности.

— По-моему, — сказал он, — необходимо прежде всего убедиться, не прячется ли он где-нибудь в башне, — ведь выбраться из нее было физически невозможно. Бедняга Нолан, может, вспомнил бы опять о своей фее смерти и стал бы говорить, что на помощь принцу пришли всякие сверхъестественные силы. Ну, а мне всякая чертовщина ни к чему, когда я имею дело с реальностью. А она такова: пустая башня с лестницей, стул и пустой стол.

— Спириты, — произнес сэр Уолтер с улыбкой, — сказали бы, что духи могут многое сделать с помощью простого стола.

— Только в том случае, если на нем стоит хорошая бутылка спиртного, — ответил Уилсон, кривя усмешкой бледный рот. — Здесь верят в духов, особенно когда поднагрузятся ирландским виски. Если хотите знать, этой стране не хватает просвещения, вот чего!

Тяжелые веки Хорна Фишера дрогнули, точно даже его рассердил презрительный тон сыщика.

— Ирландцы слишком верят в духов, чтобы верить в спиритизм, — проговорил он тихо. — Они слишком много о них знают. Если же вам нужна по-детски простая вера в духов, ищите ее в своем любимом Лондоне.

— К чему она мне? — ответил отрывисто Уилсон. — Тут у меня вещи попроще, чем ваша простая вера, — стол, стул и лестница. И вот что я должен сказать о них для начала. Они сколочены грубо из самого обыкновенного дерева. Стол и стул совсем новые и сравнительно чистые. Лестница покрыта пылью, и под верхней ступенькой видна паутина. А это значит, что стол и стул он взял совсем недавно у кого-нибудь в деревне, как мы и предполагали. Но лестница уже давно стоит здесь, в этой старой норе. Вероятно, это часть оригинальной обстановки в этом великолепном дворце ирландских королей.

Фишер снова взглянул на него из-под тяжелых век, однако на этот раз, одолеваемый, казалось, дремотой, он ничего не сказал. Уилсон продолжал:

— Совершенно очевидно, что здесь только что произошло нечто необычайное. Ставлю десять против одного, что вся история связана именно с этим местом. Может, он выбрал башню потому, что нигде больше его фокус не прошел бы, ни на что другое она, по-моему, не годится. Он знал о ней издавна; ведь, говорят, она принадлежала его роду. По всей вероятности, тайна кроется в конструкции самой башни.

— Ваши доводы кажутся чрезвычайно убедительными, — сказал внимательно слушавший сэр Уолтер. — Но что бы это могло быть?

— Теперь вы понимаете, что я имел в виду, говоря о лестнице, — продолжал сыщик. — Она одна здесь старая, и я сразу же ее заметил своим свежим взглядом горожанина. Но тут есть и еще кое-что. Эта площадка наверху предназначалась для всякого хлама, однако хлама-то там и нет. Насколько я могу судить, она, как и вся башня, совершенно пуста, и непонятно, к чему тогда лестница. Видно, раз внизу ничего нет, стоит заглянуть наверх.

Он живо соскочил со стола, на котором сидел (единственный стул был предоставлен сэру Уолтеру), и вскарабкался вверх по лестнице. За ним последовали остальные. Мистер Фишер поднялся последним с выражением полнейшего безразличия на лице. Однако и тут их ждало разочарование, хоть Уилсон и обнюхал каждый угол, словно терьер, и чуть не распластался на полу, осматривая потолок.

Полчаса спустя они вынуждены были признать, что так и не напали на след. Личному секретарю сэра Уолтера, видно, все труднее было бороться с дремотой, столь неуместной в данных обстоятельствах. Поднявшись последним по лестнице, он, казалось, не находил в себе сил, чтобы спуститься вниз.

— Идите же, Фишер, — позвал сэр Уолтер снизу, когда все спустились на пол. — Надо решить, стоит ли разносить эту башню на куски, чтобы понять, из чего она сделана.

— Иду, — ответил голос сверху, сопровождаемый сдавленным зевком.

— Чего вы ждете? — спросил сэр Уолтер нетерпеливо. — Вы что-нибудь увидели?

— Пожалуй, — неопределенно ответил тот. — А вот теперь вижу совершенно отчетливо.

— Что вы видите? — резко спросил Уилсон, сидя на столе и нетерпеливо постукивая каблуками.

— Человека, — ответил Хорн Фишер. Уилсон слетел со стола, будто его столкнули.

— Что? — закричал он. — Как это вы можете видеть человека?

— В окно, — кротко ответил секретарь сэра Уолтера. — Я вижу, что он направляется сюда. Он идет напрямик, по открытому полю, прямо к башне. По-видимому, он хочет нанести нам визит. И, принимая во внимание, кто этот гость, следует, должно быть, нам всем встретить его у дверей.

И он неторопливо спустился с лестницы.

— Кто бы это мог быть? — в изумлении сказал Уилсон.

— По-моему, это тот, кого вы зовете принцем Майклом, — небрежно заметил мистер Фишер. — Я даже уверен, что это он. Я видел его фотографии в полиции.

Воцарилась мертвая тишина, во время которой в ясной голове сэра Уолтера мысли вертелись, словно крылья ветряной мельницы.

— Что за черт! — вскричал он наконец. — Ну хорошо, допустим, что им же подготовленный взрыв выбросил его неизвестно как за полмили отсюда, не причинив ему никакого вреда. Все равно не пойму, какого дьявола ему здесь нужно. Убийца обычно не возвращается так скоро на место своего преступления.

— Откуда ему знать, что это место его преступления? — ответил Хорн Фишер.

— Черт возьми, что вы хотите этим сказать? По-вашему, он так рассеян?

— Дело в том, что это отнюдь не место его преступления, — сказал Фишер, подходя к окну и выглядывая из него.

Опять наступило молчание, а затем сэр Уолтер произнес спокойно:

— Что это вам пришло в голову, Фишер? Я вижу, у вас возникла новая теория относительно того, как этот парень вырвался из кольца.

— Он и не думал вырываться, — ответил Фишер, не отворачиваясь от окна. — Он и не мог вырваться — по той простой причине, что он никогда и не был в этом кольце. И в башне его не было, во всяком случае, когда мы ее окружали.

Он повернулся и встал, прислонясь спиной к косяку окна. Несмотря на обычное для него выражение безразличия, лицо его было бледнее обычного — возможно, от падавшей на него тени.

— Я начал догадываться кое о чем, еще когда мы подходили к башне, — сказал он. — Заметили вы, как затрепетало пламя свечи, перед тем как погаснуть? Я был почти уверен, что это последняя вспышка догоревшей свечи. А войдя в комнату, я увидел вот это...

Он указал на стол; сэр Уолтер глухо проклял собственную слепоту. Свеча в подсвечнике действительно выгорела до конца; однако что из этого следовало, оставалось для сэра Уолтера тайной.

— Затем возникает своеобразный математический вопрос, — продолжал Фишер, снова спокойно прислонясь к окну и всматриваясь в голые стены, как бы разглядывая воображаемые чертежи, развешанные на них, — Из центра треугольника все его три угла не просматриваются. Однако, если ты находишься в одном из углов, увидеть, что происходит в двух других, не составляет особого труда, если к тому же они лежат у основания равнобедренного треугольника. Прошу прощения за эту лекцию по геометрии, но...

— Боюсь, что у нас нет времени на лекции, — холодно проговорил Уилсон. — Если этот человек в самом деле возвращается, я должен немедленно отдать приказания.

— Все же я продолжу свою мысль, — заметил Фишер, с оскорбительным спокойствием глядя в потолок.

— Должен просить вас, мистер Фишер, не мешать мне вести расследование, как я нахожу нужным, — сказал Уилсон решительно. — Сейчас здесь распоряжаюсь я.

— Да, — тихо ответил Хорн Фишер таким тоном, что все присутствующие похолодели. — Да, но почему?

Сэр Уолтер смотрел на Фишера в изумлении — перед ним был совсем не тот медлительный и вялый юноша, которого он так хорошо знал. Фишер поднял веки и смотрел на Уилсона, широко раскрыв глаза; казалось, с них, словно с глаз орла, сползла пленка.

— Почему вы распоряжаетесь здесь? — спросил он — Почему вы теперь ведете расследование по своему усмотрению? Как случилось, хотел бы я знать, что здесь нет никого старше вас по чину, чтобы вмешаться в ваши действия?

Все растерянно молчали. В эту минуту снаружи раздался сильный и гулкий удар в дверь башни, словно сама судьба стучала к ним.

Деревянная дверь заскрипела на ржавых петлях под чьей-то сильной рукой, и в комнату вошел принц Майкл. Это, конечно, был он. Светлое платье принца, хотя и сильно пострадавшее за время его приключений, было прекрасного, почти щегольского покроя, а острая бородка эспаньолкой словно служила новым напоминанием о Луи-Наполеоне; впрочем, он был гораздо выше и стройнее того, кому стремился подражать. Не успел никто произнести и слова, как он, словно призывая к молчанию, легко, но величаво, как гостеприимный хозяин, повел рукой.

— Господа, — сказал он, — приветствую вас в башне, ставшей теперь столь неприглядной.

Уилсон опомнился первым. Он шагнул к нему и произнес:

— Майкл О'Нил, именем короля я арестую вас за убийство Фрэнсиса Мортона и Джеймса Нолана. Считаю своим долгом предупредить вас…

— Нет, мистер Уилсон, — внезапно вскричал Фишер, — вам не удастся совершить третье убийство!

Сэр Уолтер Кэри вскочил со стула, который с грохотом повалился на пол.

— Что это значит? — воскликнул он властно.

— Это значит, — ответил Фишер, — что человек, по имени Гукер Уилсон, выстрелом вон из того окна убил двух своих товарищей в минуту, когда они появились в противоположных окнах. Вот что это значит! Если хотите в этом убедиться, сосчитайте, сколько было выстрелов и сколько патронов осталось у него в револьвере.

Уилсон быстрым движением рук схватил револьвер, который лежал на столе. Но тут произошло нечто совсем не предвиденное. Принц Майкл, неподвижно, как статуя, стоявший на пороге, вдруг с ловкостью акробата выхватил револьвер из рук сыщика.

— Собака! — вскричал он. — Ты — воплощение английской справедливости, как я — трагедии ирландцев. Ты пришел сюда, чтобы убить меня рукой, обагренной кровью твоих же братьев. Если бы они пали жертвой мести, это назвали бы убийством, но тогда твой грех имел бы оправдание. Мне же, невиновному в их убийстве, пришлось бы поплатиться за него жизнью. Это была бы торжественная и пышная церемония с длинными речами, и судьи, терпеливо выслушав все доводы в пользу моей невиновности, признали бы их несостоятельными, пренебрегая моим отчаянием. Да, вот оно, злодейство! Но убийство может и не быть преступлением. В этом револьвере есть еще одна пуля, и я знаю, кто ее заслужил!

Уилсон и повернуться не успел, как Майкл выстрелил. Сыщик скорчился от боли и повалился, как сноп.

Уилсон и повернуться не успел, как Майкл выстрелил.

Полицейские бросились к нему; сэр Уолтер стоял молча, словно в оцепенении. Наконец Хорн Фишер нарушил молчание.

— Да, вы — подлинное воплощение трагедии ирландцев, — сказал он и как-то странно, устало махнул рукой. — Вы были совершенно правы и сами же погубили себя.

Лицо принца застыло, как мрамор, только в глазах его мелькнуло отчаяние.

Внезапно он рассмеялся и швырнул дымящийся револьвер на пол.

— Да, мне нет оправдания, — сказал он. — Я совершил преступление, за которое не только меня, но и детей моих стоило бы проклясть.

Хорн Фишер, казалось, не ожидал такого быстрого раскаяния. Не отводя от Майкла глаз, он тихо спросил:

— О каком преступлении вы говорите?

— Я помог английскому правосудию, — ответил принц Майкл. — Я отомстил за смерть полицейских вашего короля. Я выполнил дело королевского палача. За это меня следовало бы повесить.

И он шагнул к полицейским. Он не сдавался, а, скорее, приказывал им арестовать себя.

Таковы были события, о которых спустя много лет Хорн Фишер рассказывал журналисту Гарольду Марчу, сидя в небольшом, но фешенебельном ресторане недалеко от Пикадилли[1]. Он пригласил Марча пообедать с ним вскоре после дела, которое он назвал «Лицо на мишени». Вначале разговор зашел об этом таинственном происшествии, а затем Хорн Фишер предался воспоминаниям о событиях своей молодости, побудивших его заинтересоваться вопросами, подобными делу принца Майкла. С тех пор прошло пятнадцать лет. Волосы Хорна Фишера еще более поредели, на лбу образовались залысины, в движениях его длинных и тонких рук было больше усталости и меньше выразительности. Он рассказывал о своем давнем ирландском приключении, потому что тогда он впервые столкнулся с миром преступлений и понял, что преступление может быть тайным и непостижимым образом связано с законом.

— Гукер Уилсон был первым преступником, которого я встретил, и он служил в полиции, — рассказывал Фишер, вертя в руках бокал. — В жизни всегда так — все смешано, все противоречиво. Это был человек одаренный, возможно, даже талантливый. И как сыщик и как преступник он заслуживает самого тщательного изучения. У него была характерная наружность — бледное лицо и ярко-рыжие волосы. Он был холоден, но его сжигала страсть к славе; он мог подавить свой гнев, но честолюбие его не поддавалось контролю. При первой стычке с начальством он проглотил насмешки, но затаил обиду. Позже, когда в просветах окон появились два резко очерченных силуэта, ему представилась прекрасная возможность отомстить — к тому же так он

[1] Пикадилли — одна из центральных улиц Лондона.

избавлялся сразу от двух людей, стоявших на его пути к продвижению. Он стрелял без промаха и рассчитывал на то, что свидетелей не будет, хоть доказать что-нибудь было бы вообще очень трудно. Правда, Нолан едва не выдал его: умирая, он успел произнести: «Уилсон» — и указал на него. Мы думали, что он просит помочь товарищу, в то время как он назвал убийцу. Что касается лестницы, то опрокинуть ее было совсем нетрудно — тому, кто стоял на ней, не было видно, что происходит внизу, — а затем Уилсон и сам упал на землю, прикинувшись пострадавшим при катастрофе.

Правда, наряду с чудовищным честолюбием он обладал искренней верой не только в свои таланты, но и в свои теории. Он верил в «свежий глаз» и хотел получить возможность попробовать свои новые методы на практике. В теории Уилсона что-то было, хоть его и постигла неудача, обычная в таких случаях, — ведь даже свежему глазу не разглядеть невидимого. Эти теории хороши для простых случаев, как с пугалом или с колодцем, но они бесполезны там, где дело касается самой жизни или человеческой души. И он грубо просчитался в том, как поведет себя такой человек, как принц Майкл, услышав крик женщины о помощи. Тщеславие Майкла и самое его понятие о чести заставили его без промедления поспешить на помощь — за перчаткой дамы он вошел бы хоть в Дублинский замок. Считайте это позой, если угодно, но так бы он, конечно, и поступил. Что произошло, когда он встретил Бриджет, — это уже другая история, которую мы, может быть, никогда не узнаем. Если верить слухам, дошедшим до меня, они помирились. И хотя Уилсон на этот раз и ошибся, все же было что-то верное в мысли о том, что человек новый видит больше всех; он замечает то, что старожилу незаметно, — ведь тот слишком много знает, чтобы действительно знать что-нибудь. Да, кое в чем он был прав. И он был прав относительно меня.

— Относительно вас? — спросил Марч.

— Я слишком много знаю, чтобы действительно знать что-нибудь или, во всяком случае, чтобы сделать что-нибудь, — сказал Хорн Фишер. — Я говорю сейчас не только об Ирландии. Я говорю об

Англии. Я говорю о всей системе нашего управления, хотя, вероятно, она и является единственно для нас возможной. Вы спрашиваете меня, что произошло с теми, кто остался в живых после этой трагедии. Так вот: Уилсон выздоровел, и нам удалось убедить его подать в отставку. Однако этому проклятому убийце пришлось дать такую пенсию, какую едва ли получал самый доблестный герой, когда-либо сражавшийся за Англию. Мне удалось спасти Майкла от самого страшного, однако этого совершенно невинного человека пришлось отправить на каторгу за преступление, которого, как мы хорошо знаем, он не совершал. И только значительно позже нам удалось тайно способствовать его побегу. Сэр Уолтер Кэри сейчас премьер-министр, и, вероятно, он никогда бы им не был, если бы правда о позорном происшествии, случившемся в его ведомстве, стала достоянием гласности. Она могла погубить нас всех, когда мы были в Ирландии. Для него же это наверняка был бы конец. А ведь он старый друг моего отца и всегда был чрезмерно добр ко мне. Как видите, я слишком тесно связан с этим миром и, уж конечно, не мне изменять его. Вы, по-видимому, огорчены, а может быть, даже шокированы, но я и не думаю обижаться на вас. Что ж, если угодно, переменим тему разговора… Как вам нравится это бургундское? Оно — мое открытие, как, впрочем, и сам ресторан…

И он начал пространно, с чувством и со знанием дела говорить о винах, о которых, как скажут некоторые моралисты, он также слишком много знал.

Причуда рыболова

Бывают случаи настолько необычные, что запомнить их именно поэтому просто невозможно. Если событие совершенно выпадает из общего порядка вещей и не имеет ни причин, ни следствий, ничто в дальнейшем не воскрешает его в памяти; оно остается в подсознании, чтобы потом, долгое время спустя, благодаря какой-нибудь случайности всплыть на поверхность. Оно ускользает, как забытый сон... Однажды ранним утром, едва в Западной Англии забрезжил рассвет, глазам человека, спускавшегося на лодке по реке, представилось поразительное зрелище. Человек этот не грезил; право, он давным-давно освободился от грез, этот преуспевающий журналист Гарольд Марч, который намеревался взять интервью у нескольких политических деятелей в их загородных виллах. Однако случай, свидетелем которого стал Марч, был до того нелеп, что вполне мог пригрезиться; и все же он попросту скользнул мимо сознания, затерявшись среди иных событий, и журналист так и не вспомнил о нем до тех пор, пока некоторое время спустя все не объяснилось.

Белесый утренний туман стлался по полям и камышовым зарослям на одном берегу; вдоль другого, над самой водой, тянулась темно-красная кирпичная стена. Бросив весла, Марч поплыл по течению и, обернувшись, увидел мост, нарушавший однообразие этой бесконечной стены, — довольно красивый мост в стиле XVIII века, с каменными опорами, некогда белыми, но теперь посеревшими от времени. Вода после разлива стояла еще высоко, и низкорослые деревья совсем затопило, под аркой моста остался лишь узкий белый просвет.

Когда лодка очутилась под темными сводами моста, Марч увидел, что навстречу плывет другая лодка, и в ней тоже только один человек. Гребец сидел спиной к Марчу, но едва лодка приблизилась к мосту, он встал на ноги и обернулся. Однако теперь он уже был у самого пролета, вырисовываясь черным силуэтом на фоне яркого утреннего света, и Марч не разглядел ничего, кроме длинных бакенбард или кончиков усов, придававших его облику что-то зловещее, словно прямо из щек у него росли рога. Марч, разумеется, и на эти подробности не обратил бы внимания, если бы в ту же секунду не произошло нечто необычайное. Поравнявшись с мостом, человек подпрыгнул и повис на нем, дрыгая ногами, а пустая лодка поплыла дальше. Мгновение Марч видел две черные, болтающиеся в воздухе ноги, потом одну и, наконец, ничего, кроме бурной речки и уходящей вдаль стены. Но всякий раз, как Марч вспоминал об этом событии потом, долгое время спустя, когда ему уже стала известна связанная с ним история, оно неизменно облекалось в ту же причудливую форму, словно эти ноги были нелепым украшением моста, вроде химеры. А в то утро Марч преспокойно поплыл дальше, оглядывая реку. На мосту он никого не увидел — должно быть, незнакомец успел скрыться; все же Марч почти бессознательно отметил про себя, что среди деревьев у въезда на мост, со стороны, противоположной стене, маячит у фонарного столба широкая синяя спина ничего не подозревающего полисмена.

Пока Марч, совершая свое политическое паломничество, добирался до святых мест, у него было немало забот, которые отвлекли его от странного происшествия: не так-то легко в одиночку справиться с лодкой даже на этой пустынной реке. Один он поплыл по непредвиденной случайности. Лодку для путешествия они купили вместе с другом, но тому в последнюю минуту пришлось изменить свои планы. Гарольд Марч собирался плыть по реке до Уилловуд-Плейс, где гостил в то время премьер-министр со своим другом Хорном Фишером. Известность Гарольда Марча росла; его блестящие политические статьи открывали перед ним двери самых изысканных салонов, но он ни разу еще не встречался с премьером. Хорн Фишер был совершенно неизвестен, но премьера он всю жизнь знал. Вот почему, если бы совместное путешествие состоялось, Марч, вероятно, поторапливался бы, а Фишер был бы не прочь плыть помедленней. Ведь Фишер принадлежал к тому кругу людей, которые знают премьеров от рождения. Вероятно, они не находят в этом особого удовольствия, а Фишер к тому же словно родился усталым. У этого высокого, бледного, бесстрастного человека с лысеющим лбом и светлыми волосами досада редко выражалась в какой-нибудь иной форме, кроме скуки. И все же он был несомненно раздосадован, когда, укладывая в саквояж рыболовные снасти и сигары, получил телеграмму из Уилловуда с просьбой немедленно выехать туда поездом, так как премьер-министр должен отбыть в тот же вечер. Фишер знал, что Марч не сможет тронуться в путь раньше следующего дня; он любил Марча и заранее предвкушал удовольствие, которое доставит им совместная прогулка по реке. К премьер-министру Фишер не испытывал ни особой любви, ни отвращения, а часы, которые предстояло провести в поезде, заранее были ему отвратительны. Тем не менее он терпел премьер-министров, как терпел железные дороги, считая их составной частью того порядка, разрушение которого отнюдь не входило в его планы. Поэтому он позвонил Марчу, извинился и, пересыпая свои слова сдержанными проклятиями, предложил ему спуститься одному вниз по реке, как условились, а встретиться в Уилловуде. Затем он вышел на улицу и, подозвав такси, поехал на вокзал. В вокзальном киоске он пополнил свой легкий багаж сборниками детективных рассказов, которые с удовольствием прочел в дороге, не подозревая, что ему самому предстоит вскоре стать действующим лицом куда более загадочной истории.

Незадолго перед закатом Фишер подошел к воротам парка, раскинувшегося на берегу реки; это и был «Уилловуд-Плейс», одна из небольших усадеб сэра Айзека Гука, крупного судовладельца и газетного магната. Ворота выходили на дорогу со стороны, противоположной реке, но что-то в пейзаже постоянно напоминало, что река близко. Сверкающие полосы воды, словно шпаги или копья, неожиданно мелькали среди зеленых зарослей, и даже в самом парке, на лужайках, окаймленных живой изгородью из кустов и деревьев, воздух словно пронизывало журчание воды. Первая лужайка, на которой очутился Фишер, была запущенным крокетным полем, а по нему гонял шары какой-то молодой человек. Играл этот человек без всякого увлечения, видимо, просто так, для практики; его красивое болезненное лицо казалось скорее угрюмым, чем оживленным. Он был из тех молодых людей, которые не могут сидеть без дела — совесть не позволяет, а всякое дело превращается для них в какую-нибудь игру. Фишер сразу узнал в темноволосом молодом человеке Джеймса Буллена, неизвестно почему прозванного Бункером. Он был племянником сэра Айзека Гука и — что гораздо существенней — личным секретарем премьер-министра.

— Хелло, Бункер! — приветствовал его Хорн Фишер. — Вас-то мне и нужно. Что, ваш патрон еще здесь?

— Только до вечера, — ответил Буллен, следя глазами за желтым шаром. — Завтра в Бирмингеме ему надо выступить с большой речью, так что он сегодня же двинет прямо туда. Сам повезет себя. То есть, я хочу сказать, сам поведет машину. Он только этим и гордится.

— Значит, вы останетесь здесь, у дядюшки, как пай-мальчик? — заметил Фишер. — Что же будет делать премьер в Бирмингеме без острот, которые подсказывает ему на ухо его блестящий секретарь?

— Бросьте шуточки, — сказал молодой человек, по прозвищу Бункер. — Я только рад, что не придется тащиться вместе с ним. Он ведь ни бельмеса не смыслит в дорожных делах — расходах, гостиницах и прочем, вот я и вынужден носиться повсюду, точно мальчик на побегушках. Ну, а насчет дяди... Что ж, поскольку мне предстоит унаследовать усадьбу, приличие требует, чтобы я по временам бывал здесь.

— Ваша правда, — согласился Фишер. — Ну, мы еще увидимся. — И, миновав площадку, он двинулся дальше через проход в изгороди.

Он шел по траве к лодочной пристани, а вокруг него, в парке, где царила река, под золотым вечерним небосводом, витал неуловимый аромат старины. Следующая лужайка сперва показалась ему совершенно пустой, но потом, в темном уголке, под деревьями, он увидел гамак; в гамаке лежал человек и читал газету; он свесил одну ногу и тихонько ею покачивал. Фишер и его окликнул по имени, и тот встал и подошел к нему. Как нарочно, отовсюду веяло прошлым; перед Фишером словно возник призрак викторианских времен, явившийся проведать старинные крокетные площадки. Этот пожилой человек с несуразно длинными бакенбардами был в воротничке и галстуке причудливого, щегольского покроя. Сорок лет назад он блистал в свете и ухитрился сохранить прежний лоск, пренебрегая при этом модами. В гамаке рядом с «Морнинг пост» лежал белый цилиндр.

Это был герцог Уэстморленд, последний отпрыск рода, древность которого подтверждалась историей, а не только ухищрениями геральдики. Фишер лучше чем кто бы то ни было знал, как редко встречаются в жизни подобные аристократы, столь часто изображаемые в романах. Но, пожалуй, куда интереснее было бы спросить у Фишера, чему обязан герцог всеобщим уважением — своей безукоризненной родословной или весьма крупному состоянию.

— Вы тут так удобно устроились, — заметил Фишер, — что я принял вас за одного из слуг. Ищу, кому бы отдать саквояж. Понимаете, уезжал в такой спешке, что не взял с собой камердинера.

— Представьте, я тоже, — не без гордости сказал герцог. — Это не в моих привычках. Камердинер — единственный представитель рода человеческого, которого я терпеть не могу: с детства привык одеваться сам и, кажется, неплохо справляюсь. Быть может, на старости лет я снова впал в детство, но не до такой степени, чтобы меня одевали.

— Премьер тоже не привез камердинера, зато привез секретаря, — заметил Фишер. — А ведь эта должность куда хуже… Верно ли, что Гаркер здесь?

— Он на пристани, — равнодушно обронил герцог и снова уткнулся в газету.

Фишер миновал последнюю зеленую изгородь и вышел к реке — туда, откуда был виден лесистый островок напротив пристани. Там действительно сидел ссутулившись худощавый человек, чем-то похожий на стервятника. Во всех судах хорошо знали эту позу — так всегда сидел генеральный прокурор, сэр Джон Гаркер. Лицо его хранило следы напряженной умственной работы, — из троих бездельников, собравшихся в парке, он один самостоятельно проложил себе дорогу в жизни; к облысевшему лбу и впалым вискам липли блеклые рыжие волосы, прямые, словно полоски меди.

— Я еще не видел хозяина, — сказал Хорн Фишер чуточку серьезнее, чем раньше. — Надеюсь повидаться с ним за обедом.

— Увидеть его можете хоть сейчас, а вот повидаться — нет, — ответил Гаркер.

Он кивнул в сторону острова, и Фишер, взглянув туда, увидел на фоне реки выпуклую лысину и кончик удилища, одинаково неподвижно застывшие над высоким кустарником. Рыболов сидел, прислонившись к пню, спиной к пристани, и хотя лица не было видно, форма головы исключала всякие сомнения.

— Он не любит, чтобы его беспокоили, когда он удит рыбу, — продолжал Гаркер — Просто помешался — не ест ничего, кроме рыбы, и гордится, что ловит ее сам! Разумеется, он ярый поборник простой жизни, как многие из этих миллионеров. Ему нравится хвастать, что он сам заработал насущный хлеб, как всякий труженик.

— Интересно, когда это он успевает изготовить столько посуды и обивку на всю свою мебель? — осведомился Фишер. — Да еще делать серебряные вилки, выращивать виноград и персики, ткать ковры?.. Говорят, он очень занят.

— Не припомню, чтобы он упоминал об этом, — ответил юрист. — Но как понимать эту вашу социальную сатиру?

— Признаться, мне осточертела «простая трудовая жизнь», которой живут в нашем маленьком мирке, — сказал Фишер. — Ведь мы почти во всем беспомощны, зато какой подымаем шум, когда удается хоть что-то сделать самим. Премьер гордится тем, что обходится без шофера, но не может обойтись без мальчика на побегушках, и бедному Бункеру приходится быть вездесущим, хотя, видит бог, это ему не под силу. Герцог гордится тем, что обходится без камердинера, однако он доставляет чертову пропасть хлопот многим людям, которые добывают для него допотопную одежду. Должно быть, обкрадывают Британский музей или раскапывают могилы... За одним только белым цилиндром пришлось, наверное, снарядить целую экспедицию, как на Северный полюс. А тут еще старикашка Гук хвастает, что обеспечивает себя рыбой, хотя не в состоянии обеспечить себя вилкой, чтобы ее съесть. Он прост, пока речь идет о простых вещах, вроде еды, но, будьте уверены, роскошествует, когда доходит до настоящей роскоши, и особенно — до мелочей. О вас я не говорю: вы достаточно поработали на своем веку и можете теперь только притворяться, будто работаете.

— Порой мне кажется, — заметил Гаркер, — что вы скрываете от нас ужасную тайну: вы иногда умеете быть полезным. Не затем ли вы явились, чтобы повидать «самого» до его отъезда в Бирмингем?

— Да, — ответил Хорн Фишер, понизив голос. — Надеюсь, мне удастся поймать его до обеда. А потом он собирается о чем-то говорить с сэром Айзеком.

— Глядите! — воскликнул Гаркер. — Сэр Айзек кончил удить. Он ведь гордится, что встает на заре и возвращается на закате.

И действительно, старик на острове встал, повернулся, и они увидели густую седую бороду и маленькое лицо со впалыми щеками, свирепо насупленными бровями и злыми, колючими глазками. Бережно придерживая снасти, он перешел реку вброд по плоским камням чуть пониже пристани. Потом он подошел к гостям и учтиво поздоровался с ними. В корзинке у него лежало несколько рыб, и он был в отличном расположении духа.

— Да, — сказал он, заметив на лице Фишера вежливое удивление. — Я встаю раньше всех. Ранняя пташка червяка съедает.

— На свою беду, — сказал Гаркер, — червяка съедает ранняя рыбка.

— А ранний рыболов съедает рыбку, — угрюмо сказал старик.

— Насколько мне известно, сэр Айзек, вы не только встаете рано, но и ложитесь поздно, — вставил Фишер. — По-видимому, вы очень мало спите.

— Мне всегда не хватало времени для сна, — подтвердил Гук, — а сегодня придется лечь особенно поздно. Премьер-министр сказал, что желает со мной побеседовать. А сейчас, пожалуй, пора одеваться к обеду.

В тот вечер за обедом не было сказано ни слова о политике — отпускались, главным образом, светские любезности. Премьер-министр лорд Меривейл — высокий, худощавый, с седыми волнистыми волосами — всерьез восхищался рыболовным искусством хозяина, его ловкостью и терпением; беседа мирно журчала, точно мелкая речка меж камнями.

— Конечно, тут нужно терпение, приходится ждать, пока рыба клюнет, — говорил сэр Айзек. — И ловкость нужна, чтобы вовремя подсечь. Но вообще-то мне везет.

— А может крупная рыба оборвать леску и уйти? — спросил политический деятель с почтительным интересом.

— Такую, как у меня, — никогда, — самодовольно ответил Гук. — Поверьте, я знаю толк в снастях. У рыбы скорей хватит сил стащить меня в реку, чем оборвать леску.

— Какая это была бы утрата для общества! — сказал премьер-министр, наклоняя голову.

Фишер слушал весь этот вздор с затаенным нетерпением, ожидая случая заговорить с премьером, и, как только хозяин поднялся из-за стола, он тоже вскочил с завидным проворством. Ему удалось поймать лорда Меривейла, прежде чем сэр Айзек успел увести его. Фишер намеревался сказать всего несколько слов, но сделать это было необходимо.

Распахивая дверь перед премьером, он тихо произнес:

— Я виделся с Монтмирейлом. Он говорит, что, если мы не заявим немедленно протест и не поддержим Данию, Швеция захватит порты.

Лорд Меривейл кивнул.

— Я как раз собираюсь выслушать мнение Гука по этому поводу.

— Мне кажется, — сказал Фишер с легкой усмешкой, — его нетрудно предугадать.

Меривейл ничего не ответил и непринужденно проследовал к дверям библиотеки, куда уже удалился хозяин. Остальные направились в бильярдную; Фишер коротко заметил юристу:

— Эта беседа не займет много времени. В сущности они уже пришли к соглашению.

— Гук целиком поддерживает премьера, — согласился Гаркер.

— Или премьер целиком поддерживает Гука, — возразил Хорн Фишер и принялся бесцельно гонять шары по бильярдному полю.

На следующее утро Хорн Фишер по своей давней скверной привычке проснулся поздно и не торопился сойти вниз; должно быть, у него не было охоты полакомиться червяком. Видимо, такого желания не было и у остальных гостей, которые еще только завтракали, хотя время уже близилось к полудню. Первая сенсация этого необычайного дня не заставила себя ждать. Она явилась в виде светловолосого молодого человека с простым, открытым лицом, который приплыл на лодке вниз по реке и причалил к маленькой пристани. Это был не кто иной, как журналист Гарольд Марч, друг мистера Фишера, отплывший на рассвете в то самое утро. Он остановился в городе, выпил там чаю, а потом прибыл в усадьбу; из кармана у него торчала вечерняя газета. В прибрежный парк он явился смирно и благовоспитанно, но его появление было как гром с ясного неба, хотя сам он об этом даже не подозревал.

Все поздоровались с гостем любезно, как всегда, и, как всегда, извинились за странные привычки хозяина. Он, разумеется, снова ушел с утра ловить рыбу, и его нельзя беспокоить до вечера, хотя остров, где он сидит, буквально в двух шагах.

— Видите ли, это его единственная страсть, — виновато объяснил Гаркер. — В конце концов, он ведь у себя дома. Во всем остальном он очень гостеприимный хозяин.

— Боюсь, — заметил Фишер, понизив голос, — что это уже скорее мания, а не страсть. Знаю, как бывает, когда человек в таком возрасте начинает увлекаться какими-то паршивыми рыбешками. Вспомните, как дядюшка Тэлбота собирал зубочистки, а старый Баззи, бедняга, — образцы табачного пепла. В свое время Гук сделал массу серьезных дел — вложил немало сил в лесоторговлю со Швецией и в Чикагскую мирную конференцию, — но теперь мелкие рыбешки интересуют его куда больше, чем крупные дела.

— Ну, полно вам, в самом деле, — запротестовал генеральный прокурор. — Эдак мистер Марч, чего доброго, подумает, что попал в дом к сумасшедшему. Поверьте, мистер Гук занимается рыбной ловлей для развлечения, как спортом. Просто характер у него такой, что развлекается он несколько мрачно. Но держу пари, если бы сейчас пришли важные новости о лесе или торговом судоходстве, он тут же бросил бы свои развлечения и своих рыбок.

— Право, не знаю, — отозвался Хорн Фишер, лениво поглядывая на остров.

— Кстати, что новенького? — спросил Гаркер у Гарольда Марча. — Я вижу, у вас свежая газета из тех предприимчивых вечерних газет, которые выходят по утрам.

— Здесь начало речи лорда Меривейла в Бирмингеме, — ответил Марч, протягивая ему газету. — Напечатан только небольшой отрывок, но, мне кажется, речь хорошая.

Гаркер взял газету, развернул ее и заглянул в отдел последних новостей. Как и сказал Марч, там был напечатан лишь небольшой отрывок. Но отрывок этот произвел на сэра Джона Гаркера необычайное впечатление. Его насупленные брови вздернулись и задрожали, глаза прищурились, а жесткая челюсть на секунду отвисла. Он мгновенно постарел на много лет. Затем придал голосу твердость и, спокойно передавая газету Фишеру, сказал просто:

— Что ж, теперь можно держать пари. Вот важная новость, которая дает вам право побеспокоить старика.

Хорн Фишер заглянул в газету, и его бесстрастное, невыразительное лицо тоже переменилось. Даже в этом небольшом отрывке было несколько крупных заголовков, и в глаза ему бросилось: «Сенсационное предостережение правительству Швеции» и «Мы протестуем».

— Что за черт… — начал он, и голос его перешел в шепот, а потом в свист.

— Нужно немедленно сообщить Гуку, иначе он не простит нам, — сказал Гаркер. — Должно быть, он сразу же захочет видеть премьера. Хотя теперь, вероятно, уже поздно. Я иду к нему сию же минуту, и, держу пари, он тут же забудет о рыбах. — И он торопливо зашагал вдоль берега к плоским камням, по которым переходили реку.

Марч глядел на Фишера, удивленный тем переполохом, который произвела его газета.

— А что, собственно, случилось? — вскричал он. — Я всегда считал, что мы должны заявить протест в защиту датских портов, — это ведь в наших общих интересах. Что за дело до них сэру Айзеку и всем остальным? По-вашему, это плохая новость?

— Плохая новость! — повторил Фишер тихо и как-то странно.

— Неужели это так скверно? — спросил Марч.

— Так скверно! — повторил Фишер. — Нет, почему же, это великолепно. Это грандиозная новость. Превосходная новость. В том-то вся и штука. Она восхитительна. Она бесподобна. И вместе с тем она совершенно невероятна. — Он снова посмотрел на серо-зеленый остров, на реку, хмурым взглядом обвел изгороди и лужайки. — Этот парк мне словно снится, — проговорил Фишер, — и кажется, я действительно сплю. Трава зеленеет, вода журчит, — а случилось то, чего быть не может.

Едва он произнес это, из кустов, прямо над его головой, вынырнул темный сутулый человек, похожий на стервятника.

— Вы выиграли пари, — сказал Гаркер каким-то резким, каркающим голосом. — Старый дурак ни о чем не хочет слышать, кроме рыбы. Он выругался и заявил, что ему не до политики.

— Я так и думал, — скромно заметил Фишер. — Что же вы намерены делать?

— Воспользуюсь, по крайней мере, телефоном этого старого осла, — ответил юрист. — Надо точно узнать, что случилось. Завтра мне самому предстоит делать доклад правительству. — И он торопливо направился к дому.

Наступило молчание, которое смущенный Марч не решался нарушить, а затем в глубине парка показались нелепые бакенбарды и неизменный белый цилиндр герцога Уэстморленда. Фишер поспешил ему навстречу с газетой в руке и в нескольких словах рассказал о сенсации. Герцог, который неторопливо брел по парку, вдруг остановился как вкопанный и несколько секунд был похож на манекен, стоящий у двери какой-нибудь лавки древностей. Затем Марч услышал его голос, высокий, почти истерический:

— Нужно показать ему это! Он должен понять! Я уверен, что ему не объяснили как следует! — Затем более ровным и даже несколько напыщенным тоном герцог произнес: — Я пойду и скажу ему сам.

В числе необычайных событий этого дня Марч надолго запомнил, как смешно пожилой джентльмен в своем редкостном белом цилиндре переходил реку, словно Пикадилли, осторожно переступая с камня на камень. Когда он добрался до острова и исчез за деревьями, Марч с Фишером обернулись и увидели генерального прокурора, который вышел из дому с мрачным и решительным видом.

— Все говорят, — сообщил он, — что премьер-министр произнес лучшую речь в своей жизни. Бурные аплодисменты... Продажные финансисты и доблестные крестьяне... На этот раз мы не оставим Данию без защиты...

Фишер кивнул и поглядел в сторону реки, откуда уже возвращался несколько озадаченный герцог. В ответ на расспросы он доверительно сообщил чуть осипшим голосом:

— Право, я боюсь, что наш бедный друг не в себе. Он отказался слушать. Он... э-э... сказал, что я распугаю рыбу.

Человек с острым слухом мог бы расслышать, как мистер Фишер пробормотал что-то по поводу белого цилиндра, но сэр Джон Гаркер вмешался в разговор более решительно:

— Фишер был прав. Я глазам своим не поверил, но факт остается фактом: старик поглощен рыбной ловлей. Даже если дом загорится у него за спиной, он не сдвинется с места до самого заката.

Фишер тем временем взобрался на невысокий пригорок и долго пристально смотрел, но не на остров, а на отдаленные лесистые холмы, окаймлявшие долину. Вечернее небо, безоблачное, как и накануне, простиралось над ними, но на западе оно отливало уже не золотом, а медью. Было тихо, только журчала река. Вдруг у Хорна Фишера вырвалось сдавленное восклицание, и Марч вопросительно поглядел на него.

— Вы говорили о скверных вестях, — сказал Фишер. — Что ж, вот действительно скверная весть. И, боюсь, скверное дело.

— О какой вести вы говорите? — спросил Марч, почувствовав в его тоне что-то странное и зловещее.

— Солнце село, — отозвался Фишер. И продолжал мрачно, как человек, который произнес роковое слово: — Надо послать туда кого-нибудь, кого он все-таки выслушает. Быть может, он безумец, но в его безумии есть логика. В безумии почти всегда есть логика. Собственно, она и сводит человека с ума. А Гук никогда не остается там после заката — в парке быстро темнеет. Где его племянник? Мне кажется, племянника он действительно любит.

— Глядите! — воскликнул внезапно Марч. — Он уже там. Вон он возвращается.

Взглянув на реку, они увидели Джеймса Буллена, темного на фоне заката; он торопливо и неловко перебирался с камня на камень. Один раз он поскользнулся, и все услышали негромкий всплеск. Когда он подошел к стоявшим на берегу, его смуглое лицо было неестественно бледным.

Все четверо, собравшиеся на прежнем месте, воскликнули почти в один голос:

— Ну, что он говорит?

— Ничего. Он не говорит… ничего.

Фишер пристально поглядел на молодого человека, затем словно стряхнул оцепенение и, сделав Марчу знак, начал перебираться по камням. Вскоре они вступили на проторенную тропинку, которая вела к тому месту, где сидел рыболов. Здесь они остановились и молча стали глядеть на него.

Сэр Айзек Гук все еще сидел, прислонившись к пню. И не мудрено: кусок его прекрасной прочной лески был скручен и дважды обмотан вокруг шеи, а затем дважды вокруг пня за его спиной. Горн Фишер кинулся к рыболову и притронулся к его руке; она была холодна, как рыба.

— Солнце село, — произнес Фишер тем же зловещим тоном, — и он никогда больше не увидит восхода.

— Он больше никогда не увидит восхода солнца,— сказал Фишер.

Десять минут спустя все пятеро, глубоко потрясенные, и бледные, снова собрались в парке. Прокурор первый пришел в себя; он сказал спокойно, хотя и несколько отрывисто:

— Надо сообщить полиции. Тело остается на месте. Я считаю, что могу собственной властью допросить слуг и посмотреть, нет ли каких улик в бумагах покойного. Само собой, джентльмены, никто из вас не должен покидать усадьбы.

Вероятно, быстрые и суровые распоряжения прокурора вызвали у остальных такое чувство, словно захлопнулась ловушка или западня. Во всяком случае, Буллен вдруг вспыхнул или, вернее, взорвался, потому что голос его прогремел в тишине парка.

— Я даже не дотронулся до него! — закричал он. — Клянусь, я к этому непричастен!

— А кто говорит, что вы причастны? — спросил Гаркер, зорко взглянув на него. — Что вы раскричались? Вас никто не трогает.

— А что вы так смотрите на меня? — злобно выкрикнул молодой человек. — Думаете, я не знаю? Мои проклятые долги и виды на наследство вечно у вас на языке!

К удивлению Марча, Фишер не принял участия в стычке. Он отвел в сторону герцога и, когда они отошли подальше, сказал ему просто и спокойно:

— Уэстморленд, я перейду прямо к делу.

— Ну, — сказал тот, бесстрастно глядя ему в лицо.

— У вас были причины убить его.

Герцог продолжал глядеть на Фишера, но, казалось, лишился дара речи.

— Надеюсь, что у вас были причины убить его, — продолжал Фишер мягко. — Дело в том, что положение не совсем обычное. Если у вас были причины, вы, по всей вероятности, не виновны. Если же у вас их не было, то вы, по всей вероятности, виновны.

— Что за чушь вы несете! — рассвирепел герцог.

— Все очень просто, — продолжал Фишер. — Когда вы пошли на остров, Гук был либо жив, либо мертв. Если он был жив, его, по-видимому, убили вы. В противном случае непонятно, что заставило вас молчать. Но если он был мертв, а у вас были причины его убить, вы могли промолчать из страха, что вас заподозрят... — Он помолчал, потом рассеянно заметил: — На Кипре очень красиво, правда? Романтический пейзаж, романтические люди. У молодого человека вполне может голова закружиться.

Герцог вдруг стиснул руки и хрипло сказал:

— Да, у меня была причина.

— Тогда все в порядке, — заметил Фишер, протянул ему руку и облегченно вздохнул. — Я так и знал, что это не вы. Конечно, вы перепугались, когда увидели. Словно сбылся дурной сон, верно?

Тем временем Гаркер, не обращая внимания на выходку оскорбленного Буллена, вошел в дом и тотчас же возвратился очень оживленный, с пачкой бумаг в руке.

— Я позвонил в полицию, — сказал он, обращаясь к Фишеру. — Но кажется, мне уже удалось проделать за них большую часть работы. По-моему, все ясно. Тут есть один документ…

Он осекся под странным взглядом Фишера, который заговорил, в свою очередь:

— Ну, а как насчет тех документов, которых тут нет? Я хочу сказать — уже нет. — Помолчав, он добавил: — Карты на стол, Гаркер. Вы слишком поспешили просмотреть бумаги. Может, вы искали что-то, чтобы… ну, чтобы другие этого не нашли?

Гаркер и бровью не повел, только косо взглянул на Фишера.

— Мне кажется, — мягко продолжал тот, — потому вы и солгали нам, будто Гук жив. Вы знали, что вас могут заподозрить, и не осмелились сообщить об убийстве. Поверьте мне, теперь гораздо лучше сказать правду.

Бледное лицо Гаркера внезапно покраснело, словно озаренное адским пламенем.

— Правду! — вскричал он. — Вашему брату легко говорить правду! Вы все родились в сорочке и хвалитесь незапятнанной добродетелью потому, что вам не пришлось красть эту сорочку у другого. А я родился в меблированных комнатах! Я должен был сам добывать себе сорочку! И если, пробивая себе дорогу, нарушишь в юности мелкий и, кстати, весьма сомнительный закон, всегда найдется старый вампир, который будет всю жизнь сосать из тебя кровь.

— Копи в Гватемале, верно? — сочувственно заметил Фишер.

Гаркер вздрогнул. Помолчав, он сказал:

— Очевидно, вы знаете все, как господь всеведущий.

— Я знаю даже слишком много, — ответил Хорн Фишер, — но, к сожалению, совсем не то, что нужно.

Трое остальных подошли к ним, но, прежде чем они приблизились, Гаркер сказал голосом, который снова обрел твердость:

— Да, я уничтожил одну бумагу, но зато нашел другую, которая, как мне кажется, снимает подозрение со всех нас.

— Прекрасно! — сказал Фишер весело и громко. — Посмотрим.

— Поверх бумаг сэра Айзека, — пояснил Гаркер, — я нашел письмо от человека, по имени Гуго. Он грозил убить нашего несчастного хозяина именно таким образом. Это нелепое письмо, одни издевки — можете взглянуть сами, — но в нем упоминается, что Гук всегда удит рыбу на острове. И главное, он сам признает, что пишет письмо в лодке. А так как, кроме нас, на остров никто не ходил, — тут губы его скривились в улыбке, — преступление мог совершить только тот, кто приплыл на лодке.

— Постойте-ка! — вскричал герцог, и в лице его появилось что-то похожее на оживление. — Да ведь я хорошо помню этого Гуго. Он был не то камердинер, не то телохранитель. Ведь сэр Айзек все-таки опасался покушения. Его… Его не все любили. После какого-то скандала Гуго уволили, но я хорошо его помню. Такой рослый венгерец с длинными усами. Они торчали по обе стороны лица…

Словно луч света блеснул в памяти Марча, и он вспомнил утреннее видение, как вспоминают сон. Река, затопленные луга, низенькие деревья, темный пролет моста. И на мгновение он снова увидел: человек с темными, торчащими, как рога, усами прыгнул на мост и скрылся.

— Боже мой! — воскликнул он. — Да ведь я видел убийцу сегодня утром!

В конце концов Хорн Фишер и Гарольд Марч все-таки провели день вдвоем на реке, так как вскоре после прибытия полиции маленькое общество распалось. Было объявлено, что показания Марча снимают подозрение со всех присутствующих и подтверждают вину бежавшего Гуго. Хорн Фишер сомневался, что венгерца поймают, и, видимо, не особенно стремился распутывать это дело, —

облокотившись на борт лодки, он, покуривая, смотрел, как колышутся камыши, медленно уплывая назад.

— Это он хорошо придумал — прыгнуть на мост, — заметил Фишер. — Пустая лодка мало о чем говорит.

Никто не видел, как он причаливал к берегу, а с моста он сошел, если можно так выразиться, и не входя туда. Он опередил преследователей на двадцать четыре часа, а теперь сбреет усы и скроется. По-моему, есть все основания надеяться, что ему удастся уйти.

— Надеяться? — повторил Марч и опустил весла.

— Да, надеяться, — повторил Фишер. — Я вовсе не хочу ввязываться в вендетту только потому, что кто-то прикончил Гука. Вы, вероятно, уже догадались, что он был за птица. Подлый кровопийца, вымогатель — вот кто такой ваш простой, энергичный промышленный магнат! Почти о каждом он знал какую-нибудь тайну. Он знал, что бедняга Уэстморленд в юности женился на Кипре, а это могло скомпрометировать герцогиню. Знал, что Гаркер рискнул деньгами клиента в самом начале карьеры. Поэтому-то они и перепугались, когда увидели, что он мертв. Они чувствовали себя так, словно сами совершили это убийство во сне. Но, признаться, есть еще одна причина, по которой я не хочу, чтобы нашего венгерца повесили.

— Что ж это за причина? — спросил Марч.

— Дело в том, что он никого не убивал, — ответил Фишер.

Гарольд Марч бросил весла, и некоторое время лодка плыла сама по себе.

— Знаете, я почти ожидал чего-нибудь такого, — сказал он. — Это неразумно, конечно, но в воздухе что-то было, как перед грозой.

— Напротив, неразумно обвинять Гуго, — возразил Фишер. — Разве вы не видите, что они осуждают его на том же основании, на котором оправдали всех остальных? Гаркер и Уэстморленд молчали потому, что нашли Гука убитым и знали, что есть документы, которые могут навлечь на них подозрение. Гуго тоже нашел его убитым и тоже знал, что есть письмо, которое может навлечь на него подозрение. Это письмо он сам написал накануне.

— В таком случае, — нахмурился Марч, — когда же совершено убийство? Я встретил Гуго на рассвете, а ведь от острова до моста путь не близкий.

— Все очень просто, — сказал Фишер. — Его убили не утром. И не на острове.

Марч глядел в искрящуюся воду и молчал, но Фишер продолжал так, словно отвечал на вопрос:

— Умный убийца непременно использует необычные стороны обычной ситуации. В данном случае было важно, что Гук встает раньше всех, удит рыбу на острове и очень недоволен, когда его беспокоят. Убийца задушил его в доме вчера ночью, а затем, в темноте, перетащил труп вместе со снастями на остров, привязал его к дереву и оставил там. Весь день рыбу удил мертвец. А убийца вернулся в дом или, вероятнее всего, пошел прямо в гараж и укатил в своем автомобиле. Убийца сам водит машину. — Фишер взглянул в лицо другу и продолжал: — Вы ужасаетесь, и в самом деле все это ужасно. Но не менее ужасно и другое. Представьте себе человека, которого вконец извел вымогатель, разрушил его семью. Если этот человек убьет негодяя, вы ведь не откажете ему в снисхождении! А разве не заслуживает снисхождения тот, кто избавил от вымогателя не семью, а целый народ?

Предостережение, сделанное Швеции, вероятно, предотвратит войну, а не развяжет ее, и спасет много тысяч жизней, куда более ценных, чем жизнь этой старой змеи. Поймите, это не казуистика — я не оправдываю убийцу, но рабство, в которое попал его народ, оправдать в сотни раз труднее. Будь я поумней, я догадался бы обо всем еще за обедом по его затаенной жесткой усмешке. Помните, я пересказывал вам дурацкий разговор о том, что старому Айзеку всегда удается подсечь рыбу? В определенном смысле этот мерзавец ловил на свою удочку не рыб, а людей.

Гарольд Марч взялся за весла и снова начал грести.

— Да, помню, — ответил он. — И еще речь шла о том, что крупная рыба может оборвать леску и уйти.

«Белая ворона»

Гарольд Марч и те немногие, кто поддерживал знакомство с Хорном Фишером, замечали, что при всей своей общительности он довольно одинок. Они встречали его родных, но ни разу не видели членов его семьи. Его родственники и свойственники пронизывали весь правящий класс Великобритании, и казалось, что почти со всеми он дружит или хотя бы ладит. Он отлично знал вице-королей, министров и важных персон и мог потолковать с каждым из них о том, к чему собеседник относился серьезно. Так, он беседовал с военным министром о шелковичных червях, с министром просвещения — о сыщиках, с министром труда — о лиможских эмалях, с министром религиозных миссий и нравственного совершенства (надеюсь, я не спутал?) — о прославленных мимах последних четырех десятилетий. А поскольку первый был ему кузеном, второй — троюродным братом, третий — зятем, а четвертый — мужем тетки, эта гибкость способствовала, бесспорно, укреплению семейных уз. Однако Гарольд Марч считал, что у Фишера нет ни братьев, ни сестер, ни родителей, и очень удивился, когда узнал его брата — очень богатого и влиятельного, хотя, на взгляд Марча, гораздо менее интересного. Сэр Генри Гарленд Фишер (после его фамилии шла еще длинная вереница имен) занимал в министерстве иностранных дел какой-то пост, куда более важный, чем пост министра. Держался он очень вежливо; тем не менее Марчу показалось, что он смотрит сверху вниз не только на него, но и на собственного брата. Последний, надо сказать, чутьем угадывал чужие мысли и сам завел об этом речь, когда они вышли из высокого дома на одной из фешенебельных улиц.

— Как, разве вы не знаете, что в нашей семье я дурак? — спокойно промолвил он.

— Должно быть, у вас очень умная семья, — с улыбкой заметил Марч.

— Вот она, истинная любезность! — отозвался Фишер. — Полезно получить литературное образование. Что ж, пожалуй, «дурак» слишком сильно сказано. Я в нашей семье банкрот, неудачник, «белая ворона».

— Не могу себе представить, — сказал журналист. — На чем же вы срезались, как говорят в школе?

— На политике, — ответил Фишер. — В ранней молодости я выставил свою кандидатуру и прошел в парламент «на ура», огромным большинством. Разумеется, с тех пор я жил в безвестности.

— Боюсь, я не совсем понял, при чем тут «разумеется», — засмеялся Марч.

— Это и понимать не стоит, — сказал Фишер. — Интересно другое. События разворачивались, как в детективном рассказе. К тому же тогда я впервые узнал, как делается современная политика. Если хотите, расскажу.

Дальше вы прочитаете то, что он рассказал, — правда, здесь это меньше похоже на притчу и на беседу.

Те, кому в последние годы довелось встречаться с сэром Генри Гарлендом Фишером, не поверили бы, что когда-то его звали Гарри. На самом же деле в юности он был очень ребячлив, а присущая ему толстокожесть, принявшая ныне форму важности, проявлялась тогда в неуемной веселости. Друзья сказали бы, что он стал таким непробиваемо взрослым, потому что смолоду был по-настоящему молод. Враги сказали бы, что он сохранил былую легкость в мыслях, но утратил добродушие. Как бы то ни было, история, поведанная Хорном Фишером, началась тогда, когда юный Гарри стал личным секретарем лорда Солтауна. Дальнейшая связь с министерством иностранных дел перешла к нему как бы по наследству от этого великого человека, вершившего судьбы империи. В Англии было три или четыре таких государственных деятеля; огромная его работа оставалась почти неведомой, а из него можно было выудить только грубые и довольно циничные шутки. Тем не менее, если бы лорд Солтаун не обедал как-то у Фишеров и не сказал там одной фразы, простая застольная острота не породила бы детективного рассказа.

Кроме лорда Солтауна, в гостиной были только Фишеры — второй гость, Эрик Хьюз, удалился сразу после обеда, покинув своих сотрапезников за кофе и сигарами. Он очень серьезно и красноречиво говорил за столом, но, отобедав, немедленно ушел на какое-то деловое свидание. Это было весьма для него характерно. Редкая добросовестность уживалась в нем с позерством. Он не пил вина, но слегка пьянел от слов. Портреты его и слова красовались в то время на первых страницах всех газет: он оспаривал на дополнительных выборах место, прочно забронированное за сэром Франсисом Вернером. Все говорили о его громовой речи против засилья помещиков; даже у Фишеров все говорили о ней — кроме Хорна, который, притулившись в углу, мешал кочергой в камине. Тогда, в молодости, он был не вялым, а скорее угрюмым. Определенных занятий он не имел, рылся в старинных книгах и — один из всей семьи — не претендовал на политическую карьеру.

— Мы здорово ему обязаны, — говорил Эштон Фишер. — Он вдохнул новую жизнь в нашу старую партию. Эта кампания против помещиков бьет в больное место. Она расшевелила остатки нашей демократии. Актом о расширении полномочий местного совета мы, в сущности, обязаны ему. Он, можно сказать, диктует законы раньше, чем попал в парламент.

— Ну, это и впрямь легче, — беспечно сказал Гарри. — Держу пари, что лорд в этом графстве большая шишка, поважнее совета. Вернер сидит крепко. Все эти сельские местности, что называется, реакционны. Тут ничего не попишешь, сколько ни ругай аристократов.

— А ругает он их мастерски, — заметил Эштон. — У нас никогда не было такого удачного митинга, как в Бармингтоне, хотя там всегда проходили конституционалисты. Когда он сказал: «Сэр Франсис кичится голубой кровью — так покажем ему, что у нас красная кровь!» — и повел речь о мужестве и свободе, его чуть не вынесли на руках.

— Говорит он хорошо, — пробурчал лорд Солтаун, впервые проявляя интерес к беседе.

И тут заговорил столь же молчаливый Хорн, не отводя задумчивых глаз от пламени в камине.

— Я одного не понимаю, — сказал он. — Почему людей не ругают за то, что следует?

— Эге, — насмешливо откликнулся Гарри, — значит, и тебя пробрало?

— Возьмите Вернера, — продолжал Хорн. — Если мы хотим напасть на него, почему не напасть прямо? Зачем присваивать ему романтический титул реакционного аристократа? Кто он такой? Откуда он взялся? Фамилия у него как будто старинная, но что-то я о ней не слышал. К чему говорить о его голубой крови? Да будь она хоть желтая с прозеленью — какое нам дело? Мы знаем одно: прежний владелец земли, Гокер, каким-то образом промотал свои деньги и, наверное, деньги второй жены и продал поместье человеку, по фамилии Вернер. На чем же тот разбогател? На керосине? На поставках для армии?

— Не знаю, — сказал Солтаун, задумчиво глядя на Хорна.

— В первый раз слышу, что вы чего-то не знаете! — воскликнул пылкий Гарри.

— И это еще не все, — продолжал Хорн, внезапно обретший дар слова. — Если мы хотим, чтобы деревня голосовала за нас, почему мы не выдвинем кого-нибудь хоть немного знакомого с деревней? Горожанам мы вечно долбим о репе и свинарниках. А с крестьянами почему-то говорим исключительно о городском благоустройстве.

Почему не раздать землю арендаторам? Зачем припутывать сюда совет графства?

— Три акра и корову! — выкрикнул Гарри (точнее, издал то самое, что называют в парламентских отчетах ироническим возгласом).

— Да, — упрямо ответил его брат. — Ты думаешь, земледельцы и батраки не предпочтут три акра земли и корову трем акрам бумаги с советом в придачу? Почему не учредить крестьянскую партию? Ведь старая Англия славилась йоменами — мелкими землевладельцами. И почему не преследовать таких, как Вернер, за их настоящие пороки? Ведь он так же чужд Англии, как американский нефтяной трест!

— Вот сам и возглавил бы этих йоменов, — засмеялся Гарри. — Ну и потеха!.. Вы не находите, лорд Солтаун? Хотел бы я посмотреть, как мой братец поведет в Сомерсет веселых молодцов с самострелами! Конечно, все будут в зеленом сукне, а не в шляпах и пиджаках.

— Нет, — ответил старик Солтаун. — Это не потеха. По-моему, это чрезвычайно серьезная и разумная мысль.

— Ах ты черт! — воскликнул Гарри и удивленно воззрился на него. — Я только что сказал, что вы в первый раз чего-то не знаете. А теперь скажу, что вы впервые не поняли шутки.

— Я за свою жизнь навидался всякого, — довольно сухо сказал старик. — Столько раз я говорил неправду, что она мне порядком надоела. И все-таки должен сказать, что неправда неправде рознь. Дворяне лгут, как школьники, потому что держатся друг за друга и в какой-то мере друг друга выгораживают. Но убей меня бог, если я понимаю, зачем нам лгать ради каких-то проходимцев, которые пекутся только о себе. Они нас не выгораживают, а просто-напросто выпирают. Если такой человек, как ваш брат, захочет пройти в парламент от йоменов, дворян, якобитов или староангличан, я скажу, что это великолепно!

Секунду все молчали. Вдруг Хорн вскочил, вся его вялость исчезла.

— Я готов хоть завтра! — воскликнул он. — Вероятно, никто из вас меня не поддержит?

Тут Генри Фишер показал, что в его экспансивности есть и хорошие стороны. Он повернулся к брату и протянул ему руку.

— Ты молодчина, — сказал он. — И я тебя поддержу, даже если другие не поддержат… Поддержим его, а? Я понимаю, куда клонит лорд Солтаун. Разумеется, он прав. Он всегда прав.

— Значит, я еду в Сомерсет, — сказал Хорн Фишер.

— Это по пути в Вестминстер, — улыбнулся лорд Солтаун.

И вот через несколько дней Хорн Фишер прибыл в городок одного из западных графств и сошел на маленькой станции. С собой он вез легкий чемоданчик и легкомысленного брата. Не надо думать, что брат только и умел что зубоскалить, — он поддерживал нового кандидата не просто весело, но и с толком. Сквозь его шутливую фамильярность просвечивало горячее сочувствие. Он всегда любил своего спокойного и чудаковатого брата, а теперь, по-видимому, стал его уважать. По мере того как кампания развертывалась, уважение перерастало в пламенное восхищение. Гарри был молод и еще мог обожать застрельщика в предвыборной игре, как обожает школьник лучшего игрока в крикет.

Надо сказать, восхищаться было чем. Трехсторонний спор разгорался — и не только родным, но и чужим открывались неведомые дотоле достоинства младшего Фишера. У фамильного очага просто вырвалось на волю то, о чем он долго размышлял: он давно лелеял мысль выставить новое крестьянство против новой плутократии. Всегда — и в те дни, и позже — он изучал не только нужную тему, но и все, что попадалось под руку. Обращения его к толпе блистали красноречием, ответы на каверзный вопрос блистали юмором. Природа с избытком наделила его этими двумя насущными для политика талантами. Разумеется, он знал о деревне гораздо больше, чем кандидат реформистов Хьюз или кандидат конституционалистов сэр Франсис Вернер. Он изучал ее так пылко и основательно, как им и не снилось. Вскоре он стал глашатаем народных чаяний, никогда еще не выходивших в мир газет и речей. Он умел увидеть проблему с неожиданной точки зрения; он приводил доказательства и доводы, привычные не в устах джентльмена, а за кружкой, в захолустном кабаке; воскрешал полузабытые надежды; мановением руки или словом переносил людей в далекие века, когда деды их были свободными. Такого еще не видали, и страсти накалялись.

Людей просвещенных его мысли поражали новизной и фантастичностью. Люди невежественные узнавали то, что давно думали сами, но никогда не надеялись услышать. Все увидели вещи в новом свете и никак не могли понять, закат это или заря нового дня.

Успеху способствовали и обиды, которых крестьяне натерпелись от Вернера. Разъезжая по фермам и постоялым дворам, Фишер убедился, что сэр Франсис очень дурной помещик. Как он и предполагал, тот воцарился тут недавно и не совсем достойным способом. Историю его воцарения хорошо знали в графстве, и казалось бы, она была вполне ясна. Прежний помещик Гокер — человек распутный и темный — не ладил с первой женой и, по слухам, свел ее в могилу. Потом он женился на красивой и богатой даме из Южной Америки, Должно быть, ему удалось в кратчайший срок спустить и ее состояние, так как он продал землю Вернеру и переселился в Америку, вероятно в поместье жены. Фишер подметил, что распущенность Гокера вызывала гораздо меньше злобы, чем деловитость Вернера. Насколько он понял, новый помещик занимался, в основном, сделками и махинациями, успешно лишая ближних спокойствия и денег. Фишер наслушался про него всякого; только одного не знал никто, даже сам Солтаун. Никак не удавалось выяснить, откуда Вернер взял деньги на покупку земли.

«Должно быть, он особенно тщательно это скрывает, — думал Хорн Фишер. — Наверное, очень стыдится. Черт! Чего же в наши дни может стыдиться человек?»

Он перебирал подлости, одна страшней и чудовищней другой; древние, гнусные формы рабства и ведовства мерещились ему, а за ними — не менее мерзкие, хотя и более модные пороки. Образ

Вернера преображался, чернел все гуще на фоне чудовищных сцен и чужих небес.

Погрузившись в размышления, он шел по улице и вдруг увидел соперника, столь непохожего на него. Эрик Хьюз садился в машину, договаривая что-то на ходу своему агенту; белокурые волосы развевались, лицо у него было возбужденное, как у студента-старшекурсника. Завидев Фишера, Хьюз дружески помахал рукой. Но агент — коренастый, мрачный человек, по фамилии Грайс, — взглянул на него недружелюбно. Хьюз был молод, искренне увлекался политикой и знал к тому же, что с противником можно встретиться на званом обеде, Но Грайс был угрюмый сельский радикал, ревностный нонконформист, один из тех немногих счастливцев, у которых совпали дело и хобби. Когда машина тронулась, он повернулся спиной и зашагал, насвистывая, по крутой улочке. Из кармана у него торчали газеты.

Фишер задумчиво поглядел ему вслед и вдруг, словно повинуясь порыву, двинулся за ним. Они прошли сквозь суету базара, меж корзин и тележек, миновали деревянную вывеску «Зеленого Дракона», свернули в темный переулок, вынырнули из-под арки и снова нырнули в лабиринт мощенных булыжником улиц. Решительный, коренастый Грайс важно выступал впереди, а тощий Фишер скользил за ним словно тень в ярком солнечном свете. Наконец они подошли к бурому кирпичному дому; медная табличка у дверей извещала, что в нем живет м-р Грайс. Хозяин дома обернулся и с удивлением увидел своего преследователя.

— Не разрешите ли побеседовать с вами, сэр? — вежливо осведомился Фишер.

Агент удивился еще больше, но кивнул и любезно провел гостя в кабинет, заваленный листовками и увешанный пестрыми плакатами, сочетавшими имя Хьюза с высшим благом человечества.

— Мистер Хорн Фишер, если не ошибаюсь, — сказал Грайс. — Ваш визит, конечно, большая честь для меня. Однако не буду лукавить: меня совсем не радует, что вы вступили в спор. Да вы и сами знаете. Мы здесь храним верность старому знамени свободы, а вы являетесь и ломаете наши боевые ряды.

М-р Элайджа Грайс не любил милитаризма, но питал пристрастие к военным метафорам. У него была квадратная челюсть, грубое лицо и драчливо взлохмаченные брови. В политику он ввязался чуть не мальчиком, знал все и вся и отдал политической борьбе свое сердце.

— Вероятно, вы думаете, что меня гложет честолюбие, — сказал Хорн Фишер, как всегда, с расстановкой. — Мечу, так сказать, в диктаторы. Что ж, сниму с себя это подозрение. Просто я хочу кое-чего добиться. Но сам делать ничего не хочу. Я очень редко хочу что-нибудь делать. И я пришел сюда, чтобы сказать: я готов немедленно прекратить борьбу, если вы мне докажете, что мы оба добиваемся одного и того же.

Агент реформистов растерянно взглянул на него, но Фишер не дал ему ответить и продолжал так же медленно:

— Как ни трудно в это поверить, я еще не потерял совести и меня терзают сомнения. Например, мы оба хотим провалить Вернера, — но как? Я слышал о нем пропасть сплетен, — но можно ли пользоваться сплетнями? Я хочу вести себя честно и с вами и с ним. Если хоть часть слухов верна, перед ним надо закрыть дверь парламента, как закрыли бы дверь любого клуба. Но если они неверны, я не хочу ему вредить.

Тут боевой огонек вспыхнул в глазах Грайса, и он заговорил пылко, если не сказать — гневно. Он-то не сомневался, что все рассказы верны, и подкрепил их собственными. Вернер не только жесток, но и подл, он разбойник и кровопийца, он дерет с крестьян три шкуры, и всякий порядочный человек вправе от него отвернуться. Он выжил старика Уилкинса с земли подло, как карманный вор; он довел до богадельни тетку Биддл; а когда он вел тяжбу с Длинным Адамом, браконьером, судьи краснели за него.

— Так что, если вы встанете под старое знамя, — бодро закончил Грайс, — и свалите такого мерзавца, вы об этом не пожалеете!

— Но раз все это правда, — сказал Фишер, — вы расскажете ее?

— То есть как это? Сказать правду? — удивился Грайс.

— Сказали же вы мне, — ответил Фишер. — Расклейте по городу плакаты про старика Уилкинса. Заполните газеты гнусной историей с тетушкой Биддл. Изобличите Вернера публично, призовите его к ответу, расскажите про браконьера, которого он преследовал. А кроме того, разузнайте, как он добыл деньги, чтобы купить землю, и открыто расскажите об этом. Тогда я стану под старое знамя и спущу свой маленький вымпел.

Агент смотрел на него кисловато, хотя и дружелюбно.

— Ну, знаете!.. — протянул он. — Такие вещи приходится делать по правилам, как положено, а то никто ничего не поймет. У меня очень большой опыт, и я боюсь, что ваш способ не годится. Люди понимают, когда мы обличаем помещиков вообще; но личные выпады делать непорядочно. Это — удар ниже пояса.

— У старого Уилкинса, наверное, пояса нет и в помине, — сказал Фишер. — Вернер может бить его куда попало, никто и слова не скажет. Очевидно, главное — иметь пояс. А пояса бывают только у важных персон. Может быть, — задумчиво прибавил он, — так и надо толковать старинное выражение «препоясанный граф», смысл которого всегда ускользал от меня.

— Я хочу сказать, что нельзя переходить на личности, — хмуро сказал Грайс.

— А тетушка Биддл и Адам-браконьер не личности, — сказал Фишер. — Что ж, видимо, не приходится спрашивать, каким образом Вернер сколотил деньги и стал… личностью.

Грайс по-прежнему смотрел на него из-под нависших бровей, но странный огонек в его глазах стал светлее. Наконец он заговорил другим, более спокойным тоном:

— Послушайте, а вы мне нравитесь. Я думаю, вы действительно человек честный и стоите за народ. Может быть, вы гораздо честнее, чем сами думаете. Тут нельзя действовать напролом, так что лучше не вставайте под наше знамя, играйте на свой страх и риск. Но я уважаю вас и вашу смелость и окажу вам на прощанье хорошую услугу. Я не хочу, чтобы вы ломились в открытую дверь. Вы спрашиваете, каким образом новый помещик добыл деньги и как разорился старый? Отлично. Я скажу вам кое-что ценное. Очень немногие об этом знают.

— Спасибо, — серьезно сказал Фишер. — Что же это такое?

— Буду краток, — ответил Грайс. — Новый помещик был очень беден, когда получил земли. Старый помещик был очень богат, когда их потерял.

Фишер в раздумье глядел на него, а он резко отвернулся и принялся перебирать бумаги на письменном столе. Кандидат снова поблагодарил его, простился и вышел на улицу, по-прежнему в большой задумчивости.

Раздумья его, по-видимому, привели к какому-то решению, и, ускорив шаг, он вышел на дорогу, ведущую к воротам огромного парка, принадлежавшего сэру Франсису. День был солнечный, и ранняя зима походила на позднюю осень, а в темных лесах еще пестрели кое-где красные и золотые листья, словно последние клочки заката. Путь пролегал через пригорок, и Фишер увидел сверху, у самых своих ног, длинный классический фасад, усеянный окнами. Но когда дорога спустилась к ограде поместья, за которой высились деревья, он сообразил, что до ворот усадьбы добрых полмили. Он пошел вдоль ограды и через несколько минут увидел, что в одном месте в стене образовалась брешь и ее, по-видимому, чинят. В серой каменной кладке, будто темная пещера, зиял большой пролом, но, приглядевшись, Фишер рассмотрел за ним шелестящие в полутьме деревья. Этот неожиданный пролом был словно заколдованный вход из какой-нибудь сказки.

Он прошел через этот темный и незаконный ход так же свободно, как входят в собственный дом, думая, что это укоротит путь. Довольно долго он не без труда пробирался по темному лесу; наконец внизу, сквозь деревья, замерцали непонятные серебряные полоски. Тут он вышел на свет и очутился на крутом обрыве. Внизу, по краю красивого озера, вилась тропинка. Пелена воды, мерцавшая сквозь деревья, была довольно широка и длинна, а со всех сторон ее окружала стена леса — не только темного, но и жуткого. На одном конце тропинки стояла статуя безголовой нимфы, на другом — две классические урны; мрамор был изъеден непогодой и испещрен зелеными и серыми пятнами. Сотня признаков — мелких, но красноречивых — говорила о том, что Фишер забрел в дальний, заброшенный уголок парка. Посреди озера виднелся остров, а на острове — павильон, задуманный, видимо, в стиле античного храма, хотя дорические колонны соединяла глухая стена. Нужно сказать, что остров только казался островом: от берега к нему шла перемычка из плоских камней, превращавшая его в полуостров. И разумеется, храм только казался храмом: Фишер прекрасно знал, что никакой бог не обитал никогда под его сенью.

«Вот почему все эти классические украшения садов так унылы, — подумал он. — Унылее Стонхенджа и пирамид. Мы не верим в египетских богов, но египтяне верили, и, я думаю, даже друиды верили в друидизм. Но дворянин восемнадцатого столетия, построивший эти храмы, верил в Венеру или Меркурия не больше нашего. Отражение в озере этих бледных колонн поистине только тень тени. В век разума сады заселяли каменными нимфами, но за всю историю не было людей, которые так мало надеялись бы встретить живую нимфу в лесу».

Монолог его был прерван грохотом, похожим на удар грома. Эхо мрачно гудело вокруг печального озера, и Фишер понял, что кто-то выстрелил из ружья. Странные мысли закружились в его мозгу, но он тут же засмеялся: невдалеке, на тропинке, лежала убитая птица.

В ту же минуту он увидел и нечто другое, куда более загадочное. Храм окружало кольцо густых деревьев с темной листвой, и Фишер заметил, что листья как будто зашевелились. Он был прав: довольно оборванный человек выступил из тени храма и зашагал к берегу по плоским камням. Даже сверху он казался на удивление высоким, и Фишер увидел, что под мышкой он держит ружье. В памяти сразу всплыли слова: «Длинный Адам, браконьер».

Мгновенно сообразив, что делать, Фишер спрыгнул с обрыва и побежал вокруг озера к началу перешейка. Он понимал: если браконьер дойдет до суши, он может мгновенно скрыться в чаще.

Фишер вступил на плоские камни, и Адам оказался в ловушке; ему оставалось одно — вернуться к храму. Так он и сделал. Прислонившись к стене широкой спиной, он ждал, приготовившись к защите. Он был довольно молод; над тонким худым лицом пламенели лохматые волосы, а выражение его глаз испугало бы всякого, кто очутился бы с ним наедине на пустынном острове.

— Здравствуйте, — приветливо сказал Фишер. — Я было принял вас за убийцу. Но вряд ли эта куропатка кинулась между нами из любви ко мне, как романтическая героиня. Так что вы, вероятно, браконьер?

— Не сомневаюсь, что вы назовете меня браконьером, — ответил незнакомец, и Фишера удивило, что такое пугало говорит изысканно и резко, как те, кто блюдет свою утонченность среди необразованных людей. — Я имею полное право стрелять тут дичь. Но я прекрасно знаю, что люди вашего сорта считают меня вором. Полагаю, вы постараетесь упечь меня в тюрьму.

— Тут есть небольшие осложнения, — ответил Фишер. — Начать с того, что вы мне польстили: я не егерь, и уж никак не три егеря, а только они справились бы с вами. Есть у меня еще одна причина не тащить вас в тюрьму.

— Какая? — спросил Адам.

— Да просто я с вами согласен, — ответил Фишер. — Не знаю, какие у вас права, но мне всегда казалось, что браконьер совсем не то, что вор. Трудно понять, что человек получает в собственность любую птицу, которая пролетит над его садом. С таким же основанием можно сказать, что он владеет ветром или может расписаться на утреннем облаке. И еще одно: если мы хотим, чтобы бедные уважали собственность, мы должны дать им свою собственность. Вам следовало бы иметь хоть клочок собственной земли, и я вам его дам, если смогу.

— Дадите мне клочок земли!.. — повторил Длинный Адам.

— Простите, что я говорю с вами, как на митинге, — сказал Фишер, — но я политический деятель совершенно нового типа и говорю одно и то же публично и в частной беседе. Я повторял это сотням людей по всему графству и повторяю вам на этом странном островке, среди унылого пруда. Это поместье я разделил бы на мелкие участки и роздал бы их всем, даже браконьерам. Человек вроде вас должен иметь свой уголок, чтобы разводить там... не фазанов, конечно, а хотя бы цыплят.

Адам внезапно выпрямился. Он побледнел и вспыхнул сразу, словно его оскорбили.

— «Цыплят»! — презрительно и гневно повторил он.

— А что ж? — спросил невозмутимый кандидат. — Разве куроводство слишком скромный удел для браконьера?

— Я не браконьер! — закричал Адам, и его гневный голос раскатился по пустынному лесу, как эхо выстрела. — Эта мертвая куропатка — моя. Земля, на которой вы стоите, — моя. У меня отнял землю преступник куда похуже браконьеров. Сотни лет тут было только одно поместье, и если вы или всякие там нахалы попытаетесь разрезать его, как пирог... если я услышу еще раз о вас и ваших идиотских планах...

— Довольно бурный митинг у нас получается, — заметил Хорн Фишер. — Ладно, говорите. Что же случится, если я попытаюсь честно распределить это поместье между честными людьми?

Браконьер ответил спокойно и зло:

— Тогда между нами не будет куропатки.

С этими словами он повернулся спиной, показывая, видимо, что разговор окончен, прошел мимо храма в дальний конец островка, остановился и стал смотреть в воду. Фишер последовал за ним, заговорил снова, но ответа не получил и пошел к берегу. Проходя мимо храма, он подметил в нем кое-какие странности. Обычно такие строения хрупки, как декорация, и он думал, что этот классический храм только декорация, пустая скорлупа. Но оказалось, что за путаницей серых сучьев, похожих на каменных змей, под зелеными куполами листьев стоит весьма основательная постройка. Особенно удивился Фишер, что в плотной, серовато-белой стене — всего одна дверь с большим ржавым засовом, который, однако, не задвинут. Он обошел храм кругом и не нашел никаких отверстий, кроме маленькой отдушины под самой крышей.

Он задумчиво вернулся по камням на берег озера и сел на каменные ступеньки между двумя погребальными урнами. Потом достал сигарету и задумчиво закурил; вынув записную книжку, он стал что-то писать и переписывать, пока не получилось следующее:

«1) Гокер не любил свою первую жену;
2) На второй жене он женился из-за денег;
3) Длинный Адам говорит, что поместье, в сущности, принадлежит ему;
4) Длинный Адам бродит на острове вокруг храма, похожего на тюрьму;
5) Гокер не был беден, когда потерял поместье;
6) Вернер был беден, когда его приобрел».

Он серьезно смотрел на эти заметки, потом горько улыбнулся, бросил сигарету и пошел напрямик к усадьбе. Вскоре он напал на тропинку, и та, извиваясь между клумбами и подстриженными кустами, привела его к длинному классическому фасаду. Дом походил не на жилище, а на общественное здание, сосланное в глушь.

Прежде всего Фишер увидел дворецкого, казавшегося гораздо старше здания, ибо дом был построен в XVIII веке, а лицо под неестественным бурым париком бороздили морщины тысячелетней давности. Только глаза навыкате блестели живо и даже гневно. Фишер взглянул на дворецкого, остановился и сказал:

— Простите, не служили ли вы при покойном мистере Гокере?

— Да, сэр, — серьезно ответил слуга. — Моя фамилия Эшер. Чем могу служить?

— Проводите меня к сэру Франсису, — ответил гость.

Сэр Франсис Вернер сидел в удобном кресле у маленького столика в большой, украшенной шпалерами комнате. На столике стояла бутылка, рюмка с остатками зеленого ликера и чашка черного кофе. Помещик был одет в удобный серый костюм, к которому не очень шел тускло-красный галстук; но, взглянув на завитки его усов и на прилизанные волосы, Фишер понял, что сэра зовут Франц Вернер.

— Мистер Хорн Фишер? — спросил хозяин. — Прошу вас, присядьте.

— Нет, благодарю, — ответил Фишер. — Боюсь, что визит мой не дружеский, так что я лучше постою, если вы меня не выставите. Вероятно, вам известно, что я-то уже выставил... свою кандидатуру.

— Я знаю, что мы политические противники, — ответил Вернер, поднимая брови. — Но я думаю, будет лучше, если мы поведем борьбу по всем правилам — в старом, честном английском духе.

— Гораздо лучше, — согласился Фишер. — Это было бы очень хорошо, будь вы англичанин, и еще того прекрасней, если бы вы хоть раз в жизни играли честно. Буду краток. Мне не совсем известно, как смотрит закон на ту старую историю, но главная моя цель — не допустить, чтобы Англией правили такие, как вы. И потому, что бы ни говорил закон, лично я не скажу больше ни слова, если вы сейчас же снимете свою кандидатуру.

— Вы, очевидно, сумасшедший, — сказал Вернер.

— Может быть, я не совсем нормален, — печально сказал Фишер. — Я часто вижу сны, даже наяву. Иногда события как-то двоятся для меня, словно это уже было когда-то. Вам никогда так не казалось?

— Надеюсь, вы не буйно-помешанный? — осведомился Вернер.

Но Фишер рассеянно глядел на гигантские золотые фигуры и коричнево-красный узор, испещрявший стены. Потом снова взглянул на Вернера и сказал:

— Мне все кажется, что это уже было, в этой самой украшенной шпалерами комнате, и мы с вами — два призрака, вернувшиеся на старое место. Только там, где сидите вы, сидел помещик Гокер, а там, где стою я, стояли вы. — Он помолчал секунду, потом прибавил просто: — И еще мне кажется, что я шантажист.

— Если вы шантажист, — сказал сэр Франсис, — обещаю вам, что вы попадете в тюрьму.

Но на лицо его легла тень, словно отблеск зеленого напитка, мерцавшего в бокале. Фишер пристально посмотрел на него и сказал спокойно:

— Шантажисты не всегда попадают в тюрьму. Иногда они попадают в парламент. Но, хотя парламент и без того гниет, вы в него не попадете. Я не так преступен, как были вы, когда торговались с преступником. Вы принудили помещика отказаться от поместья. Я же прошу вас отказаться только от места в парламенте.

Сэр Франсис Вернер вскочил и окинул взглядом старинные шпалеры в поисках звонка.

— Где Эшер? — крикнул он, побледнев.

— А кто такой Эшер? — кротко спросил Хорн. — Интересно, много ли он знает?

Рука Вернера выпустила шнур сонетки, глаза его налились кровью, и, постояв минуту, он выскочил из комнаты. Фишер удалился так же, как вошел; не найдя Эшера, он сам открыл парадную дверь и направился в город.

Вечером того же дня, прихватив с собою фонарь, он вернулся один в темный парк, чтобы прибавить последние звенья к цепи своих обвинений. Он многого еще не знал, но думал, что знает, где найти недостающие сведения. Надвигалась темная и бурная ночь, и дыра в стене была чернее черного, а чаща деревьев стала еще гуще и мрачнее. Пустынное озеро, серые урны и статуи наводили уныние даже днем; ночью же, перед бурей, казалось, что ты пришел к Ахерону[1] в стране погибших душ. Осторожно ступая по камням, Фишер все дальше и дальше углублялся в бездны тьмы, откуда уже не докричишься до страны живых. Озеро стало больше моря; черная густая, вязкая вода дремала жутко и спокойно, словно смыла весь мир. Все двоилось, как в кошмаре, и Фишер очень обрадовался, что наконец дошел до заброшенного островка. Он узнал его по нависшему над ним

---

[1] Ахерон — в греческой мифологии «река вечных страданий», через которую должны переплывать души умерших.

сверхъестественному безмолвию; ему показалось, что шел он туда несколько лет.

Он взял себя в руки и, успокоившись, остановился под темным драконовым деревом, чтобы зажечь фонарь, а потом направился к двери храма. Засовы не были заложены, и ему почудилось, что дверь приоткрыта. Однако, присмотревшись, он понял, что это просто обман зрения: свет падал теперь под другим углом. Он стал внимательно исследовать ржавые болты и петли, как вдруг почувствовал, что очень близко, над самой головой, что-то есть. Что-то свисало с дерева — но то была не обломанная ветка. Он замер и похолодел как камень: то были человеческие ноги, может быть ноги мертвеца; но почти сразу понял, что ошибся. Человек — безусловно живой — взмахнул ногами, спрыгнул и шагнул к непрошеному гостю. В ту же секунду ожили еще три или четыре дерева. Пять или шесть существ вывалились из странных гнезд. Ему показалось, что остров кишит обезьянами, но они бросились на него, схватили — и он понял, что это люди.

Он ударил переднего фонарем по лицу — тот упал и покатился по скользкой траве, но фонарь разбился, погас, и стало совсем темно. Второго человека Фишер швырнул о стену, и тот тоже упал. Третий и четвертый схватили Фишера за ноги и, как он ни отбивался, понесли к двери. Даже в суматохе драки он заметил, что дверь открыта. Кто-то руководил бандитами изнутри.

Фишер ударил переднего нападающего фонарем по лицу.

Войдя в дом, они швырнули его не то на скамью, не то на кровать, но он не ушибся, а упал на мягкие подушки. Бандиты обращались с ним очень грубо, вероятно в спешке, и не успел он приподняться, как они кинулись к двери. Кто бы ни были эти люди, они бесчинствовали с явной неохотой и хотели поскорей отделаться. У Фишера мелькнула мысль, что настоящие преступники вряд ли впали бы в такую панику. Тяжелая дверь захлопнулась, заскрипели засовы, и застучали по камням быстрые шаги. И все-таки Фишер успел сделать то, что хотел. Подняться он не мог, но он вытянул ногу и зацепил ею, как крюком, за лодыжку последнего из выбегавших. Тот споткнулся, опрокинулся навзничь на пол тюрьмы, и тут захлопнулась дверь. Его сообщники не сообразили в спешке, что потеряли одного из своих.

Человек вскочил и отчаянно забарабанил в дверь руками и ногами. К Фишеру вернулось чувство юмора; он сел на диване небрежно, как всегда, и, слушая, как узник дубасит в дверь тюрьмы, задумался над новой загадкой.

Если человек хочет позвать товарищей, он не только колотит в дверь, но и кричит. Этот же барабанил вовсю руками и ногами, но из горла его не вылетело ни единого звука. В чем тут дело? Сначала Фишер подумал, что ему заткнули рот, но это было нелепо. Потом ему пришла в голову гнусная мысль: а может, с ним немой? Он не мог понять, почему это так гнусно, но ему стало совсем не по себе. Ему было как-то жутко остаться взаперти с глухонемым, словно эта болезнь постыдна, связана с другими ужасными уродствами. Словно тот, кого он не видел в темноте, слишком страшен, чтобы выйти на свет.

И тут его озарила здравая мысль. Все очень просто и довольно занятно. Человек молчит, потому что боится, как бы его не узнали по голосу. Он надеется уйти из этого темного места раньше, чем Фишер разгадает, кто он. Так кто же он? Несомненно одно: он — один из четырех или пяти человек, с которыми Фишер имел дело в этих местах в связи с последними странными событиями.

— Интересно, кто же вы такой... — сказал он вслух, лениво и любезно, как всегда. — Вряд ли стоит вас душить, чтобы узнать это: не так уж приятно провести ночь с трупом. К тому же трупом могу оказаться и я. Спичек у меня нет, фонарь я разбил... что ж, остается гадать. Кто же вы такой? Подумаем.

Тот, к кому он так любезно обращался, перестал барабанить в дверь и уныло забился в угол. Фишер тем временем продолжал:

— Может быть, вы браконьер, не признающий себя браконьером. Длинный Адам говорил, что он помещик. Надеюсь, он не посетует, если я ему скажу, что он прежде всего дурак. Можно ли рассчитывать, что Англия станет страной свободных крестьян, когда сами крестьяне заразились чванством и возомнили себя господами? Как установить демократию, если нет демократов? Вы хотите быть помещиком; вы согласны стать преступником. Знаете, в этом вы сходитесь с другим известным мне лицом. Вот я и думаю: а вдруг вы и есть это самое «лицо»?

Он замолчал. В углу сопел незнакомец; отдаленный рокот проникал в отдушину над его головой. Наконец Хорн заговорил снова:

— Может, вы только слуга — скажем, тот зловещий тип, что служил и Гокеру и Вернеру... Если это так, вы единственный мост между ними. Зачем вы унижаетесь? Зачем вы служите подлому чужеземцу, когда видели последнего из нашей знати? Такие, как вы, обычно любят Англию. Разве вы ее не любите, Эшер? Наверное, мое красноречие ни к чему — вы совсем не Эшер. Скорее, вы сам Вернер. Да, на вас не стоит тратить красноречия. Вас все равно не пристыдишь. Бесполезно бранить вас за то, что вы губите Англию, да и не вас надо бранить. Это нас, англичан, надо ругать за то, что мы пустили таких гадов на стольные места наших королей и героев. Нет, лучше не буду думать, что вы — Вернер, а то без драки не обойтись. Кем же вы еще можете быть? Неужели вы из реформистов? Никогда не поверю, что вы — Грайс. Хотя есть у него во взгляде что-то такое одержимое... а люди идут на многое в этих подлых политических сварах. А если вы не прислужник, значит, вы... Нет, не верю. Это не красная кровь свободы и мужества. Это не знамя демократии.

Он вскочил — и в ту же секунду над решеткой прогрохотал гром. Началась гроза, и его сознание озарилось новым светом. Он знал, что сейчас случится.

— Понимаете, что это значит? — крикнул он. — Сам господь подержит мне свечку, чтоб я увидел ваше чертово лицо!

Оглушительно ударил гром. Но за миг до него белый свет озарил комнату на ничтожную долю секунды.

Фишер увидел две вещи: черный узор решетки на белом небе и лицо в углу. То было лицо его брата.

Он выговорил имя, и воцарилась тишина, более жуткая, чем мрак. Потом Гарри Фишер встал, и голос его прозвучал наконец в этой ужасной комнате.

— Ты меня видел, — сказал он, — так что можно зажечь свет. Ты мог зажечь его и раньше, вот выключатель.

Он нажал кнопку, и все вещи в комнате стали четче, чем днем. Вещи эти, надо сказать, так поразили узника, что он забыл на минуту о своем открытии. Здесь была не камера, а, скорей, гостиная или даже будуар, если б не сигареты и вино на журнальном столике. Хорн пригляделся и понял, что вино и сигареты принесли недавно, а мебель стоит тут давно. Он заметил выцветший узор драпировки — и удивился окончательно.

— Эти вещи — из того дома? — сказал он.

— Правильно, — ответил Гарри. — Я думаю, ты понял, в чем тут дело.

— Да, — сказал Хорн. — И прежде чем перейти к более важному, скажу, что же я понял. Гокер был подлец и двоеженец. Его первая жена не умерла, когда он женился на второй. Он просто запер ее тут, на острове. Здесь она родила сына; теперь он бродит вокруг и зовется Длинным Адамом. Разорившийся делец Вернер пронюхал об этом и шантажом вынудил Гокера отдать ему поместье. Все это проще простого. Теперь перейдем к трудному. Какого черта ты напал на родного брата?

Генри Фишер ответил не сразу.

— Ты, наверное, не думал, что это я. Но, по совести, чего же ты мог ожидать?

— Боюсь, что я не понимаю, — сказал Хорн.

— Чего ты мог ожидать, когда наломал столько дров? — заволновался Генри. — Мы все думали, что ты умный. Откуда нам знать, что ты... ну, что ты так провалишься?

— Странно, — нахмурился кандидат. — Не буду хвастать, но мне кажется, я совсем не провалился. Все митинги прошли «на ура», и мне обещали массу голосов.

— Еще бы! — мрачно сказал Генри. — Твои дурацкие акры и коровы произвели переворот. Вернеру не получить и голоса. Все пропало!

— О чем ты?

— О чем? Нет, ты правда не в себе! — искренне и звонко крикнул Генри. — Ты что думал, тебя и впрямь прочат в парламент? Ты же взрослый, в конце концов! Пройти должен Вернер. Кому ж еще? В следующую сессию он должен получить финансы, а потом провернуть египетский заем и еще разные штуки. Мы просто хотели, чтоб ты на всякий случай расколол реформистов. Понимаешь, Хьюзу слишком повезло в Баркингтоне.

— Так... — сказал Хорн. — А ты, насколько мне известно, столп и надежда реформистов. Да, я действительно дурак.

Воззвание к партийной совести не имело успеха — столп реформистов думал о другом. Наконец он сказал не без волнения:

— Мне не хотелось тебе попадаться. Я знал, что ты расстроишься. Ты никогда бы меня не поймал, если б я не пришел присмотреть, чтоб тебя не обидели. Думал устроить все поудобней... — И голос его дрогнул, когда он сказал: — Я нарочно купил твои любимые сигареты.

Чувства — странная штука. Нелепость этой заботы растрогала Хорна Фишера.

— Ладно, — сказал он. — Не будем об этом говорить. Ты — самый добрый подлец и ханжа из всех, кто продавал совесть ради гибели Англии. Лучше сказать не могу. Спасибо за сигареты. Я закурю, если позволишь.

К концу рассказа Марч и Фишер вошли в один из лондонских парков, сели на скамью и увидели с пригорка зеленую даль под светлым, серым небом. Могло показаться, что последние фразы не совсем вытекают из вышеизложенных событий.

— С тех пор я так и жил в этой комнате. Я и теперь в ней живу. На выборах я победил, но не попал в парламент. Я остался там, на острове. У меня есть книги, сигареты, комфорт; я много знаю и многим занимаюсь, но ни один отзвук не долетает из склепа до внешнего мира. Там я, наверное, и умру.

И он улыбнулся, глядя на серый горизонт поверх зеленой громады парка.

Преступление капитана Гэхегена

Необходимо признать, что многие считали мистера Понда скучным человеком. Он питал пристрастие к длинным речам — не от самонадеянности, а от старомодности литературных вкусов. Он бессознательно унаследовал манеру Гиббона[1], Батлера[2] и Берка[3]. Даже его парадоксы нельзя было назвать хлесткими. Правда, за хлесткость и блеск критики спуску не дают. Но мистеру Понду не грозило столь страшное обвинение. Сказав (как это ни прискорбно, о большей части женщин, по крайней мере — современных): «Они так спешат, что не двигаются с места», он не претендовал на остроумие. Эта фраза и не казалась остроумной; она просто была странной и невразумительной. Женщины, к которым он обращался — в первую очередь леди Вайолет Варни, — не находили в ней никакого смысла. Они считали, что когда мистер Понд перестает быть скучным, он становится непонятным.

Как бы то ни было, мистер Понд любил поговорить. И слава тому, кому удавалось прервать его. В данном случае лавры по праву увенчали чело мисс Артемис Эйза-Смит из Пентаполиса, штат Пенсильвания. Эта юная журналистка пришла брать у него интервью

---

[1] Гиббон Эдуард (1737–1794) — английский историк.

[2] Батлер Джозеф (1692–1752) — английский епископ, писатель и церковный сратор.

[3] Берк Эдмунд (1727–1797) — английский писатель, политический деятель и оратор.

для газеты «Живой телеграф» по поводу таинственного дела Хэггиса, но не дала ему сказать ни слова.

— Насколько я понял, — начал мистер Понд несколько нервно, — вашу газету интересует то, что многие называют «личным правосудием», а я называю убийством, хотя, принимая во внимание...

— Бросьте, — прервала его юная леди. — Просто чудо... сидишь вот так, а рядом ваши государственные тайны... — Продолжая свой монолог в том же телеграфном стиле, она ни разу не дала мистеру Понду перебить ее, зато постоянно перебивала себя сама. Казалось, она никогда не кончит. И ни одна из ее фраз так и не была окончена.

Все мы слышали об американских репортерах, которые силой вырывают семейные тайны, взламывают двери спален и добывают сведения бандитскими методами. Такие репортеры бывают. Но бывают и другие. Существует (или существовало, насколько помнится автору) немало умных людей, способных обсуждать умные проблемы. Мисс Эйза-Смит не принадлежала ни к тем, ни к другим. Она была маленькая, темноволосая и хорошенькая — ее можно было бы назвать даже очень хорошенькой, если бы оттенок ее губной помады не наводил на мысль о землетрясении или о затмении солнца. Ее ногти, покрытые лаком пяти разных цветов, напоминали краски в детском наборе акварели. И сама она была как ребенок — так же наивна и так же болтлива.

Она сразу почувствовала к мистеру Понду дочернюю привязанность и рассказала все о себе. Ему же ничего не удалось ей рассказать. Не выплыли на поверхность мрачные тайны семейства Понд; остались нераскрытыми преступления, совершенные за дверью его спальни. Основной темой беседы было детство мисс Артемис в штате Пенсильвания; ее первые честолюбивые мечты и первые идеалы (как многие ее соотечественники, она, по-видимому, отождествляла эти понятия). Она была феминисткой и вместе с Адой П. Тьюк боролась против клубов, пивных и мужского эгоизма. Она написала пьесу, и ей не терпелось прочитать ее мистеру Понду.

— Что касается вопроса о «личном правосудии», — вежливо вставил мистер Понд, — мне думается, все мы испытывали искушение в отчаянные минуты жизни…

— Вот-вот, мне отчаянно хочется прочитать вам пьесу и, знаете… Дело в том, что она ужасно, ужасно современная… Но даже самые современные авторы еще не додумались, понимаете, начать действие в воде, и потом…

— Начать действие в воде? — удивился мистер Понд.

— Ну да… ведь это самое… ах, вы понимаете! Я думаю, скоро все актеры будут выходить на сцену в купальных костюмах — кто из правой кулисы, кто из левой… Представляете? Не то, что эта старая чепуха… А вот у меня они появляются сверху и сразу ныряют в воду… Эффектно, а? В общем, начинается так. — И она стала читать очень быстро:

Сцена. Море у Лидо.

Голос Тома Токсина *(над сценой).* Внимание, ныряю…

Токсин *(в ярко-зеленом купальном костюме, ныряет сверху на сцену).* Плюх.

Голос герцогини (над сценой). Ну, от вас, кроме плюх, ничего не дождешься, разве что…

Герцогиня, в ярко-красном купальном костюме, ныряет сверху на сцену.

Токсин (отфыркиваясь). Я хоть плюхнулся, а вы… И вообще…

Герцогиня. Вот что, дед!..

Она зовет его дедом, понимаете, как в той смешной песенке, — ну, вы знаете… Но они совсем молодые, конечно, и довольно… Вы понимаете… Только…

Мистер Понд перебил ее мягко, но решительно:

— Не будете ли вы так добры и не оставите ли мне рукопись, мисс Эйза-Смит? Или, может быть, пришлете, чтобы я мог насладиться ею на досуге? На мой старомодный вкус, действие развивается несколько стремительно, и, мне кажется, никто не кончает реплик. Вы думаете, вам удастся убедить наших ведущих актеров нырять на сцену с большой высоты?

— Конечно, старики упрутся! — ответила она. — Потому что… Ну, не станет же прыгать ваша великая Оливия! Хотя она не так уж стара… и еще прелесть… только уж очень шекспировская!! Но я уговорила Вайолет Варни… она мне обещала, я дружна с ее сестрой… понятно, не то чтоб… и куча любителей пойдет… Этот самый Гэхеген хорошо плавает, и он уже играл… Он-то согласится, если Джоан будет!

Лицо мистера Понда, до сих пор хранившее терпеливое и стоическое выражение, внезапно оживилось; он насторожился, и тон его стал серьезен.

— Капитан Гэхеген — мой близкий друг. Он представил меня мисс Джоан Варни. Что касается ее сестры, которая играет на сцене…

— Джоан она и в подметки не годится, правда? Хотя… — завела было опять мисс Эйза-Смит.

Мистер Понд пришел к определенным выводам. Ему понравилась мисс Эйза-Смит. Она ему очень понравилась. А вспомнив о Вайолет Варни, английской аристократке, он почувствовал, что американка нравится ему еще больше. Леди Вайолет принадлежала к числу богатых дам, которые платят за право плохо играть, отнимая тем самым у бедных актеров возможность зарабатывать деньги хорошей игрой. Несомненно, она была вполне способна нырять на сцену в купальном костюме, и в любом другом костюме, и даже вообще без всякого костюма, только бы попасть на сцену и увидеть перед собой огни рампы. Она была вполне способна участвовать в нелепой пьесе мисс Эйза-Смит и нести такой же вздор о современной женщине, независимой от эгоиста мужчины. Но между ними существовала разница, и не в пользу высокородной Вайолет. Бедная Артемис следовала дурацкой моде потому, что была журналисткой и добывала средства к жизни тяжелым трудом, а Вайолет Варни лишала заработка других. Обе говорили в одной манере — нанизывая незаконченные фразы. Как полагал мистер Понд, именно такой язык, и только такой, мог быть по праву назван ломаным. Но Вайолет обрывала фразу, словно изнемогая от усталости; Артемис — от избытка энергии, торопясь начать следующую. Да, было в ней что-то — наверное, вкус к жизни, который отличает американцев при всех их недостатках.

— Джоан Варни — душечка, — продолжала Артемис, — и, бьюсь об заклад, ваш друг Гэхеген тоже так думает. Как вы считаете, выйдет у них что-нибудь? Он странный парень, знаете ли…

Мистер Понд не отрицал. Капитан Гэхеген, блестящий, неутомимый и нередко невыносимый светский щеголь, был странным во многих отношениях. И самой странной его чертой была привязанность к столь непохожему на него, педантичному и прозаическому мистеру Понду.

— Говорят, он прохвост, — заявила простодушная американка. — Не думаю… Но, конечно, он — темная лошадка. И обхаживает Джоан Варни, правда? А впрочем, говорят, он влюблен в великую Оливию — вашу единственную трагическую актрису. Только уж очень она трагична!

— Дай бог, чтобы ей не пришлось участвовать в настоящей трагедии, — сказал Понд.

Он знал, о чем говорит. Но у него не было и отдаленного предчувствия той ужасной трагедии, в которой Оливии Февершем предстояло участвовать не далее как через сутки.

Просто он хорошо знал своего друга-ирландца. И потому ему нетрудно было представить себе даже то, чего он не знал. Питер Патрик Гэхеген жил современной жизнью, может быть, слишком современной; он увлекался ночными клубами и автомобильными гонками; он был еще молод; и все же он словно явился из прошлого. Он принадлежал к тем временам, когда увлекались байроническими героями. Уильям Батлер Йитс[1] писал: «Романтики ирландской больше нет. Она в могиле, где лежит О'Лири[2]»; но он не встречал Гэхегена,

---

[1] Йитс Уильям Батлер (1865–1939) — известный ирландский поэт.

[2] О'Лири Джон (1830–1907) — ирландский журналист и историк.

который еще не ушел в могилу. Питер был связан со стариной сотнями нитей. Когда-то он служил в кавалерии; однажды был избран в парламент и выступал там, как старые ирландские ораторы, говорившие длинными, закругленными периодами. Как все они, он почему-то любил Шекспира. Исаак Бетт [1] уснащал свои речи отрывками из шекспировских пьес Когда говорил Тим Хили [2], шекспировские строки казались частью застольной беседы. Рассел[3] из Килоуэна никогда не брал в руки других книг. Подобно им, Гэхеген поклонялся Шекспиру в духе XVIII века, в духе Гаррика[4]. Но в его понимании Шекспира было немало языческого. Понд считал вполне возможным, что у Гэхегена роман с Оливией (как и с любой другой женщиной). В этом случае катастрофа казалась неизбежной. Оливия была замужем, и муж ее не принадлежал к числу покладистых людей.

Фредерик Февершем был актером-неудачником. Хуже того: некогда он был удачлив. Теперь театральная публика забыла его; зато его отчетливо помнили в судах. Он был еще довольно красив, хотя изрядно потрепан — темноволосый угрюмый человек, прославившийся постоянными тяжбами. Февершем подавал жалобы на своих соперников по сцене, и на антрепренеров, и на всех других, припоминая им чрезвычайно спорные давнишние обиды и мелкие несправедливости. С женой, которая была много моложе его и много талантливей, он еще не вел тяжбы. Впрочем, его отношения с ней были гораздо более далекими, чем отношения с поверенным.

Февершем слонялся по судам, защищая свои права, а за ним как тень следовал его поверенный — некий мистер Льюк из адвокатской конторы «Мастерс, Льюк и Мастерс», молодой человек со светлыми прилизанными волосами и застывшим, деревянным лицом. По этому

---

[1] Бетт Исаак (1813–1879) — ирландский юрист и общественный деятель.

[2] Хили Тимоти Майкл (1855–1931) — ирландский политический деятель.

[3] Рассел Чарльз (1832–1900) — английский юрист и политический деятель.

[4] Гаррик Давид (1717–1779) — английский актер и театральный деятель.

застывшему лицу никак нельзя было узнать, что думает он о распрях своего клиента и удается ли ему хоть в чем-то его сдержать. Во всяком случае, он хорошо защищал интересы Февершема и сделался его собратом по оружию. Понд был уверен в одном: ни Февершем, ни Льюк не пощадили бы Гэхегена, если бы этот легкомысленный джентльмен оказался в чем-либо виновным. Однако развязка была еще хуже, чем он предполагал. Через двадцать четыре часа после беседы с журналисткой мистер Понд узнал, что Фредерик Февершем скончался.

Как многие любители тяжб, мистер Февершем оставил в наследство сложный юридический казус, который смог бы прокормить многих юристов. Не о плохо составленном завещании шла речь и не о сомнительной подписи, а об окоченевшем, мертвом теле, пригвожденном к земле, у самой калитки, рапирой с отломанным наконечником. Фредерик Февершем, ревнитель законности, пал жертвой величайшего, непоправимого беззакония. Он был убит у входа в собственный дом.

Задолго до того, как собранные постепенно факты дошли до полиции, они стали известны мистеру Понду. Это может показаться странным, но были тому причины. Понд, как многие государственные чиновники, пользовался тайным влиянием в самых неожиданных сферах; его общественное значение основывалось на частных связях. Многие люди — моложе его и куда более видные — иногда относились к нему с благоговейным трепетом. Но, чтобы объяснить все это, нужно было бы провести читателя по лабиринту самого противозаконного свода законов. Первая весть о несчастье облеклась в будничную форму официального письма от известной адвокатской конторы «Мастерс, Льюк и Мастерс», авторы которого выражали надежду, что мистер Понд разрешит мистеру Льюку обсудить с ним некоторые вопросы, до того как дело попадет в полицию или в газеты. Мистер Понд ответил в том же официальном тоне, что будет счастлив принять мистера Льюка на следующий день, в таком-то часу. Потом сел и уставился в пространство, вытаращив глаза; некоторые из его друзей полагали, что такое выражение лица придает ему сходство с рыбой.

Он успел уже продумать почти две трети из того, о чем собирался рассказать ему поверенный.

— Откровенно говоря, мистер Понд, — начал юрист доверительно и в то же время осторожно, явившись к нему на следующий день и усевшись по другую сторону стола, — откровенно говоря, обстоятельства данного дела, весьма тягостные сами по себе, могут оказаться особенно тягостными для вас. Ведь столь ужасному подозрению подвергается ваш близкий друг, хотя в это и трудно поверить.

Круглые глаза мистера Понда стали еще круглее, и рот его приоткрылся — совсем по-рыбьи, как сказали бы многие.

Круглые глаза мистера Понда стали еще круглее, и рот его приоткрылся.

Юрист, вероятно, решил, что его потрясла сама мысль о виновности его друга. На самом же деле Понда поразило совсем другое. Он знал, что подобные фразы часто встречаются в детективных романах (которыми он нередко от души наслаждался, когда ему надоедали Брек или Гиббон). В его мозгу всплыли строчки, сотни раз встречавшиеся на страницах книг: «Никто из нас не мог предположить, что этот юный, очаровательный спортсмен способен на преступление», или: «Казалось нелепым связывать мысль об убийстве с именем блестящего и всеми любимого капитана Пиклбоя». Он никогда не понимал таких фраз. Его ясному скептическому уму человека XVIII века они казались бессмысленными. Почему не может очаровательный, светский джентльмен совершить преступление, как любой другой? Он был очень расстроен происшедшим, но все же не понимал подобного взгляда.

— Я чрезвычайно сожалею, — тихо продолжал юрист, — но я вынужден сообщить вам, что, по данным частного расследования, произведенного нами, некоторые поступки капитана Гэхегена требуют объяснения.

«Да, — подумал Понд, — поступки Гэхегена действительно часто требуют объяснения. В том-то и трудность, только... господи, как тянет этот человек!» Одним словом, вся беда была в том, что Понд очень любил капитана Гэхегена, но если бы его спросили, способен ли его друг на убийство, он, скорее всего, ответил бы, что способен, — гораздо более способен на убийство, чем на грубое обращение с кучером.

Внезапно с исключительной четкостью Гэхеген возник в его сознании. Он увидел его таким, каким видел в последнюю их встречу. Широкоплечий человек быстро шагал по улице; темно-рыжие волосы беспорядочно выбивались из-под легкомысленно сдвинутого набок серого цилиндра, а за его спиной по вечернему небу плыли легкие пурпурные облака, невесомые и яркие, как его судьба. Да, очень легко простить Гэхегена — во много раз труднее его оправдать.

— Мистер Льюк, — прервал молчание Понд, — сократится ли наша беседа, если я сразу сообщу вам все факты, свидетельствующие против Гэхегена? Он действительно часто бывал у миссис Февершем, прославленной актрисы. Не знаю почему — мне кажется, он любил другую женщину. Во всяком случае, он проводил с миссис Февершем очень много времени, долгие часы, до поздней ночи. Если бы Февершем застал их за чем-либо предосудительным, он бы ославил их повсюду, затеял против них дело и бог знает что еще. Я не собираюсь критиковать поступки вашего клиента. Но, откровенно говоря, он жил только сутяжничеством и злословием, больше ничем. И если Февершем был вполне способен угрожать или шантажировать, Гэхеген — я не скрываю от вас — вполне способен применить силу; возможно, даже убить, особенно если речь идет о добром имени женщины. Вот что свидетельствует против Гэхегена. И должен сказать вам сразу, что я не верю в его виновность.

— К сожалению, это не все, — мягко заметил Льюк. — Боюсь, даже вы поверите в его виновность, когда узнаете факты. Пожалуй, самым серьезным результатом наших розысков является то, что капитан Гэхеген сделал три совершенно разных и тем самым взаимоисключающих друг друга сообщения о своих действиях или, точнее, предполагаемых действиях в ночь убийства. Даже если мы примем за правду одно из его утверждений, придется признать, что в двух других случаях он солгал.

— Я всегда считал его правдивым человеком, — возразил Понд. — Разве что иногда он лжет забавы ради. Как раз это показывает, что он не станет профанировать ради выгоды высокое искусство лжи. В обычных, житейских делах он всегда был не только правдив, но и очень точен.

— Даже соглашаясь с вами, — ответил мистер Льюк не совсем уверенно, — мы все же не решаем загадки. Если он всегда так правдив и искренен, то, значит, нужны были особые, чрезвычайные обстоятельства, чтобы заставить его солгать.

— Кому он солгал? — спросил Понд.

— В том-то и заключается тонкость и щекотливость дела, — сказал юрист, покачивая головой. — В упомянутый вечер, насколько мне известно, Гэхеген беседовал с несколькими дамами.

— Да, он часто это делает, — заметил Понд. — А может, это они беседовали с ним? Если среди них случайно оказалась очаровательная особа из Пентаполиса, по фамилии Эйза-Смит, я позволю себе предположить, что беседу вела она.

— Это чрезвычайно любопытно, — удивился мистер Льюк. — Не знаю, как вы догадались, но среди них действительно была некая мисс Эйза-Смит из Пентаполиса. Кроме того, там была леди Вайолет Варни и ее сестра, леди Джоан. Именно последняя из названных дам была его первой собеседницей. Насколько я понимаю, это вполне естественно. Как вы сами заметили, он действительно привязан к этой даме, ибо то, что он сказал ей, ближе всего к истине.

— А! — сказал мистер Понд, задумчиво подергивая бородку.

— Джоан Варни, — серьезно продолжал юрист, — сообщила совершенно точно, еще не зная о трагедии, что, прощаясь с ней, капитан Гэхеген сказал: «Я иду к Февершемам».

— И вы считаете, что это противоречит двум другим утверждениям, — сказал мистер Понд.

— В высшей степени, — ответил Льюк. — Ее сестра, известная актриса-любительница, леди Вайолет Варни, остановила его у выхода, и они обменялись несколькими фразами. Прощаясь, он совершенно определенно сказал: «Я не иду к Февершемам, они еще в Брайтоне», или что-то в этом роде.

— А теперь, — сказал, улыбаясь, мистер Понд, — мы подошли к моей юной приятельнице из Пентаполиса. Кстати, что она делала у Варни?

— Гэхеген столкнулся с ней на пороге, как только открыл входную дверь, — ответил мистер Льюк, тоже улыбнувшись. — Она явилась в чрезвычайно восторженном состоянии брать интервью у Вайолет Варни, «актрисы и общественной деятельницы». И она и Гэхеген не такие люди, чтобы не заметить друг друга. Гэхеген перекинулся с ней несколькими словами, затем приподнял серый цилиндр и сказал, что идет прямо в клуб.

— Вы в этом уверены? — спросил Понд, озабоченно хмурясь.

— Она в этом уверена. Такое заявление привело ее в ярость, — ответил Льюк. — По-видимому, у нее, как у всех феминисток, какие-то предубеждения против клубов. Она считает, что мужчины туда ходят, чтобы напиваться до бесчувствия и рассказывать анекдоты, порочащие женщин. Кроме того, он задел ее профессиональное самолюбие. Вероятно, она хотела продлить интервью для своей газеты или для себя самой. Но я могу поручиться, что она вполне добросовестна.

— О да, — подтвердил Понд горячо и в то же время печально. — Она безусловно добросовестна.

— В том-то и дело, — сказал Льюк с приличествующей случаю мрачностью. — Мне кажется, при данных обстоятельствах ход его мыслей вполне объясним. Он проговорился девушке, которой привык говорить правду. Возможно, тогда он еще не решился на преступление; возможно, он еще не вполне его обдумал. Но потом, беседуя с менее близкими ему лицами, он понял, как неумно было бы говорить им, куда он идет на самом деле. Сперва ему приходит в голову довольно грубая уловка: он просто говорит, что не идет к Февершемам. Затем, беседуя с третьей из женщин, он придумывает гораздо лучшую ложь, достаточно неопределенную, не привлекающую внимания, и говорит собеседнице, что идет в клуб.

— Могло быть и так, — ответил Понд, — а могло быть... — И в первый раз в жизни он последовал небрежной манере мисс Эйза-Смит, оставив фразу незаконченной. Он молча уставился вдаль, по-рыбьи вытаращив глаза; затем подпер голову руками, пробормотал: — Простите меня, пожалуйста, я немножко подумаю, — и снова погрузился в молчание, сжимая ладонями лысый череп.

Через некоторое время бородатая рыба показалась на поверхности, на этот раз с новым выражением лица, и заявила резким, почти сердитым тоном:

— Мне кажется, вам очень хочется доказать виновность бедняги Гэхегена.

Лицо мистера Льюка утратило свою безучастность и впервые приняло жесткое, почти жестокое выражение.

— Вполне естественно, что мы хотим привлечь к ответственности убийцу нашего клиента, — ответил он.

Понд наклонился вперед, и взгляд его пронизывал собеседника, когда он сказал:

— Но вы хотите доказать, что убийца — Гэхеген.

— Я представил доказательства, — угрюмо сказал Льюк. — Свидетельницы вам известны.

— И все же, как ни странно, — проговорил Понд очень медленно, — вы не заметили, что является самым тяжким обвинением.

— По-моему, всё, — резко ответил юрист. — А что вы имеете в виду?

— Их показания неумышленны, — сказал Понд. — Не может быть и речи о заговоре. Моя юная американка абсолютно честна и ни за что не примкнула бы к заговору. Питер Гэхеген очень нравится женщинам. Он нравится даже самой Вайолет Варни. А ее сестра Джоан любит его. И все-таки все они свидетельствуют против него или, вернее, все они показали, что он сам свидетельствует против себя. И все они неправы.

— Черт побери, что вы хотите сказать? — неожиданно вспылил мистер Льюк. — В чем они неправы?

— Они неверно передают его слова, — ответил Понд. — Спрашивали вы их, что он еще сказал?

— Что же еще нужно? — вскричал юрист, окончательно выходя из себя. — Они могут поклясться, что он сказал именно эти фразы: «Иду к Февершемам»; «Не иду к Февершемам»; «Иду в клуб» — и ушел, оставив последнюю собеседницу в полной ярости.

— Вот именно, — ответил Понд. — Вы утверждаете, что он произнес три противоречащих друг другу фразы. Я же утверждаю, что он сказал три раза одно и то же, только по-разному расставлял слова.

— «По-разному расставлял слова»!.. — повторил Льюк почти злобно. — В суде он узнает, что по закону о лжесвидетельстве «расставлять по-разному слова» совсем не значит «говорить то же самое».

Некоторое время они молчали; затем мистер Понд спокойно сказал:

— Итак, теперь мы знаем все о преступлении капитана Гэхегена.

— Кто сказал, что мы хоть что-нибудь знаем? Может быть, вы знаете? Я — нет.

— Да, я знаю, — ответил мистер Понд. — Преступление капитана Гэхегена заключается в том, что он не понимает женщин, особенно современных. Это обычное свойство так называемых губителей женских сердец. Известно ли вам, что старый добрый Гэхеген — не кто иной, как ваш прапрадедушка?

Мистер Льюк вздрогнул: он на самом деле испугался. Не ему первому пришло в голову, что мистер Понд не совсем в своем уме.

— Разве вы не видите, — продолжал Понд, — что Гэхеген принадлежит к старой школе галантных щеголей и волокит? Они восклицали: «О женщина, прекрасная женщина!», но ничего не знали о ней, и женщины этим пользовались. Зато как умели эти щеголи говорить комплименты! Вы, наверное, считаете, что это не имеет отношения к делу. Но понимаете ли вы, что я хочу сказать, называя Гэхегена губителем женщин в старом вкусе?

— Пока что я вижу, что он губитель мужчин в весьма новом вкусе! — яростно выкрикнул Льюк. — Он убил достойного, тяжко оскорбленного человека, моего клиента и друга!

— Мне кажется, вы немного раздражены, — сказал мистер Понд. — Случалось ли вам читать книгу доктора Джонсона[1] «Тщета человеческих желаний»? Очень успокаивает. Поверьте мне, писатели восемнадцатого века, о которых я хочу говорить, пишут в чрезвычайно успокоительной манере. Знакома ли вам трагедия Аддисона[2] «Катон»?

— Мне кажется, вы сошли с ума, — сказал юрист, сильно бледнея.

— Или еще: скажите мне, — осведомился мистер Понд тем же светским тоном, — приходилось ли вам читать пьесу мисс Эйза-Смит о герцогине в купальном костюме? Там все фразы неестественно укорочены, ну... как купальный костюм.

— Имеют ли ваши слова хоть какой-нибудь смысл? — прошептал юрист.

---

[1] Джонсон Сэмюэль (1709–1784) — английский писатель, критик и языковед.

[2] Аддисон Джозеф (1672–1719) — английский писатель.

— О, несомненно! — ответил Понд. — Но сразу не объяснишь, это длинная история — вроде «Тщеты человеческих желаний». Дело вот в чем. Мой друг Гэхеген очень любит старинное красноречие и старинное остроумие. Я тоже. Мы ценим блестящие завершения длинных речей и финальные жала эпиграмм. Так мы подружились, нас сблизила любовь к манере письма восемнадцатого века — знаете, размеренная речь, антитезы и тому подобное. Предположите, что и вы любите такие вещи и читаете хорошо известные строки из Аддисонова «Катона»:

Нам, смертным, не дано успехом править.
Но мы его, Семпроний, завоюем[1].

Они могут нравиться или не нравиться. Но в любом случае вы вынуждены прочесть их до конца. Потому что эти стихи начинаются с избитой истины, а вся соль их — в конце. В наше время у фраз вообще нет конца, никто и не ждет его.

Женщинам всегда была в некоторой степени свойственна эта манера. Не потому, что они не думают, — они думают быстрее, чем мы. Нередко они и говорят лучше нас. Но они не умеют слушать, как мы. Они сразу схватывают первую мысль, она для них важнее всего; дальнейшее они подразумевают — и несутся дальше, иногда не дослушав фразы. А Гэхеген совсем другой человек: он принадлежит к старой ораторской школе, всегда должным образом заканчивает фразы и заботится об их конце не меньше, чем о начале.

Я позволю себе предположить, как выражаются адвокаты, что в действительности капитан Гэхеген сказал Джоан следующие слова: «Я иду к Февершемам. Не думаю, что они вернулись из Брайтона, но все-таки загляну на всякий случай. Если их нет, пойду в клуб». Вот что сказал Питер Гэхеген. Но не это услышала Джоан Варни. Она услышала, что он идет к Февершемам, и для нее сразу все стало ясно, даже слишком ясно — как поется в песне: «Он идет к той женщине». Хотя он и добавил тут же, что этой женщины, скорее всего, нет в городе. Ни Брайтон, ни клуб ее не интересовали: она даже не запомнила, что он о них говорил.

---

[1] Перевод Д. Маркиша.

Рассмотрим следующий случай. Второй собеседнице Гэхеген сказал: «Не стоит идти к Февершемам, они еще в Брайтоне. Но я все-таки загляну на всякий случай. Если их нет, пойду в клуб». Вайолет совсем не так правдива и добросовестна, как Джоан; она тоже ревнует к Оливии, но из побуждений гораздо более низменных: Вайолет считает себя актрисой. Она услышала что-то про Февершемов и смутно запомнила, что к ним не стоит ходить, то есть что он к ним не идет. Это ей было приятно, и она удостоила его беседой, но не соблаговолила прислушаться к тому, что он говорил дальше.

Наконец, третий случай. Выходя из дома, Гэхеген сказал мисс Эйза-Смит: «Я иду в клуб. Обещал пойти к друзьям, к Февершемам, но не думаю, что они вернулись из Брайтона». Вот что он сказал. А она услышала, увидела и пронзила испепеляющим взглядом типичного эгоиста мужчину, наглого и распущенного, который беззастенчиво хвастается на глазах у всех, что идет в одно из тех проклятых мест, где напиваются и поносят женщин. Бесстыдное признание потрясло ее; куда уж тут было слушать, какие еще глупости он скажет! Для нее он был просто мужчиной, который идет в клуб.

Итак, все три заявления Гэхегена точно совпадают по смыслу. В них сообщаются одни и те же факты, намечаются одни и те же действия, приводятся одни и те же доводы. Но они звучат совершенно по-разному в зависимости от того, какая фраза сказана первой. Особенно — для современных скачущих девиц; они наскакивают только на первую фразу, потому что нередко за ней действительно ничего не следует. Направление в современной драме, представленное творчеством мисс Эйза-Смит, где каждая фраза обрывается в самом начале, имеет мало общего со стилем трагедии о Катоне, но оно тесно связано с трагедией капитана Гэхегена. Эти женщины могли довести моего друга до виселицы без всякого злого умысла, просто потому, что они думают половинками фраз. Проломленные головы, изломанные чувства, сломанные жизни — и все это потому, что они умеют говорить только на ломаном языке. Не кажется ли вам, что не так уж дурно наше старомодное пристрастие к литературному стилю, который приучает читать до конца все, что написано, и слушать до конца все, что говорится? Не предпочтете ли вы, чтобы важное для вас сообщение было выражено слогом Аддисона или Джонсона, а не всплесками мистера Токсина и Ныряющей Герцогини?..

Слушая эту речь — признаться, довольно длинную, — юрист проявлял все большие признаки беспокойства и даже раздражения.

— Все это только догадки, — сказал он с почти лихорадочной нервозностью. — Вы ничего не доказали.

— Да, — серьезно ответил Понд. — Вы правы, это догадки. Во всяком случае, я угадал правильно. Я беседовал по телефону с Гэхегеном и знаю правду о том, что он говорил и делал в тот вечер.

— Правду! — воскликнул Льюк с непонятной горечью.

Понд внимательно посмотрел на него. На первый взгляд лицо мистера Льюка казалось застывшим, и, если присмотреться, оказывалось, что он очень прямо и неподвижно держит голову и волосы у него прямые, гладкие, словно нарисованные густой и клейкой желтой краской. Серо-зеленые глаза юриста, почти всегда прикрытые холодными веками, казались необычно маленькими, как будто бы далекими, но странные огоньки метались в них, точно крохотные зеленые мошки. И чем больше смотрел мистер Понд в эти полузакрытые и все же неспокойные глаза, тем меньше они нравились ему. Снова подумал он о заговоре против Гэхегена, но не о заговоре Джоан и Артемис. Наконец он резко прервал молчание.

— Мистер Льюк, — сказал он, — вполне естественно, что вы заинтересованы в делах вашего покойного клиента. Но можно подумать, что вами руководит не только профессиональный интерес. Поскольку вы так глубоко вникаете во все, что касается мистера Февершема, не можете ли вы сообщить мне кое-что о нем? Скажите, вернулся ли мистер Февершем и его супруга из Брайтона в тот день? Была ли дома миссис Февершем и заходил ли к ним Гэхеген?

— Ее не было дома, — ответил мистер Льюк. — Их ждали на следующий день. Не понимаю, почему Февершем вернулся в тот вечер.

— Должно быть, кто-то вызвал его, — сказал мистер Понд.

Мистер Льюк резко встал, собираясь уходить.

— Не вижу пользы в ваших рассуждениях, — сказал он, холодно поклонился, взял шляпу и покинул дом с непонятной стремительностью.

На следующий день мистер Понд оделся тщательнее и корректнее, чем всегда, намереваясь посетить нескольких дам. Эта легкомысленная светская обязанность не входила в круг его обычных занятий. Сначала он нанес визит леди Вайолет Варни. Раньше он видел ее только издалека и теперь, увидев вблизи, был неприятно поражен. Она оказалась светлой блондинкой того оттенка, который, насколько он помнил, в наши дни называется платиновым. Румяна ее и помада были скорее фиолетовыми, чем пурпурными; несомненно, этим способом она тонко напоминала о своем имени[1]. Друзья говорили, что такой цвет лица придает ей изысканность; враги находили более уместным слово «извращенность». Даже у этой невнимательной дамы ему удалось вырвать довольно ценные сведения о подлинных словах Гэхегена, хотя ее собственные слова складывались в обычные для нее неоконченные, выдыхающиеся фразы.

Затем он поговорил с Джоан, ее сестрой, и подивился про себя, насколько личные качества человека сильнее прихотей моды. У Джоан были почти те же современные манеры, тот же высокий голос светской дамы, она так же обрывала фразы. Но, к счастью, у нее была пудра другого оттенка, и другие глаза, и жесты, и мысли, и совсем другая душа. Мистер Понд, поклонник старинных женских достоинств, сразу почувствовал, что модные добродетели были у нее подлинными, независимо от того, что были модными. Она действительно была смелой, и великодушной, и очень правдивой, хотя именно это приписывала ей светская хроника. «Хорошая девушка, — подумал мистер Понд. — Чистое золото. Лучше, чем золото. И насколько лучше, чем платина!»

Следующим пунктом его паломничества был нелепый, огромный отель, который осчастливила своим посещением мисс Артемис Эйза-

[1] Вайолет (англ. violet) — фиалка; фиолетовый цвет.

Смит из Пенсильвании. Она встретила его со свойственным ей непобедимым энтузиазмом, который носил ее по всему свету. И мистеру Понду оказалось совсем нетрудно убедить ее, что даже человек, посещающий клуб, случайно может не быть убийцей. Хотя эта беседа была гораздо менее задушевной, чем разговор с Джоан (о котором он никогда никому не сказал ни слова), пылкая Артемис проявила много здравого смысла и добродушия и еще больше понравилась ему. Она поняла, что говорил ей Гэхеген, и в какой последовательности, и как неверно она восприняла его речь. Таким образом, до сих пор дипломатические маневры мистера Понда проходили успешно. Все три женщины выслушали с большим или меньшим вниманием его теорию об истинных словах Гэхегена, и все они согласились, что, вполне возможно, так и было на самом деле.

Покончив с этой частью своей задачи, мистер Понд сделал небольшой перерыв и собрал все душевные силы, прежде чем приступить к выполнению еще одной, последней обязанности, которая тоже приняла форму визита к даме. Волнение его было вполне простительно: ему предстояло пройти через мрачный сад, где так недавно лежал убитый, и войти в зловещий высокий дом, где жила вдова — великая Оливия, героиня трагедии и в жизни, и на сцене.

Он заставил себя открыть калитку и пересечь тот темный кусочек сада, где у подножия остролиста несчастный Фред Февершем был пригвожден к земле сломанной рапирой. Когда он поднимался по кривой тропинке к высокому и узкому, как башня, кирпичному дому, темному на фоне звезд, новые, гораздо более глубокие трудности встали перед ним. Теперь казались пустыми недавние волнения по поводу мнимой лжи Гэхегена. За всем этим вздором скрывался реальный вопрос, он требовал ответа. Кто-то убил несчастного Фредерика Февершема, и действительно были некоторые основания подозревать Гэхегена. Он на самом деле просиживал целые дни, а нередко и вечера, до поздней ночи, в доме актрисы. Как это ни грустно, вполне могло случиться, что Февершем застал их и одному из них пришлось его убить. Миссис Февершем часто сравнивали с миссис

Сиддонс[1]. Она всегда вела себя сдержанно, с большим достоинством. Для нее сплетня не была рекламой, как для Вайолет Варни. У нее было больше оснований, чем у Гэхегена... но, боже мой, это немыслимо! Предположим, что он и вправду невиновен, но доказать это такой ценой! Какие бы ни были у Гэхегена слабости, он скорее дал бы себя повесить, чем выдал бы Женщину. Мистер Понд снова поднял глаза и с растущим ужасом посмотрел на темную кирпичную башню, думая, что, может быть, сейчас он увидит преступницу. Усилием воли он поборол отвращение и попытался сосредоточиться на фактах. Что же в конце концов свидетельствует против Гэхегена и Оливии? Он заставил себя размышлять спокойно и понял наконец, что все сводится к вопросу времени.

Да, Гэхеген проводил с этой женщиной очень много времени, и это было единственным внешним свидетельством его любви к ней. Свидетельства его любви к Джоан Варни были гораздо более явными. Понд мог поклясться, что капитан действительно любит Джоан. Он словно свалился ей прямо на голову, а она, по обычаю современной молодежи, охотно подставила свою голову. Но их встречи, похожие на столкновения, были столь же коротки, сколь стремительны. Что могло заставить счастливого влюбленного проводить так много времени с другой женщиной, к тому же гораздо старше его? Размышляя об этом, он машинально прошел мимо слуг, поднялся по лестнице и вошел в комнату, где ему предстояло ждать миссис Февершем. Волнуясь, он взял со стола старую, потрепанную книгу; должно быть, она принадлежала актрисе еще в школьные ее годы, потому что на титульном листе было написано детским почерком: «Оливия Мэлон». Возможно, великая исполнительница шекспировских ролей вела свой род от великого критика шекспировских пьес[2]. Во всяком случае, она была несомненно ирландка.

И когда он стоял в темной комнате, склонившись над старой книгой, белый луч догадки озарил его сознание. Так родился

[1] Сиддонс Сара (1755–1831) — английская трагическая актриса.

[2] Мэлон Эдмонд (1741–1812) — исследователь биографии и творчества Шекспира.

последний в нашем рассказе парадокс мистера Понда. Теперь он понял все, и единственно правильные слова возникли в его мозгу с пугающей отчетливостью иероглифов:

«Любовь никогда не требует времени. А дружба требует его всегда. Все больше, и больше, и больше времени — до поздней ночи».

Когда Гэхеген совершал свои знаменитые безумства в честь Джоан Варни, они почти не отнимали у него времени. Он спустился на парашюте к ее ногам, когда она выходила из церкви в Борнмуте; как известно, прыжок с парашютом не бывает долгим. Он выбросил билет, стоивший сотни фунтов, чтобы провести с ней лишних полчаса на Самоа, — только полчаса. Он переплыл пролив, подражая Леандру, чтобы поговорить тридцать пять минут со своей Геро[1]. Такова любовь. Она состоит из великих моментов и живет воспоминаниями о них. Может быть, она иллюзорна и непрочна. Может быть, напротив, она вечна и потому сильнее времени. Но дружба пожирает время. Если у Гэхегена была настоящая, духовная дружба, он должен был беседовать со своим другом до поздней ночи. А с кем же ему дружить, как не с ирландской актрисой, которая больше всего на свете любит Шекспира? И как только Понд подумал об этом, он услышал глубокий голос Оливии. И понял, что не ошибся.

— Разве вы не знаете, — грустно улыбаясь, спросила вдова, когда он тактично перешел от соболезнований к делам капитана Гэхегена, — разве вы не знаете, что у нас, бедных ирландцев, есть тайная страсть — поэзия? Может быть, лучше назвать это чтением стихов. Оно преследуется законом во всех английских гостиных. Нет худшего порока у ирландцев! В Лондоне не принято читать друг другу стихи до поздней ночи, как в Дублине. Бедный Питер приходил ко мне и до утра читал мне Шекспира, пока я его не прогоняла. Конечно, это смешно и глупо — читать мне полный текст «Ромео и Джульетты». Но что же ему было делать? Вы понимаете, англичане не стали бы его слушать.

---

[1] Леандр — юноша из Абидоса, который каждую ночь плавал в Сест к своей возлюбленной Герб, пока не утонул в Геллеспонте.

Мистер Понд отлично все понял. Он достаточно хорошо знал мужчин; он знал, что мужчине необходим друг, и лучше всего — женщина, с которой он мог бы говорить до рассвета. Он достаточно хорошо знал ирландцев; он знал, что ни дьявол, ни динамит не остановит их, когда они читают стихи. Черные мысли, мучившие его в саду, рассеялись при звуке сильного и спокойного голоса ирландки. Но потом им снова овладела тревога, хотя и более смутная. Ведь все-таки кто-то убил несчастного Фреда Февершема.

Теперь он был твердо уверен, что не жена. Уверен также, что не Гэхеген. Он пошел домой, раздумывая, кто же убийца, но только одну ночь пришлось ему искать ответа. Утренние газеты сообщили о загадочном самоубийстве мистера Льюка из известной адвокатской конторы «Мастерс, Льюк и Мастерс». И мистер Понд стал себя укорять: как это он не подумал, что человек, всю жизнь опасавшийся, чтобы его не надули, может обнаружить, что его надувает собственный поверенный. Февершем вызвал Льюка на полночное свидание в свой сад для объяснений. Но мистер Льюк, чрезвычайно заботившийся о своей профессиональной репутации, принял срочные меры, чтобы Февершем ничего никому не сказал.

— Как неприятно, что все так получилось!.. — кротко сокрушался мистер Понд. — Во время нашей беседы я заметил, что он сильно напуган. И, знаете, я очень боюсь, что это я его напугал.

ОГЛАВЛЕНИЕ